T. S. ELIOT

THE COMPLETE PLAYS OF T. S. ELIOT

大教堂凶杀案

[英] 托·斯·艾略特 著
李文俊 袁伟 等 译

陆建德 主编

上海译文出版社

目　录

大教堂凶杀案

人　物

第一部

坎特伯雷妇女合唱队

大教堂三教士

一信使

大主教托马斯·贝克特

四诱劝者

会众

场景为大主教的府邸

时间为一一七〇年十二月二日

第二部

三教士

四骑士

大主教托马斯·贝克特

坎特伯雷妇女合唱队

会众

第一场发生于大主教府邸

第二场发生于大教堂

时间为一一七〇年十二月二十九日

第一部

合唱队　让我们站在这里，靠近大教堂。让我们伫候在这里。
是危险吸引我们前来？抑或是对安全的期盼，
把我们的腿脚牵引来大教堂？
难道还有任何事情会是危险，对于
我们，已经一贫如洗的坎特伯雷女人？何等样的苦难
未曾为我们熟悉？对于我们，已再也无所谓危险，
何况大教堂里也并不安全。是一个行动的某些征兆
迫使我们觉得必须眼见为实，迫使我们的腿脚
必须走向大教堂。我们不得不来亲眼见证。

金色的十月已让位给阴郁的十一月。
苹果采下也已贮存，大地变成了
　　腐水荒地里象征死亡的一个个棕褐色小尖冢，
新年在等待与呼吸，等待并在黑暗中悄悄耳语。
此时，庄稼汉们踢掉沾满泥土的靴子，伸出手去朝向炉火，
新年在等待，命运在等待那即将来临的事情。
谁在伸手烤火的同时还记得万圣节的列位圣徒，
记得等待中的那些殉难者与圣徒？谁又会
将手伸在炉火前，却拒绝自己的主人？谁将在火边
把自己烤得暖暖的，却背弃了他的主人？

七年又一个夏天已经过去
七年了，自从大主教离开我们，
他一直待他的信众那么慈祥。
不过倘若他回来结果怕是不会太美妙。
国王在统治，领主们在统治；
我们承受着种种压迫，
不过主要还是受着自己心计的支配，
倘能无人管束，我们便会心满意足。
我们尽量管好自己一家子的事；
商人不事张扬，悄悄敛聚起一小笔家当，
受苦人伛身对着自己那片小土地，面有土色，
　　那原本就是他自己的颜色，
经过时唯恐引起别人的注意。
此刻，我担心宁静的季节怕要受到骚扰：
冬天将挟带着死亡从海上来，
骚动不安的春天会叩击我们的门，
根与茎会噬食我们的眼、我们的耳，
毁灭性的夏日又会把我们的河床烤焦
受苦人等来的将是又一个收成腐烂的十月。
夏季何苦要欺哄和安慰我们
如果结果仅仅是秋季的火、冬天的雾？
夏日的酷热里我们能做什么
除了在荒园里等来另一个十月？
一种瘟疫正向我们逼近。我们等待，我们等待，
圣徒和殉道者也在等待，等的是接班的殉道者和圣徒。
命运在上帝的手里等待，蕴酝着逐渐成形：

我曾在一束阳光中见识过这类的事。
命运在上帝的手里等待，而不是在政客们的手中，
他们总是在算计与揣度，有的机巧有的也很笨拙，
在手中将自己的目的按时代的模式随意捏塑。
来吧，快乐的十二月，谁将见证你，谁将为你留下记录？
莫非人子还会从嘲弄的唾沫堆里重生？
对于我们，穷苦的人，不会有行动，
我们只会等待，只会见证。
〔众教士上。

教士一　七年又一个夏天已经过去。
七年了，自从大主教离开我们。

教士二　大主教都做了些什么，还有我们至高无上的教皇大人，
对于我们执拗的国王以及法兰西国王？
在无穷尽的纷争与拼凑而成的妥协中，
在会议上，达成了协议与不欢而散的会议上，
不了了之或无止无休的会议上
在法兰西此处或彼处召开的会议上？

教士三　我未见到世俗政府执政上有何令人叹服的技艺，
除了暴力、欺诈与层出不穷的营私舞弊。
国王统治也好，领主们统治也好：
强人仗着铁腕，势单力薄背靠的是多端的诡计。
他们唯一尊奉的法规便是：攫取权力，保住权力，
地位稳固的可用别人的贪淫来运筹帷幄，
摇摇欲坠的则毁灭于自己的好色与贪婪。

教士一　这样的情况难道就不会终止，
直到大门外的那些穷苦人

忘掉了他们的朋友，他们天上的父，还忘掉
他们曾有过一个朋友？
〔信使上。

信　使　上帝的仆从们，寺院的看守者们，
我来是通知你们，我就直说不绕弯子了：
大主教已经来到英国，就在离城不远处。
先派我匆匆前来
好通知你们他将来临，让我把话尽量说清楚，
好让你们准备迎接他大驾光临。

教士一　什么，莫非流亡已经终止，我们的大主教
将和国王重新修好？两个傲慢的人
究竟达成了何等样的协议？

教士三　　　　　　　　　　　在锤子和铁砧之间
又能出现什么样的平静？

教士二　　　　　　　　　　告诉我们，
旧的争论结束了吗，隔开他们的
那堵傲慢的墙坍塌了吗？是和平还是仍然在争战？

教士一　　　　　　　　　　　　　　　　　　　　他来
拥有充分的控制权，抑或仅仅是
在罗马的统治下，作精神上的驭领，
对正义加以肯定，对百姓表示眷爱？

信　使　你们表示了一些不信任，这也情有可原。
他来，怀着尊严与忧虑，重申他所有的主张，
明确无疑地，显示对民众的热爱，
他们欢迎他，表现出了狂热的激情，
夹道欢迎，脱下披风为他铺道，

路上洒满了树叶与新鲜的花朵。
城里是万人空巷，挤得透不过气，
我想他的马尾巴定会全被拔光，
每根马毛都会成为一件珍贵的圣迹。
他看法一致，跟教皇，还有法国国王，
后面的那位恨不得将他留在国内：
至于我们的国王，那又是另外一回事。

教士一　不过还是要问一句，到底是战还是和?

信　使　是和。却非和平之吻。
而是拼凑草成的状态，倘若你要问我的看法。
若是要让我说，我认为尊贵的大主教
并非心存丝毫幻想的人。
或是需克服最后残存那点自尊心的人。
若是要问拙见，我认为这样的和平
既绝非一个终结，又不像是一个开端。
人所共知的是，当大主教
告别法国国王时，他对陛下说，
我的大人，他说，我离开您时是这样一个人，
在我余生里我将不会重新见到。
此话，我向你保证，是从最高当局处得知；
对大主教说的话的真意有着多种解释，
但没有一种认为是乐观的预言。
〔下。

教士一　我为大主教担心，我为教会担心，
我知道人一旦腾达便会骄傲，
这骄傲又会因遇到狠毒对抗而火上添油。

我见过他任枢密大臣时的景象，常得到国王谀赞，
朝臣们对他或敬或畏，各用自以为是的方式，
他受人鄙视也鄙视别人，总是孤立无援，
他不拉帮结派，地位一直岌岌可危；
他的骄傲却总是来源于他的德行，
矜持从大公无私中汲取养分，
矜持由慷慨大度里汲取养分，
他憎厌宠主额外拨予的权力，
唯愿能单独侍奉上帝。
倘若国王更为英明，或者干脆愈加懦弱，
对于托马斯，事态倒是会迥然不同。

教士二　不过我们的大人还是回来了。大人重又恢复他的地位，
我们已经等得太久，从十二月到另一个让人沮丧的十二月。
大主教将率领着我们，驱走失望和怀疑。
他定会告诉我们该怎样做，给我们指令，教导我们。
我们的大人和教皇，还有法兰西国王，会站在一起。
我们身后有磐石可倚，脚下有稳固的立足之地
来抵挡爵爷、地主势力的永恒冲击。
上帝的岩石就在我们脚下。让我们欢迎大主教
　　以热诚的感恩心情：
我们的大人，我们的大主教回来了。当大主教归来
我们的怀疑即烟消云散。因此，让我们欢呼，
我说的是欢呼，还要显露笑容来表示对他的欢迎。
我即是大主教的部属。让我们对大主教表示欢迎！

教士三　不管是吉是凶，总得让时代之轮转动。
都七年了，轮子一直纹丝不动，这样可不行。

不管是凶还是吉，还得让它转动。
不然谁知道结局是好是歹？
直到那些推磨人将磨盘停下
戛然将街门关上，
所有的奏乐女郎也被喝令压低喧响。

合唱队　这不是个能维持下去的城市，长居不宜。
风中有瘟疫，时令不相宜，赢利无保障，风险却会必然来临。
唉，晚了晚了晚了，时节已经错过，今年不会有好的收成；
风是罡风，海是怒海，天空灰暗，灰暗灰暗灰暗。
哦，托马斯，回去吧，大主教；快快回去，回归法兰西。
回去。要快。要没有动静。就让我们在沉寂之中灭亡。
你带着欢呼声来，你带着叫好声来，可是你也把
　　死亡带进了坎特伯雷：
把厄运带给这座教堂，带给你自己，带给这个世界。

我们不希望出什么事情。
七年来我们静悄悄地过日子，
做到了不惹人注意，
活着，凑凑合合地生存着。
这里确实有压迫与穷奢极侈，
这里确实有贫穷与种种限制，
这里确实有小小的不公平，
可我们还是活了下来，
活着，凑凑合合地生存着。
有时候谷物歉收，
有时候收成还算不错，

有一年阴雨连绵，
下一年又是干得土地生烟，
有一年苹果太多，
另一年李子却不挂果。
不过我们还是活了下来，
活着，凑凑合合地生存着。
我们还能张罗欢宴，听得到大弥撒，
我们酿造了啤酒还有苹果酒，
聚积下御冬的木柴，
在炉角边聊聊家常，
在街角传传小道消息，
说话，还不至于非得窃窃私语，
活着，凑凑合合地生存着。
我们看到了出生、死亡和男婚女嫁，
见识过形形色色的丑闻，
我们承受着各种捐税，
但我们也会开怀大笑，也会扯扯闲篇，
有几个小女子不见了踪影，
原因不便明说，有的想跑却跑不了。
我们都各有自己隐秘的恐惧，
我们特殊的阴影和不可告人的心病。
可是如今大难临头，不是某一个人的而是属于全体，
那是生与死的恐惧，当我们把生死单独
视为一种特殊的虚空。我们
害怕这种恐惧，对之我们无所知晓，无法面对，
　　也无人能够理解，

于是我们的心被撕离，我们的头脑像洋葱被一层层地
　　剥却，我们的自我也迷失，迷失
在一种无人能懂的最终恐惧中。哦，托马斯大主教，
哦，托马斯我们的大人，离开我们，让我们自生自灭
　　在卑贱、阴暗的生存框架中，离去吧；别要求我们
反抗这座厅堂、这位大主教和这个世界的毁灭。
大主教啊，把握住掌握好自己的命运，别在阴影包围
　　当中四处出击，你莫非不明白，对于小人物，
把他们拖进命运的模式，意味的是什么，小人物无非就
　　生活在小是小非当中，那样要求
岂不是让小人物伤透脑筋，要他们来支撑住这厅堂，
　　它们的主人和这个世界的倒塌？
哦，托马斯，大主教，离开我们，离开我们，离开阴沉的
　　多佛尔[①]，张帆驶向法兰西，即使在法国，您仍然是
　　我们的大主教。托马斯大主教，把白帆升起在灰天与
　　怒海之间，离开我们，离开我们去法兰西吧。

教士二　在这样一个时刻还会这样说话！
你们真是一群傻头傻脑、自以为是、喋喋不休的婆娘。
莫非你们不知道，善良的大主教
任何一分钟都会来到？
街上的群众将会一阵阵地欢呼，
你们却像树顶的蛙群不住地喧聒：
青蛙至少可以煮熟让人吃。

① Dover，位于英格兰东南部地区，是英格兰距法国最近的地点。

不管你们担的是什么心，见识短浅的东西，
希望你们至少脸上别显得那么难看，
对我们的好大主教得做出一次像样的欢迎。
〔托马斯上。

托马斯　安静。让她们说去，她们正说得起劲。
她们连自己都不知会说得这样好，连你们都无法理解。
她们知道也不知道，要做或是要忍耐不做的该是什么。
她们知道也不知道，其实行动即忍耐，
忍耐即行动。间谍不会忍耐，
同样，病人不会行动。可是二者都注定
要处在一种永恒的行动中，那就是永恒的坚忍。
大家谁都必须同意要服从它的支配，
大家都必须忍耐这样才能把它支配，
只有这样体制才得以维持，因为体制既是行动
又是忍耐，这样时代之轮才能转了又停，
直到永远停歇。

教士二　哦，我的大人，请原谅我，未能见到您的光临，
我让这班傻女人的聒噪弄昏了头。
原谅我们，我的大人，您应该得到更好的欢迎
倘若我们能早些为这件事情做准备。
不过大人您知道七年的等待，
七年的祈祷，七年的虚席以待，
使我们的心早就做了更好的准备，
强似整整七天在坎特伯雷的筹备。
不过，我会在您所有的房间里
都生上火，以抵御英国十二月的严寒，

大人您如今已习惯了更温煦的气候。

您也会发现房间里与您离开时一模一样。

托马斯　在离开时我也会尽量把它们维持原样。

对你们所有的悉心照料我真是不胜感激。

不过这些都是小事。在坎特伯雷无法休息，

因为四周围凶狠的敌人并不休息，

那些反叛的主教，约克、伦敦、索尔兹伯里的，

会拦截我们的书简，

在海岸上布满间谍，派一些

怀有刻骨仇恨的人来与我会面。

蒙主上帝之恩，对他们的意图有所预知

我早几天已经把一批信件发出，

总算是安渡海峡，被送到桑威奇[①]，

布洛克、沃伦，还有那个肯特郡长，

他们都发誓要取我的首级

只有约翰，索尔兹伯里的教长，

唯恐坏了国王的名声，警告不可犯叛逆罪，

才使他们不敢动手。因此一时半刻

我们还不会受到骚扰。

教士一　　　　　　　　　　不过难道他们不会跟踪？

托马斯　短期之内，那头饥饿之鹰

只会在高空展翅盘旋，朝低处窥探，

等待着借口和由头，以及机会。

---

① Sandwich，位于英格兰东南部肯特郡，中世纪时为一繁荣港口。

结局肯定是断然下手，当看准有天赐良机。
与此同时，我们的第一回合的过招
必定是影子之战，是跟影子搏斗。
打的是热闹的过场却非消耗战。
一切都是为了做准备。你们瞧着好了。
〔第一个诱劝者上。

诱劝者一　您瞧，我的大人，我都等不到仪式正式开始，
便径直来了，忘掉了对我所有的尖刻讥诮，
只祈求大人目前举足轻重的地位
不会计较我身份的卑微，而是
只记得共同度过所有的那些美好时光。
大人该不会藐视一个落魄失意的故人？
老汤姆，快乐的汤姆，伦敦人贝克特，
大人该不会忘记河上的那个夜晚？
当时国王和你我还是至交。
友谊永恒，绝非无情的流光能够丢抛。
什么，我的大人，如今重新得到国王的
恩宠，就可以说夏天已经过去，
美好的时光再也无法留存？
草场上弄笛，大厅内操琴，
流波上荡漾着欢笑声和苹果花香，
高歌于夕阳下，悄语在雅室中，
炉火驱祛了冬季的寒冽，
忘掉了黑夜，用幽默、醇酒还有智慧！
如今国王与您重新修好，
教士和信众可以重新松一口气，

寻欢作乐和打闹无需再避人的耳目。

托马斯　你说的都涉及过去的岁月。我却只记得

不该忘却的那些事情。

诱劝者　　　　　　　　　那就说说新生的季节好了。

春天在冬季里悄悄来到。树枝上的积雪

将和落花一起在水面上飘香。沟沿的残冰

映照出了阳光。果园里的情爱

也让液汁升上树端。欢乐眼看要抢去忧郁的风头。

托马斯　对于未来我们所知无多,

只晓得一代接着一代,

同样的事情一遍遍地反复出现。

人都不善于从别人的经验里学到教训。

不过人在自己的一生里,却永远

不会让旧时重现。斩断

缰索,扔掉天平吧。只有

愚人,执迷不悟的愚人,才会以为

他能将自己转动着的轮子逆向倒转。

诱劝者　我的大人,点头和皱眉都一样的美好。

一个人厌弃过的还会将之视为至尊。

为了往昔的好时光——此刻它重又来临,

我愿在您的左右追随。

托马斯　　　　　　　　　可别进入这个行列。

得注意自己的表现。你会更加安全——

倘能经常反省有无不忠于自己的主子。

诱劝者　走这样的步姿那是绝对不会!

你走得快,别人比你还快。

大人您未免自视过高!
最安全的猛兽并非吼声最响的那一只。
这可不是圣主吾王行事的方式!
您过去对待罪人也未曾这么严厉,
他们也曾经是您的朋友。别生气,老兄!
脾气和顺的人才能吃到最好的晚餐。
听一个朋友的劝告。独自好好离去吧,
否则您的肥鹅会被烤熟吃得只剩骨头。

托马斯　你来晚了足足二十年。

诱劝者　那我只得让您听天由命了,
让您去追逐更高层次罪恶的欢乐,
那样,付出的代价也会更高,
别了,我的大人,我不等仪式开始,
走时与来时一样,忘掉所有的尖刻讥诮,
只祈求大人目前举足轻重的地位
不会计较我身份的卑微。
如果在祈祷时您能记起我,我的大人,
我也会记得您,在我们下楼吻别时。

托马斯　自管自好好走吧,你是春天里的胡思乱想,
让你那个念头随着风的呼哨一起飘走。
根本不可能的事情,还要用来当诱饵,
那是决不可能,也无人垂涎,
睡梦里发出的声音,还想唤醒死去的世界,
要让我此刻头脑混乱心有旁骛。

〔第二个诱劝者上。

诱劝者二　大人没准儿已将我忘记。容我提醒一句。

我们曾相见于克拉伦登[①]，于北安普敦[②]，
最后又在曼恩[③]的蒙米赖[④]。这些地名我已列举，
就让我们把这些不算太愉快的记忆
来平衡其他的那些，更早一些
也更有分量的记忆：在枢密院里的那些。
瞧瞧后起之辈是如何节节高升！还是得让您，
有定评的治国大臣来重掌国家的航向。

托马斯 此话怎讲？

诱劝者 您受命为大主教时
便辞去枢密官的职务——这个错误犯得
实在不应该——不过还有挽回余地。想想看，大人，
拥有权力即能带来荣誉，
而且终身拥有，是永恒的财富，
且不说殿宇般的陵墓，大理石的纪念碑。
统御人这事绝非是癫狂。

托马斯 对于侍奉上帝的人又有何乐趣？

诱劝者 悲哀啊
那些唯独向上帝奉献爱意的人。
掌握着世俗实权的衮衮诸公
怎么会清醒着去追随幻影漫游？
权力才是眼前的实事。神圣不神圣死后再议。

---

① Clarendon，历史地名，位于英格兰威尔特郡，亨利二世曾在此修建行宫，并于1164年在此发布旨在限制教会特权和宗教法庭权力的《克拉伦登宪法》。

② Northampton，位于英格兰中部，1164年托马斯·贝克特在北安普敦城堡接受审问，而后流亡至法兰西。

③ Maine，位于法国西北部。

④ Montmirail，1169年，亨利二世与法兰西国王路易七世在此会面，调停亨利二世与贝克特的冲突。

托马斯　那么谁会是这样的人？

诱劝者　　　　　　　　　　　　　　枢密大臣，国王和枢密大臣。

国王下令。枢密大臣经费宽裕地治理。

有一句话学堂里从未教授过：

安抚住大人物，保护好草民，

在上帝庇护下人还能有什么别的想头？

解除暴徒的武装，强化法治，

为更好的秩序井井有条地治理，

执法公正，让众生平等，就这样

在人间，甚至天堂里，也能够安享太平。

托马斯　这意味着什么？

诱劝者　　　　　　　　　　　　真正的权力

要以适当的顺从为代价方可换得。

您精神上有力量在俗世却是不值一文。

权力对于会执控的人方始存在。

托马斯　那将属于谁？

诱劝者　　　　　　　　　　将会出现的人。

托马斯　会在哪一个月？

诱劝者　　　　　　　　　　　　最先之中的最后一个月。

托马斯　以什么来换取它？

诱劝者　　　　　　　　　　　　虚假的神职权。

托马斯　何以要舍弃它？

诱劝者　　　　　　　　　　　　为了权力和荣耀。

托马斯　不！

诱劝者　　　　是的！不然的话勇敢者将受阻折，

禁锢于坎特伯雷斗室，成为无国土的统治者，

一位无权无势的教皇的自我拘囿的奴仆，
为众猎犬团团围住的一头老牡鹿。

托马斯　不！

诱劝者　　　是的！人必须擅长谋略。君王亦不例外，
对外作战，内部自需有牢固的同盟。
一己的私利，必须说成是为公众的福利；
想神态威严，还得靠衣装打扮。

托马斯　你忘掉那些主教了，
我已经将他们开除出教籍。

诱劝者　饿火般的仇恨
斗不过机巧的自谋权益。

托马斯　你忘掉那些领主了。他们该不会忘记
对他们卑下的特权的持续限制。

诱劝者　约束领主，那是
国王的事，自由民的事，枢密官的事。

托马斯　不！难道我，掌管着
天堂和地狱钥匙的人，在英格兰是至尊，
收紧与放松都由我做主，权是教皇亲授，
竟会向一个更低下的权力低头？
我受教皇之命，可以做出决议
谴责哪些国王，不让他们再管辖臣民，
这是我公开的职务。不！你走。

诱劝者　那我就让你听天由命了。
你的罪孽升向天日，高过国王们的鹰隼。

托马斯　世俗的权力，要建造一个良好的世界，
维持秩序，世人所认知的秩序。

相信世俗秩序的那些人
并不服从上帝的命令，
在自以为是的无知中，恰好引起了无秩序，
还想要加以巩固，这更是酿成了大错，
践踏了他们所高声赞美的。权力归于国王——
我就曾是国王，他的臂膀，他的更清醒的头脑。
不过一度认为高不可攀的地位
如今仅仅是粪土不如。

〔第三个诱劝者上。

诱劝者三　我是个不速之客。

托马斯　　　　　　　　　我早料到你会来。

诱劝者　没想到我以这样的姿态，怀着此刻的目的吧。

托马斯　任何目的都不会使我惊讶。

诱劝者　　　　　　　　　　　　那好，我的大人，

我不是个吹毛求疵的人，不是玩政治的，
不是在朝廷上胡混或是专出损招的人，
我不会勾心斗角，不是朝中大员。
我熟悉的只是一匹马、一条狗、一位小娘子；
我懂得怎么把我的产业治理得井井有条，
是个只顾管好自家事的田舍翁。
但熟悉本土事务的是我们这样的乡绅。
我们知道国家需要的是什么。
这是我们的国家。我们关心这个国家。
我们才是国家的顶梁柱。
是我们，而不是依附于国王的
只会出馊主意的寄生草。原谅我话说得粗糙：

我原就是个直进直出的英国佬。
托马斯 尽管直说无妨。
诱劝者 目的其实也很简单。
友谊是否长存并不取决于
咱们自己，而是由环境决定，
可是环境又绝非是一成不变。
不真实的友情会变得真实，不过
真实的友情，一旦决绝，却绝难重新修复。
仇人会急转直下结成死党。
从来不知何为友谊的仇敌
在瞬刻之间又能达成默契。
托马斯 你自称是乡下佬，
却把自己的意思围裹在幽深的概括里，
丝毫也不逊于任何一位朝廷大臣。
诱劝者 这是最明白不过的事实！
与亨利国王你已无望
重归于好。你完全是
闭目塞听，在自己的孤立中硬挺。
这可是一个错误。
托马斯 噢，亨利，噢，我的国王！
诱劝者 别的一些朋友
在目前的景况下，还不是不可以找到。
英格兰国王并非无所不能；
国王是在法国，在安茹争吵不休，
围着他的是急于上台的那几个儿子。
我们是爱英国的。我们人在英国。

你和我，我的大人，都是诺曼底人。
英格兰是应该由诺曼底人
统领的土地。让那个安茹人[1]
在安茹争斗中自我毁灭吧。
他不了解我们，英国的领主们。
我们才是本土人氏。

托马斯　这样做会导向何方？

诱劝者　　　　　　　　　　导向有明智的利益的
欢乐同盟。

托马斯　　　　不过你有什么力量呢——
如果你是在为领主们说话——

诱劝者　　　　　　　　　　　　大人如果想要知道，
我代表着一伙力量强大的人，
他们已经把眼光转向你的这边——
想从你这里得到支持。
对于我们，得到教会的肯定是一种庇佑，
有教皇为我们祝福更是我们为自由
而战中有力的保护。而你，我的大人，
能和我们站在一起，就是一举两得，
挥出有力的一击，为英国也是为罗马，
结束国王法庭对主教法庭、
国王法庭对领主法庭的
专制暴虐的裁决权。

托马斯　那正是我曾经帮助建立的。

---

① 指英王亨利二世。安茹曾是英国的一部分，亨利二世有时会驻跸于此，后归法国。

诱劝者　　　　　　　　　　　那正是在您帮助下建起的。

不过事过境迁。这事已被忘记。

我们现在期待着一个新星座的升起。

托马斯　如果大主教无法相信国王，他又怎能

相信为国王的破坏行为出力的那些人？

诱劝者　国王们独断专行，权力丝毫都不松手；

教会与人民当然有充分理由反对王座。

托马斯　如果大主教对王座无法信任，

他有充分理由对谁都不信任，除了上帝。

我当过枢密官行使过威权，

你这样的人都巴不得在我门外排成行。

不仅在朝廷上，在田野里，

而且也在比武场上，我都做过许多让步。

我曾像鹰隼御领着鸽群，

莫非现在要让我当狼群里的一只狼？

你可以诡计多端，像过去那样：

我可不能让任何人说我背叛了国王。

诱劝者　那么，我的大人，我就不在您的门口恭候了；

而且我亟亟希望，明年开春之前

国王就会对您的忠诚做出反应。

托马斯　对摇摇欲坠的力量作拼死的搏斗。

做了，然后失败，我不是没有思想准备。

参孙[1]在加沙所做的也无非就是这样。

不过倘若失败，我也宁愿独自承担。

---

① Samson，古犹太人领袖之一，事迹见《旧约·士师记》 13—16。

〔第四个诱劝者上。

诱劝者四　干得漂亮，托马斯，你的意志很难违拗。

不过有我在你身边，你不会缺少一个朋友。

托马斯　你是何人？我以为

只有三位来客，没有第四个人。

诱劝者　多接待一个又何必大惊小怪。

如果是约定好的，我自当早一点儿到，

我做事一向把时间提前。

托马斯　　　　　　　　　　　你是何人？

诱劝者　你既然不认识我，我也可以不需要名字。

而且，是因为你了解我，所以我才前来。

你是了解我的，仅仅是未曾见过我的面。

以前遇见过不需要有时间与地点。

托马斯　说说你来想说的是什么。

诱劝者　　　　　　　　　　　　　到时候自然会提到。

过去的琐事往往被充作鱼钩上的钓饵，

说话没遮拦是一个弱点。说到咱们的国王，

他铁石般的仇恨简直是没有个边。

你知道得很清楚，国王决不会两次相信

做过他的朋友的人。

对借来的东西要小心使用，替别人

服务需记住随时会中止。

一旦你的作用起完，成为垃圾，

就等着那桶盖啪地关上。

至于领主们呢，地位虽然低，

嫉妒心却强过于国王的仇恨。

国王有官家的政策，领主们有私人的利益，
妒忌会招来恶人的占有欲。
以利相诱领主们便会互相残杀；
国王们还要想反对更强的对手。

托马斯　那么先生有什么建议呢？

诱劝者　　　　　　　　　　　　　好好走下去，千万别回头。
除了已然选定的那一条，
其他的路你都是走不通。
不过什么是你的喜悦，是王者般的统治，
或是在一人之下统御万民，
躲在阴暗的角落里施用见不得人的诡计，
将精神世界的权力全都捏在手里？
从亚当堕落时起，人便受到罪恶的操纵——
而你却掌控着天堂与地狱的锁钥。
有收紧与放松的权力：收紧，托马斯，只需收紧，
国王和主教便都被你踩在脚底下。
国王、皇帝、主教、领主、国王：
便掌控不住瓦解中的军队，
战争、瘟疫，还有革命，
层出不穷的阴谋和撕碎的协议。
一小时之内由主子变成奴仆，
这就是世俗权力的轨迹。
老国王将体会到这一点，当他呼出最后的一口气，
儿子没有了，帝国也没有了，他咬着碎裂的牙齿。
你却捏着那股纱线，绞拧，托马斯，绞拧
那永恒的有关生与死的一根线，

你掌握着这个权力，握紧了可别放松。

托马斯　　　　　　　　　　　　　　　至高无上的权力，在这片国土上？

诱劝者　至高无上的，只除了一个。

托马斯　　　　　　　　　　　　　　　　　那我就不明白了。

诱劝者　不该由我来告诉你为何会是这样；

我只是在这里，托马斯，告诉你你已经熟知的。

托马斯　这样能维持多久？

诱劝者　除了你已知的，什么也别问我。

不过要想到，托马斯，想到死后的荣耀。

国王死了，又会有另外一个国王，

新国王执行的是新的统治。

国王会被忘记，当另外一个上台：

圣者与殉难者却在坟墓里施行统治。

想想吧，托马斯，想敌人的沮丧，

匍匐着悔恨，见到阴影就会战栗；

想想朝圣者们，排列成行，

在镶嵌着璀璨珠宝的圣殿前，

一代代地绵延不绝，

屈着膝跪在地上祈求，

想想各种神迹，那是上帝的恩赐，

再想想你的敌人，他们所处的别样的地位。

托马斯　这些事我亦曾想过。

诱劝者　　　　　　　　　　　　　　正因为如此我才告诉你。

你的思想比国王们强加给你的更为有力。

你也曾想过，有时，当你在祈祷，

或是在楼梯拐角处起步迟疑时，

在睡与醒之间，那时天还蒙蒙亮，
鸟雀在啁啾，你想到了更有讽刺意味的事。
那就是无物是永存，可是轮子在转动，
鸟巢被洗劫，鸟儿哀鸣；
圣座将被洗劫，金子也都耗尽，
珠宝取去为轻狂女子增添光彩，
圣殿被捣毁，里面的宝物
被夺走成为狂徒和娼妓的囊中物。
当神迹不再显现，信徒们离你而去，
一般人都恨不得早点儿忘记你。
再往后景况愈加不堪，人们都不再恨你，
也不想詈骂或是诅咒你，
却去思考你缺少的是什么品质，
只想试着找到历史的真实。
那时人们将宣称根本没有任何神迹，
只是此人在历史上曾起过一定的作用。

托马斯　那么又有何事可做？还剩下什么事要做？
真的没有永存的冠冕可以获取？

诱劝者　是的，托马斯，是的，你也想到了这一层。
永久追随于上帝左右的圣者们的荣耀，
又有什么能够与之相比？
与天堂荣光的辉煌相比，
什么样的尘世光辉，国王或是皇帝的，
什么样的尘世高傲，还不都显得寒酸？
寻求殉难之道吧，让你自己处于世间的
最底层，那可是高高地在天上翱翔。

那时再朝低处的尘世眺望，深渊依旧
在那里，迫害你的那些人，永久地受着折磨，
激情受到煎熬，赎罪却是绝无可能。

托马斯　　　　　　　　　　　　　　不！
你是何人，竟以我自己的欲念来诱惑我？
其他人来，那些都是世俗的劝诱者，
开出的是欢乐与权力那种低俗的价码。
你开的是什么价？你想要买的又是什么？

诱劝者　我愿出的正是你所想做到的。我要的
是你巴不得摆脱掉的。难道还会太高，
比起一个如此永恒荣耀的前景？

托马斯　别人拿出来的都是真货，值不了什么
却都是货真价实。而你提供的
只是走向毁灭受谴的梦幻。

诱劝者　　　　　　　　　　　　　　难道你不是经常梦想能够得到？

托马斯　莫非，在我灵魂患病时，就不会
出现一条不会让我因为骄傲而受天谴的岔道？
这些诱惑我清楚得很，
那意味着现时的自负与他日的煎熬。
难道有罪的自傲只能靠
更多的罪愆来祛除？我就不能行动或受苦，
而不遭永谴？

诱劝者　你知道却又不知道，何谓行动或受苦。
你知道却又不知道，行动即受苦，
受苦也即行动。间谍并不受苦，
病人也不会去行动。二者都被固定在

一种永恒的行动之中，一种永恒的坚忍，
对于它所有人都必须同意要遵守，
所有人都必须克制使自己愿意遵守，
如此，规范才能维持，轮子才能转或是停，
一直到永远止歇。

合唱队　屋子里没有安静。街上也不得安宁。
我听见不安的脚步在移动。空气是重浊而且不清。
天空也重浊不清。地面在我的脚底往上挤涌。
这难闻的气味是什么，这水汽？是罩在一棵枯树上那朵云彩发出的深绿色的光？土地在起伏正分娩地狱的子孙。我手背上凝聚着黏黏的水珠，那究竟是什么？

四诱劝者　人的生命是一次欺诈，一次失望；
所有的东西全都不真实，
不真实或是令人失望：
是转轮烟火，是童话剧里的猫，
儿童联欢会上颁发的奖品，
作文比赛中得到的奖状，
学者的学位，政治家的奖章。
一切都变得不太真实，人从
不真实走向另一种的不真实。
这个人好固执、盲目，一心要
走向自我毁灭，
玩过一次欺骗还要玩另外一次，
从辉煌到辉煌直至最终的幻灭，
迷失在自以为是的伟大幻想中，
是社会的公敌，也是自己的冤仇。

三教士　哦，托马斯我的大人，别去对抗不可抵御的惊涛骇浪，
不要在坏天气里顶风逆行；遇到狂风暴雨，
我们岂不应该等大海平静下来，夜太黑
便需静候白天来临，这样，旅人岂不才能找到正确的途径，
水手也可以凭太阳的方位指导航向？
〔合唱队、教士们与说客们交替发言。
合唱队　那是猫头鹰在叫，还是林木间发出的一个信号？
教士们　窗闩都插紧了吗，门也关严锁上了吧？
诱劝者们　是雨在叩击窗户，风在晃动着门吗？
合唱队　厅堂中的火把，房间里的蜡烛，都点燃了吗？
教士们　守夜人在沿着墙根巡逻吧？
诱劝者们　看门狗是在大门口嗅闻生人的踪迹吧？
合唱队　死神可有一百只手，会从一千个方向走近。
教士们　死神会在大家注视下来到，也能无影无声地经过。
诱劝者们　对着人的耳朵悄声细语，或是对准谁的脑壳突然下手。
合唱队　尽管提着灯笼夜行，一个人也会淹死在小河沟中。
教士们　一个人大白天爬楼梯，也会因一处烂楼板而失足。
诱劝者们　一个人好端端坐着吃肉，蓦然间腹股沟那里会发凉。
合唱队　我们从来都不快乐，我的大人，我们从来都不曾非常快乐。
我们不是愚昧的妇道人家，懂得什么该求，什么不该企求。
我们见识过压迫以及折磨，
我们看惯了敲诈勒索和暴力行为，
孤苦无告以及缠绵病榻，
老人冬天生不起火，

婴儿夏天里喝不上牛奶，
我们的劳动成果被人夺走，
我们的罪孽总比别人的深重。
我们见过小伙子让人卸去了胳膊和腿，
姑娘们遭糟蹋后只能在磨坊沟边颤抖。
但不管怎么说我们还是活了下来，
活着，凑凑合合地生存着，
把破碎的残片拼粘到一块儿，
趁天擦黑赶紧捡拾上几根柴火，
搭起半间房权充藏身之处，
有地方能睡，能吃，能喝，还能乐上一乐。

上帝不论何时，总会给我们一点理由，一些希望；可是如今一种新的恐怖却败坏了我们，无人能够躲避，无人可以逃脱，它流淌于我们的脚下，弥漫在头顶的天空；
它从门缝和顺着烟囱钻进来，往我们耳朵、嘴巴和眼睛里灌涌。
上帝正在离开我们，上帝正在离开我们，带来比阵痛与垂死更多的苦痛。
绝望的窒息人的气味在降下，
甜得发腻，弥漫在黑沉沉的空中；
黑暗里一些影像在形成：
豹子在发出咪呜喵呜声，厚厚的熊掌踩踏在地上，
频频点头的猿猴挥出猛掌，厚敦敦的鬣狗随时等着想
大笑，大笑，大笑。地狱的鬼神们来到此地。

他们围绕着你，躺在你脚下，一扭身扑翅穿过黑空。
哦，托马斯大主教，救救我们，救救我们，
拯救你自己使我们也能得到拯救；
毁灭你自己于是我们也会被毁灭。

托马斯　如今我的道路明确，如今意思也已清楚：
诱惑将不会以这种形式再次出现，
最后的诱惑将是那最大的背叛，即
为了错误的理由去做正确的事情。
在微小罪恶中表现出的自然活力
那就是我们生命肇始的方式。
三十年前，我寻求各种方式
以取得欢乐、提升和褒奖。
感官的、学与思的欢愉，
音乐和哲学，好奇心，
丁香树上深色的红腹灰雀，
持矛骑士赛场上的武艺，对弈时的策略，
花园里的爱情，有乐器伴奏的歌唱，
都是我同样歆羡的活动。
最初的能量发泄完了雄心便会出现，
此时我们发现不再是所有的事情都能实现。
接着雄心萌发，隐蔽很深不为人觉察。
罪恶随着干得出色而滋生。当时我在英国
大力推行国王的法律，追随他跟图卢兹[1]开战，
我打败了领主们，按他们的游戏规则。此时

---

① Toulouse，八至十三世纪法国南部的一个伯国，后并入法国。

对于曾将我看成最没出息的人，我可以睥睨自雄，
那些土里土气的贵族，他们的风度无法谛视，
就跟他们的手指甲一般。
在我吞咽下国王的盘中餐时，
绝无意思充当上帝的仆人。
为上帝服务比给国王当差
有机会犯更大的罪制造更多的痛苦。
为更崇高事业做工的人能让事业为他自己服务，
但正确的仍然是他： 跟政界人物斗争
能使自己的事业具政治意义，非因他们做了什么
而是因为他们有何等样的身份。我知道
我历史上的其他的部分，对你们大多数人
至多也就是废话一篇，是
一个疯子的毫无意义的自我屠杀，
一个狂人傲慢的热情发泄。
我知道历史在任何时候都能
从最不起眼的事件中引导出最奇异的后果。
但是对于每一件恶行，每一个渎圣行为，
罪行、冤屈、压迫与斧钺之灾，
冷漠、欺压，你，和你，
还有你，全都会受到惩罚。你们必将受罚。
我将不再行动或受苦，朝向刀剑之尖。
此刻我的好天使，上帝派来充当
我的保护者的好天使，在刀尖的上空飞翔。

幕　间

大主教

（一一七〇年圣诞节早晨，布道于大教堂。）

“在至高之处荣耀归与神，在地上平安归与他所喜悦的人。”《路加福音》第二章第十四节。以圣父、圣子与圣灵之名。阿门。

上帝钟爱的孩子们，我今天早上的布道会是很短的一次。我只希望你们对我们在圣诞日所做的弥撒的深刻意义和奥妙之处，能好好地加以考虑和沉思。因为平日间作弥撒时，我们都是在重述**主耶稣**的**受难**与**死亡**；可是在这个圣诞日，我们这样做却是为了庆祝**他的诞生**。这样，在我们欢呼他为了解救人类而来临的同时，我们也是在再次作献祭，向上帝奉献**他的身体与血液**，那是为了赎救整个世界的罪恶而牺牲与完成的。也就是在刚刚过去的这个夜晚，有一群天使来到伯利恒牧羊人的面前，对他们说“在至高之处荣耀归与神，在地上平安归与他所喜悦的人”；在一年的同一时间里，我们同时庆祝**主耶稣的诞生**以及在**十字架**上的**殒亡**。亲爱的信众，**世人**会看到，这是一种奇特的行事方式。因为**世界**上又有谁，会在同一时间内为同一个理由既哀悼又欢呼呢？因为在一般情况下，不是欢乐为哀伤所压倒，便是哀伤为欢乐所挤开；因此只有在我们基督教的神迹里我们才能同时为同一个理由而欢呼与哀悼。不过让我们对着“和平”这个言词想上一想。你们是不是觉得奇怪呢？天使们竟会宣告**平安**，而世界上却不断地为**战争**与对**战争**的恐惧而惊恐不已。你们会不会觉得天使的宣告是错误的，他们的许诺仅仅是一次失望与一次欺骗呢？

现在回忆一下，我们的主是怎样谈到**平安**的。**他**对**他**的信众说：“我把我的平安留给你们，我把我的平安给予你们。”**他**所指的平安是否如我们所想的那样，是指英国与它的邻邦不打仗，领主们跟国王不争斗，业主盘点着他和平得来的收入，清理壁炉，桌子上放着要与一位好友共享的美酒，这时，他的妻子又在对着孩子们唱着歌呢？**他**的门徒们所遇到的却不是这些事情：他们得长途跋涉，爬山涉水，越过大海，受到酷刑、监禁，感到失望，甚至被杀死，成为殉道者。那么**他**所指的又是什么呢？如果你们要问，那就请回忆**他**也说过：“既然这个世界不给你们，那就让我来给你们。”于是，**他**给予了他的门徒们以和平，不过并非世界所给予的那种和平。

请你们再想想另一件事，这可能是你们从来都未曾想过的。我们在享用圣诞大餐时不仅仅是同时在纪念**主耶稣**的生与死：而且就在第二天，我们也是在纪念**他**的第一位殉道者，可敬的司提反[1]。第一位殉道者的纪念日，他的殉难日紧接着基督的诞生，你们认为，这是个偶然事件吗？绝对不是的。正如在同一时间内欢呼与哀悼**主耶稣**的**诞生**与**受难**一样；我们，在较小的规模里，也是在欢呼与哀悼那些殉道者的死亡。我们哀悼，是为了使他们殉道的世界的罪行；我们欢呼，是因为另一个灵魂

[1] Stephen，据《新约 · 使徒行传》 6、7 章，他是耶稣死后第一个被人用石块砸死的信徒，因而被认为是基督教的第一个殉道者。

又参加进了**天国圣徒**的行列，为了**神**的荣耀和人类的解救。

亲爱的信众，我们并不认为殉道者仅仅是一个因为是基督徒而被害的好基督徒：因为如果那样那就只需哀悼便是了。我们并不认为他仅仅是一个提升到**圣者**行列中去的好基督徒：因为那样只需欢呼也就可以了：而且不论我们的哀悼还是我们的欢呼也全都和凡俗世界的不一样。一个基督徒的殉道不是一个偶发事件，因为**圣徒**并不因偶发事件而形成。与成为一名**圣徒**相比，成为一个基督教殉道者就更不是一个人的意志所能造成的了，这绝对不同于人的统治者，那倒是可以由意志力与谋略而产生的。一次殉道，永远都是按照**神**的安排而形成的，是为了表示**他**对人们的爱，警告他们，引导他们，带领他们走回到**他**的路。一次殉道从来都不是人的谋划的结果；因为真正的殉道者是**神**的工具，他将自己的意志融入了**神**的意志，殉道者已不再有为自己的任何欲念，连当殉道者的荣耀的欲念都不再有。因此，就这样，在地面上**教会**在同一时间里哀悼与欢呼，这一形态是外界的世界所不能理解的；因此在**天国**，**圣者**是最高尚的，因为他们已将自己置于最低下的地位，看他们自己不像我们看他们那样，而是在**神的头脑**的光芒下描绘自己的形象。

神的亲爱的孩子们，我今天和你们谈了过去的殉道者们，要请你们需特别记住我们坎特伯雷的殉道者，圣洁的埃尔菲其大主教；因为在基督诞生的日子里，记住**他**所带来的那样的**和平**，这是很应该的；而且因为，亲爱的孩子们，我并不认为我会再向你们布道了；因为很可能在短期内你们将会又有另一位殉道者，这一位恐怕不是过去的那一位了。我很希望你们能将我方才说的那些话记在心里，在别的时候再想起它们。以**圣父**、**圣子**与**圣灵**的名义。阿门。

第二部

合唱队　可有一只鸟在南边歌唱？

仅仅是只海鸟在叫，它被大风刮向内陆。
可有今年春天来到的迹象？
只见老者死去：纹丝不动，都见不到蹬腿与喘气。
可是白天在变长？
白昼长了却更灰暗，黑夜短了却更凄凉。
空气静止压抑：不过东方在蕴积着一场风暴。
饥饿的乌鸦散栖在田野，警觉性很高；森林里
猫头鹰在演练死亡的嘶哑鸣叫。
这都是一个凄惨春天什么样的迹象？
在东方，风暴在积聚。
怎么，在主耶稣出生的日子，圣诞节期间，
竟没有平安降临大地，善意遍布人间？
这世界，和平总是不确定，除非人们遵从上帝的善意。
人跟人交战污染了这个世界，主耶稣之死却让世界焕然一新，
冬天必须扫干净世界，否则我们只能有
一个发馊的春天、干旱的夏天接着便是一无所获。
圣诞节到复活节该干什么活儿？
农人三月间该出外犁耕

那同一片土地，鸟雀应该高唱那同一支歌。
树上叶子萌发时，老人与山楂花
都应簇拥到溪流边，空气高爽又清新，
高亢的歌声在窗前颤动，娃娃们在门前打滚，
这时光还能干出什么事来，鸟的欢歌、
树的绿荫，将把什么错事遮盖，什么失误
需由新翻的泥土摒挡？我们等待，春宵一刻
等待的时候却是无比地难挨。

〔第一个教士上，身前打着圣司提反的旗幡。楷体文字需用歌声唱出。

教士一　圣诞日业已过去：今天是圣司提反，第一位殉道者的忌日。

公会首领们依然拥坐，证人作伪证反对我。
这一天永远让托马斯大主教至为珍惜。
他总是跪下高喊：
主啊，这罪不该由他们承担。
公会首领们依然拥坐。

（可以听到赞颂圣司提反的诗歌）

〔第二个教士上，身前举着一面使徒约翰的旗幡。

教士二　过了圣司提反日：又轮到使徒约翰忌日来临。

在跪下祈祷的半当中他张开了嘴。
这是很早以前的事，我们耳熟能详，
我们的眼睛见识过，我们的双手掌握过
这一人生的至理；一切我们都看见与听说过，
这我们可以郑重宣告。
在跪下祈祷的半当中。

（可以听到对圣约翰的赞美诗）

〔第三个教士上，身前举着一面圣英诺森的旗幡。

教士三　圣约翰使徒日业已过去：圣英诺森日却又来临。

从每一个婴儿的口里，哦，主啊。

宛如四方流水、雷霆和竖琴的声音，

他们歌唱，就像那是一支新编的歌。

诸位圣徒的血让他们当作水也似的流洒，

也没有人把他们埋葬。要雪耻呀，哦，上帝。

诸位圣徒的血。在拉玛，能听到一个声音，在抽泣。

那是从婴儿们的口中发出，哦，上帝呀!

〔教士们站到一起，旗幡置于他们的身后。

教士一　圣英诺森日过完：又来到圣诞日后的第四天。

三教士　我们以同声赞颂，来度过这神圣的一天。

教士一　是为民众，也是为他自己，他为赎罪献出自己。

为了羔羊他献出自己的生命。

三教士　我们以同声赞颂，以度过这神圣的一天。

教士一　可是今天?

教士二　今天，今天是什么日子？一天都过去一半。

教士一　今天，今天是什么日子？不过是又一天，一年中的黄昏时分。

教士二　今天，今天是什么日子？又一个夜晚，以及又一个黎明。

教士三　这是什么日子，我们知道这一天我们希望什么或是畏惧什么?

每一天都是我们应该有所畏惧或有所希望的日子？一个时刻

跟另一个时刻同样沉重。只有在回顾时，在选择时，
我们才说，正是这一天。关键时刻
永远是此时与此地。即使现在，通过污秽的细节
那永恒的意图才会显现。

〔四骑士上。旗幡撤下。

骑士一　吾等乃国王的仆从。

教士一　　　　　　　　　　久仰久仰。
真是有失迎迓。想必经历了长时间的鞍马劳顿？

骑士一　今天路程还不算远，但事情紧急
得从法国赶来。我们把马好一番狠狠驱策，
昨日白天上的船，晚上登岸，
因为有事要与大主教接洽。

骑士二　事情紧迫异常。

骑士三　　　　　　　　国王吩咐速办。

骑士二　钦命岂敢有违。

骑士一　　　　　　　　大队人马就在门外。

教士一　你们必知大主教素来好客，
我们自己也正准备进餐。
善良的大主教会不高兴，
倘若我们不先招待你们吃饭
完了再办事。就和我们一起吃吧，
外面的兄弟也会受到接待。
吃完饭再办事。烤猪肉你们可喜欢？

骑士一　还是先办事再吃饭。肉可以
先烤起来，稍后再吃不妨。

骑士二　我们必须见大主教。

骑士三　　　　　　　　　　　去吧，告诉大主教

我们不需要他的款待，

午餐我们自己总有办法。

骑士一　（向侍从）去吧，向大人他禀报一下。

骑士四　你们还要我们等待多久？

〔托马斯上。

托马斯　（向众教士）虽然早就料到，我们等待中的

那一时刻会在料想不到的

时辰到来。它却跟我们需要

专心处理的其他急事赶在了一起。

在我的桌上你们可以看到

文件都整理好了，该签字的也签了。

（向众骑士）欢迎你们，不管你们要办的事是什么。

你们说，是国王派你们来的？

骑士一　　　　　　　　　　　　　自然是国王亲自派来的。

我们必须和你单独说话。

托马士　（向众教士）　　　　你们暂且回避一下。

好了，是什么事情呢？

骑士一　　　　　　　　　　事情是这样的。

另三骑士　你是个反叛国王的大主教；背叛了国王与国家的法律；

你是国王栽培的大主教；他让你处在你的位置上执行他的命令。

你是他的仆人，他的工具，他的打杂工，

你背负着他的恩典，

你的荣耀全得自于他；从他那里你有了权杖、印玺与权戒。

你本是个小商人的儿子：出生在切普赛德[①]，
是在后楼梯上称王称霸的小流氓；
是向国王巴结的小爬虫；吸血和傲慢让此人大腹便便。
从伦敦的脏土里爬出来，
往上攀登活像谁衬衫上的一只虱子，
你这人坑蒙拐骗，无恶不作；违背了誓言也出卖了国君。

托马斯　这远非事实。
在我接受了戒指之后与之前
我始终是国王的忠实臣民。
除去圣职上的事务外，我悉听指挥，
能算是国土上他最忠心的家臣。

骑士一　除去你的圣职事务！让你的圣职保全[②]你吧——
不过我猜想还不见得能办到。
你的意思只能是保住勃勃野心，
保住你的自大、嫉妒与怨气冲天。

骑士二　保住你的粗野傲慢与贪婪。
可想我们替你向上帝祈祷，以满足你的需要？

骑士三　不错，我们乐于效劳！

骑士一　　　　　　　　　不错，我们乐于效劳！

另三骑士　不错，我们愿祈祷上帝让你功成名就！

托马斯　可是，先生们，你们说
你们的事情紧急，莫非
光是来指责和诅咒？

---

① Cheapside，伦敦的一条街道，在中世纪英语中意为“市场”。
② 前面托马斯所用的词是“saving”，此词含意双关，既可作“除去”解，亦可作“拯救”、“保全”解。在这里骑士利用了语言上的特点。

骑士一　　　　　　　　　那只是因为
作为忠诚的子民，我们感到气愤。

托马斯　忠诚？忠于谁？

骑士一　　　　　　　　　忠于国王！

骑士二　　　　　　　　　　　　　忠于国王！

骑士三　忠于国王！

三骑士　　　　　　上帝保佑他！

托马斯　那么，请把你们忠诚的新外衣穿得
小心些，千万别弄脏与撕破。
你们可还有别的话要说？

骑士一　　　　　　　　　　那就是国王的命令。
要不要此刻就说？

骑士二　　　　　　　别再耽搁，
免得又让老狐狸溜掉。

托马斯　　　　　　　　　　你需要说的
是国王的命令——如果真是实情——
那就应该当众宣布。倘若是对我作出控告，
也该让我在公众面前有机会反驳。

骑士一　　　　　　　　　　　　不！就在这里说，此刻就说！

（他们开始攻击他，但是教士们与随从回来，平和地用自己的身子阻隔开他们。）

托马斯　此时与此地！

骑士一　你早期的劣迹我且略过不提。
那些已经臭名昭著。可是在纷争
结束后，在法国，你被恢复
先前的权益，你又怎样显示你的感激？

你从英国出逃，既未遭流放
又未受到威胁，你好好听着；一心想
在英属法兰西领地上挑起纷争。
你在海外播种不和，诋毁国王
在法兰西国王和教皇的面前，
让他蒙上了不白之冤。

骑士二　可是国王陛下他慈悲为怀，
由于你那些朋友的恳求，格外通融，
订立了一项和平协议，不再计较那些纷争
派你回到你的教区，一切如你之所愿。

骑士三　将你忤逆的史实暂且掩埋，
恢复了你的名誉和财产。
一切都满足了你的要求：
可是你却如何，我再问一遍，表示你的感激?

骑士一　谁拥戴年轻王子[①]为王你就剥夺他们的权力，
否认王子加冕的合法性。

骑士二　用烦琐的条条框框来加以束缚。

骑士三　用你权力范围内的种种办法阻挠
那些国王的忠实臣仆，每当他们中的哪一位
于陛下不在时，替他出力，捍卫国家的利益。

骑士一　这一桩桩一件件岂不都是事实。
你若是同意去国王面前回答
那你就说。派我们来正是为了这一点。

托马斯　我从未希望过

---

① 指亨利二世 1170 年立其子亨利为王，共理朝政。加冕礼由约克大主教主持。

不让王储加冕为王，或是要削弱
他的荣耀与权力。为什么他却让
我的人民没有我，将我与自己的人民分隔开，
让我坐在坎特伯雷，一个人孤零零?
我唯愿他拥有三顶王冠，而不只是一顶，
至于那些主教，加之于他们的
并非我的束缚，能除去的也不该是我。
让他们找教皇去。谴责他们的是教皇本人。

骑士一　不过免除他们职务却经过了你的手。

骑士二　你使手续变得天衣无缝。

骑士三　得免除对他们的约束。

骑士一　得免除对他们的约束。

托马斯　我不否认
这件事经我手完成。但我无权
为教皇要羁束的人松绑。
何不让他们径直去教皇面前，面向他，把他们
对我的不屑，对教会的不尊重尽情倾诉。

骑士一　就算实情确是这样，但钦命在此：
令你与你的侍从撤离此地。

托马斯　如果这真是国王的命令，我可要斗胆
陈言：我的人民缺少我的亲自关切
已有七年；那是悲惨痛苦的七年。
七年里我滞留海外充当求异邦施舍的一个
化缘者：七年的时间不能算短。
这段时间我怎么也不能找补回来。
再也不可能，你再无法使人相信

能让大海把牧守和他的羊群分隔开。

骑士一 国王的公正，国王的尊严，
全都不被你看在眼里；
你这狂妄的疯子，什么都阻挡不住
你对国王臣仆和教士们的攻击。

托马斯 轻慢国王的并不是我，
因为还有事物比我或国王更为崇高。
你们反对的不是我贝克特，
来自切普赛德的穷小子贝克特。
宣告末日的并非贝克特，
而是基督教会的律法，是罗马的裁决。

骑士一 传教的，你说的话已经死不足惜。

骑士二 传教的，你说的话已足够让你挨上我一刀。

骑士三 传教的，你说的话早就够得上叛国大逆罪。

三骑士 吃教会饭的！叛贼，你的渎职罪早已是板上钉钉。

托马斯 我的功罪自会请罗马裁定。
不过假如你们杀了我，我将从坟墓里升起
在上帝的宝座前陈述我的情由。

〔下。

骑士四 教士！修士！还有侍从！拿下他，捉住他，拦住他，
别让此人跑掉，以国王的名义。

骑士一 不然就用你们的肉身来抵命。

骑士二 废话不必再说。

四骑士 我们为国王执法而来，我们带着刀剑前来。

〔下。

合唱队 我嗅闻到了他们，死亡的携带者，隐隐的迹象

使感觉变得灵敏；我曾听到
夜里吹笛般的声音，笛声与猫头鹰，在正午见到
有鳞的羽翼掠过，大得可笑，我尝到过
勺子里腐肉的味道。暝色中我感觉到
大地在一起一伏，不安，反常。我还听到
发出怪声的野物像是在狂笑：豺狼、公驴和寒鸦的声音；耗子和袋鼬来回窜动的窸窣声；还有潜鸟的怪笑，那是一种疯狂的鸟。我还见到过
灰色的脖颈在扭动，老鼠的尾巴在打转，当时天还朦胧未亮，我吃过
仍然活着的软体动物，一股海底齁咸的盐味；我尝过
生猛的龙虾、螃蟹、牡蛎，还有海螺与明虾；它们在我肚子里存活和产卵，天不亮我就得爬起来拉稀。我闻到过
玫瑰死亡的臭味，蜀葵、香豌豆、风信子、报春花和野樱草的腐烂味。我见过
动物的躯干和犄角，獠牙和蹄子，长在稀奇古怪的地方；
我曾躺在海底，随着银莲花的呼吸节奏而呼吸，随着海绵的大口吞咽而一起吞咽。我曾躺在泥地上讥笑蚯蚓动作迟缓。在空中
我曾追随节节上升的风筝，并和它一同坠落，把鹧鸪吓得不轻。我抚摸过
甲虫的触须、蝮蛇的鳞片、大象勉强能牵动的几乎没有感觉的厚皮，鱼儿滑溜溜的腹侧。我闻到过
剩菜的馊味、便所里点燃的香料、香料里的臭水沟味、林中小径里的香皂味、林中小径里浓得让人作呕的甜香

味，此时大地在睡梦中呼吸起伏。我见到过
光环一圈圈旋转着降落下来，引起
猿猴的惊恐。难道我还会不知道，不知道
什么事情会要来到？它早已来到，在厨房里，在过道里，
在马厩的巷道里和市场的牛棚里
在我们的血管里、肚肠里，也在我们的头颅里
还在君王们的谋略中
在权势集团的折冲里。
但凡织入命运的织机中的
织入王公会议的布局里的
也会织进我们的血管里、脑子里，
一如活生生的虫子编就的一张网
织入了坎特伯雷妇女的内脏。

我嗅闻到了他们，死亡的携带者，要采取行动
此刻为时已晚，想悔恨却时间尚早。
对于那些最终同意屈从的人
除去羞愧地认输，做什么都已无用。
我也同意过，大主教大人，也曾经同意过。
现在只感到没着没落，闷闷不乐，备受屈辱，
顺从了自然的精神错觉，
服从了动物性的精神力量，
听凭主宰，由自我毁灭的欲念，
由最后那彻底的精神上的绝对死亡
以及自我放纵与羞辱的最终狂喜，
哦，大主教大人，哦，托马斯大主教，原宥我们，

原谅我们，为我们祈祷以便让我们为您祈祷，
让我们脱离耻辱。

〔托马斯上。

托马斯　安静，你们的思想、幻觉也都得宁息。
事情定会降临到你们身上，你们必须接受。
这是永恒负担中你们的那一份，
是永恒的光辉。这是一个时刻，
但需知还有别的时刻
会以突然让人疼痛的快感猛袭你们，这就是
上帝光辉形象的全盘计划功德圆满的时刻。
别的事，像为家务事忙忙乱乱，你们会忘记，
这些你们倒能记得，在炉边唠唠叨叨时，
年纪与忘性使回忆变得更为甜蜜
就像一个说了无数遍的梦，
说一遍就改动一遍。让人觉得不真实。
人类本来无法忍受太多的真实。

〔众教士上。

众教士　（严肃地）我的大人。你千万不能停留在这里。去大教堂吧。从回廊穿过去。再没有时间可以浪费了。他们会带着武器回来的。去祭台吧，上祭台那里去吧。

托马斯　我一生中，他们这些脚步，都在逼近。我一生
都在等待。只是在我够资格时死亡才会到来，
如果我已修炼到家，那也就没有什么危险可言。
我无非就是使我的意愿得以充分实现。

众教士　我的大人，他们来了。马上就会破门而入。
你会受害的。到祭台这儿来。

要快着点儿，我的大人。别再停在这儿说话。这可不行。

我们将会怎样，我的大人，如果您被杀害；我们将会怎样？

托马斯 安静！不要喧闹！记住你们身在何处，何事又正在发生；

要在此处被取走生命的只是我的这一条，

而且我也并不危险：只是临近死灭。

众教士 我的大人，去做晚祷！晚祷绝对不能少了你。

那神圣的地方不能没有你。去做晚祷。

进大教堂去！

托马斯 你们去做晚祷，祈祷时请记得我。

他们在这里会找到牧人；羊群不致受害。

我只感到一阵至福的震颤，上天的一个微笑，一声耳语，

我再不会被天国拒绝；一切事物

都在朝快乐的至善境界行进。

众教士 抓住他！推他去！拉走他！

托马斯 松开你们的手！

众教士 去做晚祷！快走。

〔他们将他拉走。此时合唱队发言，场景移至大教堂。

合唱队 （远处有一合唱队在用拉丁语唱《末日经》）

让手没有感觉，把眼睑擦干

让恐惧平息，但总会有更多恐惧

多于肚子在撕裂的时候。

让恐惧平息，但总会有更多恐惧

多于手指被扭曲的时候

多于头颅被劈裂的时候。

多于在过道跌跤时，
多于在门口出现阴影时，
多于大厅内突发狂怒时。

地狱的代理人，那也是人类，消失不见，他们缩小化解
成为风中之尘，被遗忘，不再记得；这里只有
上帝沉默的仆人，**死神**的那张苍白扁平的脸，
在**审判者死神**那张脸的后面
在**审判者**空**无**的后面，更为可怖
比地狱里活生生的图形；
空虚，缺失，与上帝疏离；
无功效之行的恐怖，此行通向空旷的土地
那不是土地，只是空虚、缺失，是空**无**，
在那里曾是人的那种生物，不再能把思想
转向分心、空想，逃入梦幻、装假，
在这里灵魂不再受骗，因为没有物体，没有声调，
没有颜色，没有图形可以分心，可以不让灵魂
见到自己，邪恶地永久连结，虚无连结着虚无，
不是我们称为死亡之物，而是死亡之外的非死亡，
我们畏惧，我们畏惧。到那时谁将为我祈求，
谁将为我说情，在我最需要的时候?

死在树上，我的**救世主**，
别让您的劳苦付诸流水；
帮助我，主啊，在我最后一次畏惧之时。

我是尘土，正趋于归回尘土
从那临近中的最后灭绝，
帮助我，主啊，因为死亡来近。

（大教堂里。托马斯与众教士。）

众教士　插上门闩。插上门闩
门闩插好了。
我们安全了。我们安全了。
他们不敢硬闯。
他们撞不开门。没有这么大的力量。
我们安全了。我们安全了。

托马斯　将门闩抽下！让大门洞开！
我不愿把祈祷的处所，基督的会堂，
这圣殿，变成一座碉堡。
教堂保护自己，应该以它的方式，不靠
椽木与石头；石头椽木会风化朽烂，
难以持久，可是教堂却将永存。
教堂应当开放，即使是对我们的敌人。打开大门。

众教士　我的大人！这些可不是人，不是像人那样前来，而是
像发疯的野兽。他们来时并不像人，人会
尊重圣殿，在基督遗体前跪下，
他们却是像野兽。你抵挡豺狼虎豹，
会把大门闩上，
那么岂不更该抵挡
有邪恶人类灵魂的野兽，抵挡自甘堕落为
野兽的恶人。我的大人！我的大人！

托马斯　你们以为我鲁莽、不顾一切而且疯疯癫癫。

你们单凭后果，像世人通常那样，
来判断一件事究竟是好还是坏。
你们尊重事实。因为对于每个生命、每个行动
后果的吉与凶确是能显现出来。
但是许多事情的结果有时会有延误，
因此最终是好还是坏会令人不解。
现在我的死还不到将广为人知的时候；
也仍然未到我做出决定的时候
（如果你们将这称之为做出决定），
到那时我整个人将给予全部的同意。
我把我的生命
交付给**上帝的律法**而不是**人间的法律**。
卸下门闩！卸下门闩！
我们这里不以格斗、战术或抵抗来论成败，
不跟这些人形的猛兽格斗。我们和兽类斗过
而且也将其征服。我们此刻的征服
只需倚仗忍耐。这样的胜利更易取得。
此刻是十字架战胜的时候，现在
让大门洞开！我命令这样做。**把门打开！**

〔门开。众骑士上，处于微醺状态。

教士们　往这边走，我的大人！要快。走上楼梯。到屋顶去。
进地下室去。快。来呀。大家使劲拉他。

众骑士　贝克特在哪里，这国王的叛贼？
贝克特在哪里，这多管闲事的修士？
但以理你快下狮子坑，
猛兽正想用你来充饥。

你岂不是想用羔羊的鲜血浇淋自己?
　　你岂不是身上标志着猛兽的标记?
但以理你快下狮子坑,
　　去跟猛兽共享盛宴。

切普赛德的小混混贝克特在哪里?
　　不忠不信的修士贝克特在哪里?
但以理你快下狮子坑,
　　去和猛兽共享盛宴。

托马斯　正直的人就像
一头勇猛的狮子,自当无所畏惧。
我在这里。
并非国王的叛贼。我是一介修士,
一个基督徒,因基督的鲜血而得以拯救,
也准备以我的鲜血来接受苦难。
血的迹象,永远是
教会的象征。以血还血。
基督献出血使我得到生命,
我献出血以补偿**他**的死亡,
正是为了**他的**死我才死亡。

骑士一　向所有被你逐出教会的人,宣布开除无效。

骑士二　把你僭夺到手的权力,全部交还。

骑士三　把你窃取挪用的金钱,全都退还国王。

骑士四　把你桀骜不驯的臭架子,统统给我们收起来。

托马斯　为我的主,我现在准备走向死亡,
使他的教会得享自由平安。

想把我怎样，悉听尊便，其实对你们是羞辱与损伤；
但是以上帝之名，决不能殃及
我的部众，不管是百姓还是修士。
这样做我绝对不准。

众骑士 叛贼！叛贼！叛贼！

托马斯 你，雷金纳德，你才是三重身份的叛贼：
作为我的家臣，你背叛了我，
我是你精神上的导师，你背叛了我，
你亵渎了主的教会，你背叛了主。

骑士一 对于一个变节者我不欠任何情分，
即使有所亏欠我也会一并结清。

托马斯 此刻，向着全能的上帝，向着无比圣洁的马利亚，向着神圣的施洗者约翰，向着神圣的使徒彼得和保罗，向着神圣的殉道者德尼，向着所有的圣徒，我陈述我的以及教会的主张。

（众骑士杀死他时，我们听到了合唱队的声音。）

合唱队 滤净空气！澄明天空！换来清风！把石头逐块分开，冲洗干净。
土地污秽，水也污秽，我们的野兽和我们自己都为血所玷污。
一阵血雨蒙蔽住我的眼睛。英格兰在哪里？肯特郡在哪里？坎特伯雷又在哪里？
哦，悠远、悠远的，悠远的好久之前；我漫游在一片枯萎的树枝之间；倘若我折断树枝，它们便会流血；我漫游在一片干石块的地里：倘若我触碰它们，它们便会流血。

我如何、如何才能回去，回到温馨宁静的季节？
黑夜紧挨着我们，遏止住太阳，阻挡住季节，不让白天来到，不让春天来到。
我可还能重见白天与它的寻常事物？可还能透过一重血雨的帘幕，见到处处涂抹了鲜血的一切？
我们以前不希望任何事情发生，
私人的灾难我们早已司空见惯，
还有个人的损失，公众的不幸，
我们活着，凑凑合合地生存着；
夜间的恐惧终止于白天的行动，
白天的恐惧终止于噩梦；
可是在市场上聊天，手按在扫把上，
夜间撮拢起炉灰，
天亮时往火上添加燃料，
这些行动标志着我们受苦的限度。
每一种恐怖都有它确定的意义，
每一种忧伤也都有个尽头：
在生活中没有时间无止无休地哀伤，
可是这件事，的确是超脱了生活，超脱了时间，
是邪恶与冤错一瞬间的永恒纠结。
我们被污染，为一种我们所洗不净的污秽，和超自然的邪恶纠缠在了一起，
被亵渎的不仅是我们，不是这所房子，不是这座城市，
而是这个世界彻底地受到污染。
滤清空气！澄明天空！换来清风！把石头逐块分开，把皮肤从臂膀上撕下，把肌肉从骨骼上剥离，清洗它们。

清洗石块，清洗骨骼，清洗脑浆，清洗灵魂，清洗它们，清洗它们！

〔众骑士，在完成杀戮后，走向舞台前方，向观众发言。

骑士一 我们想请大家为我们将注意力集中片刻。我们知道，也许列位对我们的行为会颇不以为然。列位是英国人，主张的是公平竞争：当你们见到一个人受到四个人的袭击时，你们的同情自然都会倾向处于劣势的一方。我尊重这样的感情，这种感情我自己也同样有。不过，我要向列位的荣誉感发出呼吁。列位是英国人，因此，在未听取一案双造的意见之前，决不会对任何人的是与非做出判断。这是与我们形成已久的陪审员裁定的原则相一致的。其实我这个人并不适合向列位陈述我们这一方的案情。我擅于行动却拙于辞令。正因如此，我将暂时告退，而要向列位介绍另外的几名发言人，他们各有专长，也各有自己的不同视角，自会将这一极其复杂的问题的实质向列位陈述清楚。我想请我们当中年齿最高的一位先说，他也是我乡间的邻里：现在有请威廉·德·特拉西男爵。

骑士三 我的老友雷金纳德·费兹·厄尔塞想使列位相信我是个老练的演说家，这倒使本人羞愧有加。不过有一点我倒确实是骨鲠在喉，不吐不快。那就是：我们的所作所为，且不论列位对之会有何等样的看法，与我等的个人利益，却是绝无丝毫的瓜葛。（其余几位骑士说：“听听！听听！”）我们不会从这件事里得到任何好处。我们失去的将远远超过我们所能得到的。我们只是将国家的利益置于一切之上的四个普普通通的英国人。我敢说我们方才进来时没能给你们留下太好的印象。其实，我们早就清楚我们承接下的绝对是一件扎手的活儿；我只代表我自己说话，我确实是喝得稍稍多了些——平时我可不是个见了酒不要命的人——无非是要为自己壮壮胆。因为说到底，下手去干掉一位大主教还是很难让人接受的，特别是对于一个在良好的教会传统下成长起来的人。因此，如果我们显得有一点粗野，你们得理解何以会是如此；就我个人来说，我还是觉得十分难过的。我们明白这是我们的任务，我们怎么说还是必须去努力完成它呀。而且，正如我方才所说的，我们绝对不会从这件事里得到一个便士。我们完全清楚以后事情将往什么方向发展。亨利国王——愿上帝保佑他——将不得不说，从国家的利益考虑，他从来都无意让这样的事情发生；于是，便会有好一顿的争吵，最好的结果就是我们必须得在国外度过我们的余生。而且，即使在头脑清楚的人看明白大主教必须得被清除以免挡道时——就我个人来说，我对他怀有很高的敬意——你们必定注意到，他在最后的那一场戏里是表演得多么地出色——他是不会让我们有哪怕是一点点正面人物的色彩的。不，我们已经葬送了自己，这是一点也不会有错的。因此，正如我一开始就说了的那样，至少要在这一点上对我们加以肯定，那就是这件事跟我们的私人利益毫不相干。我想这就是我想说的一切了。

骑士一　我想我们都会同意，威廉·德·特拉西的讲述相当精彩，而且还提出了一个至为重要的论点。论点的核心就是：我们在这里完全没有获得任何利益。不过我们的行为还需要有更多的论据来加以支持；因此务请列位再听听我们中另一些发言人的讲述。下一位我要推荐的是休·德·

莫维尔，对于国家治理方略与宪法，他的造诣很深。现在有请休·德·莫维尔爵士。

骑士二 本人想首先对我们的领袖，雷金纳德·费兹·厄尔塞提出的一个很好的论点再稍稍作些补充。他说，你们是英国人，因此你们的同情永远都偏向于弱势的一方。这正是英国人的公平竞争精神嘛。现在，可尊敬的大主教——其优良品质素来为我极其崇敬——已完全被置于弱势的一方了。不过实际情况究竟是否如此呢？我想吁请的不是你们的情感而是你们的理智。你们是头脑清醒很有理性的人，这我看得出来，是不会为激昂慷慨、哗众取宠的论调轻易骗过的。我因此想请你们冷静地想一想：大主教的目的是什么？而国王的目的又是什么？从对这些问题的回答中应当不难窥见问题的关键所在。

在国王的这一方面，他的目的完全是始终如一的。在已故的马蒂尔达王后与不得意的篡位者斯蒂芬掌权的时候，我们的这个王国是四分五裂的。我们的国王看出至关紧要的一件事就是要恢复秩序：要羁勒住地方政府不让它们超越职权，那种权力往往具有自私的而且经常带有煽动性的犯上目的，改革法律制度也是国王念兹在兹的一件大事。他因此希望贝克特，后者当时已经证明自己是一位极为干练的行政管理人员——此点无人能加以否认——能将枢密官的和大主教的职能予以合并。如果贝克特能对国王的意愿心领神会，那我们就应该早就有一个几乎是理想的国家了：一个在中央政府领导下政教合一的国家。我与贝克特素来熟稔，有过各种官方的关系；我必须说，我从来也不知道有什么人具备如此充分良好的条件，足以胜任最高的行政职务。但是发生了什么情况呢？就在贝克特于国王的申请下被任命为大主教的那一刻，他竟辞去了枢密官的职务，变得比教士更像教士，明目张胆、咄咄逼人地过着一种苦修者的生活方式，他当即认定，存在着一种比国王的秩序更高一等的秩序，作为国王的臣仆，他多年来即在努力建立这种秩序；而且认为——理由只有上帝才知道——两种秩序是无法并存的。

你们定能同意我的意见，认为一位大主教这样的干扰对我们这种人的本能就是一种触犯。到目前为止，我知道列位对我的看法是赞许的，这从列位的面部表情上可以看出来。你们持有不同意见的仅仅是我们为了匡正时弊而不得不采取的那种措施。对于采用暴力的做法，再没有人会比我们更感遗憾了。不幸的是，有时候，为获得社会正义，除了施用暴力，还真的别无他法呢。在别的时候，你们可以通过国会投票的方式谴责大主教，正规地以叛国者的罪名将他处决，这样就不会再让任何人担上杀人凶手的骂名了。索性时间更往后一些，恐怕连采取这样温和的措施都无必要了。不过，倘若此刻你们面临一个难题，要将桀骜不驯的教会置于国家福利的正当御领之下，这时，请记住，采取第一步措施的是我们。是我们，充任了你们所赞同的国家治理方式的工具。我们是为了你们的利益而出力；我们理应得到你们的赞许；如果说在做的过程中确有一些不妥之处，那么你们也理当与我们共同承担。

骑士一　莫维尔给我们提供了大量值得思考的材料。在我看来，对于跟得上他那异常深刻的思路的人，他已经把问题说得很透了。不过我们这里还有一位有话要说，我想他必定有从另一个角度看的观点要表述。倘若还有任何人仍然感到有些地方不能令自己信服，我想出身自虔信教会因而声名显赫之家的理查德·布利托，定然能起到良好的作用。现在有请理查德·布利托。

骑士四 在我之前发言的几位先生，更不必提我们的领袖雷金纳德·费兹·厄尔塞了，都已经把问题说得非常切中要害。对于他们各具特色的论点，我其实是再没什么可以补充。我必须要说的也许可以用一个问句的形式加以表现，那就是：*谁杀死了大主教？*由于你们都是这一令人惋惜的场景的目击者，对于我这样的说法，你们也许会感到诧异。不过，考虑到事情的发展过程，我觉得仍有必要，哪怕是只用三言两语，把上一位发言者所涉及的历史背景再作一番复述。在已故的大主教担任枢密大臣时，在国王的领导下，再没有另外一个人比他，对于国家的融合，作出过更大的贡献，使国家能够团结，安定，井井有序，和谐与公正了，而这正是国家当时至为需要的。但是自从他当了大主教的那一天起，他彻底改变了自己的政策；他显示出自己对国家的命运漠不关心，而且，事实上，成了一个利己主义的妖魔。这样的利己主义在他身上得到恶性发展，直到后来他已经完完全全走火入魔。我掌握有不可否认的证据，能证明在他离开法国之前，曾当着众多证人的面，毫不隐讳地预言说，他在世的时日已经不长，他将在英国被人杀害。他用尽了种种挑衅性的手段；从他一步接着一步的行为，人们可以作出的结论只能是，他已经下定决心要走作为一个殉道者而死去的这条路。其实即使到最后关头，他原本也是可以把理智给予我们的：你们看到了他怎样回避了我们的问题。而且当他有意激怒我们使得我们忍无可忍时，他还是很容易便能逃离；他完全可以躲开较长时间，以使我们的正义的怒火能够平息下来。但那正是他所不希望发生的；当我们处在怒不可遏的当口上，他却坚持要把大门打开。还需要我再说什么呢？我觉得，在这些事实摆到了你们面前的时候，你们肯定会毫不犹豫地作出是在头脑不清的状态下自杀这样的裁决。对于这么一位总体上说还能算是伟大的人，那就是你们所能作出的唯一的宽大为怀的裁决了。

骑士一　谢谢你，布利托，我认为再也没有什么需要说的了；另外我想向列位提个建议，请大家静悄悄分散地打道回府。务请多加小心别三五成群在街角扎堆闲逛，千万不要为激起公众的不理智行动而提供任何借口。

〔众骑士下。

教士一　哦，父亲，父亲，离开了我们，消失在我们的面前，
我们怎么才能找到你，你会从哪个遥远的地方
俯视我们？如今你去到天国，
谁来引导我们，保护我们，指点我们？
要走过什么样的途径，经历何等样的艰难险阻
我们才能再重见你的光辉形象？何时才能
继承你的力量？教会将变得没有生气，
孤单，受亵渎，荒凉，异教徒将会在废墟上重建殿宇，
他们的世界里没有上帝。这我看得到。我看得到。

教士三　不会这样。因为教会能为此事而愈益坚强。
在逆境中取得胜利。迫害只会使教会
愈加坚强：而且崇高，因为有人愿意为它殉难。

去吧，软弱悲哀的人，迷途与失去方向的灵魂，你们
　　在地上与天上都无家可归。
到那里去：为夕阳染红了最后一块灰岩的
布列塔尼，或是赫丘利斯之门。
去荒无人烟的海岸边遭遇船难，
那里黑人会把基督徒扣为人质；
到为冰山禁锢的北海去，
那里冰冷的空气使手足麻木，脑子无法思想；
到荒漠烈日下去寻找一个绿洲，
去和异教的撒拉森人结为联盟，
跟他一起举行他们不洁的宗教仪式，力图在
那人欲横流的朝廷上忘掉自己，
在枣椰树旁的溪流边忘掉自己；
或是在阿基坦①坐着啃啮自己的指甲。
在你头颅内小小的痛域里
你将仍然沿着一个圆形没完没了地兜圈子
苦思冥想，向自己证明你没有做错，
编织一个幻想，编织时你面对的是一团乱麻，
你在假想的地狱里永无穷尽地漫步，
那从来就不是一种信仰：以上就是你在世上的命运
犯不着我们再费心去思量。

教士一　　　　　　　　　　哦，我的大人
你新状态中的辉煌我们还无从谛见，
请你怜悯宽容，为我们祈祷。

---

① Aquitaine，位于法国西南部，曾受英王亨利二世管辖。

教士二　　　　　　　　　　　　此刻在主上帝的俯视下

请与你之前所有的圣者、殉道者们一起，

把我们铭记在心。

教士三　　　　　　　　让我们的感激上达

主上帝，他赐给我们一位新的坎特伯雷圣者。

合唱队　（与此同时，远处有合唱队在用拉丁语诵唱《感恩赞》）

我们赞美**您**，哦，上帝，因为**您**的光辉普照着地上所有的生物，

不论是下雪还是下雨，吹着和风还是雷雨交加；对于所有**您**的创造物，包括猎者与被猎者。

因为一切存在的事物都仅为**您**所看见、只以**您**所知的形式出现，一切事物仅仅存在于**您**的光中，**您**的光辉甚至存在于否认**您**的事物里；黑暗中也照射着光的辉煌。

否认**您**的那些人也无法否认，倘若**您**不存在；他们的否认将永不完整，因为如果是这样，他们亦将不存在。

他们证实**您**活生生的存在；万物都证实**您**的存在；空中的鸟，

包括鹰隼与燕雀；地上的动物，包括豺狼与羔羊；泥土中的蠕虫和肠胃里的蛔虫。

正是**您**使人们认识了**您**，因此人哪，必须更自觉地赞颂**您**，以思想、言语与行动。

即使当手按着扫把，背弯着生火，膝盖屈着清理炉膛，我们，坎特伯雷的清洁女工，

脊背让活儿压得直不起来，膝盖在罪恶重负下弯曲，双手因恐惧而遮住面孔，脑袋因忧伤而低垂，

即使是那样，在我们心中，季节的声音仍然在赞美**您**，在

冬天的呼哨声中，春天的歌唱声中，夏天的嗡嗡声里，还有野兽、鸟雀的嗥叫和啼啭声里。
我们感谢**您**为了**您**血的悲悯，为了**您**血的救赎。因为**您**的那些殉道者和圣徒的血
将使大地变得丰饶，将创造出神圣的处所。
因为一处地方只要有一位圣徒生活过，一位殉道者把自己的血为基督的血而献出过，
那里就是圣地，圣洁将不再与它分离，
纵然军队会在上面践踏，纵然观光者手执导游图会来东张张西望望；
从西海吞噬着艾奥纳[①]海岸之处，
一直到沙漠中就义的处所，折断的帝国廊柱边人们记不准确的祈祷过的角落，
从这样的土地上春天一次又一次永远使大地更新
虽然永远有人否认。因此，哦，上帝，我们感谢您
是**您**将这样的祝福赐给坎特伯雷。

原谅我们，哦，主啊，我们承认自己属于普通人，
是关上门偎在火边的男男女女；
我们畏惧上帝的赐福，畏惧上帝之夜的孤独，还有迫不得已的屈服，牵连而至的匮乏；
与对人的不公正的畏惧相比，我们更加害怕上帝的公正；
我们害怕窗外的手，茅草屋顶上的一把火，小酒馆里的拳头，运河边的推搡，

① Iona，苏格兰一小岛。

但我们更加畏惧上帝的垂爱。
我们承认我们曾非法侵入，我们软弱，我们失误；我们承认
我们承袭着世界的罪恶；殉道者的血、圣徒的痛苦里
也都有我们的罪过。
主啊，怜悯我们。
基督啊，怜悯我们。
主啊，怜悯我们。
圣洁的托马斯啊，为我们祈祷祝福。

李文俊　译

家庭团聚

人　物

埃米，蒙肯西夫人（遗孀）

艾维，瓦奥莱特和阿加莎 —— 埃米的妹妹们

杰拉德·派珀和查尔斯·派珀公爵 —— 埃米已故丈夫的两个兄弟

玛丽 —— 蒙肯西夫人一个已故表姐的女儿

登曼 —— 会客室女用人

哈里 —— 蒙肯西夫人埃米的长子

道宁 —— 哈里的仆人兼司机

沃伯顿医生

温切尔警官

复仇三女神

场景设在英格兰北部的一个乡村别墅里

第一部

客厅休息室，下午茶后。
三月末的一个下午。

第一场

埃米，艾维，瓦奥莱特，阿加莎，杰拉德，查尔斯，玛丽

〔登曼进屋拉上窗帘。

埃　米　还没到时间呢！我会叫你的。外面天还很亮。
我无事可做，只好看着日子不断流逝，
我从十月份到六月份足不出户，
而且燕子来得太早，春天即将结束
布谷鸟在我再走出屋子之前将会飞走。
啊，太阳曾经是那么温暖，啊，白天，我一度认为是理所当然
当我年轻力壮的时候，太阳和白天似乎唾手可得
从不惧怕黑夜，总是期待白天
可以信任时钟，对明天很确信
黑暗里时钟也不会停止转动！
打开灯吧。但是窗帘不要拉上。
生火吧。春天永远不会再来了吗？我觉得冷。

阿加莎　韦石伍德过去确实是个很冷的地方，埃米。

艾　维　我以前总是跟埃米讲冬天到南方去。

如果我是埃米的话，冬天我会去南方。

我会追随太阳，而不是在这里坐等阳光。

如果我有经济能力，我会去南方，

而不是像我现在这样，住在贝司瓦特，坐在煤气取暖器旁边数着几个先令，冻得发抖。

瓦奥莱特　去南方吧！到英格兰的流通图书馆里，

到军人寡妇家里，到英格兰教士那里，

坐在冰冷的室外折叠椅上，喝着浓酽的凉茶——

煮得很浓的糟糕的印度凉茶。

查尔斯　但那根本不是埃米的风格。我们都是在乡下长大的人。

埃米一直习惯于我们的生活方式

跟马匹、狗和猎枪为伍

冬天她不会想离开英格兰。

但像我这样的单身汉在伦敦就不错

即使是冬天，男人在俱乐部里还是感到温暖。

杰拉德　至于我，

我回到东方很快就会成为副官。

对于我这样谨小慎微的人来说

那里的气候无与伦比；

仆人们会把你照料得更好。

埃　米　我的仆人们完全有能力做好这些，杰拉德。

这些我还能掌控。

瓦奥莱特　至于我，

我永远也不会去南方，不，绝对不会，

即使我能像埃米一样有能力这么做：
英格兰已经够糟糕的了，我永远不会去南方，
那里你仅仅会看到最粗俗的人们——
在家里你看不到这些人；
那些天知道从哪里日进斗金的人们……

杰拉德 航空股票的分红

瓦奥莱特 他们白天日光浴，晚上跳舞
穿着极少的衣服。

查尔斯 鸡尾酒害人不浅：
对年轻人来说没有比这更糟糕的了。
一个文明人所需要的
是正餐之前一两杯干雪利酒。
现代的年轻人不知道自己在喝些什么，
现代的年轻人不在乎他们吃什么；
他们已经丧失了味觉和嗅觉
因为他们整天喝鸡尾酒，抽烟。
〔登曼拿来雪利酒和威士忌。查尔斯选了雪利酒，杰拉德选了威士忌。
世道竟然如此。
（点燃一支烟）

艾　维 年轻一代
绝对堕落。

查尔斯 年轻一代
不像我们年轻的时候那样。他们没有耐力，
没有责任感。

杰拉德 你们对年轻一代非常苛刻。

我本人现在很少与他们打交道；
但我必须说我碰到一些很不错的年轻人；
有些是一流人才，查尔斯，我记得他们比你年轻时更优秀，
而且，你该体谅他们：
我们交给他们的世界也不是那么安逸舒适。
让年轻一代的人为自己辩护吧：
玛丽这一代人。她怎么看待这个问题？

玛　丽　真的，杰拉德表叔，如果你想知道年轻一代人的情况，
你必须问其他人。
我恐怕不适合这个称号：
我不属于任何一代。
〔下。

瓦奥莱特　真的，杰拉德，我必须得说你非常迟钝。
而且我觉得查尔斯可能会更体贴别人。

杰拉德　我非常抱歉。但她为什么不开心呢？
我本意只是想让她加入到谈话中。

查尔斯　她是个不错的女孩，但对她来说年龄是个难题。
我想她接近三十了吧？
她应该结婚了，事实就是这样。

埃　米　她本该结婚的，如果事情如我所打算的那样的话。
哈里回家也没使她的事情变得好解决：
但生活仍然可以顺利。
同时，我们不要谈这个话题了。说得越少越好。

杰拉德　埃米，这倒提醒了我，
哈里他们什么时候到家？

埃　米　我不希望时钟在黑暗里停止转动。

如果你们想知道我为什么从不离开韦石伍德
那就是原因。我使韦石伍德充满生机
我让这个家族延续下去，把他们凝聚到一起，
也使我自己活下去，而且我活着就是为了维护他们。
你们当中没有一个人知道自己多大年龄了
而且死亡对你们来说是微弱的惊讶，
只不过是在一间空屋子里短暂的战悚，
只有阿加莎似乎从死亡本身感受到了些意义，
而我却不能。
我只对阿瑟和约翰回来的时间比较确定，
阿瑟在伦敦，约翰在来赛斯特郡：
他们应该能在晚餐开始的时候及时赶到。
哈里从马赛给我打过电话，
他将乘飞机到巴黎，然后到伦敦，
他希望能在今晚晚些时候到家。

瓦奥莱特 哈里总是最有可能晚到的。

埃　米 这次不是他的错。
哈里能回来重聚我们就非常幸运了。

艾　维 埃米，什么时候你会拿出你的生日蛋糕，
打开你的礼物呢？

埃　米 晚餐之后：
那是最好的时机。

艾　维 这是第一次
你没在喝下午茶的时候吃蛋糕和打开礼物。

埃　米 这是一个很特别的场合，
你应该知道。这是八年来

我们所有的人第一次重聚到一起。

阿加莎 对哈里来说将非常痛苦
在八年后，在那可怕的一切发生后
重新回到韦石伍德。

杰拉德 为什么？痛苦？

瓦奥莱特 杰拉德！你知道阿加莎想说什么。

阿加莎 我是说很痛苦，因为一切都不能变更，
因为过去无法挽回，
因为将来只能建立在真实的过去之上。
在热带闲逛，身处地中海地带如诗如画的景色中时
哈里肯定会经常记起韦石伍德——
育婴室的茶水，学校的假期，
骑在小马驹上的勇敢举动，
还会想通过那道小门爬进屋里。
他会发现韦石伍德变样子了。适应是很困难的。

埃　米 韦石伍德一切都没变，阿加莎。
一切都如他离开之时，保持原状
除了那只老马驹和长毛杂交狗
我不得不把他们处理掉。
一切都如以前。是我亲自吩咐这么做的。

阿加莎 是的。我是说，回到韦石伍德他会发现另一个自我，
归来的男人必须去面对离开时的男孩。在马圈的转弯处，
存放马车的小屋里，果园里，
种植园里，那条通向育婴室的走廊，新盖厢房的拐角处，
他将不得不面对另一个自我——
那个拐角不会是令人愉快的地方。

当时间的轮回到来时——这种轮回并不发生在每个人身上
隐藏的东西将会被暴露，幽灵也将现身。

杰拉德 我一点都不知道你在说些什么。
你似乎一直想使我们心烦意乱。
我得说，这无论对埃米的生日还是哈里回家这件事来说，
都不是什么开心的事情。
我说，我们该让他觉得在家里舒适自在！
让他觉得发生的那些都无关紧要。
他已经受到惩罚，我对这点毫无疑问。
让他再婚，在韦石伍德开枝散叶。

埃　米 谢谢你，杰拉德。
尽管阿加莎通常都话中有话，
我得说我同意你所说的。

查尔斯 当他失去妻子的时候我从来没给他写过信——
刚刚大约一年前的事情，不是吗？
你们觉得我现在应该提这件事吗？
我觉得似乎有点迟了。

埃　米 太迟了。
如果他本人想谈这件事，那是另外一回事；
但我觉得他不会。他肯定想忘记往事。
我在家人面前从不讳言：
你们就把这件事情当作上苍恩赐的慰藉吧。

瓦奥莱特 我把这叫做天意。

艾　维 然而这一切肯定令人震惊，
尤其是那样失去一个人，
在暴风雨中被冲离甲板，

甚至连尸首都荡然无存。

查尔斯　“著名贵族夫人海上丧身。”

杰拉德　是的，想想她已经永远消失了，有点怪。

瓦奥莱特　她过去是不是常常饮酒？

埃　米　　　　　　　　　　　　　　　我从来不会过问这些。

艾　维　这些事情最好别去探究。

她可能是一时冲动才那么做。

杰拉德　我从来没见过她。

埃　米　　　　　　　　　　　我很高兴你没见过她。

我很庆幸你们当中没有人见过她。

这会让事情变得容易些

这也是我如此迫切希望你们都应该聚在一起的原因。

她永远也不会成为这个家庭的一员，

她从来也不希望成为这个家庭的一员，

她只想独占他

来满足她的虚荣心。那就是她

拽着他游遍欧洲和半个世界

住昂贵旅馆，混迹于不良人群的原因。

她自己会选择这种生活方式。她从来不想接触

哈里的亲戚或者哈里的旧友；

她从来不想让自己去适应哈里，

她只想使哈里堕落到跟她一样的层次。

在现实生活中，她只不过是个心神不安、战栗不止、戴着面具的影子，

死去连个影子都算不上。

为了将来你们还不如知道真相算了。

对这件事不可能有任何悲伤、后悔和痛楚。
如果我能做到的话，我本可以阻止的。为了将来：
哈里会在韦石伍德掌管家业
而且我希望我们能设计好他将来的幸福。
不要谈论他离去这段时间发生的事情。
只要装作过去八年里什么都没发生就行了。

杰拉德　这样做有点困难。

瓦奥莱特　　　　　　　　胡说八道，杰拉德！
你必须明白这是我们唯一能做的事情。

阿加莎　大家都谨小慎微
去干预已经准备好的一切
男人们难以解开的疑惑拧成了彻底的误解，
他们把狭隘得像袖珍手电筒所照到的那么一点地方的观察，
反射到彼此暧昧的想法中
忽略了来自另一个世界的所有的劝诫
忽略了干枯的冬青树丛中风的语丝
忽略了月亮的倾斜度
忽略了来自黑暗世界的吸引力
忽略了门框底下的爪子。

合　唱　（艾维，瓦奥莱特，杰拉德和查尔斯）为什么我们会感到窘迫，烦躁不安，
就像一群没分到角色的业余演员一样聚集起来？
就像梦中的业余演员，当幕布升起，却发现自己穿错了戏装，或者排演的不是今天的角色？
等待着剧院排座中发出的沙沙声，前排座位的窃窃私语，观众中发出的笑声和倒彩？

查尔斯　我本可以在圣詹姆斯大街上，坐在舒服的椅子上，而不是像现在得离火炉更近些。

艾　维　如果我没来今天的这个聚会的话，我本可以去看望在斯蒂莫斯居住的表妹丽莉。

杰拉德　我本可以跟康普顿·史密斯待在一起，在他多塞特的住处那里。

瓦奥莱特　我本该在神父的美国茶馆那里帮巴姆珀斯夫人的忙。

合　唱　然而我们却都在这里听埃米发号施令，在一个蹩脚的闹剧中扮演弄不清楚的角色，像噩梦般的哑剧那样荒谬。

埃　米　那是什么？我觉得我看到有人经过窗边。

现在是什么时间？

查尔斯　　　　　　　　将近六点四十分。

埃　米　约翰现在应该到了，他的旅程最近。

如果不是阿瑟，至少约翰该到了。啊，有人来了：

是的，肯定是约翰。

〔哈里上。

哈里！

〔哈里在门口突然停下，盯着窗户。

艾　维　欢迎回家，哈里！

杰拉德　太好了！

瓦奥莱特　欢迎回到韦石伍德！

查尔斯　为什么？怎么啦？

埃　米　哈里，如果你想拉上窗帘的话，就让我去叫登曼。

哈　里　你们怎么会都坐在这么明亮的屋子里让全世界都看着你们？

如果你们知道我从窗外看过来时你们的模样!
你们喜欢让窗外的眼睛盯着看吗?

埃　米　你忘记了，哈里，你现在是在韦石伍德。
你不是在城里，在城里人们得拉上窗帘。
在这里只有在这儿工作的仆人看到你，
他们都想看到你回来，哈里。

哈　里　你看那里，你看那里：你们看到她们了吗?

杰拉德　没有，我没看见周围有人。

哈　里　不，不，不是那里。看那儿!
你们难道看不到她们吗?你们看不到她们，但我看见她们了，
而且她们也看到我了。这是我第一次看见她们。
在爪哇海峡，在巽他海上，
在充满了甜丝丝气息的病恹恹的热带晚上，我知道她们来了。
在意大利，在那夜莺歌唱的丛林后面，
那些眼睛盯着我，搅乱了夜莺的歌唱。
在格兰德旅馆的棕榈树背后
她们总是在那里。但我没看见她们。
为什么她们非得等我回到韦石伍德才让我看到?
在其他很多地方我本都可以遇见她们!
为什么是这里?为什么是这里?
生日快乐，岁岁有今朝，
母亲。
你们好，艾维姨妈，瓦奥莱特姨妈，杰拉德叔叔，查尔斯叔叔，阿加莎。

埃　米　你回来我们都很高兴，哈里。
现在我们该聚起来吃晚饭了。
仆人们一直期盼着你的到来：
你想让他们饭后进来
还是等到明天？我确信你肯定很疲劳了。
你会发现这里任何人，每样东西都没变。
博温先生——你该记得——明天想来拜访
为的是探讨法律方面的事情，一个关于税务的问题——
但我觉得你还是等休息好了再说。
你的房间一切都准备好了。一切都没变化。

哈　里　变化？一切都没变化？你怎么能说一切都没变化呢？
你们看上去都毫无生气，依然年轻。

杰拉德　　　　　　　　　明天我们一定要出去转转。
你会发现这个地方一如往昔。
没有一块你不了解的地方。
但你得考虑认识几个新的猎人。

查尔斯　我有个新酒商向你推荐；
你的酒窖稍加用心就可大放异彩。

艾　维　而且你真的得给老霍金斯找个接班人了。
他该退休了。
他已经把那个花园搞得一塌糊涂，
而且他已经接近失明了。我已经给你母亲讲过很多次：
但她无动于衷
因为她宁愿等你回来再说。

瓦奥莱特　我一遍又一遍地跟你母亲讲
厨房里的浪费

帕凯勒夫人已经老得不知道自己在干什么。

韦石伍德确实需要一个男人来掌管一切。

埃　米　你知道你的姨妈和叔叔们都非常乐意帮忙，哈里。

我总是发现他们有很多忠告，

我从来没听取他们的意见。现在这都是你的事情了。

我竭力使韦石伍德正常运转

在你回来之前不做任何改变。

现在是你掌管韦石伍德的时候了。我已经是个老女人了。

当我死去他们就不会再给我忠告了。

艾　维　哦，埃米！

我想没有人希望你死掉！

现在既然哈里回来了，是该考虑活下去的时候了。

哈　里　时间，时间，时间和变化，没有变化！

你们所有的人说话的时候仿佛什么都没有发生过，

然而你们谈论的正是此事。为什么不开门见山

或者如果你们要假装我是另外一个人——

一个你们一起密谋设计出来的人，那么请

在我不在的时候这么做。我就不会令你们那么尴尬。阿加莎？

阿加莎　我觉得，哈里，事已至此——

如果你不想假装，那我们就不再假装了：

你必须尽量马上让我们理解所发生的事情，

而我们必须尽量去理解你所说的。

哈　里　但我怎么解释，我怎么才能解释给你们听呢？

在我解释完之后你们只会明白得更少。

我所希望使你们理解的一切

只不过是事件：不是已经发生的事情。
那些什么事情都没经历过的人们
是不能理解事件的微不足道之处的。

杰拉德　好吧，你不能说我没经历过什么吧。
我从一个西北边境的毛头小子起家——
生命大部分时间里都处于困境
和非常糟糕的混乱之中。

查尔斯　已经没有什么可以让我惊讶了，哈里；
也不会有什么可以让我感到震惊。

哈　里　　　　　　　　　　　　　　你们都是
没经历过什么事情的人。至多是
受到外部事件的持续影响而已。你们像睡着一样麻木地生活着，
从来不会因为噩梦而惊醒。让我告诉你们，
如果你总是异常清醒，生活将不堪忍受。
你们不知道
下水道里无处追寻的有毒味道，
连水管工都无从下手，它在黑夜里活动；你们不知道
古老陈旧的卧室里，凌晨三点未说出口的悲伤的声音。
我不是在说我自己的经历，我只是
尽量用你们更加熟悉的方式来做比较。我就是那幢旧房子
在凌晨时候散发着有毒味道和回荡着悲伤声音，
在那里所有的过去都是现在，所有的堕落行为
都无可挽救。至于发生的事情——
关于过去你只能看到过去的事情，
而不是现在的事情。这才是问题的重点所在。

阿加莎 不管怎样，哈里，最好尽你所能告诉我们：
用你自己的语言，不要停下来争论
不管这是否会超越我们的理解能力。
哈　里 在拥挤的沙漠里突然感到孤寂
在浓浓烟雾中，很多生物在毫无方向感地动着，
因为没有任何方向能带它们去什么地方，
它们只是在白天与黑夜的交替间隙，
在水汽里转来转去——
没有目的，没有行为准则；
对痛苦的部分麻醉使人毫无知觉
还有对自己无意识行为的部分观察
当污渍慢慢地渗入皮肤
污染了血肉，骨头变色——
这就是问题的重点所在，但却不可言传，
我在用平常的方式告诉你们
因为特别的事件是无法用语言描述的。
人想用暴力的方式逃脱，然而仍然孑然一身
身处拥挤的沙漠，被幽灵们推来挤去。
正是在颠倒了毫无意义的方向
在正在前行的邮轮上暂歇之时
邮轮行驶在大西洋中部的海面上，当晚天空晴朗
我把她推进了海里。
瓦奥莱特 推她？
哈　里 你从来不会想到人在水里怎么会下沉得那么快。
我以前总是觉得无论我去什么地方
她都会跟我在一起；无论我做什么

她都不会死。但事情并非如此。
从另一个角度去看一切都是真实的。
当我回到船舱的时候我期待找到她。
后来，我变得很激动，我想我去问了别人；
船上的会计员和乘务员非常有同情心
医生也很关心此事。
那天晚上我自己睡得很沉。

埃　米　　　　　　　　　　　　　哈里!

查尔斯　你千万不要沉迷于这种危险的幻想。
这对你和你母亲有害无益。
当然我们知道那天真正发生了什么，我们在报纸上读到的——
你无需去颠倒事实。记住，孩子，
我能理解，这件事再加上你自己的生活使它似乎更加可怕。
在我过去的生活里有很多事情压在我心头，
当我在凌晨之前醒来，正如我现在这样，
我比你更能理解这种感觉——
但你没有任何理由去自责。
你问心无愧。

哈　里　　　　　　　事情远比这复杂。
人们所说的良心，只不过是
吞噬自己的癌症。我知道你会怎么看待这件事。
首先，你把这个单独的事件孤立起来
当作一件如此可怕以至不可能发生的事情，
因为你承受不了。所以你必须相信
我的想法是幻觉所致。并不是

我的良心，也不是我的大脑有问题，
而是我们生活的这个世界出了毛病。
我在满足的困倦中躺了两天；
然后我恢复了。我害怕睡着：
这种情况下你会最后一次被抓牢。
而且我也害怕清醒。她比以往任何时候都接近我。
感染已经渗入骨髓
她们总是在我附近。在这里，比以往更接近我。
她们离这里很近。我没预料到会这样。

埃　米　哈里，哈里，你很疲倦
而且紧张过度。走了这么远的路
又如此匆忙，变化对你来说太突然了。
你不习惯我们这里有雾的气候
和北部的乡村。当你白天再看到韦石伍德，
一切都将一如往常。
我求你晚餐之前休息一下。
让道宁给你弄个热水澡，
你就会感觉更好些了。

阿加莎　还有几点我不太理解：
以后就会清楚的。我还确信你
只是解释了问题的一部分。
正是由于你不理解
你才觉得有必要说明你做的事情。
还有很多需要去理解：抓住它
把它当作通往自由的必由之路。

哈　里　　　　　　　　　　　　我想我稍稍知道你的意思，

就像你以前跟我解释烟囱里的抽泣声
和黑暗壁橱里的妖邪一样，
他们都说没这回事，
来消除疑惑，但你的解释
至少使我不再害怕它们。
我去洗澡了。
〔下。

杰拉德 上帝拯救我们！
我从来没想到事情会如此糟糕。

瓦奥莱特 我们能做的只有一件事情：
哈里必须看医生。

艾 维 但我理解——
我以前听说过类似的病例——像他这种情况
如果我们建议他看医生
他会显示出最无节制的憎恨。
他们可能会很狡猾——
他们的疾病使他们如此。他们不想自己被治愈
而且他们知道你们在想什么。

查尔斯 他可能脑子里一直有这种想法，
身处异乡，无人交流。
我怀疑仅仅是由于他有除掉她的想法
使他相信是自己亲手做的。他不可能信任自己的好运。
我觉得他需要的就是找个人跟他谈谈，
让他忘掉这件事。我明天会跟他谈谈的。

埃 米 当然不是你，查尔斯，你不是合适的人选。
我宁愿相信他需要的就是在韦石伍德待上几天，

身边有亲人陪伴他。

杰拉德　不管怎样，埃米，瓦奥莱特的建议有点道理。

为什么不打电话给沃伯顿医生，请他来加入我们的晚餐呢？

他是我们家族的故交，邀请他来是很自然的事情。

男孩子们还小的时候，他照料过他们。我会跟他聊聊。

他可以跟哈里谈谈，而且哈里也无需有任何疑心。

我相信沃伯顿医生的看法。

埃　米　　　　　　　　　　　　　　　如果要跟沃伯顿讲，

该我去。阿加莎，你怎么看？

阿加莎　这似乎是不必要的行动中

要采取的必需的一步，

不是因为它会带来的益处

而是尽管事情几乎不可能，

也要用尽一切办法。

埃　米　　　　　　　　　　　很好。

我亲自去给医生打电话。

〔下。

查尔斯　我有个主意。为什么不问一下道宁呢？

他侍奉哈里十年了，他绝对谨慎可靠。

他跟他们在一艘船上。他可能有点用处。

艾　维　查尔斯！你不会真的觉得

他可能把她推进了海里？

查尔斯　无论怎样，我不会责备哈里。

我自己本来曾经可能会做同样的事情。

在有了他想除掉的人之前

没有人知道他自己会做些什么。

杰拉德　即使是这样，我们也不想让道宁知道
比他已经了解的更多的事情。
而且即使他了解，他也不该晓得我们也知道。
为什么不息事宁人呢？

查尔斯　我仍然有一两个问题
（他按了铃）
想问问道宁。
他不会知道我为什么问这件事。

〔登曼上。

登曼，道宁在哪里？他跟爵爷在一起吗？

登　曼　他在车库里，先生，跟爵爷的车在一起。

查尔斯　请告诉他我想跟他说几句话。

〔登曼下。

瓦奥莱特　查尔斯，如果你决意要过问此事，
我觉得这么做也不会有什么结果，
而且我确信埃米也不赞成这么做——
我只想表达我强烈的抗议
抗议你的目的和你所使用的方法。

查尔斯　我的目的是，找出哈里犯病的真实原因：
在知道这事之前，我们也只能束手无策。
至于我的方法，我们在利用手边的任何东西时
不能过于吹毛求疵。
如果你有兴趣帮助哈里
你几乎不可能反对我的方法。

瓦奥莱特　我确实反对。

艾　维　我同我妹妹意见是一致的，我也反对。

阿加莎 我不反对。

我也不反对邀请沃伯顿医生：

我只是觉得这一切都毫不相干；

我们最好还是让查尔斯单独跟道宁谈谈

以他自己的方法。

〔阿加莎站起来。

瓦奥莱特 我不同意。

我觉得应该有见证人。我打算待在这里。

我希望在场听听道宁会说些什么。

我想立刻知道，不想以后别人告诉我。

艾 维 我跟瓦奥莱特在一起。

阿加莎 我在道宁离开后

会回到这里。

〔下。

查尔斯 啊，我很遗憾，

你们都这么看待此事：但有时

我们别无选择，只能采取果断行动，

〔敲门，道宁进屋。

查尔斯 晚上好，道宁，

很高兴这么多年后又见到你。

一切都好？

道 宁 谢谢你先生，一切都不错。

查尔斯 很抱歉如此匆忙把你叫来，

但我有个问题想问你，

我相信你不会介意，是关于爵爷的。

你已经侍奉爵爷有十年了……

道　宁　先生，到下个圣母领报节[①]就十一年了。

查尔斯　十一年了，那么你应该很了解他了。

而且我也确信你一直是他的好友。

我们已经将近八年没见到他了；

说实话，现在我们见到他了，

我们都有点为他的健康担忧。

他似乎不太……正常。

道　宁　在发生了那件事之后

很自然，先生，如果我可以这么说的话。

查尔斯　确实如此。

道宁，当你跟他们一起从纽约出发旅行之时——

我们对当时的情况不甚了解；

我们所了解的都是从报纸上看到的——

当然，报纸报道了太多的内容。

道宁，你是否觉得这本可能是自杀，

而且爵爷知道她会这么做？

道　宁　不可能，先生，如果我可以这么说的话。

更可能是一个事故。

我的意思是，以爵爷夫人的为人，

我认为她没这个勇气。

查尔斯　她可曾谈及过自杀？

道　宁　哦，是，她的确不时提到过。

但我的看法是，她这么说

---

① Lady Day，又名 “Feast of the Annuciation”，为每年3月25日，为纪念天使加百列向童贞女马利亚预告她将因圣灵感孕而生子，并指示婴儿应取名为耶稣一事而设。

但最不可能这么做。我的想法是
她这么说只是为了吓唬人。
如果你知道我的意思的话——就是为了达到这种效果。

查尔斯 我能理解，道宁。她死之前情绪还好吗?

道 宁 啊，总是差不多一样，先生。
早晨忧郁，晚上兴奋。
而且那时她通常会很兴奋，
先生，有时她会做出些毫无责任感的举动来。
如果我斗胆说一句，先生，
我总是觉得几杯鸡尾酒下肚
对夫人她大有益处。
她不是那种会喝酒的人：
对有些人来说喝酒很正常，对其他人则不那么自然。

查尔斯 在旅途中，爵爷情绪怎么样?

道 宁 哦，先生，爵爷很沮丧。
但是你知道爵爷总是很安静的一个人：
我很少看到他情绪高昂。
如果我的判断有价值的话，我总是说
爵爷有些人们所说的那种情感压抑。
但让我印象很深的是……他比平常更紧张；
我的意思是，你可以觉察出他当时很紧张。
他的举止行为显得仿佛他觉得有什么事情可能会发生。

查尔斯 什么样的事情?

道 宁 我不知道，先生。
但他似乎很担心夫人。
当天气恶劣的时候尽量让她待在船内，

爵爷不喜欢看到她靠在船栏上。
他偶尔会陷入恐慌。
但你知道，先生，这仅仅是我的看法。
正像人们所说的那样，爵爷有点过于神经质。

查尔斯 他们总是在一起吗？

道 宁 总是在一起，先生。
这就是我对夫人有怨言的地方。
我的观点是夫妻不应该老腻在一起，先生。
我敢说，这是跟通常的观点相反的。
她就是不肯让爵爷单独待会儿。
我对远洋邮轮也有怨言
船上到处是游泳和练体操的地方
没有哪怕一个男人可以去静静地抽根烟
女人们不会跟着去的地方。
她总是不离爵爷左右。

查尔斯 在那天晚上，你看到他了吗？

道 宁 哦，是的，先生。我确信我看到过他。
我不是说他有什么事吩咐我去做——
爵爷在吩咐我的时候总是很体贴。
但当我说我看到过他，
我是说我偶然看到他。
你知道，先生。我当时在经济舱，
睡觉之前我到外面呼吸下空气，
在我那里可以看到上层甲板的角落。
而且我记得，在那里我看到了爵爷
靠在船栏上，看着海水——

当晚没有月光，但我确信那就是他。
我在那里四处转悠，将近半个小时
他自己一人待在那里，向栏杆外面望去。
爵爷夫人那时肯定还没出事，
是吗，先生？否则他早就知道了。

查尔斯　哦，是的……确实如此。谢谢你，道宁。
我觉得我已经问完了。

杰拉德　　　　　　　　　哦，道宁，
爵爷的汽车有什么问题吗？

道　宁　哦，没什么，先生。汽车保养得很不错。
我特别留心。

杰拉德　　　　　　我只是在想，
为什么今晚你一直在忙汽车的事情。

道　宁　车子没什么毛病，先生：
我只是喜欢让车子准备好下次的旅程。
还有什么事情吗，先生？

杰拉德　　　　　　　　　　谢谢你，道宁。
没什么了。
〔道宁下。

瓦奥莱特　啊，查尔斯，我得说，经过你的调查，
除了把道宁扯进这件事之外，
你似乎并没有让事情朝更进一步发展：
我对此不赞成。

查尔斯　　　　　　你不赞成。
但我认为一个无意识的共犯对这件事还是有利的。

合　唱　当隐藏的秘密将要被揭露，报童将在街上叫卖的时候，

我们为什么就该站在这里像内疚的密谋者，等着消息泄露呢？
当隐私将变成人所共知的新闻，普通的摄影记者们
忙着为画报拍摄照片的时候：我们为什么还乱作一团？
在困境中，我们却不得不装得很友善，这很可怕，我们为什么就得被牵扯进来，带到这里，聚在一起呢？

艾　维　我不信任查尔斯，他从自己所交往的俗人那里学来些粗俗伎俩，而且还盲目自信。

杰拉德　艾维只关心自己，还有她在那些破落上流社会熟人中的信誉。

瓦奥莱特　杰拉德肯定会闯祸，他离开军队后就没做过好事。

查尔斯　瓦奥莱特担心自己作为埃米妹妹的地位会被削弱。

合　唱　我们大家都装腔作势
以为自己很特殊，不受人类枷锁的束缚。
只要我们大家在合适的栏目里出现
我们都喜欢上报纸。
我们了解铁路事故
我们了解血栓突然形成
和动脉硬化。
我们喜欢别人对我们高度评价
目的是我们可以对自己高度评价。
什么样的解释都可以满足：
我们只是想确认
酒窖里的噪音
和那些本不该开着的窗子。
为什么我们做起事来仿佛都担心门可能会突然打开，窗帘会突然被拉开，

酒窖会让我们看到些可怕的现实，屋顶会不翼而飞，

我们是不是该不再相信什么是真的什么是假的？

坚持住，坚持住，我们必须坚持世界还是一如往昔。

埃米的声音　艾维！瓦奥莱特！阿瑟或者约翰来了吗？

艾　维　还没有阿瑟和约翰的消息。

〔埃米和阿加莎上。

埃　米　很烦人。他们两个都许诺在吃晚饭时赶到。

但现在他们连更衣时间都赶不上。

我不明白他们两个，从不同的方向出发，

到底会出什么问题。

好了，我们得去换装了。我希望哈里在楼上休息后会感觉好些。

〔下，阿加莎除外。

第二场

阿加莎

〔玛丽拿着花上。

玛　丽　春天在北部乡村来得很晚，

很晚，而且时间不确定，紧紧抓住南方的墙壁。

园丁都找不出适合今晚使用的花给我。

阿加莎　我总是忘记这里春天来得多么迟。

玛　丽　我宁愿等待春风吹拂而开放的花儿，

它们比温室里的花好得多

据我所知，

温室里的花不属于这里，

而且它们也没经历风雨。

阿加莎　我在想晚餐会上会有多少人。

玛　丽　七个……九个……肯定有十个。

我听说哈里已经到家了

而且他是唯一一个不确定会不会回家的。

当然阿瑟和约翰可能会晚点到。

我们也许得把晚餐时间往后推一点……

阿加莎　还有沃伯顿医生。至少，埃米已经发出了邀请。

玛　丽　沃伯顿医生？我想她可能已经告诉过我；

晚餐人数不确定的话就很难计划。她为什么请他？

阿加莎　她就是在不久前才刚刚想起邀请他的。

玛　丽　有个外人晚餐至少有话说；

还有什么场合比家庭聚餐更正式的呢?
这是一个一群不自在的人聚在一起谈话的场合,
尽管他们很少见面。
我很高兴沃伯顿医生会来。
我得坐在阿瑟和约翰之间。
这样更糟糕,想想得跟约翰说点什么,
或者不得不听阿瑟喋喋不休
尤其是当他觉得自己已经饱经世故时,
阿加莎表姑,我需要你的建议。

阿加莎 我本该想到,
在大学里,你已经得到很多这样的机会,比想要的更多。

玛　丽 我早该知道你会提起这件事。
我知道我不是你最喜欢的学生:
我仅仅把你当作一个知道如何统治胆怯女孩子的校长。
我现在对你还是这样看;
但我真的希望七年前听从你的劝告
去申请个奖学金。
现在我需要你的建议,因为我没有其他人可以请教,
因为你坚强,而且你和我一样都不属于这里。
我想离开这个地方。

阿加莎 七年后想离开?

玛　丽 哦,你不理解
但你确实又理解我。你只是想知道我是否明白。
你很清楚埃米表姑想要得到的东西,通常都会得到。
你为什么很少到这里来?你不害怕她,
但我觉得你肯定是想避免冲突。

我想如果我有勇气的话，我早就离开这里了，
即使是跟她那样的意志作对。我很清楚，
她为什么让我待在这里。她并不需要我：
一个雇来的女佣也可以代替我的角色，
有没有我都无所谓。
她只是想让我跟哈里在一起——
这不是什么好事：
她只是想要个温顺、钱少的儿媳，
把我当成她和哈里的女管家式的伴侣。
即使是当哈里结了婚，她仍然控制着我
因为她不忍心看到任何她经手的东西溜走；
即使是当她[①]死后：我相信——
我几乎相信是埃米表姑用意念
杀死了她。
这听上去很可怕吧？我知道意念可以杀人。
你见过她吗？她长什么样子？

阿加莎　我是唯一一个见过她的人，
唯一一个被哈里邀请去参加婚礼的人：
埃米不知道此事。我为她感到遗憾；
我能看得出她不信任我——她害怕这个家族，
她想用弱者的武器跟他们对抗，
这种方式太暴力了。而且跟哈里一起生活她日子也不好过。
关键不是她对哈里做过什么，
而是哈里对自己做了些什么。

---

① 指哈里的妻子。

玛　丽　但是知道哈里回来之后

我才能离开这里。我知道我必须离开。

但去哪里呢？我需要一份工作：你可以帮助我。

阿加莎　玛丽，我很遗憾，我为你感到遗憾；

虽然你会觉得我不具备这种情感。

我想帮助你：但你千万别逃跑。

在这之前如果你这么做，可能会显得你有勇气

而且也比较合适。现在，勇气只是瞬间

瞬间只是恐惧和自尊。我能看到的

比我能用话语告诉你的更多。

此时此刻不是做决定的时候；

决定是由那些不时出现的超越我们的力量做出的。

你和我，玛丽，

只不过是旁观者和等待者：这可不是容易扮演的角色。

我必须去换晚餐穿的衣服了。

〔下。

玛　丽　　　　　　　　　　所以你不会帮我！

等待，等待，总是等待。

我觉得这个房子就意味着让我们都等待。

〔哈里上。

哈　里　等待？等待什么？

玛　丽　　　　　　　　你好，哈里。

你下来得挺早。我以为你刚到。

你旅途愉快吗？

哈　里　　　　　不是很舒适。

但至少时间不长。你最近好吗，玛丽？

玛　丽　哦，很好。你在找什么？

哈　里　我刚注意到这个房间没有什么变动。

同样的悬挂装饰……同样的图画……甚至桌子都没有，

椅子、沙发……都摆放在原来相同的位置。

我四处看看是不是有什么变化，

但确实找不出什么地方有变化。

玛　丽　　　　　　　　　　　　　　你母亲坚持

一切摆放都得像你离开时那样。

哈　里　我希望她没这么做。

这种使事物正常变化停滞的做法，

这样做很不自然，

但这确实很像她做事的风格。我早可以料到事情会这样。

这样只是使人的变化更加明显而已。

玛　丽　　　　　　　　　　　　　是的，这里什么都没发生变化，

而且我想我们都得继续……干枯地生活下去，

不去关注什么变化。

但在你看来，我相信

你觉得我们都变化很大。

哈　里　　　　　　　　　　　你几乎没怎么变。

自从你从牛津回来后我就没怎么见你。

玛　丽　好了，我得去换装了。

从这个意义上说，我们确实会变化。

哈　里　　　　　　　　　　　　　　　别，先别走。

玛　丽　回到家你开心吧？

哈　里　　　　　　　　　　我有点事情

要问你。我不知道。

这么多年来我一直盼望回来，
因为我觉得我永远不该回来。
我觉得这是个生活非常实际，而又简单的地方，
但我想这种生活的简单只存在于我的记忆里，
似乎我赶不掉那些我想逃避的幻影；
而同时其他的回忆，那些童年早期的，忘掉的事情
又回到脑海里。我不能解释这是为什么。
但我曾认为可以从一种生活逃避到另一种生活，
又或者所有生活都一样，根本无处可逃。告诉我，
你在韦石伍德童年过得开心吗？

玛　丽　开心？不是很开心，虽然我不知道为什么：
看上去似乎永远是我自己的错，
永远不开心意味着永远恶作剧。
但有两个原因：我只是个表亲，
因为我与这里没什么其他关系，却被滞留在这里。
我不属于这个地方。而你却不同。
你看上去年长多了。我们都对你很敬畏——
至少我是这样。

哈　里　　　　　　　你为什么不开心？

玛　丽　似乎一切都是强加到我们身上；
精致的东西都早已摆放好，
佳肴总是准备得那么仔细；
根本就没有什么时间去开发我们自己的乐趣。
但也许一切都是为你设计的，而不是为我们。

哈　里　不，事情并不是像你所说的那样。我也只是整个计划的一部分，

跟你们一样。但到底计划是怎么样的?
我们很难弄明白。但你还记得

玛　丽　那棵我们曾经叫做荒原的空心树

哈　里　靠近河边的地方。我们就是在那座木屋里
跟印度人打架的，阿瑟和约翰。

玛　丽　那时我们在月光下的岩洞里碰头，
为了唤醒那些邪恶的幽灵。

哈　里　　　　　　　　　　　　阿瑟和约翰。
当然我们因为晚上被大人哄上床睡觉
后又出去疯玩而受到惩罚。但至少他们从来不知道
我们到底去了哪些地方。

玛　丽　　　　　　　　　　他们从来没发现这个秘密。

哈　里　那时他们没有。但后来，当我从学校回家度假，
在正式的欢迎和家庭节日活动结束后，
我就尽可能快地逃跑，溜到河边
去找我们当初的那个藏身之地。荒原已经不见了，
那棵树被伐倒，人们盖了一座非常整洁的乡村避暑小屋，
“为了使孩子们开心”。
一个人关于自由的唯一回忆
竟然是河边树林里的一棵空心树
这真是荒谬。

玛　丽　但是小时候我把一切都当作理所当然，
包括大人的愚蠢——
他们居住在一个触及不到我的世界里。
就在刚才，我觉得他们真是令人难以忍受。
他们总是自以为是地觉得你应该开心

然而此时此刻你却很清醒地觉得
自己是个多余的不适合这个世界的人。
但我为什么在谈我自己的司空见惯的小事呢?
这些你肯定觉得很琐碎。
这只是很普通的无助情绪而已。

哈　里　　　　　　　　　　　　你不可能知道的一件事:
每个选择似乎都突然绝迹了,
铁流出人意料地崩涌,
只有你丧失希望的时候,你才知道什么是希望。
你只是知道什么是不敢有所指望:
你不知道希望被夺走后的人是什么样子
或者自己扔掉希望,加入无助人群大军
其他人根本不认同你,虽然彼此之间也会互不相认。

玛　丽　我知道你的意思。我从未有过那样的经历。
然而无论这种经历是多么残酷,多么真实,
它们都可能是假象。

哈　里　　　　　　　我所看到的
或许是这样那样的梦境;
没有比最真实的事情更可怕的了。
鲜艳的颜色渐渐褪去
不可捕捉的情感也随之而去,
照耀这个世界的亮光,从来没有发现它要找的东西;
眼睛随之适应了黄昏
黄昏中冰冷的石头被当作青蛙,
而无叶的树枝被当作蛇。

玛　丽　　　　　　　　　　你所描述的那些景色

跟其他景色一样真实。从某种意义上来说，
你说的话自相矛盾：
你所提到的对希望破灭的突然领悟，
我知道你已经经历过，
而且我也能想象那时多么的可怕。
但在这个世界上某个你预料不到的地方，
希望在继续滋生着，
尽管我们对此一无所知。
你回到韦石伍德，说明你有所期待，
否则你也不会回来。

哈　里　　　　　　　　　　无论我期待的是什么
现在我回到这里却发现我不会找到它。
人的这种想回到初始地重新开始、
仿佛什么都没发生过的想法，
这难道不愚蠢吗？就像那棵空心树，
已不在原地。

玛　丽　　　　　　　　但可以确定的是，你所说的
只是为了证明你期望在韦石伍德找回真实的自我，
期望韦石伍德为你做些什么
而这些只有你才能做到。
你所需要改变的是你的内心想法
你在任何地方都能改变你的内心想法——这里和其他任何地方。

哈　里　我的内心，你觉得它能够改变！
我觉得她们离我很近，是的，就在这里！
只要是我没有注意到的地方，这里，这里，这里。

她们总是在我的眼角闪动，
在我耳边窃窃私语——
也在我的内心里，尤其是在噩梦频发的
恐慌夜晚。你不知道这些，
你不可能知道这些，你不可能理解。

玛　丽　我觉得我能够理解，但你得耐心点，
你得对那些没有经历过类似事情的人耐心些。

哈　里　即使我尽力去解释，你也永远不可能理解：
解释只会加深你的误解；
解释只能疏远你我。
只有一种方式能让你理解
那就是亲眼看到。她们太聪明了
不会轻易就把你领进我们的世界。你的世界也好不到哪里去。
她们想让我们明白：这是折磨的一部分。

玛　丽　如果你觉得我没有理解你的能力——
但无论如何我得去为晚餐做准备了。

哈　里　别走，别走！不要在这个时候离开我。
我觉得这是很重要的时刻。
我们的对话应该能得出一些结果。

玛　丽　我不是明智的人，
从普通意义上来讲，我并不是很了解你，
虽然我记得很多关于你的事，
也记得什么才是真实的你。我没有多少经历，
但我现在明白了一件事，
它不是来自教师或者书本，或者是思维，体会：

以前我不知道我明白这些。
即使像你所说的那样，韦石伍德是骗人的假象，
你的家庭也是错觉——一切都是错觉，
你所能感知的一切——我不是指你所想的，
而是你所感知的都是错觉。你把自己跟憎恨绑在一起，
就像其他人把自己跟爱绑在一起一样：
这是一种迷恋，
这是错误的，这是一种被误导的情绪。
你欺骗自己
就像那些确信自己瘫痪
或者像那些虽然还能看到阳光
却说自己已经是盲人的人一样。
我觉得我的想法是正确的。

哈　里　我在毫无意义的旅行中度过多年；
你就待在英国，然而你却像
一个游历广泛的人，
一个去过人迹罕至、少有耳闻的
森林里遥远瀑布的人。
我听到你的声音就像
在两场暴风雨的寂静间隙，人们听到那些草丛中和树叶里
平常的噪音，生命仍在继续，
人们通常对此视而不见。
也许你是对的，虽然我不知道
你是怎么领悟到的。这阴冷的春天
难道春天不是邪恶的季节吗？她用谎言来引诱我们。

玛　丽　阴冷的春天

是蠢蠢欲动的树根开始作痛的时刻
是黑暗中的痛苦
是树干里的生命缓慢流动的时刻
是正要绽放的花苞痛苦的时刻
受罪最少的是它们：
雪堆下的乌头①
和想在树林里待会的雪花莲。

哈　里　春天是污秽重生的时节
是奉献的季节
新的潮水开始哀嚎
冬天溺水者的幽灵开始回归
那些溺水者的幽灵
不是在春天回到陆地的吗？
死者不是想回来吗？

玛　丽　痛苦是快乐的对立面
但快乐也是一种痛苦
我相信出生的时刻
就是我们知晓死亡的时刻
我认为出生的季节
对那些想到上游去的树木、走兽和鱼儿
都是奉献的季节：
那么跟那些被迫重生的恐惧的幽灵
又有什么关系呢？
他们不得不向着炽热的太阳飞去

---

① Aconite，毛茛科植物乌头的主根，有毒，供药用。

在云层里打湿自己的翅膀
还有月亮上的兔脚？

哈　里　我们一直在说些什么呢？我想我在说，
似乎我一直待在这里
而你却游历广泛。
至于我到底是不是知道自己在说些什么，或者我为什么这么说，
这并不重要。你带来了走廊尽头开着的门的消息、阳光和歌唱；
当我确信每道走廊只不过通向另一道走廊，
或者一面空墙；我不断活动
让自己不会停下来。你却带来了阳光和歌唱。
停！
那是什么？你感觉到了吗？

玛　丽　　　　　　　　　　　　什么，哈里？

哈　里　比所有知觉都更深邃的焦虑，
比嗅觉还要深邃，但就像一种不可描述的味道，
来自另一个世界的既甜又苦的味道。
我知道这是什么！
它比以往更强大，像水汽
把其他所有的世界和我都溶解到里面。啊！玛丽！
不要那样看着我！别那么……尽量别那么看着我！
我得走了。哦，为什么，现在？出来吧！
出来吧！你们在哪里？让我看见你们，
因为我知道你们就在那里，我知道你们在监视我。
你们为什么要戏弄我？为什么把我放走

却又把我包围？当我记得她们的时候，
她们就任其自然：当我忘记她们
只是那么一瞬间的不注意
他们又被唤醒了，就像永不睡眠的猎人
她们不会让我入睡。在睡觉那一刻
我总是看到她们的爪子安静地张开着，
就像从来就没动过一样。
我站在阳光里的时间只是那么一瞬，那么一瞬，
我曾想我会待在那里。

玛　丽　看着我。你可以依靠我。
哈里，哈里！我来告诉你，这都没什么。
如果你依靠我，一切都会好的。

哈　里　出来吧！
〔窗帘拉开，显出窗眼里的复仇三女神。
你们为什么选择现在第一次露面？
当我认识她的时候，我不再是原来的那个我。
不是任何人。我所做的任何事情都与我无关。
噩梦时刻，我偶尔来到你们中间，
但我那时是另一个人，想着其他的事情。
我告诉你们，你们所看到的不是我，
你们朝着笑的人也不是我，你们故作神秘的表情所牵扯到的那个人不是我，
而是另一个人，如果是个人的话，
你们以为我是那个人：让你们这些恋尸狂
围着那具尸体大餐一顿吧。她们就是不走。

玛　丽　哈里！这里没有什么人。

（她走向窗户，把窗帘拉上）

哈　里　我告诉你，她们刚才就在这儿。她们现在还在。
难道你知觉如此麻木，难道你知觉如此迟钝
就不能看到她们？如果我意识到
你这么愚钝的话，我也不会听你胡言乱语。
难道你不能帮助我吗？
你对我毫无用处。我必须面对她们。
我必须跟她们斗争。但她们是愚蠢的。
你怎么能跟愚蠢作斗争呢？
然而我必须跟她们说话。

（他冲向前，撕拉开窗帘：但复仇三女神不见了。）

玛　丽　　　　　　　　哦，哈里！

第三场

哈里，玛丽，艾维，瓦奥莱特，杰拉德，查尔斯

瓦奥莱特　晚上好，玛丽。你换好装了吗？

你觉得哈里看上去怎么样？

为什么，谁把窗帘拉开啦？

（把窗帘拉上）

很好，我想，

你知道他为了及时赶上他母亲的生日会，

从大老远风尘仆仆地赶来。

艾　维　　　　　　　　　　玛丽，亲爱的，

是你摆放的那些花吗？让我改变一下它们吧。

你不介意，是吗？我非常了解花；

我一直很热爱花草：

以前在康沃尔的时候我曾经有自己的花园，

那时我还有这个经济能力；

我曾因为培植飞燕草获得好几个奖项。

实际上，我在这方面曾经是个权威。

杰拉德　晚上好，玛丽。你见过哈里了。

他回来很好，不是吗？

我们得让他感到舒服自在。他能回家，

赶上他母亲的生日会真是太好了。

玛　丽　我得去换装了。我来得比较晚。

〔下。

查尔斯　现在我们只缺阿瑟和约翰了。

我很高兴你们都将聚在一起，哈里；

他们需要自己大哥的熏陶。

阿瑟有点不负责任，你知道的；

你能让他更清醒点。

毕竟你是一家之主。

埃米的声音　瓦奥莱特！阿瑟和约翰还没来吗？

瓦奥莱特　两个人都还没到，埃米。

〔埃米跟沃伯顿医生上。

埃　米　真令人烦恼。会发生什么事呢？

我想可能是大雾耽搁了他们的行程，

所以打电话是没有什么用处的。哈里！

你见过沃伯顿医生了吗？

你知道他是我们家的故交。

哈里，他比任何人认识你时间都长，

当他听到你回来参加生日晚宴时

他取消掉原先一个重要约会来到这里。

沃伯顿　我敢说我们两个都改变了许多，哈里。

一个乡村医生只会变老。

再见到你令我想起很早很早的事情。

但你肯定还记得那次你从学校回来，得了腮腺炎，

我们花了好长时间才让你在床上休息。

你不喜欢假期里生病。

艾　维　从学校回家度假却生了病，不是什么愉快的事情。

瓦奥莱特　无论是小病还是孩子经常得的疾病总是一样：

你不愿意待在床上

因为你确信如果这样你永远不会恢复健康。

哈　里　你们所说的恢复健康

只不过是在孵化另一种疾病。

我这么认为可不是毫无理由。

沃伯顿　你千万别这么悲观地看待问题，

这与我的职业几乎是不相符的。

但我记得当我在剑桥读书的时候，

我曾经梦想作出重大发现

消除这样那样的疾病。

现在我有四十年的从医经验，

我已经不再从实验室的角度去考虑问题了。

我们所有人都有这样那样的疾病：

当我们没发现症状的时候我们就把这叫做健康。

健康是个相对的概念。

艾　维　医生，你肯定有很丰富的经历，

四十年时间。

沃伯顿　　　　　　确实是这样。

即使在乡村行医。我第一个病人——

也许你们不会相信，女士们——是个杀手，

他患有不可治愈的癌症。

他是多么坚强地与之斗争呀！我从来

没看见任何人有这么强的求生欲望。

哈　里　　　　　　　　　　　　这根本不是什么奇特的事情。

相信谋杀比相信癌症要难。

癌症就在这里：

隆起的肿块，若隐若现的疼痛，偶然生病：

而谋杀则是睡眠和清醒的颠倒。
谋杀在那里。一般的杀手
认为自己是无辜的受害者。
对他自己来说他仍然是过去那个样子
或者他一直的样子。他意识不到
一切都无可挽回，
过去也无可挽救。但是癌症，
确实真实地存在着。

沃伯顿 啊，我们别谈论这些事情了。
我们怎么会谈及癌症的话题呢？
我真不知道。但现在你们都长大了，
我在韦石伍德也没什么病人了。
韦石伍德总是比较寒冷，但是个比较有益健康的地方。
只有当我接到邀请的时候，
我才见到你的母亲。

瓦奥莱特 是的，看看你母亲！
除了她现在冬季不太能出去活动之外，
你根本看不出她哪怕比
十年前生日时更老的迹象。

杰拉德 等阿瑟和约翰还有什么用处吗？

埃　米 我们还是进去吃晚饭吧。
他们可能会在我们结束之前到家。你能带我进去吗，医生？
我觉得我们是在场的人中年龄最大的——
实际上我们是这里最老的居民。
既然我们来得早，我们就先进去。

沃伯顿 非常荣幸，蒙肯西夫人，

我希望明年你能给我同样的荣誉。

〔埃米，沃伯顿医生，哈里下。

合　唱　我害怕已经发生的和所有将要发生的一切；

害怕那些就在门边，就要来临的事情，仿佛他们本来就在那里。

过去即将发生，而且将来早就尘埃落定。

将来的羽翼遮暗了过去，将来的鸟喙和爪子玷污了

历史。可耻的

卧室中的第一声哭叫，育婴室的噪音，

破损的家庭照片，看上去可笑的

房客们的晚餐，荒野上的家庭野餐。

房顶被掀走，或许本来就没有房顶。

那只鸟就栖息在断掉的烟囱上。我害怕。

艾　维　这是一种令人丧失体面的恐惧。我必须奋力和它斗争。

杰拉德　我已经习惯那些可以感觉到的危险了，但仅限于那些我能够理解的。

瓦奥莱特　杰拉德，查尔斯和那个医生的愚钝令我非常不安。

查尔斯　如果我来处理此事，我想我能应付得了。

〔下。

〔玛丽上，通过这里去吃晚餐。阿加莎上。

阿加莎　她们的眼神盯着这个房子

她们的眼睛俯瞰着这里

一共有三个

但愿这三个人不在一起

但愿打了结的

会被解开

但愿在塞满的井里的
交叉一起的骨头
能最终被扯直
但愿黄鼠狼和水獭
在做自己该做的事情
但愿白天的眼睛
但愿晚上的眼睛
都从这座房子上挪开
直到打了结的被解开
交叉的被弄直
弯曲的被纠直。
〔下，去吃晚餐。

第一部结束

第二部

书房，饭后

第一场

哈里，沃伯顿

沃伯顿　哈里，我很高兴能单独跟你待几分钟。
实际上，我今晚来还有另外一个原因，
并不是仅仅为了庆祝你母亲的生日。
我想跟你就一个秘密
进行单独谈话。

哈　里　　　　　　　我可以想象，
虽然我认为这样可能毫无用处，
或者只会使事情变得更复杂。
但如果你想谈，那咱们就谈吧。

沃伯顿　　　　　　　　　　　　　　你不明白我的意思。
我非常确信你不可能知道我在想什么；
至于说会使事情变得更加复杂——
如果不为很可能会发生的事情做好准备
将会使事情更加棘手。

哈　里　噢，上帝呀，将要发生的事情早已经发生了。

沃伯顿　　从某种意义上来说那是正确的，
但如果你不知道，而且你所了解的
或者任何时候你所不知道的一切
对将来都至关重要。
是关于你母亲……

哈　里　　我母亲怎么了？
一切总是都跟母亲扯在一起。
当我们还没上学之前，还是孩童的时候，
我们的行为准则仅仅是为了取悦母亲；
行为不端就是对母亲不敬；
做错了事情就是让母亲痛苦，
无论什么只要使她开心就是美德——
虽然在我的记忆中，母亲从来没怎么开心过。
这就是我们在没开始做什么之前
就觉得自己是失败者的原因。
当我们从学校回家度假，
其实那并不是假期，只是
我们应该获得母亲欢心的一段日子而已
因为除了学期中段，有很长一段时间她没见到我们了。
但见到我们母亲似乎更加不开心，我们
也感到更内疚，所以第二天
我们在学校就恶作剧，目的就是为了受到惩罚，
因为惩罚使我们不再那么良心不安。
母亲从来不惩罚我们，但她让我们感到内疚。
我觉得在家里发生的那些人们认为理所当然的事情

会给孩子留下更加深刻的印象。

沃伯顿　　　　　　　　　　　　　停一下，哈里，你错了。

我是说，你不知道我想告诉你什么。
你说的可能很对，但现在我们关心的是
你母亲将来的幸福，
她应该活在当下，而不是生活在过去的阴影里。

哈　里　哦，那有什么区别！

我们怎么能只关注过去，而不关注将来，
或者只关注将来，而忽略过去呢？
我跟你说的这些是很重要的。非常重要。
你必须得让我解释一下，然后你可以接着谈。
我不知道为什么，但今晚
我有种不可抑制的想法，就是想解释——
但或许我只是梦见我在说话
等醒来却发现我沉默无语
或者我在对牛弹琴：而且其他人
听到的东西与我所说的迥然不同。
但如果你想谈的话，至少你该告诉我些
有用的事情。你还记得我父亲吗？

沃伯顿　你为什么提到他呢，当然记得，哈里。但我真的不明白

这与现在的事情或者与我必须告诉你的事情
有什么关系。

哈　里　　　　　　你必须告诉我的事情

或者是我已经知道的事情，
或者不重要，而且也不真实。
但我想更多地了解父亲。

我几乎对他没什么印象。而且我记得很清楚，
在他离开之前，我与他被人为隔开，根本没机会见面。
我们根本就没怎么听到别人提起过他，但在某种程度上
我们觉得他一直还在这里。
但当我们想抓紧他的时候，剩下的只是
被窃窃私语的艾维和瓦奥莱特包围的真空——
那时阿加莎从来不来这里。我父亲当时在哪里?

沃伯顿　哈里，穷究过去的痛苦是没有意义的。
过去发生的已经够受的了：郁积下来的只是腐蚀之物。
别再去想它了。你知道
你父亲和母亲在一起就没快乐过：
他们双方同意分开，
你父亲去了国外生活。他去世的时候你还是个小男孩。
你当然不会对他有什么印象。

哈　里　但现在我确实想起来了。阿瑟和约翰不会记得，
因为他们还太小。但我现在记得
那是个非常炎热的夏日，
那天我丢失了捉蝴蝶用的网；
我记得那天的死寂，得胜的姨妈们压抑的兴奋
和低声的交谈。
我无意去偷听，她们也不想让别人听到，因为她们都侧着脸说话，
这些给孩子幼小的心灵投进了死亡的阴影。
那天正是父亲去世的日子。当然，我是说，
那天是我们得到他去世消息的日子。

沃伯顿　你想得太多了。

我确信你母亲一直爱着他；
从没有人怀疑有什么丑闻。

哈　里　丑闻？谁说过丑闻？我没说过。
是的，我现在明白了。那天晚上，当她亲吻我的时候，
我感觉陷阱离我更近了。如果你不告诉我，
我必须去问阿加莎。我以前从来不敢这么做。

沃伯顿　我强烈建议你别去问你的姨妈——
我是说她没有什么可以告诉你的。但是，哈里，
我们不能整晚一直坐在这里；
我们得去庆祝你母亲的生日，
而且你的兄弟们就要来了。你不想听听
我想告诉你的事情吗？

哈　里　　　　　　　　　　　　好吧，说吧。

沃伯顿　我想跟你谈的是你母亲的健康问题。
我必须告诉你，哈里，尽管你母亲思维仍然敏捷，精神饱满，
虽然她像往常一样充满活力——
这只是她坚强个性的力量在支撑着她。
她不屈不挠的意志让她活下去。
现在我不想谈论细节问题。她的身体很虚弱，
而且每况愈下。她的心脏非常脆弱。
细心照料，避免所有容易使她激动的事情，
她可能还能活几年。任何时候突然的震惊
都会让她倒下。
换另外一个人的话，
她不可能活到现在。
她的意志让她活了下来：

她活着就是为了看到你回到韦石伍德，
看到你掌管大局，
因此，必须保证她不受任何打搅和刺激。

哈　里　　　　　　　　　　　　　　　　　　　　　啊！

沃伯顿　哈里，我对此感到非常遗憾。
我本该避免跟你提起此事，
但你必须知道这些，
有两个原因。一个是你的母亲，
在她有生之年得让她快乐。
另一个原因是你自己：韦石伍德的将来全靠你了。
我不想这么说；
但你知道我是你们的故交，
我也有幸知道些你们家族的秘密——
你我都知道阿瑟和约翰令你母亲大失所望，
约翰比较稳健，但他并不聪敏；
而阿瑟又总是行事鲁莽，不负责任。
你母亲所有的希望都寄托在你身上。

哈　里　希望？…… 告诉我，
当你像我现在这么大的时候你是否认识家父？

沃伯顿　是的，哈里，我当然认识。

哈　里　那时他长什么样子？他跟我长得像吗？

沃伯顿　非常像。当然有些区别。
考虑到时尚界发生的变化，
而且你胡须刮得很干净，这很像过去的你。
现在，哈里，我们来谈谈你自己。

哈　里　我从来没见过他的照片。也没有什么画像。

沃伯顿　我想知道的是，你是否一直睡着……

〔登曼上。

登　曼　少爷，温切尔警官来了。

他有急事要见爵爷和沃伯顿医生。

他说非常紧急，否则他不会打扰你。

哈　里　　　　　　　　　　　　　　　　我会见他的。

〔登曼下。

沃伯顿　我在想他有什么事情。我希望你两个弟弟都没发生什么事。

哈　里　我两个弟弟都不可能发生什么事情。

如果温切尔警官是真实的，什么事情都不可能发生。

但如果登曼见到的是虚幻的温切尔呢？

这比发生什么事情更糟糕。

假使你见到他，而且……

沃伯顿　　　　　　　　　　　　　哈里，保持冷静！

可能你的一个弟弟发生了什么事情。

〔温切尔上。

温切尔　晚上好，爵爷。晚上好，医生。

生日……哦，非常抱歉，爵爷。

我错以为这是你的生日，而不是夫人的。

哈　里　是夫人的生日！

（他冲向温切尔，抓住他的肩膀）

他是真实的，医生。

那么让我们继续谈话。你，我和温切尔。坐下，温切尔。

来一杯波尔多葡萄酒。我们刚才在谈我父亲。

温切尔　你总是善于开玩笑。你看上去跟我上次见到你

一样年轻，爵爷。但乡村警官
是不可能变年轻的。谢谢你，爵爷；
但我的风湿病不适合喝波尔多酒。

沃伯顿　看在上帝的分上，温切尔，告诉我们到底有什么事。
爵爷今天晚上感觉不是很舒服。

温切尔　　　　　　　　　　　　我理解，先生。
如果是我的生日的话，事情也会如此——
对不起，我总是忘记。
如果是我母亲的生日的话。上帝让她的灵魂安息吧。
她去世已经有十年了。夫人身体怎么样，爵爷？

哈　里　你为什么一直问夫人的事情？
你是真不知道还是假不知道？
我可不怕你。

温切尔　　　　　　我希望你不会害怕，爵爷。
我不是故作深沉。
但您得明白，爵爷，我这么问是有充分理由的。

哈　里　那么，你是不是想让我把她叫出来？

温切尔　哦，不，真的。上帝，我宁愿不……

哈　里　你是说你认为我不能这么做。但我可能会让你吃惊；
我想我可能会让你震惊。

温切尔　对于一个晚上来说，已经有足够多的震惊了，爵爷：
这就是我来这里的原因。

沃伯顿　　　　　　　　　　　天哪，温切尔，
告诉我们到底发生了什么事。

温切尔　　　　　　　　　　　　是关于约翰先生。

哈　里　约翰！

温切尔　　　　是的，爵爷，非常遗憾。

我本觉得我最好私下跟你安静地说说，

而不是打电话，或者打搅夫人。

所以我骑上自行车。但雾气那么大，我大部分时间是走来的。

否则我早就到这里了。

我给沃伯顿医生打过电话。

他们告诉我他在这里，而且你回来了。

约翰先生有点小小的事故，

他在维斯特路上，在雾中行走，

速度颇快，我想，撞在一辆停在大路转弯处的大卡车上。

我们会让司机说明此事的：

他说自己不很熟悉这个地区，

而且判断方位很困难。我们在阿莫斯旅馆找到了约翰先生。

幸运的是，欧文医生在那里，他大体检查了一下；

说不严重，只是些糟糕的划伤

和脑震荡；说早晨就会醒来。

但千万不要移动他的身体。

欧文医生非常急切地想让你去看看他。

沃伯顿　非常正确，非常正确。我这就去看看他。

我们千万得向你母亲解释……

埃米的声音　　　　　　　　　哈里！哈里！

谁跟你在一起？是阿瑟还是约翰？

〔埃米上，瓦奥莱特，艾维，杰拉德，阿加莎和查尔斯跟着上。

温切尔，你来这里有什么事？

温切尔　夫人，我非常遗憾，但我刚刚告诉医生，
没什么，只是个小事故。
沃伯顿　蒙肯西夫人，是约翰出了点事故；
温切尔告诉我欧文医生已经检查过，
说没什么，只是轻微脑震荡，
但今天晚上不能移动他的身体。在这种事上
我会信任欧文。你可以信任欧文医生。
我们明天会把他带回来；他所需要的就是
休息几天，对此我毫无疑问。
埃　米　事故？什么样的事故？
温切尔　夫人，他在雾中行走，
而且他走得肯定很匆忙。
有辆卡车停在不该停的地方。
事情发生在村外的维斯特路上。
埃　米　他现在在哪里？
温切尔　他在阿莫斯旅馆，夫人。
当然，他现在还没苏醒过来。
幸运的是，欧文医生在现场。
杰拉德　我会去那里看看他，埃米，回来后告诉你。
埃　米　我必须亲自去。马上备车。
沃伯顿　蒙肯西夫人，我不允许你这么做。
作为你的医生，我不允许你晚上离开屋子。
你去了也不能做什么，而且这样的天气，
这样的晚上出去，我不能承担由此引发的后果。
我自己会去的。我会回来向您汇报的。
埃　米　我必须亲自去。我不相信你们。

查尔斯　最好把这件事交给沃伯顿处理，埃米。
　　非常幸运的是今晚他在这里。
　　我们必须听从沃伯顿医生的吩咐。
沃伯顿　我重申，蒙肯西夫人，今晚你千万不要外出。
　　如果你这么做，我得拒绝再为你看病。
　　你只是在耽误时间。我马上就回来了。
埃　米　我想你是正确的。但我可以信任你吗？
沃伯顿　你很多年来一直很信任我，蒙肯西夫人；
　　这可不是开始怀疑我的时候。
　　走吧，温切尔。我们可以把你的自行车
　　放到我车后面。
　　〔沃伯顿和温切尔下。
瓦奥莱特　　　　　那么，哈里，
　　我想你可能有一些话想说。
　　难道你不为你的弟弟感到难过吗？你没意识到发生了什么事情吗？你难道不知道这对你母亲意味着什么吗？
哈　里　哦，当然我很难过。但据温切尔描述，
　　我认为事情不怎么严重。
　　像脑震荡这样的小事
　　对约翰来说没什么大不了的。
　　无论对他还是其他人来说，
　　短暂的昏迷，而且约翰总是很享受清醒的时光，
　　没什么了不起的。
　　如果他真的醒来，
　　能够喘息一阵子我会为他高兴：
　　但对约翰来说，普通的一天可不仅仅是喘息那么简单。

艾　维　真的吗？哈里！你怎么能这么无情呢？
我总是觉得你很喜欢约翰。

瓦奥莱特　而且即使你不在乎约翰发生了什么，
那么你也该为你的母亲考虑。

埃　米　我知道得太少了：
当我的年龄越来越大，我渐渐觉得我以前知道的是微乎其微。
但我觉得你的话比哈里的话还不得体。

哈　里　　　　　　　　　　只有当看不到什么的时候，
人们才能表达适当的情绪——
只要他们感觉不到什么，他们的情绪就是恰当的。
他们不懂得清醒意味着什么，
也不懂得同时生活在几个层面意味着什么，
尽管人们不能同时用几个声音说话。
我对约翰有你们认为所应有的适当感情
只是我不会用这种语言交谈。
我不会用你们的方式交谈。

埃　米　当你说那些话的时候，
你看上去像你的父亲。

哈　里　　　　　　　　母亲，我觉得
我该让你去躺一会儿。你肯定很累了。

〔哈里和埃米下。

瓦奥莱特　我真的不理解哈里的行为。

阿加莎　我觉得如果哈里能够与他母亲
建立些交流的渠道，倒也不错。

瓦奥莱特　我今天晚上似乎不受欢迎。

查尔斯　其实，像这样的夜晚

我们任何人去都没什么用处，

毕竟有三英里多的路程；

沃伯顿不能做的事情，我们肯定也做不了。

如果约翰情况比温切尔说的更糟糕的话，他也会马上让我们知道。

杰拉德　我更担心埃米会受到惊吓，

但我觉得沃伯顿理解这点。

艾　维　你说得对，杰拉德，重要的是

不要让她看出来我们任何人很担忧的样子。

我们必须装出什么都没有发生的样子，

来享用蛋糕，打开礼物。

杰拉德　　　　　　　　但我担心阿瑟：

他比约翰更容易闯祸。

查尔斯　哦，但阿瑟开车技术不错。

他在布鲁克兰已经有了很多经验，

他不可能闯祸。

杰拉德　开车是不错，但比约翰更鲁莽。

艾　维　但我记得，当他们都还是小男孩的时候，

阿瑟总是更喜欢冒险，

但约翰总是出事的那个，

不管怎么说，就是因为他过去是个迟钝的人。

他总是从小马驹上掉下来。

或者从树上摔下来，而且头总是先着地。

瓦奥莱特　但一年前，阿瑟开车带我出去，

后来我告诉他我再也不跟他一起出去了。

并不是说我想跟他出去——
尽管他本意是好的，但我觉得坐在敞篷车里
是很不体面的：在里面被风吹得东倒西歪。
而且你闲散地往后靠着，
在靠近大街的地方非常显眼，每个人都盯着你看；
我们车子的速度简直是恐怖。
我说我宁愿自己走路：而且我确实自己走的。

杰拉德　走路？走到哪里去？

瓦奥莱特　他开始是开车带我去舍尔顿汉姆；
但我在奇斯维克的某个地方让他停车。
反正那个地区我不太熟悉
我费了好大的劲才回到家。
我确信他本意是好的。但我确实觉得他很鲁莽。

杰拉德　我在想埃米对阿瑟到底有多了解。

查尔斯　我想总比她平时提到的要多吧。

〔哈里上。

哈　里　母亲睡了。我在想：
这多么奇怪，老人总是可以在灾难中倒头便睡。
他们就像孩子，或者那些坚毅的久经沙场的老兵。
她睡着的样子肯定像极了她小时候的模样。
你们一直在开会——通常的家庭调查那样的会议
来探究所有年轻家庭成员的性格？
或者是忙着预测次要的事件，
还是忙着预见小的灾难？
你们继续尽力去想每件事情，
让琐事变得重要，以便一切都变得不重要，

你们所说的是正常生活所应该经历的那种虚构的过程，
稍微偏离一点，你们就觉得反常。
你们所说的正常只不过是些不真实、不重要的东西。
从某种意义上来说我就是你们所说的那样，
只要我把自己的生活看作是孤立的，而且是一场灾难；
我的生活是井然有序的宇宙中不经意的一点废物。
但现在看来，我的人生似乎就是一个巨大的灾难、可怕的错误和偏差；
这只是所有人和整个世界里发生的灾难、错误和偏差的
一部分而已，我也无力去修正。
要是你们知道我在回到韦石伍德的这几个小时之前
我必须经历的那些岁月……

瓦奥莱特　哈里，我不会对你所说的事情做任何判断；
我的评论在这个家庭里并不总是受欢迎。

〔登曼上。

登　曼　艾维小姐，打搅了。有你的长途电话。

艾　维　长途电话？我的？为什么，谁会打给我？

登　曼　小姐，他不愿意说出他的名字；但是我知道是阿瑟先生。

艾　维　阿瑟！哦，天哪，我害怕他也发生了什么事故。

〔艾维和登曼下。

瓦奥莱特　当他想找艾维的时候，我总觉得大事不妙。

阿加莎　无论你学到了些什么，哈里。你必须记住
总是有更多更糟糕的事情要发生：我们不能只满足于
当带有敌意和愚蠢行为的不耐烦的旁观者。
我们必须努力去进入其他人的假想和恐惧的世界里。

仅仅满足于沉浸在我们自己的痛苦里是
逃避痛苦。我们必须学会承受更多痛苦。

瓦奥莱特　阿加莎的话总是那么尖锐。

哈　里　你认为我相信我刚才所说的那些话吗？
那只不过是我想我该相信的东西。
我说得很抽象：你们回答得也很抽象。
我个人正处于一个困境：如果她们仅仅是在外面，
也许我可以逃到其他地方去。如果她们仅仅是在屋子里，
也许我可以在沃伯顿医生的帮助下欺骗她们——
如果你们决定给我找另一个医生的话，
我也许可以获得任何其他医生的帮助，可能这个人是另一个沃伯顿。
但这些太过于真实，你们的语言是改变不了的。
哦，肯定有另外一种谈话方式，
这种方式能使我们的交流更有效。你们不理解我。
你们不可能理解我。这不单单是独处的问题
那是恐惧——与恐惧独处。
关键是到处都是污秽。我可以清洁自己的皮肤，
使我的生活更纯净，清空我的头脑，
但污秽总是在更深的地方存在着……
〔艾维上。

艾　维　哪里有张今天的晚报？

杰拉德　　　　　　　　　　　为啥？出什么事了？

艾　维　大家在晚报里找找阿瑟的消息。
从伦敦打来电话的是阿瑟：
连线的信号很糟糕，我几乎听不见他在说什么，

他的声音很奇怪。似乎阿瑟
也发生了点事故。我觉得他倒没受伤，
但他说自己不能用自己的车了，
而且没赶上最后一班火车，所以他明天过来；
他说报纸上有关于这件事的报道，
但所有的消息都是错误的。不要把这些告诉他母亲。

瓦奥莱特 要报纸有什么用呢？
你和我都知道，伦敦离这里那么远
没有人会有今天的晚报。

查尔斯 等等，我想在我离开圣潘克拉斯前我买了中午版的报纸。
如果我没记错，它就在我的大衣里。
我去看看是否还在。或许报纸里有些线索。
〔下。

杰拉德 好的，我说过阿瑟和约翰都有可能发生事故。
这不是约翰的错，
我不这么认为。约翰是不走运，
但阿瑟绝对是鲁莽成性。

瓦奥莱特 我觉得这些跑车应该被禁止上路。
〔查尔斯又上，手里拿着报纸。

查尔斯 是的，有这么一段…… 我高兴的是
这一段不是那么显眼……

杰拉德 在接下来的报纸里肯定会有更多的报道。
你最好给大家念念。

查尔斯 （读）：

贵族子弟汽车事故

尊敬的阿瑟·杰拉德·查尔斯·派珀，蒙肯西爵爷的弟弟，一月一日早晨在艾波里街道上撞上并撞毁了一个稽查员的推车，被罚款五十英镑并赔偿损失，而且禁止驾驶汽车一年。

在想从撞车事故中解脱出来的过程中，派珀先生倒车的时候撞上了商店的橱窗。当被别人责问时，他回答说："我以为这里是空旷的乡下。"

杰拉德 哪里？

查尔斯 艾波里街道。"警局声明在事故发生时，派珀先生被一辆巡逻车追赶，他车子的速度是每小时六十六英里。当被问及为什么警车给出信号仍然不停车，他回答说：'我以为你们在跟我赛车。'"

杰拉德 这就是共产主义者做的文章。

查尔斯 还没完。"派珀家族……"算了，不用读了。

瓦奥莱特 这跟我预料的差不多。但如果阿加莎要
对此进行什么说教的话，我会大声尖叫的。

杰拉德 向埃米解释这件事会相当尴尬。

艾　维 可怜的阿瑟！我确信你们都对他太苛刻了。

查尔斯 在我那个时代，这样的事情不会出现于报端，
但现在，根本就没有隐私这回事。

合　唱 在老房子里总是有人在听别人说话，听到的内容比说的还多。
人们说的都将留在屋子里，等待将来聆听。
现在发生的一切都开始于过去，并强加于将来。
在窗帘紧闭的卧室里，无论是出生还是死亡都带来痛苦。
房子把所有过去的声音都聚集起来，把他们都投射到将来。

草坪上的男高音
夏天剪草的声音
狗儿和小马驹的声音
摔倒和疼痛发出的声音
秋天劈柴的声音
厨房里歌唱的声音
走廊里晚上的脚步声
突然心生憎恨的时刻
压抑的悲伤季节
窃窃私语，明显的欺骗
装腔作势，堂而皇之
把糟糕的事情伪装到最好
所有这一切都交织在一起，所以一切都被记录下来。
想躲避这些是没有用的
我们对驱魔术一无所知
无论是在阿格斯还是英格兰
都有些不能变通的规则
就像音乐的本质一样，不可更改。
做什么都于事无补，
我们什么都做不了，
现在快到了听新闻的时间了
我们必须收听天气预报
和国际范围内的大灾难。
〔合唱团下。

第二场

哈里，阿加莎

哈　里　约翰会恢复健康的，尽管他还会像过去一样；
阿瑟会变得清醒，虽然这不会持续很长时间；
一切都会一如往常。这些不大不小的惊吓
应该成为韦石伍德正常生活常规的一部分。
约翰是我们当中唯一一个我觉得会在
韦石伍德定居并过得悠然自得的人，
娶一个比他更愚蠢的女人，过着乏味的婚姻生活。
他能抵抗韦石伍德对一个人的侵蚀，
变得毫无意识，活得慢慢悠悠，
在合适的时间去合适的邻居家里作合适的拜访；
他会成为一个优秀的庄园主。

阿加莎　哈里，你在想什么？
我可以去猜测过去和你所说的将来；
但似乎缺失了现在，我们需要把它们连接起来。
你可能担心我不能理解你，
还有可能担心被别人理解，
尽量别把这当作一种解释。

哈　里　我仍然得去了解她们究竟是什么意思。
八年前，开始的时候，
我第一次有那种被隔离的感觉，
那种无可救药的，不能改变的孤立——

那是永远的，或者让我们对永远有所认知，
因为这种感觉持续的时候人就会感觉到那就是永远。这简直就是地狱。
接着麻木不仁会掩盖这种感觉——这是另一个地狱，
这是一个我没有去过的地狱，
灵魂与自我隔离开来的那种堕落，
这种自我仅仅是以观察者的身份存在着。
过去一整年，我都没恢复过来：
当我活在过去的旧梦里，我感受到同样的东西
或者毫无感受，像以前一样：
同样的憎恨四处蔓延，我不再是一个人，而是活在一个非人的世界里
我仅仅是散播污秽的躯壳而已。
然后我对自己的行为不再恐惧，
我只是感受到行为在一遍又一遍地
重复。当我出门在外的时候，
我不能把自己行为的任何方面与我自己联系起来，
尽管其他的任何事物也都是虚假的。
我愚蠢地认为只要我回到韦石伍德，
正如我离开的时候那样，
一切都会恢复正常。但她们阻止了我。
我仍然需要了解她们的意思。
在这里我一直在寻找
已经被忘怀的悲伤、新的痛苦折磨，
我一直在寻找隐藏在我们悲惨童年后面的东西，
那是悲惨的源泉。这难道就是她们想展示给我看的东西吗？

现在我想听你谈谈我的父亲。

阿加莎 你想知道些什么?

哈　里 如果我知道的话，我就不会问你了。

你知道我想了解什么，这已经足够了：

沃伯顿医生告诉我的，虽然他无意这么做。

我想知道的是我需要了解的事情，

而且只有你能告诉我。我对此很清楚。

阿加莎 我花了很多年的时间才得到我现在的地位和权势，

很多年来我尽力去保持我的地位。人们所了解的我，

无非是女子学院很有工作效率的校长，

然而这只是表面现象。

你的问题揭示了一个更深刻的层面。

哈　里 当我确实知道所有一切的时候，我知道我会觉得

其实我一直都了解这一切。这样会更好些。

阿加莎 我会尽力告诉你这些。我希望我有足够的力量。

哈　里 我一直把你当成已经从命运之轮下解放出来的人，

你是非常坚强的人。我需要力量的时候总是想到你。

现在我觉得这是我们对灵魂解放的共同追求。

阿加莎 你父亲本可以——或者我是这么认为的——

成为一个非常有教养的乡村绅士，

阅读，绘画，吹笛子，

对他乡村邻居来说是有点怪，

但他不会忽视他的公众责任。

他把自己的力量隐藏在引人注目的弱点底下，

表现出了一个孤独的人的胆怯：

在自己的弱点里他看到了你母亲的强势，

而且向她屈服了。

哈　里　　　　　　　　　　没什么令人疯狂的事情。

现在你告诉我，谁是我的父母？

阿加莎　你的父亲和你的母亲呀。

哈　里　　　　　　　　　　　　　　你根本没有告诉我什么。

阿加莎　你认为那个已经死去的人是你的父亲，

我的姐姐是你接受为母亲的那个人：

这里面没有什么神秘的事情。

哈　里　　　　　　　　　　　　　　那又怎么样呢？

阿加莎　你觉得你母亲与这座房子是合为一体的，

但过去并不总是这样。她费了好多年的时间

才取代了你父亲的位置，

她与韦石伍德达成某种协议，从某种意义上说，

韦石伍德支撑着她，她支撑着韦石伍德。

刚开始一切都是空的。一对夫妻

在一座孤寂的乡村房子里孤独地居住着，

三年了还没有孩子，体味着寂寞的含义。

你母亲总是想有个妹妹在她身边。

我是最年轻的：那时我在牛津读本科。

有一次我来这里度一个很长的假期。

对这个古老的乡村来说，

我记得那是个非常炎热的夏日。

哈　里　　　　　　　　　　　　　　　接着呢？

阿加莎　在这座房子里有时似乎没有过去和将来，

当你想要燃烧的时候，

当你的手伸向火焰的时候，

只有那锐利火光中的瞬间。
她们只来一次。
感谢上帝，这是一种。也许还有另外一种，
我相信，就在满是碎石块的西藏，
长满锐利的尖牙，那就是一生的长征奔波。我相信这些。

哈　里　我两种都不知道。

阿加莎　秋天来得很快，但不够快。
风雨还是没把你父亲唤醒。
我发现他一直在考虑如何除掉你母亲。
多么简单的阴谋呀！
他不适合做一个谋杀者。

哈　里　他想怎样谋杀母亲？

阿加莎　哦，有十几种愚蠢的方式，每一种都因为
后来有更机智的办法而被放弃。那时你还有三个月就出生了；
在那种境况下你有可能就无法来到这个世界上：我阻止了他。
这只不过是再简单不过的常识，我也不想因为此事而邀功。
即使我不阻止他，他也会把事情搞砸的。
我不希望你被谋杀！
那时你差点就被谋杀了！你那时候是什么？还仅仅是个人们叫做“生命”的小东西而已——
我那时觉得，这个小东西本该是属于我的。
大多数人不会感受到这种内疚。
但我确实想要你！
如果真的如我所愿，我知道我本该在生活中与死亡相伴，

一生与死亡为伍，死亡就寄居在我的子宫里。
我当时觉得你在某种意义上就是我的！
而且无论如何以后我不该生孩子。

哈　里　那么就把我当成你的孩子吧。事情就是这样发生的。
从不同的角度看，一切都是真实的，
这种角度以前看来似乎是毫无意义的。
当石头倒下，大树倒下的时候，
一切都走向和解。最终一切都圆满结束，
也许在开始的时候看上去像一个灾难。
也许我的生活只是一场梦
通过别人的大脑经由我所做的梦。
也许我梦见我把她推进海里。

阿加莎　　　　我也是这么认为。那又怎样呢？
我们所写下的不是侦探、犯罪和惩罚的故事，
而是罪行和赎罪的故事。
可能你还不知道该为什么罪行
而赎罪，或者更糟糕，或者为什么要赎罪。
但可以肯定的是在赎罪之前就知道自己的罪行。
可能罪行在黑暗中蠢蠢欲动之时，会很费劲地
进入我们的意识，来得到解脱。
可能你就是你不幸福家庭的清醒意识，
意识插上了翅膀，被迫飞越炼狱之火。
实际上这一切都有可能。你还会知道，
你还得在冰的火焰中穿行，你就是
来解开使我们饱受痛苦的魔咒的那个人。

哈　里　你看，我也不知道为什么。

仿佛我回到家一样，我在一刹那间感到很快乐。
这样非常不理性，但现在
我感到很快乐，仿佛快乐
不在于得到自己想要的东西
或者除掉根本不可能除掉的东西
而在于一种不同的想象中。这就像一种结束。

阿加莎　也是一种开始，哈里，亲爱的，
我感到很疲倦，就像只有老年人才能感到的那种疲倦。
年轻人在一种行动结束后感到疲倦，
而老年人在开始之前就会疲倦。
仿佛我这么多年来一直靠自己的资金而生活，
而不是每天去挣取我的精神收入：
现在我老了，却又重新开始谋生。

哈　里　但刚才你是快乐的，不是吗？

阿加莎　　　　　　　　　　　快乐这个词是什么意思呢？
我一直肩负的重担一下子减轻了。
在减轻的那一刻我精疲力竭。
重担现在是你的了，
整个家族的重担。我有点害怕。

哈　里　你啊，害怕了！我几乎不能想象你也会害怕。
我希望我早就知道这些——但那是不可能的。
我现在刚刚开始对你和所有我们这些人有些了解。
家庭的仁爱是一种正式的义务，
一种只有在被忽视的时候才会注意到的义务。
一个人得去扮演这个角色。
经过这样的训练后，这十年来，我

能够忍受扮演一个强加到我身上的角色；
但我回来之后发现另一个角色正在等着我——
书已经放好，重要的句子也已划线，戏服
已经备好等待试穿。但非常奇怪：
当别人看上去很坚强的时候，他们显而易见的力量
却抑制了我做决定的能力。现在我发现
我可能甚至更喜欢我的母亲——
至少是更加同情她——通过对她的理解。
但她不会喜欢我这样。现在我知道
我已经在与幽灵的战争中受伤。
人类不能伤害我，他们与我一样脆弱。
我过去觉得真实的东西是些幻影，而现在真实的东西
在过去我也觉得是些幻影。啊，疯狂的大脑里
那可怕的隐私！现在我可以在大众中自如生活了。
自由是远离牢狱的另一种痛苦。

阿加莎　当太阳照耀玫瑰园的时候
我只是透过小小的门缝往外看去：
很远的地方传来微弱的声音
然后一只黑色的乌鸦飞过。
我就是一双脚，沿着
混凝土铺成的走廊前行，
周围一片死寂。只有脚走动的声音
和尖锐的脚跟碰擦地面发出的声音。每个角落
都回响着脚步的声音。
我只不过是一双脚而已，只不过是
看着脚前行的眼睛：不眨的眼睛

注视着脚的动作。每个角落都是如此。

哈　里　在圆形的沙漠中一队尖叫着的幽灵
进进出出，看不到尽头，
他们与附着在已经解体的骨头上腐败的传染病
一起曲折前行。
直到链子断掉，而我被孤零零地
留在沙漠里，那只眼睛注视着我。

阿加莎　上上下下，通过巨大而空荡荡的医院里
石头铺成的阶梯，
医院里弥漫着消毒剂的味道，
径直往前看去，透过钉紧的窗户，
上上下下地走着。直到链子断掉。

哈　里　我在烟雾缭绕的荒野中，
夹在幻影中拖着脚步来来回回地走着，
尽量避开交织在一起的树枝和巨大的蜥蜴。
来来回回。直到链子断掉。
链子断掉了，
轮子停下了，而且机器的噪音也停下了，
沙漠被清空，在审判的眼睛的
公正的太阳的曝晒下，幽灵们可怕的撤离
在清洗着沙漠。
我不在那里，你也不在那里，只有我们的幽灵
在那里，
没发生的事情与发生的事情一样真实
哦，亲爱的，你从那个小门走过，
我跑过来在玫瑰园里与你碰面。

阿加莎　这就是下一个瞬间。这就是开始。

我们不会从同一扇门里穿过两次，

或者回到我们没穿过的门。

我已经看到了第一步：由于发生的事情而解脱，

也是对没有实现的愿望的一种解脱。

睡梦中得到满足，醒来被欺骗。

你走了很长的路。

哈　里　还没结束！还没结束！这是我第一次远离那群追赶我的，

那群手连在一起的幽灵

来到一个安静的地方。

为什么这里如此安静？

你没觉得在空气中有种躁动吗？

有没有觉得这样？有没有？是一种交流，是

沁入脑髓的一种味道……但跟以前不一样，

不是很像，不一样。

〔复仇三女神上。

而且这次

你们千万别觉得我看到你们很吃惊。

而且你们也别觉得我害怕看到你们。

这一次，你们是真实的，这一次，你们在我的灵魂之外，

而且刚好可以忍受。我知道你们准备好了，

你们已经准备好离开韦石伍德，而且我将与你们同去。

你们追踪到这里，我本觉得在这里能逃离你们——

不！你们在我还没到达之前已经到了这里。

现在我最终明白我将跟你们同去，

而且我知道只可能有一个旅程，一个目的地。

让我们别浪费时间了。我与你们同去。

〔幕布拉上。阿加莎像梦游般地走向窗户，拉开窗帘。显出空洞的窗眼。她走进原本复仇三女神待过的地方。

阿加莎 诅咒就像一个婴儿成形
那样降临。
诅咒和婴儿都从不可思议的东西
变成了现实
我们也没有打算
去了解到底他们的目的何在。
根据能决定命运的
月亮运行的周期，
诅咒就像婴儿一样
偶然在床上
或者在树底下
在无意识的刹那间形成。
诅咒就像一个婴儿一样形成，
慢慢成熟：
事故是安排好的，
而计划就是
在无知的乌云中发生的事故。
哦我的孩子，我的诅咒，
你们都将圆满：
绳结将被解开
弯曲的将被弄直。

（她回到房间里）

我一直在说些什么呢？我觉得我在说，

你长途跋涉。你没有任何在这里待下去的理由。
把这看作孩子们寻宝的历程：
这里你发现了线索，宝贝就藏在一个明显的地方。
耽搁了，宝贝就丢失了。爱会把残酷
强加到那些不理解爱的人身上。
你希望知道的和你所学到的
意味着这种关系的结束，使一切都变得不可能。
你本意并非如此，我也没有这种意图，
没有人打算这么做，但是……你必须离开。

哈　里　我们会再次相遇吗？

阿加莎　　　　　　　　我们会再次相遇吗？
而且谁还会彼此相遇？陌生人才会相遇。
那些彼此不认识的人才会相遇。

哈　里　我知道我已经在头脑清醒的时候做出了决定，
现在我又觉得万分无聊。
我只知道我做的决定与你说的话有些重合。
我被污秽缠身。
但我知道只有一种远离污秽的办法——
这种办法最终将引向和解。
而且我知道我必须离开。

阿加莎　　　　　　　　你必须离开。

〔埃米上。

埃　米　你在跟哈里说什么？他刚刚到家。
你要他离开这里？

阿加莎　　　　　　他会走的。

埃　米　他会走？你凭什么说他会走？

我非常清楚你希望他离开的原因。

阿加莎 我没希望发生什么事情。我只是说我所知道的事情肯定会发生。

埃　米 你只是说了符合你意图的事情。

哈　里 啊，母亲，

这与阿加莎无关，与其他任何人也没什么关系。

我得到的建议来自于一个不同的地方。

但我现在不能跟你解释。你只需要确信

我知道自己在做什么和我必须做的事情。

对大家来说，这是最好的结果。

但现在，我不能向任何人解释：

我没有用来解释这件事的语言——

这使一切变得更加困难。你必须相信我，

直到我再回来。

埃　米 但你为什么要离开？

哈　里 我只能说话

而你不能听到我在说什么。我只能说话

目的是让你不会认为我在隐藏自己的解释，

而且还告诉你本想跟你做出解释的。

埃　米 为什么阿加莎知道这一切，而我却被排除在外？

哈　里 我不知道阿加莎是否知道此事或对此了解多少。

她所知道的东西不是我告诉她的。

整整一年，去年这一年。我一直在逃避，

但总是对那些隐形的追赶者们毫无所知。

现在我知道我一生都在逃避，

在我逃避的旅途中幽灵们吞噬着我。

现在我知道最终的逃亡，安全的避难所，
那里就是与她们相见的地方。这就是幽灵们的方式。

埃　米　这里没有其他人。
只有你的家人！

哈　里　　　　　　　　而且现在我知道，
我要做的不是逃避，而是去追赶。
不是避免被她们找到，而是去寻找。
如果有其他选择的话，我不会这么做！
这马上成了最困难的事情，而且是唯一可行的办法。
现在她们会引导我。我跟她们在一起是安全的；
我在这里不安全。

埃　米　　　　　　　　所以你将会逃走。

阿加莎　在逃亡者的世界里，
一个朝相反方向走的人，
看上去像逃跑。

埃　米　　　　　　　　我在跟哈里说话。

哈　里　这非常难以理解，当一个人刚刚恢复正常，
然而还没有完全拥有正常思维时，
这时在别人看来是最疯狂的。
对你来说，母亲，这也很难理解，事实上，
不理解更困难。

埃　米　　　　　　　　你要去哪里？

哈　里　我会知道的。这还没定下来。
我还没有明确的方向。
从一个疯狂的世界里能到哪里去呢？
也许去绝望世界的另一端的某个地方。

去沙漠里的膜拜之地，去饥渴和匮乏之地。
沙漠里有石头垒成的圣殿和原始的祭坛，
阳光炽热，冰冷的晚上守夜，
为卑微的人们的生活而担忧，
无知的教训，无药可救的疾病给我们的教训。
这些是可能的。
等待着，期盼着我的是爱和恐惧，而且它们不会让我倒下。
让蟋蟀鸣叫吧。约翰将成为这里的主人。
我所拥有的一切都是他的。没有什么能给他带来害处。
对约翰来说，那些摧毁我的东西将成为他生活的全部，
我为他负责。我也不理解
我为什么做出这样的选择。也许这一切早已经准备好了，
现在我明白这就是我一直想要的东西。
需要的力量看上去似乎太多，然而恰恰是被给与的足够的
　　力量。
我必须追随聪明的天使们。
〔下。

第三场

埃米，阿加莎

埃　米　我请你再来韦石伍德真是愚蠢；
我想，三十五年很长，死亡就是一种结束。
而且我觉得时间可以改变阿加莎——
时间改变了我。三十五年前
你从我身边夺走了我的丈夫。现在你又夺走我的儿子。
阿加莎　我夺走了什么？我从没夺走你拥有的东西。
我得到什么了？三十年的孤独。
在一个女子学院的女学生中间过着孤独的生活，
尽量使自己不去讨厌女性。三十年思考的时间，
难道你觉得我想回韦石伍德吗？
埃　米　你越贪婪，想夺走我从未拥有过的东西，
就越不可原谅，因为你在嘲弄我没有这些。
如果你夺走我曾经拥有的东西，起码你可以
给我留下一个赖以活下去的回忆。
你知道你夺走了除了墙壁、家具和几公顷土地之外的一切；
别的一点也没留下——除了我自己可以养殖
和自己可以种植的东西。他待在我身边有七年的时间，
为了将来，在他自己的房子里做一个满腔怨气的幽灵。
那些羞耻，寂寞无声的卧室里的装腔作势，
逼着儿子们去接受一个毫不情愿的父亲，这些又有什么呢？
你敢想象一个人去经历这些东西吗？尽量去想想看。

即使我不能拥有丈夫，我还有儿子：
后来我放他走了。我贬低了自己的身份。
我逼迫自己接受韦石伍德的意志；
他走之后，
为了避免流言蜚语，
我甚至邀请你回来看看这里。
你以为我什么都不知道！
你或许离他很近，但我总是能看透他。
现在你又对我的儿子做同样的事情。

阿加莎 埃米，我知道一件事：
那就是你从来没有改变。也许我也没改变。
直到今晚，我才意识到这一点。
但至少过去我想改变自己。现在我必须开始改变。
没有比这更困难的事情了。但你还是一样：
对你不能拥有的东西还是那么贪婪
因为你厌恶变化。

埃　米 因为哈里，
我准备了这个场合让我们能得到和解。
因为他的错误，因为他活得不快乐，
因为他曾经的生活是那样悲惨，
因为他浪费了生命。我想抹去他的过去，
只留下他在韦石伍德开心的时光；
一切都为了他将来的成功。

阿加莎 成功是相对的：
成功是我们对那些搞砸了的事情的处理。
成功是他能够做些什么，而不是你为他安排什么。

埃　米　成功是一回事，你为他安排什么是另一回事。
我把这叫做失败。
在这么多年的禁欲生活后，你攫取的欲望有增无减。
三十五年前，你从我身边夺走了我的丈夫，
现在你又想夺走我的儿子。

阿加莎　我们为什么要为我们都不能够拥有的东西争吵呢？
如果没有这个丈夫或者儿子存在的话，
我们根本就没有争论的理由。

埃　米　谁给你做判断的权利？请问，
谁给你权利来决定什么才是对哈里来说最好的打算？
是什么使你劝说他
放弃职责、家庭和幸福的？
是谁在为他的前途打算？是你还是我？
我花了三十五年时间安排他的生活，
八年的时间见不到他，守望在韦石伍德，
度过了充满心酸和失望的日子。
这里面有你什么功劳？你给予他什么了？
然而就在现在成功与失败交织的时刻，
当我觉得他会定居下来，觉得他可以获得幸福的时候，
曾经夺走我丈夫的你，现在又要夺走我的儿子。
你把他从韦石伍德夺走，你把他从我身边夺走。
你夺走了他……

〔玛丽上。

玛　丽　打搅了，埃米表姑。我刚刚见到了登曼。
她过来跟我说哈里将要离开：
道宁告诉她的。他已经把车开出来了。

发生了什么事情?

埃　米　　　　　　　　　　那边那个女人，

她劝说他这么做：我不知道她是怎么做到的。

我一直在尽力让自己相信哈里

不是一个像他父亲那样的弱者

被一个不择手段的女人控制。

我对他没有什么影响力；你可以去试试。

但你不会成功：她有个魔咒，

一代一代的人都被她控制。

玛　丽　哈里真的要走吗?

阿加莎　　　　　　　　　　他要走。

但那不是我的魔咒，我什么都没做：

我只是在观望和等待。这个世界上，

一切都是不可解释的，解决办法得去另一个世界里寻找。

玛　丽　哦，但是危险恰恰是来自另一个世界!

阿加莎，难道你不能阻止他吗? 别让他走!

你不了解我所看到的和所知道的东西，

他处于很危险的境地。我知道这些，不要问我，

你不会相信我的，但我得告诉你我知道这些。

你必须让他留在这里，你必须阻止他。

我不知道必须做些什么，也不知道能做些什么。

即使在这里，但别的地方，任何地方，对他来说都很危险。

我会留下，或者会离开，无论怎么都好；

我不在乎我会发生什么事情，

但哈里必须留下。阿加莎表姑!

阿加莎　这里有危险、死亡。这里，而不是其他地方；

在其他地方，无疑会有痛苦，自暴自弃，
但也会有新生和生命。哈里已经越过了
危险和安全有不同含义的界线，
而且他不可能回来了。这是他的特权。
对于那些只生活在这个世界里的人，
你以为我有义务去诱使他们越过这个界线吗？没有人能这么做。
那些对另一个世界里会发现什么没什么疑问的人是不会这么做的。
但是哈里已经受到引导，越过了界线：他必须一路走下去；
对他来说，死亡现在只存在于界线的这一边，
对他来说，死亡和危险有着另外的意义。
她们说得很清楚。我是见过她们的人，必须相信她们。

玛　丽　哦，所以……所以你也见过她们！

阿加莎　你，我和哈里，我们都必须离开这里，
每个人朝着不同的方向，
亲爱的，我们很可能会在
两个世界之间的中间地带游荡时
再次相遇。

玛　丽　　　　那么你会帮助我！
你记得我今晚跟你说过的话吗？
我知道我是对的：你让我等待这一刻——
只是等待这一刻。我想我那时可能不是这个意思，
但我现在就是这个想法。当然想有什么收获
太晚了：我本该知道的。
我觉得，一切在开始之前已经结束；

但我在欺骗自己。花了这么多年的时间
才知道心已死！所以你必须帮我。
我将离开这里。但我想现在
去弄个研究员身份是不是太晚了？

埃　米　　　　　　　　　　　　　　所以你们都将离开我？
我是一个住在被诅咒的房子里的老女人。
我会让墙壁自然崩塌剥落。我为什么非得
担心房顶的琉璃瓦掉落，与毫无休止的天气作斗争，
抵抗寒风的侵袭？为什么我非得担忧日益增长的税收，
未交的房租和课税？
为什么我非得与律师、经纪人和代理人一起熬夜，
耐心计算，确保投资能产生效益呢？
我为什么该做这些？
一个行将入土的人
是无需去关心什么维护庄园的事情的。让风雨去做这些事情吧。

〔埃米说话的时候，哈里上，身上穿着将要启程的衣服。

哈　里　但是，母亲，你总会担忧阿瑟和约翰的：
并不是说约翰令人担忧——
他注定将成为韦石伍德的完美主人，
令人满意的儿子。至于我，
我是最不需要你担忧的；
我有自己的路要走，如果我这么做，我不会受一般的危险侵害。
我不能够解释这些
但确实如此，母亲。再见吧。

埃　米　如果你现在走了，我就再也见不到你了。

〔同时瓦奥莱特、杰拉德和查尔斯已经上来。

查尔斯　哈里要到哪里去？发生了什么事情？

埃　米　　　　　　　　　　　　　　　　　　　　问阿加莎。

杰拉德　为什么，怎么啦？他要去哪里？

瓦奥莱特　我根本就不能理解这件事。为什么他要走？

埃　米　　　　　　　　　　　　　　　　　　　　　　问阿加莎。

瓦奥莱特　真的，有时我觉得

似乎我是这座房子里唯一一个精神正常的人。

你们的行为在我看来都太离奇。

发生什么事了，埃米？

埃　米　哈里要离开这里——去当传教士。

哈　里　但是……

查尔斯　传教士！我们家可从没有人做过传教士！

为什么走得这么匆忙？在你做决定之前……

瓦奥莱特　你不可能真的想住在热带吧？

杰拉德　热带气候并没有什么不好——

但你得去培训一下；

首先得具备医疗知识。

我通常碰到的传教士

都是不错的家伙。这是个被人恶意诽谤的职业。

他们有时是非常有用的，因为他们了解土著居民。

虽然有时很烦人。但你得学习当地语言

和几种方言。这得做很多准备。

瓦奥莱特　而且你需要一些宗教方面的资历！

我觉得你应该去请教下教区的神父……

杰拉德　　　　　　　　　　　　　　　　　　不要忘记，

你需要接种各种各样的疫苗——

当然这取决于你去哪里。

查尔斯　　　　　　　　　　　　这样的事情

从来没有在我们这个家族中出现过。

瓦奥莱特　　　　　　　　　　　　　　我不能理解这件事。

哈　里　我从来没说过我要去当传教士。

我会解释，但你们当中没有人会相信我；

即使你们相信我，你们仍然不明白。

你们不可能知道我为什么要走。你们没看到过

我看见的一切。哦，你们刚才为什么让这一切显得

那么荒谬？我只是想看到一点点惊诧而已。你们必须慢慢习惯；

同时，我为我糟糕的举止道歉。

但如果你们能理解的话，你们会对此很开心。

所以我想说再次重逢前，咱们再见吧。

杰拉德　好吧，如果你心意已决，哈里，我们必须接受事实；

但这是个天气恶劣的夜晚，你得当心。

你带道宁一起走吗？

哈　里　　　　　　　　　　　是的，我会带上道宁。

你们不需要担心我会遭遇像阿瑟和约翰

那样的事故之类的危险：

照顾好他们。母亲，在我给你写信之前，给我的邮件就由伦敦的银行转交。

再见，母亲。

埃　米　　　　　　　再见，哈里。

哈　里　再见。

阿加莎　再见。

哈　里　再见，玛丽。

玛　丽　　　　　　　　再见，哈里。照顾好自己。

〔哈里下。

埃　米　在我这个年纪，我刚刚开始理解事情的本质，

然而一切都无法补救：这就是年老的结果。

但是，我还是很高兴能渐渐理解这些事情。

我总是对孩子们期望太高，

希望他们能取得比生活本身所能给予的更多的成就。现在我因此而受到惩罚。

杰拉德！你是这座屋子里最愚蠢的人，

瓦奥莱特，你是这座屋子里最恶毒却无意伤人的人；

我最喜欢与你作伴，

扶我到另一个我可以躺下的房间。

然后你们都可以离开了。

杰拉德　　　　　　　　哦，当然可以，埃米。

瓦奥莱特　　　　　　　　　　　　　　　这里发生的一切

我都不能够理解。

〔埃米、瓦奥莱特、杰拉德下。

查尔斯　　　　　　　　很奇怪，

但我现在开始感觉到有件事我可以理解，如果有人告诉我的话。

但我不是很确定我是否想知道。我想我是年纪大了：

老年慢慢逼近。过去我感到很安全；

现在我感到不安全。当我刚要穿过蓓尔美尔街的时候，

仿佛地球要从中间裂开。
过去我想生活不会给你任何惊喜；
但我现在记得，我总是会对
伯灵顿拱廊上的叭喇狗感到惊奇。
如果我们清醒的时候，每时每刻都这样呢？
你们两个好像对此知道得比我多。
〔道宁穿着司机的衣服，匆忙上来。

道　宁　打搅，小姐，打搅，查尔斯先生：
爵爷记得他把烟盒忘在桌子上了，
所以他派我回来拿。
哦，在那里。谢谢。晚安，小姐；晚安，
玛丽小姐；晚安，先生。

玛　丽　道宁。你能许诺在外的日子里
永远不离开爵爷吗？

道　宁　　　　　　　　　哦，当然，小姐；
只要他还需要我，我永远不会离开他。

玛　丽　但他会需要你的。你必须留在他身边。

道　宁　你们可能会觉得我要说的话很可笑——
但小姐，当你慢慢回头去看，一切都不奇怪：
我跟随爵爷这么多年，
我觉得没有人能比我更了解他；
我有种感觉，爵爷不久之后就会不需要我了。
我不能给你们说出其中缘由，
但我可以给你们说说我的意思，虽然你们几乎不会相信，
我总是说，发生在爵爷身上的一切
只不过是另一件事情的前奏而已。

我不会说话，但我很确信：
我们大多数人都根据具体情形而生活着，
但对于像他那样的人，他们内心有种东西
可以解释发生在他们身上的事情。你可以感觉到。
所以当事情将要发生的时候，我似乎已经预先知道。
所以，这似乎很正常，根据爵爷的为人，
这也是我现在为什么说，我感觉
他不久就会不需要我了，他不会需要任何人。

阿加莎　道宁，如果他有时行为不可理喻，
你千万不要担心。
他跟你和我一样正常。
他对这个世界看得跟你和我一样清楚，
只是他比我们看到的更多而已，
我们也看到过她们——玛丽小姐和我。

道　宁　我明白你的意思，小姐。如果我可以这么说，
既然你提起这个话题，我很坦然——
如果你懂我的意思，我想这就是
我们今晚离开的原因。实际上，我有点预感，
所以我早就备好了车。小姐，你说的是幽灵们！
我在想什么时候爵爷会看到她们——
那么你们也看到过她们了！她们肯定把你吓了一大跳！
我刚开始的时候吓坏了。很快你就习惯了。
当然，我知道她们是冲着爵爷来的，
和我没有什么关系，所以她们看上去好像蛮兴奋的样子，
从某种程度上说。她们好像不会作恶。
我会遵守诺言的。就这些了吗，小姐？

阿加莎　就这些了，谢谢你，道宁。我们不能再耽搁你了；
　　爵爷会想什么事情要花这么长时间。
　　〔道宁离开。艾维上。
艾　维　道宁去哪里？哈里在哪里？
　　看，这里有封来自阿瑟的电报；
　　〔杰拉德上。还有瓦奥莱特。
　　我在想他为什么在打电话之后还发电报。
　　我要读给你们听吗？我在想
　　是不是该给埃米看。
（读电报）
　　“懊悔城里有事耽搁 生日快乐 明天见 生日快乐 爱你的 阿瑟。”
　　我是说，在我们知道发生了什么事之后，
　　你们觉得埃米该看到这封电报吗？
瓦奥莱特　　　　　　　　　　　　不，当然不。
　　艾维，你不知道这里发生了什么事。
　　而且即使你知道，你也不会明白。
　　我都不明白，你怎么能够明白呢？埃米身体不舒服，
　　她正在休息。
艾　维　　　　　　哦，我很遗憾。但难道你不能给我解释一下吗？
　　你们为什么看上去都那么古怪？我觉得我应该有权利
　　知道发生了什么事。
埃米的声音　　　　　　　　阿加莎，玛丽，快来！
　　黑暗中闹钟停下了！
　　〔阿加莎和玛丽下。暂停。沃伯顿上。
沃伯顿　啊！这样糟糕的夜晚外出真麻烦。

这也是我来去花了这么长时间的原因。
但我可以高兴地说约翰恢复得不错；
他伤得不像温切尔描述得那么严重，
早晨我们就会把他带回来。
我希望蒙肯西夫人没有一直在担忧？
我非常想让她放松心情。为什么，有什么麻烦事？

〔玛丽上。

玛　丽　沃伯顿医生！

沃伯顿　　　　　　　　失陪。

〔玛丽和沃伯顿下。

合　唱　我们不喜欢从同一个窗户看出去却看到不同的风景。
我们不喜欢爬楼梯却发现我们可以用它下楼梯。
我们不喜欢走出门去却发现自己又回到同样的房间。
我们不喜欢花园里的迷宫，因为它与我们大脑里的迷宫如此相似。
我们不喜欢在我们清醒的时候发生的事情，因为这些事与我们睡着的时候发生的事情那么相似。
我们理解生活的日常事务。
我们知道如何开动机器，
我们通常可以避免事故，
我们有防火保险，
财产被窃、疾病和粗劣管道保险。
但却无法违抗上帝的意志。
我们知晓各种各样的魔法和妖术，
一些比较低级形式的巫术、
预言和手相术。

我们知晓如何治疗失眠，
腰痛，怎么对付钱财丢失。
但我们理解的范围
是很有限的。
除了有一些事情
我们有实际目的之外，
我们不知道自己在做些什么；
你想想看，
我们甚至对自己在想什么都知之甚少。
在我们理解范围之外发生了什么事情呢？
发生是什么意思呢？
在荒野之外和屹立巨石①后面埋伏着什么呢？
在亥维赛层②之上和弯月之后埋伏着什么呢？
它们到底对我们做了什么？
我们是谁，我们正在做什么？
这每一个和所有的问题，
都没有可以想得出的答案。
我们不仅仅是由于个人的损失而引起痛苦，
我们在黑暗中已经迷路。

艾　维　我得待到葬礼之后再走：到伦敦的车票还会有效吗？

杰拉德　我不喜欢一大早跟阿瑟和约翰打交道。

瓦奥莱特　我们必须等着听遗嘱。我早上会发电报的。

查尔斯　我担心我的大脑已经不是以前的大脑了。然而我却觉

---

① Standing Stones，指苏格兰地区的巨石遗址。
② Heaviside Layer，地球上空电离空气的中层。

得我或许能理解这一切。

所有人 但我们必须调整自己，来应对目前的局面。我们必须做正确的事情。

〔下。

〔阿加莎和玛丽从一扇门上，放置好一个可移动桌子。登曼从另一扇门上，拿着有燃烧着的蜡烛的生日蛋糕，放在桌子上。登曼离开。阿加莎和玛丽以顺时针方向围着桌子慢慢走着。每转一圈她们就吹灭几支蜡烛，以便说出在黑暗中要说的话。

阿加莎 诅咒慢慢来临了
为了实现这个诅咒
既不能匆忙
也不能耽搁

玛 丽 诅咒不可能被转移
试图转移
只会在诅咒完成之时
牵扯到其他的诅咒

阿加莎 诅咒是一种力量
它不受理性制约
每个诅咒都有其发展的过程
有它自己赎罪的方式
跟随，跟随

玛 丽 不是在白天
我们知道自己在做什么的
这个世界里
没有诅咒活动

跟随，跟随

阿加莎　但在晚上

由我们织下罗网的

这个世界里

把我们彼此束缚在一起

跟随，跟随

玛　丽　诅咒就写在

事物的内部

诅咒就写在反射笑容的镜子上

就在弯月的背后

跟随，跟随

阿加莎　这样，赎罪的历程

围绕着一个圈子进行着

诅咒就此完成

所以绳结被解开

交叉的被分开

弯曲的被弄直

通过祈祷

通过朝圣之旅

诅咒被终止

那些为了救赎而朝不同方向启程的人

还有那些去世的人——

但愿他们安息。

张守进　译

鸡尾酒会

人　物

爱德华·张伯伦

朱莉娅（沙特尔斯维特太太）

西莉亚·科普尔斯通

亚历山大·麦克科尔比吉·吉布斯

彼得·奎尔普

一位不明身份的客人，后得知为
　　亨利·哈考特-赖利爵士

拉维尼娅·张伯伦

护士兼秘书

酒会服务生

场景设在伦敦

第一幕

第一场

伦敦张伯伦公寓的客厅。傍晚。爱德华·张伯伦、朱莉娅·沙特尔斯维特、西莉亚·科普尔斯通、彼得·奎尔普、亚历山大·麦克科尔比吉·吉布斯和一位不明身份的客人。

亚历克斯[①] 朱莉娅，你根本没听明白：

没有老虎。这才是关键。

朱莉娅 那你们当时在树上做什么？

你，还有土邦主。

亚历克斯 亲爱的朱莉娅！

我彻底服了你。你压根儿没在听！

彼　得 你得从头再讲一遍了，亚历克斯。

亚历克斯 一样的故事我从来不讲两遍。

朱莉娅 可我还等着听发生了什么事呢。

我知道这故事开头是讲老虎的。

亚历克斯 我说了没有老虎。

西莉亚 哎呀，你们两个

都别争了。该你了，朱莉娅。

给我们讲讲你前两天说的那个故事吧，关于克鲁兹夫人和婚礼蛋糕的。

彼　得　再讲讲他们的管家看见她在配餐室里拿香槟酒漱口的事。

我喜欢这故事。

西莉亚　我爱听这故事。

亚历克斯　这故事我百听不厌。

朱莉娅　你们好像都听过了嘛。

西莉亚　我们都听过了吗？

但你讲的我们就听不够。

我不信这儿的每个人都听过这故事。

（对不明身份的客人说）您就没听过吧？

不明身份的客人　对，从没听过。

西莉亚　朱莉娅，给你找到一位新听众；

我就不信爱德华也听过。

爱德华　可能听过的，但我记不得了。

西莉亚　这故事也只有朱莉娅说才行。

她模仿起来惟妙惟肖的。

朱莉娅　我很善于模仿吗？

彼　得　那当然啦，模仿起来啥都不会漏掉。

亚历克斯　啥都不会漏掉，除非她想漏掉。

西莉亚　尤其是那个立陶宛口音。

朱莉娅　立陶宛？克鲁兹夫人吗？

彼　得　我还以为她是比利时人呢。

亚历克斯　她父亲生在一个波罗的海家族里——

是最古老的波罗的海家族之一，

---

① Alex，亚历山大（Alexander）的昵称。

在瑞典和丹麦各有一个旁支。

这家族出了好几个漂亮闺女：

不知道现在都怎么样了。

朱莉娅　克鲁兹夫人是个大美人，从前的时候。

她那时的生活可丰富啦！我常对她说：“格丽塔！

你的精力简直都用不完。”可她过得很快活。

（对不明身份的客人说）您认识克鲁兹夫人吗？

不明身份的客人　　　　　　　　　　　　不认识，从没见过。

西莉亚　接着讲那个婚礼蛋糕的故事吧。

朱莉娅　好吧，不过这事可不是我先传开的。

我最早是从迪莉娅·维林德那儿听来的，

当时她正好在场。

（对不明身份的客人说）您认识迪莉娅·维林德吗？

不明身份的客人　不认识。

朱莉娅　　　　　　　　　要知道，讲故事之前

得多留几个心眼儿才行。

亚历克斯　　　　　　　　　迪莉娅·维林德？

就是有三个兄弟的那个吗？

朱莉娅　几个兄弟？我想是两个。

亚历克斯　不对，是三个，不过那第三个你应该不认识：

他家里不怎么让他出来见人。

朱莉娅　　　　　　　　　　　　噢，你说的是那个呀。

亚历克斯　他是个弱智。

朱莉娅　　　　　　　　唉，不是弱智：

只能说很温和。

亚历克斯　　　　　　好吧，很温和。

朱莉娅　修理钟表是他拿手的；

而且他听觉很灵——

能听见蝙蝠的叫声。这样的人我是头一回见到。

彼　得　听见蝙蝠的叫声？

朱莉娅　　　　　　　　他能听见蝙蝠的叫声。

西莉亚　你怎么知道他能听见蝙蝠的叫声呢？

朱莉娅　是他自己说的，我就信了。

西莉亚　可他既然那么……温和，你怎么就信了？

说不定是他想象出来的呢。

朱莉娅　　　　　　　　　　亲爱的西莉亚，

你没必要那么多心。我有一回去北方

就住在他们城堡里。他遭的罪可大啦！

家里人只好给他找座

没有蝙蝠的岛屿。

亚历克斯　　　　　　他现在还住那儿吗？

朱莉娅真是当之无愧的信息库。

西莉亚　朱莉娅不知道的事情可不多。

彼　得　接着讲那个婚礼蛋糕的故事吧。

〔爱德华离开房间。

朱莉娅　不，咱们等爱德华回来再讲。

我现在想放松一下。鸡尾酒还有吗？

彼　得　还是接着讲吧。反正爱德华刚才也没听。

朱莉娅　没错，他是没听，不过他在这儿让人很不自在——

爱德华没了拉维尼娅！他实在让人受不了！

里里外外全让我一个人照应。

真是个好主人啊！没一样能吃的！

像我这么能吃的老太太，
来鸡尾酒会不就是为了
能尝到美味嘛。喝酒在家里也可以喝嘛。
〔爱德华托着盘子回来。
爱德华，刚才那种橄榄很好吃，再给我一粒。
那是什么？土豆片？不要，我吃不惯。
好，克鲁兹夫人的故事刚才起了个头。
那是在文斯韦尔的婚礼上。啊，都过去好多年了！
〔对不明身份的客人说。
您认识文斯韦尔两口子吗？

不明身份的客人　　　　不认识，我不认识文斯韦尔两口子。

朱莉娅　唉，他们现在都死了。不过问一下还是要的。
万一他们是您的朋友，这事我就不能说了。

彼　得　托尼·文斯韦尔是不是他们的孩子？

朱莉娅　没错，托尼是他们的结晶，可解决不了问题。
有了他反倒更麻烦了。
你认识托尼·文斯韦尔？在牛津认识的？

彼　得　不是，在牛津还不认识：
是去年在加利福尼亚遇见的。

朱莉娅　我一直想去加利福尼亚来着。
快告诉我们你在那儿做什么。

西莉亚　拍电影。

彼　得　　　　想拍电影来着。

朱莉娅　噢，哪部片子？不知道我看过没有。

彼　得　没看过，不可能看过。事实上
根本就没拍出来。他们倒是搞了一部片子，

不过用了别人的脚本。

朱莉娅 不是你写的那部?

彼 得 不是我写的那部:

不过我在那儿过得挺愉快。

西莉亚 接着讲那个婚礼蛋糕的故事吧。

朱莉娅 爱德华，你安安稳稳坐一会儿好不好:

我知道你待客方面一向没得说，

可你应该尽量把自己当成

拉维尼娅请来的客人。我有好多问题

要问你。眼下这个机会实在难得，

正好拉维尼娅不在。我一直都说:

“要能找个机会和爱德华一个人

好好谈一谈那该多好!”

我和拉维尼娅这么说了。她觉得有道理。

她说:“我倒希望你试试看。”这是我头一回

看见你没和拉维尼娅在一起，

除了有一次她给锁在卫生间里

出不来。我知道你在想什么!

我知道，你觉得我是个糊涂老太婆。

我可是正经八百的。拉维尼娅就相信我。

我看，她之所以走就是因为这个——

这样我就好和你谈。说不定她正在卫生间

一直偷听呢!

爱德华 她不在卫生间。

西莉亚 爱德华，她要过段时间才回来吗?

爱德华 要听她的信儿，没信儿我也不知道。

要是她姨妈病得很厉害，恐怕是得待些日子。
西莉亚 那她不在的这段时间你怎么办?
爱德华 我也不知道。我可能也要走。
西莉亚 你也要走!
朱莉娅 你也有姨妈?
爱德华 没有，我一个姨妈也没有。不过我可能会走。
西莉亚 可是，爱德华……刚才我想说什么来着?
老太太一个人待在乡下可受罪啦，
连个护士都不好找。
朱莉娅 是她的劳拉姨妈吗?
爱德华 不是的；另外一个，
你应该不认识。是她妈妈的姐姐，
不怎么和人来往。
朱莉娅 是她最喜欢的姨妈?
爱德华 她姨妈最宝贝这个外甥女。老人家很难伺候。
一生病就非要拉维尼娅照顾不可。
朱莉娅 我可从没听说她生过病。
爱德华 没错，她身体一直很好。所以一生病
就慌了手脚。
朱莉娅 所以把拉维尼娅叫了去。
我全明白了。有希望分到遗产吗?
爱德华 没有，她的钱想必全买了年金保险。
朱莉娅 这样看来拉维尼娅是一点儿私心都没有的。
这倒是她的为人。不过说真的，爱德华，
拉维尼娅可能几个礼拜也回不来，
也可能回来了又给叫了去。

我了解这些难缠的老妇人——
我自己也算一个：我好像对这位
汉普郡的姨妈了解得一清二楚似的。

爱德华 汉普郡？

朱莉娅 你不是说汉普郡吗？

爱德华 我没说汉普郡啊。

朱莉娅 那说的是汉普斯特德？

爱德华 我也没说汉普斯特德。

朱莉娅 可她总得有地方住啊。

爱德华 她住在埃塞克斯。

朱莉娅 离科尔比切斯特近吗？拉维尼娅爱吃牡蛎。

爱德华 不近。在埃塞克斯的中心地区。

朱莉娅 好吧，咱们不深究了。
地址和电话号码你都有吧？
我去康沃尔的时候可以顺路
去看看拉维尼娅。还是说点现实的吧：
喏，你一定要让我当你的单身姨妈——
当然是个靠年金保险过日子的姨妈啰。
我星期五打算叫你一个人
陪我吃饭，把所有的事情都告诉我。

爱德华 所有的事情？

朱莉娅 嗨，你知道我什么意思。
下一届选举的事。还有你经手的案子的内幕。

爱德华 我那些内幕多半没什么意思。

朱莉娅 嘿嘿，你别想溜。星期五陪我吃饭。
该和谁见面我都安排好了。

爱德华　你不是叫我一个人陪你吃嘛。

朱莉娅　　　　　　　　　　　　是啊，是一个人！

不带拉维尼娅！那些人你会喜欢的——

不过你只许跟我聊。好，就这么定了。

好了，我得走了。

爱德华　　　　　　非走不可吗？

彼　得　克鲁兹夫人的故事你不讲了？

朱莉娅　什么克鲁兹夫人？

西莉亚　　　　　　　　还有婚礼蛋糕。

朱莉娅　婚礼蛋糕？我没参加过她的婚礼。

爱德华，今晚我过得很愉快：

土豆片实在是太好吃了。

我想想，东西是不是都拿了。

今天的酒会真棒，我都不想走了。

今天的酒会真棒，我还想再来呢。

星期五大家都来吃晚饭怎么样？

不行，恐怕我那好心肠的巴滕太太

会叫我搬家的。好了，我真得走了。

亚历克斯　我想我也该走了。

彼　得　　　　　　　　　西莉亚——

我可以陪你走走吗？

西莉亚　　　　　　　不行啊，彼得，对不起；

我得坐出租车。

朱莉娅　　　　　　彼得，你跟我走：

你可以帮我叫辆出租车，到了地方你下车。

爱德华，我星期五等你来。还有西莉亚——

我想快点儿再见到你。嗳，大家不要
看见我走就都走嘛。再见，爱德华。

爱德华　再见，朱莉娅。

〔朱莉娅和彼得下。

西莉亚　再见，爱德华。
很快就能再见到你吗？

爱德华　也许吧。我也不知道。

西莉亚　也许吧，你也不知道？好极了，再见。

爱德华　再见，西莉亚。

亚历克斯　再见，爱德华。希望
你能听到拉维尼娅姨妈好转的消息。

爱德华　哦……是的……谢谢你。再见，亚历克斯，
你能来我真高兴。

〔亚历克斯和西莉亚下。

（对不明身份的客人说）请别忙着走。
别忙着走。咱们把鸡尾酒喝完。
还是喝威士忌，您看？

不明身份的客人　杜松子酒。

爱德华　酒里要加什么吗？

不明身份的客人　加一滴水。

爱德华　我要为今晚的酒会道歉。
其实，我本想把它推迟的：
只有刚才的这几位没办法改日来，
因为我没能及时通知他们；
我事先也不知道您会来。
我还以为拉维尼娅邀请了谁谁谁，

名字全都跟我说了呢。
不过就那个烦人的老太婆最碍事——
别的人我都不介意。
〔门铃响。爱德华边向门走去边说：
越不希望她来她偏偏每次都来。
（开门）朱莉娅！
〔朱莉娅上。

朱莉娅 爱德华！幸好下起雨来了！
一下雨我就想起我的伞来了，
啊，找到了！嗳，你们两个在搞什么鬼？
亏得是我的伞落这儿了，
要是亚历克斯的伞——他可是个包打听！
我是从来不管别人的闲事的。
好了，再道个别。这次真的走了。
〔下。

爱德华 不好意思，不知该如何称呼您？

不明身份的客人 我该走了。

爱德华 别忙着走。
我很想找人谈谈；
不认识的人比较方便。
事情是这样的，拉维尼娅离开我了。

不明身份的客人 您的妻子离开您了？

爱德华 当然了，并没有闹；
把鸡尾酒会安排好以后就走了。
我回家的时候她已经不在了，今天下午。
她留了张纸条，说要离开我；

可我不知道她去哪儿了。

不明身份的客人　　　　　　够劲儿。

我可以再来一杯吗？

爱德华　　　　　　威士忌？

不明身份的客人　　　　　　杜松子酒。

爱德华　要加什么吗？

不明身份的客人　　　　只要水，别的不要。

我建议您也喝喝看……

要是不介意的话，让我来为您调配……

烈得很……得慢慢儿抿……然后坐着喝完。

深吸一口气，让自己坐得舒坦些。

很好。接下来问您几个问题。

结婚多久了？

爱德华　　　　五年。

不明身份的客人　　　　　孩子呢？

爱德华　没孩子。

不明身份的客人　那您往好的方面看吧。

您说不知道她去哪儿了？

爱德华　　　　　　　　对，不知道。

不明身份的客人　您知道那个男人是谁吗？

爱德华　　　　　　　　　　　　　没别的男人——

据我所知没有。

不明身份的客人　　那是有别的女人

惹她吃醋了？

爱德华　我没做过一件亏待她的事。

不明身份的客人　这无疑是最好的结果了。

要是有别的男人，她犯了错误以后可能
又想回到您身边。要是有别的女人，
她可能会采取宽恕的态度
来取得主动。要是没有别的女人，
也没有别的男人，那么原因就可能是深层次的了，
您就甭指望她回来了。
要是有别的男人，您会考虑再娶，
来向世人证明有人要您；
要是有别的女人，您也许非娶了她不可——
您甚至会以为您是真想和她结婚的。

爱德华 可我希望我妻子回来。

不明身份的客人 有这样的反应很自然。
一是有失脸面，二是多有不便。
因为您电话里说不得实话，
只能撒谎，这样就不方便。
您免不了要在这上面花不少时间；
但我吁请您……

爱德华 别吁请我。

不明身份的客人 那么我建议……

爱德华 请您也别建议。
这些字眼我查问证人时常用，
所以不喜欢。我可以吁请您吗？
没错，是我先找您谈的：
可我不知道您是谁。这不在我的预料之中。
我原本只想把心事和别人说说，
这样心里会好受些。

其实我并不想知道您是谁；
可我又觉得您这番推测相当冒失——
除非您对我妻子的了解大大超出我的预料，
除非您对我们的了解要比表面看上去的多得多。

不明身份的客人　我对您和对您妻子的了解一样多；
我还知道您只是想痛痛快快地
把心里的秘密讲给一个陌生人听。
所以还是让我继续充当这个陌生人吧。
但您要知道，找陌生人商量就等于
招来意想不到的事，就等于释放一股新的力量，
也可以说，就等于把精灵从瓶子里放出来。
这必然会引发一连串事情，
你没有办法控制。所以还是让我接着说吧。
我要说的是，您尝到了一点儿解脱的滋味，
只不过还没意识到。慢慢儿您就知道了：
您早上醒来或是晚上上床睡觉的那一刻，
就会意识到自己开始享受自由的日子了；
您会发现您的生活变得越来越惬意，
再也不会有人说您这不对那不对，不厌其烦地会错您的意，
把生活安排得好得让您有点儿高兴不起来，
您喜欢交往的朋友她不喜欢，
或者想办法让您的朋友更喜欢她一些；
等您再回过头去想想那些日子，
准会纳闷，这么久是怎么熬过来的。
可能有时您还会感到有些嫉妒，
因为是她先看出来并且鼓起勇气冲出来的——

这让她一辈子都处在主动地位。

爱德华 末了可能真会变成那样，不过……

不明身份的客人 您是想说，您爱她?

爱德华 呃，我觉得我们两个在一起习惯了。

我从没觉得和别人过
会更幸福。说什么爱不爱的。
我们彼此都习以为常了。所以她这样
无缘无故说走就走，
只留了张纸条说她走了，
不回来了——唉，搞不懂。
谁也不想不明不白地就给抛弃了啊：
这真是……连个了结都没有。

不明身份的客人 没错，是还没了结；

谁也不想不明不白地就给抛弃了。
不过除了这一点还有别的。那就是人格的失落；
也就是说，你和你原来以为的你
脱离了联系，感觉不到有多少人的性质了。
突然之间你沦为了一个物体——
活的物体，而不再是人。
这事常有，因为无论谁，都既是人
也是物。可一眨眼的工夫
我们就把它全给忘了。你穿戴齐备，准备下楼出席酒会。
你走在楼梯上，看到底下万事俱备，
无不突显你主人的身份，
这时可能会突然发生这样的事：走到最低的一级台阶时，
底下其实还有一级，你的脚没防备，

一个踉跄直接踩在楼下的地板上。在那一瞬间
你体会到了当物体是什么感觉，
不怀好意的台阶把你随意摆布。
或者拿动手术来说吧。
和医生、主刀医师商量的时候，
在私人医院里上床睡觉的时候，
和护士长说话的时候，你都还是主体，
还是现实的中心。可一躺到手术台上，
你周围的那些人，那些戴着面具的演员，
就把你当成修理车间里的一件家具；
剩下的只是你的身体，
那个“你”无处可寻了。我可以把酒杯斟满吗？

爱德华　噢，抱歉。您刚才喝的什么？
威士忌？

不明身份的客人　杜松子酒。

爱德华　　　　　　　　要加什么吗？

不明身份的客人　　　　　　　　　　水。

爱德华　结果是什么？

不明身份的客人　　　结果是弄明白
你究竟是什么。你究竟怎么想。
你在别人眼里究竟是什么。
多半时间我们对自己习以为常，
因为我们非这样不可，我们靠
对过去的自我的些许了解过活。您现在是谁？
您知道的并不比我多。
其实更少。您现在只不过

是一组过时的反应罢了。唯一能做的
就是什么也不做。等待。

爱德华 等待！
等待才是唯一行不通的办法啊。
再者，您难道没看出来，等待让我显得有多可笑？

不明身份的客人 发觉自己可笑没什么坏处。
让自己做回原来的傻瓜吧。
这就是我能给您的最好建议。

爱德华 可我连自己在等什么都不知道，这怎么等？
我要不要跟我朋友说“我妻子走了”？
他们问“去哪儿啦？”我就说“不知道”；
他们接着问：“那她什么时候回来？”
我就回答：“不知道她回不回来。”
他们再问：“那你打算怎么办？”
我就说：“让它去。”他们会把我当疯子的，
要不就当我是卑鄙小人。

不明身份的客人 很好嘛。
您会发现自己丢得起脸了。
这种经验是无价的。

爱德华 别说了！我承认，您说的大都
是对的。但事情还没完。
从今天早上和妻子一起吃早饭到现在，
我都记不起她长什么样了。
假如非得求警察去找她的话，
我都不一定描述得出她的样子。
可以肯定的是，我记不得最后一次见着她时

她身上穿的是什么。可我还是希望她回来。
非把她找回来不可。弄明白
我们结婚这五年到底出了什么事。
我必须弄明白她是谁，我又是谁。
要是我就这么一直蒙在鼓里，
您这番分析又有什么用?

不明身份的客人　一直蒙在鼓里当然无济于事，
除非时间长了终于明白，
自以为曾经洞察真相，其实是个错觉。
您觉得自己希望她回来，但又说不出理由，
其实这就是最好的理由。

爱德华　我希望再见到她——就在这儿。

不明身份的客人　　　　　　您会再见到她的——就在这儿。

爱德华　您的意思是，您知道她在哪儿?

不明身份的客人　这问题就用不着回答了。
不过要我带她回来得有一个条件：
您要保证不追问她
去了哪里。

爱德华　　　　我不问。
可是——我是这么觉得的——咱们刚开始谈的时候
我还拿不准希不希望她回来；现在我希望她回来。
真是我自己希望她回来吗?还是您让我这么想的?

不明身份的客人　还不好说。二十四小时之内
她就会回到您身边。您将在这儿见到她。

（门铃响）

爱德华　我得去开一下门。

（爱德华去开门）

朱莉娅，你又来啦！

〔朱莉娅和彼得上。

朱莉娅　爱德华，见到你真高兴。

你知道吗，我准是把眼镜给落这儿了，

没了眼镜我简直成了睁眼瞎。

刚才拖着彼得满城转悠，

待过的地方都找了个遍。

有人见过吗？是不是我的一眼就看得出——

塑料的，镜架是这样子的——

什么颜色倒想不起来了，

不过我还是认得出来的，因为镜片缺了一块。

不明身份的客人　（唱道）

俺正喝着劲酒加水，

俺就是独眼龙利雷，

谁进来了？店主女儿！

她把俺迷得心儿醉。

我们的约定您不会忘记吧？

爱德华　我会记着的。

不明身份的客人　（唱道）

嘟哩呜哩，嘟哩咿嘞，

这是咋咧，独眼龙利雷？

〔下。

朱莉娅　爱德华，那个讨厌的家伙到底是谁？

我这辈子还从没受过这样的侮辱。

亏得我眼镜找不着了：

这才是我说的探险哩!
跟我说说这个家伙。你们在一块儿喝酒啊!
拉维尼娅不在,
你就交上这种朋友了! 他是谁?

爱德华 我不知道。

朱莉娅 你不知道?

爱德华 以前从没见过。

朱莉娅 那他怎么会来这儿的?

爱德华 我不知道。

朱莉娅 你不知道! 那他叫什么?
刚才他是不是说他叫利雷来着?

爱德华 不知道他叫什么。

朱莉娅 不知道他叫什么?

爱德华 跟你说吧,我不知道他是谁,
也不知道他怎么会来的。

朱莉娅 那你们谈了些什么?
还是就这么一直唱歌?
今儿这地方不明不白的事
真是多得出奇。

爱德华 真是对不起。

朱莉娅 不用,我喜欢这样。不过这倒让我想起
我的眼镜来了。这件事最不明不白了。
彼得! 你怎么不帮着找啊?
壁炉台上看看。刚才我坐哪儿来着?
那只沙发的底翻出来看看——
不对,是这把椅子。坐垫底下看看。

爱德华　你确定眼镜不在你包里?

朱莉娅　当然不在啦：平时我眼镜就放包里的。

哟，是在包里！谢谢你啊，爱德华；

你真是聪明又伶俐；

要没有你，眼镜一辈子都找不着了。

爱德华，下次我不管丢了什么，

就直接找你，不必麻烦圣安东尼了。

好了，我得赶紧走。出租车等着呢。

彼得，跟我一起走吧。

彼　得　　　　　　　　　朱莉娅，我不跟你一起走

你不会介意吧？折回来的路上

我想起来，有些话一定要跟爱德华讲……

朱莉娅　是吗，关于拉维尼娅的?

彼　得　　　　　　　　　　　不是的，和拉维尼娅没关系。

是有些事情想请教他一下，

趁现在正好。

朱莉娅　　　　　我当然不介意啦。

彼　得　呃，那我先送你下电梯吧。

朱莉娅　不用了，你在这儿和爱德华聊吧。我还没到不能自理的地步。

再说，我也喜欢亲自摁那些按钮——

在电梯里我可以沉思冥想。再见吧。

非常感谢二位。

〔下。

彼　得　爱德华，希望没打搅你。

爱德华　我好像已经被打搅了；

本来真想一个人待着的。

说吧，怎么回事？

彼　得　　　　　　　　我需要你帮忙。

我本来要给你打电话，想晚些时候再和你见面的；

不过现在这个机会正好。

爱德华　　　　　　　　　　遇到什么事了？

彼　得　傍晚的时候我都快憋不住了。

该死的酒会！对不起，爱德华；

当然，对其他人来说酒会棒极了，

只有我除外。这不是你的错。

刚才的情况你未必注意到。

爱德华　其实我倒是看出些蛛丝马迹来；

当然啦，也不能说什么都看出来了。

彼　得　啊，真高兴你没注意到：

看来我表现得不像我以为的那么糟。

要是你没看出来，我想别人也看不出来，

虽然朱莉娅·沙特尔斯维特让我有点担心。

爱德华　朱莉娅眼睛尖得很。

不过她好像有别的心事。

彼　得　和西莉亚有关。我跟西莉亚。

爱德华　嗯？你跟西莉亚之间能有什么事？

你觉得你们有共同点吗？

彼　得　在我看来，我们有很多共同点。

我俩都是艺术家。

爱德华　　　　　　　　这我倒从没意识到。

你们搞些什么艺术？

彼　得　　　　　　　　　　我的小说你肯定没见过，
虽然它得到过一些很不错的评价。
我们俩都喜欢的却是电影。

爱德华　对电影的共同爱好
常常让年轻人走到一块儿。

彼　得　你这话就有点挖苦人了：
西莉亚对电影艺术很有兴趣。

爱德华　说不定会做这一行？

彼　得　　　　　　　　　　　　　可能会当作职业吧；
当然了，诗她也是会写的。

爱德华　　　　　　　　　　　　　　没错，我读过她的诗——
挺有意思，假如对她的人也有意思的话。
当然不是说它的文学价值如何如何，
那方面的好坏我可不敢评判。

彼　得　　　　　　　　　　　　　　　我倒可以评判，
我觉得写得很好。不过这不是关键。
关键是我过去以为我们有很多共同点，
我觉得她应该也是这么想的。

爱德华　　　　　　　　　　　　　　　你怎么认识她的？

〔亚历克斯上。

亚历克斯　啊，爱德华，原来你在这儿！你知道我怎么会过来的吗？

爱德华　亚历克斯，我想先知道你是怎么进来的。

亚历克斯　我到了门口，发现门开着，
就想先悄悄进来，看看还有没有别人。

彼　得　一定是朱莉娅走的时候没关门。

爱德华　　　　　　　　　　　　　　　　　没关系；

　　你们走的时候记得把门带上就行。

亚历克斯　爱德华，你和我一起走吧。

　　我刚才想起来，爱德华今晚可能就一个人在家。

　　我知道他不喜欢整晚都没人陪，

　　所以呢，你跟我出去，咱们一块儿吃晚饭。

爱德华　亚历克斯，你想得真周到，真的；

　　不过我情愿一个人待着，今晚。

亚历克斯　可你总得吃饭呀。你出去吃吗？

　　家里有人给你做吗？

爱德华　没有，吃不了多少的，我自己弄。

亚历克斯　啊，要这样的话我就知道该怎么做了。

　　我要给你一个小小的惊喜：

　　你知道的，我烧菜是有名气的。

　　我这就下厨去，

　　给你做顿精致的晚餐，

　　你好一个人吃。饭做完我们就走。

　　我下厨的时候你和彼得继续聊，

　　我绝不打扰你们。

爱德华　　　　　　　　　　亲爱的亚历克斯，

　　食品柜里已经没什么东西可以下锅了。

　　这怎么烧啊。

亚历克斯　　　　　　哎呀，这是我施展才华的大好时机——

　　你就看我怎么无中生有地烹制出美味佳肴来吧。

　　随便什么剩菜都行。这一手我是在东方学的。

　　只要一把米、一条小干鱼，

就能做出六七道菜来。甭说废话。

马上开工。

〔退入厨房。

爱德华　　　　呃，刚才你说到哪儿了？

彼　得　你问我怎么认识西莉亚的。

就在这儿认识的，大概是一年前吧。

爱德华　是在拉维尼娅的一次业余星期四酒会上吗？

彼　得　是星期四酒会。但为什么说业余？

爱德华　拉维尼娅搞这些酒会是为了能办个沙龙。

我招待那些不太重要的客人，

没找着聊伴的也归我招待，都是拉维尼娅的错。

还好，你是酒会上为数不多的亮点，

至少有一段时间是这样。

彼　得　　　　　　　　　　我可不敢当。

不过拉维尼娅对我客气极了，

我很感激。后来就遇到西莉亚了。

她和我之前认识的女孩子完全不一样，

不怎么好搭讪，即使是在那样的场合。

爱德华　你常和她见面吗？

亚历克斯的声音　　　　爱德华，你家有双层蒸锅吗？

爱德华　双层蒸锅肯定有的吧：

每家厨房不都有一个吗？

亚历克斯的声音　　　　　我找不着。

刚才那个惊喜泡汤了。我得再想一个。

彼　得　　　　　　　　　　　　　　　不常见面。

就算见面，也没机会说话。

爱德华　叫你来，和叫西莉亚来，目的是不一样的。
你扮演的是拉维尼娅发掘的新人之一；
西莉亚嘛，是给酒会增光添彩。
拉维尼娅早就壮志满怀，
想在两个圈子里左右逢源——
可她免不了得做两者的纽带。
所以说，她的星期四酒会是个败笔。

彼　得　你说得好像一切都了结了似的。

爱德华　啊，不，不，都还没个了结呢。
你还没告诉我你怎么认识西莉亚的呢。

彼　得　几天以后我在音乐会上又见到她，
她一个人。我也一个人。
我一向是一个人听音乐会的——
最早是因为没人一起去，
后来我发现一个人去反而更好。
可西莉亚这样的女孩子一个人听音乐会，
我就觉得很奇怪，因为我一直以为
她只不过是社交场里的常客。
反正后来我们聊上了，
这才知道她一个人听音乐会，
一个人看电影。所以我们经常
就这样碰到，有时就约好了一起去。
和西莉亚在一起的感觉，跟有人陪没人陪
都不一样。我们有时候一起喝喝茶，
偶尔也吃吃饭。

爱德华　　　　　那后来

她有没有把你介绍给她的家人

或者朋友什么的?

彼　得　这倒没有，不过有一两次她提起过这些人，

说他们缺少求知欲。

爱德华　后来怎么样?

彼　得　唉，没怎么样。

不过我觉得她对我是真有好感。

我俩在一起的时候我是真的高兴——

那样地……心满意足，那样地……心平气和：我说不出来；

这种平静的幸福我以前想都没想过。

过去我只知道追求刺激、狂热，

有很强的占有欲。认识西莉亚以后全变了。

真奇怪。变得那样地……平静……

爱德华　那是什么中止了这段有意思的关系呢?

〔亚历克斯穿着衬衫系着围裙上。

亚历克斯　爱德华，咖喱粉找不到。

爱德华　没有咖喱粉。拉维尼娅不喜欢咖喱。

亚历克斯　那么第二个惊喜也泡汤了。我得动动脑筋。

我倒没指望有芒果。

可我想，咖喱粉总该有的吧。

〔下。

彼　得　我想知道的就是这个。

她就这么渐渐地隐去——隐入别的画面——

就像电影特效。她不想见我；

找了各种借口，都不怎么站得住脚的。

等到真见着了，她好像满脑子都想着

什么事情，有种莫名的兴奋，可又不告诉我。

爱德华　你觉得她会不会就是对你没兴趣了？

彼　得　你的说法不对。我不这样看。

我惦念的不是她对我有没有兴趣——

而是我们一起经历的某些时刻，我们好像同时有了某种认识，

某种感觉，某种不可名状的体验，

使我们在刹那间意识不到自身的存在了。

可能用你的话说就是她对我没兴趣了。

爱德华　这很正常。但愿你明白

自己有多走运。再过一会儿

你们的关系说不定就会变得跟别人的

一样普通。等你的热情冷却下来，

就会发现她是另一个女人，

你是另一个男人。恭喜你

及时脱身。

彼　得　　　　我倒不希望

你恭喜我。我得找个人谈谈。

我刚才和你说的这些都是真真切切的——

我第一次体验到什么是真实，

恐怕也是最后一次。可你听不懂。

爱德华　亲爱的彼得，我刚才和你说的，

是你和西莉亚在一起再过六个月

会发生的事情。就是这样。

听不听随你。

彼　得　　　　那我该怎么做？

爱德华　什么都别做。等待。回加利福尼亚去。

彼　得　可我必须见西莉亚。

爱德华　　　　　　　　西莉亚还会是原来的西莉亚吗？

有记忆里的西莉亚你就知足吧。

记忆里的！听我说，已经是回忆了。

彼　得　可我非见西莉亚不可，至少要她告诉我

到底发生了什么事，我要听她亲口说。要是不知道发生了什么，

那么就连回忆的真相是什么我也不可能知道了。

我们过去真的有那些共同爱好吗？听某些音乐的时候

我们的感受真是一样的吗？看某些电影的时候也是如此吗？

这里面有个什么东西是真实的。可这真实是什么……

（电话铃响）

爱德华　你等我一会儿。

（对着电话里）

喂！……我现在没空……

对，这儿有……好吧，我尽快

打给你。

（对彼得）对不起，你刚才说？

彼　得　我刚才说，两个不真实的人

体验到的真实是什么？

只要能让我牢牢抓住回忆，

什么样的将来我都可以接受。可是要回忆

就必须搞清楚过去的真相。

爱德华　哪怕你用樟脑把回忆裹得再怎么严实，

蛾子还是钻得进去。看来你是想见西莉亚。
我不知道为什么要费那么大周折
让你不要做回原来的傻瓜。
你要我做什么?

彼　得　　　　　替我见见西莉亚。
你怎么看她和我怎么看不一样,
而且你年纪比我大得多。

爱德华　　　　　　　　　大得多?

彼　得　是啊,我相信她准会听你的,
因为你不会有偏见。

爱德华　　　　　　　　嗯,我会见西莉亚的。

彼　得　谢谢你,爱德华。你太好了。

〔亚历克斯穿着短外套上。

亚历克斯　哦,爱德华!我给你做了顿美味!
我得说,我一生的种种成就当中,
以这顿饭为最大。从无生出有来!
即使在阿尔巴尼亚旅行的时候
我都没用像你冰箱里那么少的东西
烧出过这样一顿晚饭来。当然啦,
能找到半打鸡蛋算我运气好。

爱德华　什么!那些鸡蛋你都烧啦!拉维尼娅的姨妈
刚从乡下送来的。

亚历克斯　　　　　　噢,这么说那个姨妈
是确有其人啦。这是个确凿的证据。

爱德华　不,不……我是说,是另外一个姨妈。

亚历克斯　我知道了。是真的姨妈。不过你会感谢我的。

如今黑山的农民都很难

吃到你马上要吃的菜了。

爱德华　那我早饭吃什么？

亚历克斯　　　　　　　　　　早饭就甭担心了。

只要一杯清咖

和几片烤面包干就够了。我已经小火煮上了。

最多再煮十分钟。

现在我要走了，还要把彼得带走。

彼　得　爱德华，我耽误你好长时间了，

你本来想一个人待着的。等拉维尼娅回来

代我向她问好……不过，要是你不介意的话，

希望你别把我告诉你的事告诉她。

爱德华　我一句也不会对拉维尼娅说的。

彼　得　谢谢你，爱德华。晚安。

爱德华　　　　　　　　　　　　　　晚安，彼得，

晚安，亚历克斯。哦，要是你不介意的话，

出去的时候请把门带上，闩上就行了。

亚历克斯　爱德华，记得可别超过十分钟，

煮个二十分钟，我的心血就全完啦。

〔亚历克斯和彼得下。

（爱德华拿起电话，拨了一个号）

爱德华　请问西莉亚·科普尔斯通小姐在吗？多久之前？

不用，没关系。

幕　落

第二场

一刻钟后，同一房间。爱德华一个人在

玩单人纸牌戏。门铃响，他去开门。

西莉亚的声音　就你一个人吗？

〔爱德华和西莉亚一起返回。

爱德华　西莉亚！你怎么又回来了？

我说了会尽快打给你的：

刚才我就打电话找你来着。

西莉亚　要是你这里碰巧有人，

我就说我是来拿伞的……

看来你见到我不太高兴。

爱德华，我明白发生了什么事，

可我不明白你接电话时的态度。

这不像你。所以我觉得非来见你不可。

只要告诉我你一切正常，我就马上离开。

爱德华　可你怎么能说你明白发生了什么事呢？

我都不知道发生了什么事，也不知道要发生什么事；

为了能弄明白，我想一个人待着。

西莉亚　我早该想到事情就这么简单。

拉维尼娅离开你了。

爱德华　没错，就是这么回事。

我猜每个人都看出来了。

西莉亚　很明显，那个姨妈是你临时胡诌出来的，胡诌的水平还不够高。
要想敷衍朱莉娅，你该预备个好点儿的理由；
不过也不要紧。他们很快就会知道的。
这样一来不就把我们的麻烦都给解决了吗？

爱德华　这样一来真正的麻烦倒给暴露出来了。

西莉亚　不过这些麻烦肯定都是暂时的。
你知道的，我之所以同意保持现状，
是因为你一旦离婚，事业就保不住了；
我们还以为拉维尼娅一定不希望离开你呢。
你还不至于要听从那个傻惯例，
一定要妻子提出离婚才不得不离婚吧？
要是她情愿让你先提出……

爱德华　我知道了。可事情根本不是这样的。
拉维尼娅就要回来了。

西莉亚　　　　　　　　拉维尼娅就要回来了！
你是说她给咱俩设了圈套？

爱德华　不是的。要有圈套的话，我们大家都在圈套里，
是我们自己给自己下的套。可我不知道
是什么样的圈套。

西莉亚　　　　　　那到底发生了什么事？

（电话铃响）

爱德华　该死的电话。看来非接不可。
喂……啊，你好！……不。我是说，对，亚历克斯；
是的，当然……好吃极了。
我从没吃过像这样的东西……
是的，太有意思了。不过我在想

这东西是不是不容易消化？……
啊，不，亚历克斯，别给我带奶酪；
我还有一些呢……不，不要挪威的；
可我真的不想要奶酪……“拖鞋”什么？……
噢，南斯拉夫来的……李子干和酒？
不，真的，亚历克斯，我什么都不要。
我好累。多谢啦，亚历克斯。
晚安。

西莉亚　　到底在说什么呀？

爱德华　是亚历克斯。

西莉亚　　　　　　　　我知道是亚历克斯。
可他在说什么呀？

爱德华　　　　　　　　我都给忘了。
刚才他跑到我家来，
一定要给我做点东西当晚饭；
还关照我一定要在十分钟之内吃。
应该还煮着呢。

西莉亚　　　　　　　应该还煮着呢！
我刚才好像闻到一股怪味：
当然是还煮着呢——要不就是不知道在怎么着呢。
我得去看看。

（起身离开房间）

爱德华　　　　　　哎呀，千万别麻烦！

〔西莉亚下。

要是有人来了看到你在厨房怎么办？

〔爱德华走到桌边查看牌面。他移动了一张牌。门铃不停地响。西莉亚系着围裙又上。

西莉亚　爱德华，你最好去开门。

这样才好。不要慌。

听我说，我真的把伞落在这儿了；

我会说，看到你在家可怜巴巴饿肚皮的样子，

只好想点办法。反正我就这么待着，

我可不想躲躲藏藏的。

〔回厨房。门铃又响。爱德华走到前门，传来他说话的声音：

朱莉娅！

你怎么又来了？

〔朱莉娅上。

朱莉娅　　　　　　我有了一个好主意！

〔西莉亚拿着平底锅上。

西莉亚　爱德华，全完了！

爱德华　　　　　　　　　瞧他干的好事！

西莉亚　平底锅也给糟蹋了。

爱德华　　　　　　　　　　还有那半打鸡蛋。

本来想早饭的时候吃一个的。吃个煮鸡蛋。

我只会煮鸡蛋。

朱莉娅　西莉亚！看来你的好主意

和我的一样。一定不能饿着爱德华。

他现在压力那么大。咱们一定不能让他的身体垮掉。

爱德华！有两个好心的撒玛利亚人[1]照顾你，

你就不觉得自己太有福气了吗？这样的好事我还从没听说

---

① Good Samaritans，指行善之人。语出《新约·路加福音》。

过呢。

爱德华 掉进贼窟的人都比我走运：

还有人把他丢在客栈里呢。

朱莉娅 爱德华，你真不知好歹！

那锅里是什么？

西莉亚 天晓得。

爱德华 是亚历克斯过来做给我吃的。

他非要下厨。三个好心的撒玛利亚人。

我忘得干干净净的。

朱莉娅 你可千万别吃啊。

爱德华 那当然，我才不吃呢。

朱莉娅 亲爱的，我应该早点提醒你：

亚历克斯弄出来的东西都是要人命的。

他毒死人的事我知道不止一件。

好了，亲爱的，把围裙给我，

瞧瞧我的手艺如何。你待在这儿陪爱德华聊天。

〔朱莉娅下。

西莉亚 到底发生什么事了，爱德华？发生什么事了？

爱德华 拉维尼娅会回来，我觉得。

西莉亚 你觉得！你难道不知道吗？

爱德华 不知道，不过我相信会。刚才在这儿的那个人——

西莉亚 对了，那人是谁？我很怕他呢；

他有一种什么力量。

爱德华 我不知道他是谁。

不过你们都走了以后，我和他谈了一会儿，

他说他会把拉维尼娅带回来，明天。

西莉亚　可那人为什么要把她带回来呢——

除非他是魔鬼！就算他真是魔鬼我也不会吃惊。

爱德华　因为是我叫他这么做的。

西莉亚　　　　　　　　　　　　因为是你叫他这么做的！

那么他真是魔鬼了！他准是对你施了魔法。

他用什么办法说服你，让你希望她回来的？

（厨房里噗的一声响）

爱德华　见鬼，什么动静？

〔朱莉娅系着围裙，手拿一只托盘和三个玻璃杯又上。

朱莉娅　　　　　　　　　　我有好主意了！

你这里没一样能吃的：

我已经到处看过了。不过我找到一点儿香槟——

没错，只剩半瓶，

当然啦，是没冰过的。不过喝起来倒很爽；

我觉得，经过这次灾难

我们都需要提一提精神。好，我提议为某个人的健康干杯。

你们猜得出我准备为谁的健康干杯吗？

爱德华　猜不出。不过我不会为亚历克斯的健康干杯的。

朱莉娅　唉，不是亚历克斯。来，为拉维尼娅的姨妈

干杯！你们大概已经猜出来了。

爱德华和西莉亚　为拉维尼娅的姨妈干杯。

朱莉娅　　　　　　　　　　　　　　　　好，接下来的问题是，

该怎么办。很简单。

现在去餐馆不是太晚就是太早。

你们两个说什么也要跟我回家去。

爱德华　　　　　　　　　　　　　　不，对不起，朱莉娅。

我太累了，不想出去，再说我一点儿都不饿。

吃几片饼干就可以了。

朱莉娅 那你呢，西莉亚？

你一定要来，晚上和我一起少吃一点——

就很少的一点点。

西莉亚 谢谢你，朱莉娅。

我想我会来的，那我大概十分钟后

赶过来可以吗？我还有些事情

想跟爱德华说。

朱莉娅 有关拉维尼娅的？

好吧，快点儿来啊。叫辆出租车。

你看你，饿得都快不行了。

晚安，爱德华。

〔朱莉娅下。

西莉亚 说吧，他怎么说服你的？

爱德华 他怎么说服我的？他说服我了吗？

我记得很清楚，

他试图让我相信，拉维尼娅离开

是最好的结果；我应该感到欣慰才是。

可是，他说来说去

倒让我意识到我是希望她回来的。

西莉亚 魔鬼用的就是这种办法！这么说你希望拉维尼娅回来啰！

拉维尼娅！这么说你在乎的就是

不要离婚——不要惹上麻烦事！

不，不会的。我决不相信会是这样。

我想你是因为累坏了
才一时犯迷糊。还有就是你慌神儿了。你一遇到麻烦就没了主意。

爱德华 不是这样的。不单单是这样的。

西莉亚 不可能是纯粹的面子问题：
你以为你妻子丢下你和别人跑了，
别人就会笑话你吗？
我很快就会把你这种想法纠正的，爱德华，
等你离了婚。

爱德华 不，不是这样的。
这些理由刚才那个人全都谈到了，
我叫他利雷——虽然他名字不叫利雷；
只是他歌里唱到的一个名字……

西莉亚 他给你唱歌，歌里有个男人叫利雷！
爱德华，我看你当真是疯了——
我是说，你都快神经失常了。
爱德华，要是我现在就离开，
你能不能答应我去看一位高明的大夫？
我听说过他的大名——他的名字叫赖利！

爱德华 这种病需要一个比顶顶高明的大夫更加高明的人
才能治好。

西莉亚 爱德华，要是我现在就走，
你能不能向我保证一切都正常？
保证你其实不希望拉维尼娅回来，
你只是希望自己重获自由身？
保证咱俩之间也一切正常？

这是最要紧的。真的，爱德华，

只要这个不出问题，别的都出不了问题，

我向你保证。

爱德华　　　　　不，西莉亚。

我们的关系一直很融洽，我很感激，

我觉得你是个难得的好人。

不过已经太迟了。我早该知道

这对你不公平。

西莉亚　　　　　这对我不公平！

你倒好，往那儿一站跟我说什么公平不公平！

爱德华　要不是因为拉维尼娅出走，根本就不会发生这档子事。

你想过将来会怎么样吗？

西莉亚　我想过将来会怎么样吗？

我们还没交往的时候我就不管将来了，

交往以后我活在一个只有现在的世界里，

在这个世界里，时间失去了意义，这是一个只属于咱俩的私人世界，

在这个世界里，“幸福”这个词有着不一样的意义，

或者表面看起来是不一样的。

爱德华　　　　　　　　　　我听说过这种体验。

西莉亚　一场梦。直到今天，我在梦里一直感觉很幸福，

后来，朱莉娅问起拉维尼娅的时候，

我才意识到拉维尼娅离开你了，

你就要自由了——那时候我突然发现

光有梦是不够的；我还想得到更多，

我等待着，想跑来告诉你。

也许还是梦更好一些吧。它看上去像是真正的现实，
假如眼下这情况是现实，那这现实反倒像一场梦了。
也许一直以来背叛我的梦的人
就是我自己；到头来发现自己既想要
这个世界又想要那个世界……唉，真丢脸。

爱德华　你没什么理由可以觉得丢脸的……

西莉亚　嗬，别以为你有本事让我丢脸！
丢脸——都是我让我自己丢了脸。
我还没觉得你真实到
让我丢脸的地步。我想，女人要是发现
和自己一起快乐过的男人
其实只是拿她们当消遣的玩意儿，
多半是会感到羞耻的。
啊，大概你在欺骗自己：
不过事实证明就是这样的，毫无疑问。

爱德华　我没拿你当消遣的玩意儿！
要说消遣的玩意儿，
你对彼得的态度怎么解释？

西莉亚　　　　　　　　　　　彼得？哪个彼得？

爱德华　彼得·奎尔普，傍晚来过的那个。他过去活在梦里，
现在他很不开心，很迷茫。

西莉亚　我都不知道你在说什么。
爱德华，你为了给自己辩解，连这么差劲的借口
都搬得出来。我和彼得
从来就没怎么样过。

爱德华　　　　　　　　　真的没有吗？他可不这么想。

他晚上又来过了，跟我谈起这件事。

西莉亚　真可笑！我从没给过彼得

任何暗示，可以让他以为我对他有好感。

我觉得他有天赋；我看他很孤独；

我觉得我可以帮助他。我带他去听音乐会。

不过后来他认识的人渐渐多起来了，

这时我就发现他不如以前有趣了，变得相当自负。

可我们干吗要谈彼得呢？关键问题是，

你觉得你希望拉维尼娅回来。

假如你是这种人——

哼，你还是跟她过吧。

爱德华　　　　　　　　事情不是这样的。

并不是说我还爱拉维尼娅。

我觉得我从来就没爱过她。

要是我真爱过谁的话——我觉得我是爱过的——

我只爱过你，没爱过别人，

可能现在也还爱着你。可是不能再这么下去了。

这本来就不可能是……长远的事：

你应该找个男人……和你年龄相差不那么大的。

西莉亚　我不要听你的建议，爱德华：

你现在没有资格对我的将来

说三道四。我只希望你有本事的话

把自己的将来管管好。要是你现在不爱拉维尼娅，

过去也从来没爱过，

那你到底想得到什么呢？

爱德华　　　　　　　　我说不准。

我唯一比较确定的是，
直到今天早上
我才意识到自己已经人到中年了，
到这时候才渐渐明白感到老是什么滋味。
这是最糟糕的一瞬间，你还没有体会到
你可想望的东西带来的满足，
你还不知道还有多少东西可以想望，
就已经对一切值得想望的东西失去了欲望；
然后你梦想着自己可以对
没有欲望的生活有所期盼。但是这些你不懂。
你怎么可能理解感到老是什么滋味呢？

西莉亚　可我想理解你。我会理解的。
爱德华，请相信我，不管发生什么事
我都不会恨你。我只会为你感到难过。
要恨，恐怕我也只会恨自己。
可你的生活会变成什么样子呢？我想都不敢想。
爱德华！你跟拉维尼娅在一起会幸福吗？

爱德华　不——不是幸福的问题：或者说，假如有幸福的话，
这种幸福只不过是知道
美好化为废墟以后，痛苦不会前来觅食；
狂喜过后不会有乏味相继。
我明白，我的生活早已成了定局，
挣扎着想逃出来
只是自欺欺人，骗自己
发生过的事其实没发生，或者还可以改变。
那个说得出“我要这个或要那个”的自我——

那个积极肯干的自我——他是个软弱的家伙；
到头来他只得跟那个固执的、
比他更顽固的自我妥协；后一个自我从不说话，
他从不交谈，也不会争辩；
在某些人身上这个自我也许是守卫者——
可在我这种人身上，他是麻木、永不妥协、
不屈不挠的平庸精神。
那个积极肯干的自我有办法让
这个执拗的伙伴遭殃——不过要想过得好，
就只能听从这个更强大的伙伴的命令。

西莉亚　爱德华，我不敢肯定是不是理解你；
不过我从没像现在这么明白过。
我想——我相信——你和我在一起的时候，
从没像现在这样以你的本来面目出现。
我一直在盯着你看，你变化了两次。
我看着你的脸：我以为我熟悉
并且爱着每一条轮廓线；看着看着
它就萎缩了，就好像是我把木乃伊身上的裹布去掉了一样。
我听着你的说话声，这声音过去总让我激动，
现在它变成了另一种说话声——不对，不是说话声：
我听到的无非是只虫子发出的响动，
干巴巴的，响个不停，毫无意义，不是人发出来的——
大概是你刮擦两条腿发出来的——
不管怎么说，蚱蜢就是这么叫的。我仔细看、留神听，
想找找你有没有心，有没有血；
结果只看到一只像人那么大的甲壳虫，

除了一脚踩下去挤出来的一团东西以外，
肚子里就什么也没有。

爱德华　　也许现在的我就是这样子的。

要不你往我身上踩吧。

西莉亚　　不，我才不踩呢。

这样子的不是现在的你，而只是过去我以为的你
所剩余的部分。我现在看到的是另外一个人，
我把你看作是我过去从没见过的人。
我过去见过的那个人，他只是个投影——
我现在看清楚了——是我想得到的某个东西的投影——
不，不是想得到的——是我所追求的——
是我迫切希望它能够存在的某个东西。
它准会在什么地方发生——可它是什么，它在哪里？
爱德华，我发现我只是在利用你。
我求你原谅我。

爱德华　　你……求我原谅你！

西莉亚　是的，为了两点。第一……

（电话铃响）

爱德华　　该死的电话。

我看我还是接一下。

西莉亚　　对，还是接一下。

爱德华　喂！……啊，朱莉娅！这回又怎么啦？
又是眼镜……你把它放哪儿啦？
要不要我们……我给你到处找找？
你包里看过没有？……呃，别对我那么凶嘛……
你确定是在厨房里？香槟酒旁边？

真的确定？……很好，要不你别挂电话；

我们……我去找找。

西莉亚 对，你去找。

我再也不进你家厨房了。

〔爱德华下。拿着眼镜和酒瓶回。

爱德华 她终于说对了一回。

西莉亚 她说话一向是对的。

你干吗把喝光的香槟酒瓶拿过来？

爱德华 还没喝光呢。可能跑了点儿气——

可她为什么说是半瓶呢？

这是我最好的几瓶酒当中的一瓶：我喝酒从不留一半的。

嗯，我希望你和我干最后一杯。

西莉亚 我们该为什么干杯呢？

爱德华 我们该为谁干杯呢？

西莉亚 为守护者。

爱德华 为守护者？

西莉亚 为守护者。说起守护者的是你。

〔两人干杯。

恐怕连朱莉娅也是个守护者。

她大概是我的守护者。把眼镜给我。

晚安，爱德华。

爱德华 晚安……西莉亚。

〔西莉亚下。

哎呀！

〔他抓起电话听筒。

喂，朱莉娅！你还在吗？……

呃，实在对不起，让你久等了；
可我们……我得到处找啊……没有，我找到了。
……是的，她正给你送去呢……晚安。

幕　落

第三场

同一房间：第二天傍晚。爱德华一个人。他向门口走去。

爱德华　啊……晚上好。

〔不明身份的客人上。

不明身份的客人　晚上好，张伯伦先生。

爱德华　我给您来点加水的杜松子酒怎么样？

不明身份的客人　不，谢谢。今天的场合不同。

爱德华　既然您是一个人来的，
看来您没成功。

不明身份的客人　哪里的话。
我来是提醒您——您已经做了一个决定。

爱德华　您是认为我可能已经改主意了吗？

不明身份的客人　不是。在您做完决定还没有平静下来之前，
还谈不上改主意。
不是的。我来是告诉您，您会改主意的，
不过这没什么关系。要改也是来不及的。

爱德华　我现在有点想改主意了，
这样就好证明给您看，我有改主意的自由。

不明身份的客人　您会改主意的，不过您并不自由。
您自由的时刻在昨天。
您做了一个决定。您启动了
您生命和别人生命中的力量，
已经停不下来了。这是第一点要考虑的。

第二点是：叫一个人起死回生
是件严肃的事情。

爱德华　　　　　　起死回生？
这个修辞手法有点儿……夸张，
我妻子昨天才离开我。

不明身份的客人　啊，不过对别人来说我们每天都要死一回。
我们认识的别人
其实只是过去我们认识他们的那些时刻
在脑海中留下的回忆。打那以后他们就变了。
假装他们和我们都没有变
是一种有用而又方便的社会习俗，
有时候必须打破它。我们还得记住，
我们每一次见面，见到的都是陌生人。

爱德华　这么说您是要我像问候陌生人那样问候我妻子？
这可不容易。

不明身份的客人　非常难。
不过继续装作你们不是陌生人
可能比这更难。
那些亲切的幽灵：祖母、
圣诞节聚会时活跃的光棍叔叔、
亲爱的保姆——那些让你的童年
充满安逸、欢乐和安全感的人——
假如他们活过来，不是会让人很尴尬吗？
过不了十分钟，你跟他们还有话可说吗？
他们跟你还有话可说吗？你会发现
把他们当陌生人看待很难，可更难的是

假装你们彼此并不是陌生人。

爱德华 总不见得叫我抹去

这五年来的记忆吧。

不明身份的客人 我没叫您忘记什么。

想忘记就是想隐瞒。

爱德华 确实有一些东西是我想忘记的。

不明身份的客人 还有人。不过您可不能忘记他们。

您必须面对一切，但是要把他们当作陌生人。

爱德华 那我也必须当我自己是陌生人了。

不明身份的客人 您对您自己也一样。不过要记住，

您见着您妻子的时候不许问任何问题，

也不许做任何解释。我对她也这样交代过。

不要用缠不清的回忆把对方勒死。

我要走了。

爱德华 等一下！您会和她一块儿回来吗？

不明身份的客人 不，我不和她一块儿回来。

爱德华 我不知道为什么，

可我觉得我希望您亲自把她带回来。

不明身份的客人 是的，我知道您会这么想。出于某种原因，

这原因我不准备向您解释，

我请您千万别跟她提起我；

她也不会跟您提起我。

爱德华 我保证不说。

不明身份的客人 现在您该等候您的客人了。

爱德华 客人？什么客人？

不明身份的客人 谁来谁就是客人。那些陌生人。

至于我呢，为了防患于未然，
就从仆人楼梯走。

爱德华　我可以问个问题吗?

不明身份的客人　　　　　　　　请讲。

爱德华　您是谁?

不明身份的客人　我也是陌生人。

〔下。短暂的停顿。爱德华焦躁地踱来踱去。门铃响，他向前门走去。

爱德华　西莉亚!

西莉亚　　　　　　　拉维尼娅回来了吗?

爱德华　　　　　　　　　　　　　　　　　　　　西莉亚！你怎么来了?
拉维尼娅随时都可能回来。
你不能待在这儿。你怎么会来的?

西莉亚　是拉维尼娅叫我来的。

爱德华　　　　　　　　　　　　　　　是拉维尼娅叫你来的!

西莉亚　不过不是直接说的。朱莉娅收到一封电报，
说是请她过来，顺便把我也带来。
朱莉娅有事耽搁了，叫我先来。

爱德华　这事真蹊跷。不像是拉维尼娅的作风。
看来除了等待以外没别的事可做了。
你请坐吧。

西莉亚　　　　　谢谢。

（停顿）

爱德华　啊，天哪，咱们说点什么?
总不能一声不响干坐着吧。

西莉亚　　　　　　　　　　　　　　　　啊，我可以的。

看着你就好。爱德华，我发笑你可别见怪。
你看上去就像个小男孩，被叫到了
校长的书房；也不太清楚自己
是因为犯了什么错才给逮住的。我以前从没见你这样过。
这个样子实在可笑。

爱德华 我好像没看出有什么好笑的。

西莉亚 其实我不是在笑话你，爱德华。
昨天，我看到什么都不会发笑；
可我在二十四小时之内收获很大。
这滋味不太好受。
噢，我很高兴自己能来！
我终于可以把你当人看了。
难道你就不能也用这种眼光看我，然后再发笑吗？

爱德华 但愿我可以。但愿我能明白点什么。
我完全蒙在鼓里。

西莉亚 这不都明摆着么。
你难道看不出……

（门铃响）

爱德华 是拉维尼娅。

（向前门走去）

彼得！

〔彼得上。

彼 得 拉维尼娅呢？

爱德华 别告诉我拉维尼娅
给你发了电报……

彼 得 不，不是给我，

是给亚历克斯。她叫他来这儿，

顺便把我也带来。他一会儿就到。

西莉亚！你也收到拉维尼娅的电报了？

我是不是打断你们了？

西莉亚　　　　　　　　　　我刚对爱德华解释过——

我也是这会儿才到的——

拉维尼娅给朱莉娅发了电报，叫她来，顺便把我也带来。

爱德华　不知道拉维尼娅还请了谁。

彼　得　呃，我觉得拉维尼娅打算

把昨天的鸡尾酒会搁到今天开。

所以我想她姨妈肯定还没死。

爱德华　什么姨妈？

彼　得　　　　　　　你和我们说过的那个姨妈呗。

我说爱德华——你还记得我们昨天的谈话吗？

爱德华　当然啦。

彼　得　　　　　　希望你什么都还没做。

爱德华　是的，我什么都还没做。

彼　得　　　　　　　　　　　　　我真高兴。

因为我改主意了。我是说，我已经想明白了，

那些都没用。我要去加利福尼亚。

西莉亚　你要去加利福尼亚！

彼　得　　　　　　　　　　是的，我有了份新工作。

爱德华　就这一夜之间，到底怎么回事？

彼　得　亚历克斯给我联系上一个人，

今天早上我们把所有的事情都谈妥了。

认识亚历克斯真好，

因为，你瞧，他什么人都认识，什么地方都知道。
所以我其实是来说再见的。

西莉亚　啊，彼得，我高兴极了，为你高兴，
虽然我们……我肯定会想你的；
你知道的，过去听音乐会，还有看电影的时候，
我有多依赖你——其实你都不知道我有多依赖你。
过去在一起多开心啊！不过，现在你有机会
去实现你的抱负了，但愿是这样。
我会想你的。

彼　得　　　　　　你这么说我很高兴；
不过你会找到更好的人来陪你到处逛的。

西莉亚　我想我再也不会去听音乐会了。
我也要走。

（拉维尼娅用钥匙开了大门进来）

彼　得　　　　　你要出国？

西莉亚　我不知道。也许吧。

爱德华　　　　　　　　　　　你们两个都要走！

〔拉维尼娅上。

拉维尼娅　谁要走？哟，西莉亚。哟，彼得。
没想到你们在这儿。

彼得和西莉亚　可那电报！

拉维尼娅　　　　　　　　　　什么电报？

西莉亚　　　　　　　　　　　　　　　　你发给朱莉娅的。

彼　得　还有发给亚历克斯的。

拉维尼娅　　　　　　　　　　　我不知道你们在说什么。
爱德华，你在一封一封发电报吗？

爱德华　怎么可能呢，我一封电报也没发过。

拉维尼娅　又是朱莉娅在捣鬼。

她来不来？

彼　得　　　　　来的，亚历克斯也来。

拉维尼娅　那我要请他们二位解释一下了。

好了，我看咱们还是坐下来吧。

咱们聊点儿什么呢？

爱德华　　　　　　　　　彼得要去美国。

彼　得　对，我本想明天给你们打电话，

到动身之前再来道个别。

拉维尼娅　西莉亚也要走？我没听错吧？

恭喜二位啦。想必是去好莱坞啰？

真为你激动啊，西莉亚！现在你终于

有机会去实现你的抱负了。

你们是一起去吧？

彼　得　　　　　　　　我们不一起去。

西莉亚告诉我们她要走。

不过我不知道是去哪里。

拉维尼娅　　　　　　　　　　你不知道是去哪里？

那你知不知道你自己要去哪里？

彼　得　当然知道，我要去加利福尼亚。

拉维尼娅　嗳，西莉亚，你怎么不去加利福尼亚？

别人都说那边的气候很好：

到那儿的人没一个想离开的。

西莉亚　拉维尼娅，我觉得我很了解彼得……

拉维尼娅　我一点儿都不怀疑，确实如此。

西莉亚　还有他为什么要走……

拉维尼娅　这我也不怀疑。

西莉亚　而且我相信他走是对的。

拉维尼娅　哦，这么说是你建议他走的?

彼　得　这件事她什么都不知道。

西莉亚　既然我可能要走——去某个地方——

我就想道个别——像朋友那样的。

拉维尼娅　哎，西莉亚，我们不一直都是朋友吗?

我一直拿你当我最要好的朋友之一——

起码是这样的，只要一个女孩子可以当

一个年龄比她大得多的女人是朋友。

西莉亚　拉维尼娅，

让我把话说完。我以后可能见不到你了。

我想说的是：我希望我在你的记忆里

是一个希望你和爱德华幸福的人。

拉维尼娅　你真好，就是太神秘了。

谢谢你，我相信我们会尽量做到

像过去那样。

西莉亚　啊，不是要像过去那样!

（门铃响，爱德华起身去开门）

哎，恐怕这些话听起来相当愚蠢!

可是……

〔爱德华与朱莉娅一起返回。

朱莉娅　拉维尼娅，你回来啦!对不起，我迟到了，

可你的电报有点突然。

我丢下一切就赶过来了。那位亲爱的姨妈怎么样了?

拉维尼娅　据我所知，她非常好，谢谢你。

朱莉娅　她准是神奇般地康复了。

收到你电报的时候，我这么对自己说来着。

拉维尼娅　可我想问一下，这电报是从哪儿发来的？

朱莉娅　咦，当然是埃塞克斯啰。

拉维尼娅　　　　　　　　　　可为什么是埃塞克斯？

朱莉娅　因为你在埃塞克斯啊。

拉维尼娅　　　　　　　　　　因为我在埃塞克斯！

朱莉娅　拉维尼娅！别告诉我你记忆出问题了！

这倒可以解释那位姨妈——还有电报。

拉维尼娅　好吧，我大概是在埃塞克斯。我真的不知道。

朱莉娅　你不知道自己去的哪儿？拉维尼娅！

别告诉我你被人绑架了！和大伙儿说说；

我好激动……

（门铃响。爱德华起身去开门。亚历克斯上）

亚历克斯　拉维尼娅回来了吗？

爱德华　　　　　　　　　　回来了。

亚历克斯　　　　　　　　　　欢迎回来，拉维尼娅！

我收到你电报的时候……

拉维尼娅　　　　　　　　　　哪儿发来的？

亚历克斯　　　　　　　　　　戴德汉。

拉维尼娅　戴德汉在埃塞克斯。这么说是从戴德汉发出的。

爱德华，你有朋友在戴德汉吗？

爱德华　没有，我在戴德汉没熟人。

朱莉娅　嘀，挺神秘的，有意思。

亚历克斯　什么事那么神秘呀？

朱莉娅　　　　　　　　　　　亚历克斯，不该问的别问。

　　拉维尼娅的记忆出问题了，

　　电报当然是她发给我们的：

　　我看她现在其实不希望我们在这儿。

　　看得出来，她为她姨妈操完心以后

　　已经筋疲力尽了——

　　亚历克斯，你听到了一定很高兴，她姨妈已经痊愈了——

　　在大东方的老式火车上坐了那么长时间，

　　因为还要在枢纽站停留。而且我想她已经饿坏了。

亚历克斯　啊，要是这样的话我就知道该怎么做了……

朱莉娅　　　　　　　　　　　　　　　　　　别，亚历克斯。

　　我们得让他们单独待一待，让拉维尼娅休息一下。

　　现在呢，大伙儿都到我家去。彼得，叫辆出租车。

　　〔彼得下。

　　今天大伙儿去我家开个鸡尾酒会。

西莉亚　嗯，我得走了。再见，拉维尼娅。

　　再见，爱德华。

爱德华　　　　　　　再见，西莉亚。

西莉亚　再见，拉维尼娅。

拉维尼娅　　　　　　　　再见，西莉亚。

　　〔西莉亚下。

朱莉娅　好了，亚历克斯，咱俩该走了。

爱德华　你确定没落下什么东西吗，朱莉娅？

朱莉娅　落下什么东西？噢，你是说我的眼镜。

　　没落，在这儿呢。再说我也用不着眼镜。

　　今晚我可不会再来了。

拉维尼娅　等一下！我想请你解释一下电报的事。
朱莉娅　解释一下电报的事？亚历克斯，你觉得呢？
亚历克斯　不，朱莉娅，　我们可解释不了电报的事。
拉维尼娅　我敢肯定你解释得了电报的事。

我不知道为什么。不过我觉得昨天
我好像发动了什么机器，它一直运转着，
我没法叫它停下来；不对，不像机器——
就算是机器，也是别人在操作着。
那是谁呢？总有人来插手……
我感到不自由……不过是我发动的机器……

朱莉娅　亚历克斯，你觉得我们有什么可以解释的吗？
亚历克斯　我觉得没有，朱莉娅。她必须自己找答案：

只有这个办法。

朱莉娅　　　　　　　你说得太对了！

好吧，亲爱的，我很快就会再见到你们的。

爱德华　我们什么时候会再见到你？
朱莉娅　　　　　　　　　　　　　我说了你们会再见到我吗？

再见。我应该……没落下什么东西。
〔彼得上。

彼　得　我叫到出租车了，朱莉娅。
朱莉娅　　　　　　　　　　　　　好极了！再见！

〔朱莉娅、亚历克斯和彼得下。

拉维尼娅　说实话，你见到我好像不是很高兴的样子。
爱德华　要说起来，刚才我哪有机会

好像这个好像那个。见到你我当然很高兴。

拉维尼娅　这倒是，真是蠢话。

像个小学生。像西莉亚。我不知道刚才为什么要那样说。

好了，我回来了。

爱德华　　　　　　　　我什么都不会问。

拉维尼娅　我知道我什么都不会解释。

爱德华　我也什么都不会解释。

拉维尼娅　我也什么都不会问。可……为什么不问呢?

爱德华　我不知道为什么。那我们该谈些什么呢?

拉维尼娅　有一件事我应该知道，因为关系到其他人，

关系到怎么给他们一个交代。就是那个酒会。

我要是说我把这件事给忘得一干二净，你肯定不相信吧!

我让你失望透了。你后来怎么处理的?

走了以后我才想起来。

爱德华　我给每一个我知道要来的人打了电话，

可是没办法通知到每个人。所以有几个人来了。

拉维尼娅　哪些人来了?

爱德华　　　　　　　　　就是今晚来的那几个……

拉维尼娅　奇怪。

爱德华　　　　　　另外还有一个。我不认识的。

不过你应该认识。

拉维尼娅　　　　　　　是的，我想我认识。

不过我被朱莉娅搞糊涂了。这个女人是魔鬼。

她凭直觉就知道什么时候会出事。

你放心好了，只要有难办的场面就准少不了她!

你对他们说什么了?

爱德华　　　　　　　　　我编出一个姨妈来，

她住乡下，生了病，叫你去。

拉维尼娅　真是的，爱德华！你还不如实话实说呢：

掺一丁点儿假话朱莉娅都听得出。

可这个姨妈干吗要住在埃塞克斯呢？

爱德华　我被朱莉娅逼得没办法，只好让她住个地方。

拉维尼娅　我知道了。这么说是朱莉娅让她住在埃塞克斯的；

电报也就从埃塞克斯发来了。

好吧，我只能跟朱莉娅说实话了。

从现在开始我要一直说实话。

我们已经把那么多时间都浪费在撒谎上了。

爱德华　我一点儿都听不懂你什么意思。

拉维尼娅　　　　　　　　　　　　　　　　　　爱德华！

我要说的是，自打我离开以后，

发现自己太把你当回事了。

现在我看出来了你有多荒唐。

爱德华　这可是在……多少？……

三十二个小时里得出的结论，够慎重。

拉维尼娅　是的，一个很重要的发现，

发现自己耗费了一生中的五年时间

和一个毫无幽默感的男人在一起；

这给我造成的影响就是

我自己的幽默感也全没有了。

这就是一直迁就你的后果。

爱德华　我没想到是你一直在迁就我。

我的感觉和你的很不一样。既然说到这儿了，

我觉得是我一直在迁就你。

拉维尼娅　我知道你说迁就我是什么意思：

你的意思是，所有的日常事务，本来应该你决定的，
统统抛给了我。我记得——
啊，我早该料到将来会是什么样了——
我们计划度蜜月的时候，
你死活不肯说你想去哪里……
爱德华 我是想让你做决定嘛。
拉维尼娅 可你要不先说个别的什么地方，
我怎么知道我想去哪里？
我记得最后实在没辙了，
我就说："我看你宁愿去皮斯黑文"——
结果你说，"我没意见。"
爱德华 我当然没意见了。
我讲这句话是出于恭维。
拉维尼娅 你讲这句话是出于恭维！
大家都说，你想得很周到；
你觉得自己没私心。其实只是消极罢了；
你只不过是想有人给你加油，给你鼓励……
爱德华 鼓励？鼓励我做什么？
拉维尼娅 鼓励你对自己感觉良好。
你也知道，是我让你当上律师的……
爱德华 我接的活儿不多，所以你就唠唠叨叨，
说我应该多接触些人：
可等到有委托人陆续上门了——
而他们又不是通过你的朋友介绍来的——
你又突然觉得不合适，
因为万一我太忙或者太累，

就不能帮你在社交方面派用场了……

拉维尼娅 我可从没抱怨过。

爱德华 是没有；你从不抱怨的那副样子
实在让人很光火……

拉维尼娅 是你在抱怨
每天看见的全是诉状律师和客户……

爱德华 你倒好，从来不体谅我。

拉维尼娅 我是想尽量帮上点忙的。
所以才费了那么大的劲儿
去办那些星期四酒会，好让你有机会
和有文化的人交流……

爱德华 假如我是你雇的管家，
估计也会有这点儿机会：
你的一些客人大概真把我当管家了。

拉维尼娅 有几次，我特别希望你
能见一见某位来客，
你倒好，等别人快走了才来。

爱德华 这样人家至少不会把我当管家。

拉维尼娅 我费了那么大的劲儿，结果却把事情越搞越糟，
你要什么东西，我就给你拿来。可我一拿来，
你又要别的东西。今后我要换种完全不同的方式
来对待你。

爱德华 谢谢你提醒我。那你说说看，
既然你这样看我，还回来干吗？

拉维尼娅 老实说，我不知道。有人提醒过我，说回来以后会有什么危害。

可是某个东西，也可能是某个人，迫使我回来了。
那你为什么希望我回来？
爱德华 我也不知道。
你说你一直想“鼓励”我：
那你为什么总让我觉得自己很渺小？
过去我可能还不知道自己想要什么样的生活，
不过肯定不是你给我选择的那种生活。
你希望你的丈夫有成就，
你希望在别人面前的时候我能给你
装点一下门面。你的愿望是当女主人，
拿我的职业来给你做烘托。
我是想尽量做得大度一点。不过今后，
我跟你说，我的行事方式会完全不同。
拉维尼娅 说得好！爱德华。真是出乎意料。
是哪个教会你这样顶嘴的？
爱德华 最近我的脸丢足了，
现在我已经到了
再怎么丢脸也不觉得丢脸的地步。
一个人到了麻木的地步，
脑子里想什么就往外说什么了。
拉维尼娅 真新鲜，
原来你说话还是用脑子的啊。
不管怎么样，我打算照你现在的样子来看你。
爱德华 也就是说，你打算照我过去的样子，
或者照你以为的我现在的样子来看我。
那你觉得我现在是什么样子？

拉维尼娅　　　　　　　　　　　哎呀，和过去一模一样。
至于我呢，和以前不是同一个人了，
你必须重新认识我。
爱德华　　　　　　　　　真有意思：
你好像以为自己该变的都变了——
虽然我还没看出来是在往好的方向变。
你就没想过，说不定
我也已经变了？
拉维尼娅　　　　　　哎哟，爱德华，你还是个小孩子的时候，
肯定老叫人给你量身高，
好证明从上个假期到现在又长高了多少。
你的心思全放在自己身上；
别人要是长个头了，好嘛，你也要长。
你什么地方变了？
爱德华　　　　　　　　变得
能用别人的眼睛来看自己。
拉维尼娅　这个变化肯定让你心烦意乱了。
不过不要紧，很快就会习惯的，
然后另外给自己找个小角色演演，
换张脸，继续骗人。
爱德华　你有一点最让人恼火，
就是你一向自以为是，
以为你比我还了解我自己。
拉维尼娅　你最让人恼火的
就是对我从来都不问不顾，
认准了我这人根本不值得了解。

爱德华　你看，又来了。又回到那个圈套里了，

区别大概只有一个——我们可以打架，

用不着待在笼子两头。

今晚就这么过倒也不错，

比听留声机好。

拉维尼娅　　　　　　我们有好唱片；

不过我一直怀疑，其实你根本不喜欢音乐，

留声机只不过是你的挡箭牌，这样一来，

你我不得不待在一块儿的时候你就可以不理我了。

爱德华　有时候我觉得纳闷，你怎么会嫁给我的。

拉维尼娅　嗯，你过去确实有几分吸引力，你也知道；

而且你一直口头上说你爱上我了——

我敢肯定，你是想让自己相信你爱上我了。

我好像总是差一点儿就要体验到某种奇妙的东西了，

可到头来却一次都没体验过。我现在倒想知道，

你当时怎么会觉得自己爱上我的。

爱德华　每个人都告诉我，我爱上你了；

他们还告诉我，我俩有多般配。

拉维尼娅　真可惜，你没有主见。

啊，爱德华，我想好好待你——

要是不行，我就不好好待你——

总得有所表示，不能一点表示都没有。你好像倒希望我一点儿表示都没有。

不过我为你感到难过……

爱德华　　　　　　　　　　别说为我感到难过！

他们都为我感到难过，我受够了。

拉维尼娅　这就对了，因为他们再怎么为你感到难过，
也比不上你为自己感到难过。这滋味不好受。
我还以为我这一走
说不定就让你找到出路了。我还以为要是对你而言
我死了的话——因为对你而言我一直是个鬼魂——
说不定你还找得到回头路，
回到某个有真实的你的时间——因为你肯定真实过，
在你认识我之前的某个时间。
大概是在你还是小孩子的时候吧。

爱德华　我不希望你摆出一副责任在己的样子：
这只不过是换了花样的鄙视。
我也不希望你对我解释我自己。
你还想着给我造一个人格出来，
这样只会让我远离我自己。

拉维尼娅　本来很简单的事情你倒弄得很复杂。
不过有一点我看得很清楚：
我们再也回不到昨天早上之前的
那种生活了。

爱德华　　　　　　曾经有扇门，
我怎么也打不开。我摸不到把手。
为什么我走不出自己的牢笼？
地狱是什么？地狱是自身，
地狱是孤独的，地狱里的其他形体
只不过是投影。不知道怎么逃，
也无处可逃。人总是孤独的。

拉维尼娅　爱德华，你究竟在说什么呀？

自言自语的。你能不能行行好
为我考虑一下，就一会儿？

爱德华 就在昨天，
天谴临头了。现在我必须就这么活下去，
日复一日、时时刻刻、生生世世。

拉维尼娅 我看你都快神经失常了。

爱德华 别这么说！

拉维尼娅 我必须这么说。
我认识的……一个人说起过一位医生，我想他可以帮你。

爱德华 我要是想看医生自己会找；
你找的我不要。我怎么知道
你会不会先去见他，从你的角度
把我的一切都告诉他？我可不要什么医生。
我只是在地狱里而已。那儿没有医生——
至少，没有业务过硬的。

拉维尼娅 即使在地狱里也可以实际些：
你也知道，我比你实际得多。

爱德华 这会儿我总算知道你所谓的实际是什么了。
实际！记得我们度蜜月的时候，
你总是把东西统统用绵纸包起来，
等到要找什么东西了，
只好再把绵纸统统拿掉。还有，我再怎么教，你都不知道
该怎么把牙膏的盖子盖上。

拉维尼娅 好极了，我不会逼你的。
你脑子错乱得都不知道自己想要什么了。
不过你一错乱倒往往会做出让步，

你那种让步还是和以前的一样。

爱德华　你不了解我。我难道还没说明白吗？

今后你会发现我和以前不一样了。

拉维尼娅　可不是嘛。你的不一样难道和

西莉亚去加利福尼亚一点关系也没有？

爱德华　西莉亚？去加利福尼亚？

拉维尼娅　　　　　　　　　　　没错，和彼得。

说真的，爱德华，假如你还是人的话，

你一定会放声大笑的。可你不会。

爱德华　上帝啊，上帝啊，但愿我还能回到昨天

我觉得自己做了一个决定之前的时间。

是哪个魔鬼闩了门但没上锁，

把这些疑虑给放进来的？然后你就回来了，你这个

毁灭天使——就在我刚放下心来的时候。

转眼之间，你碰到哪儿，哪儿就成了废墟。

上帝啊，我做了什么呀？这条蟒蛇。这只章鱼。

难道我终究要变成你希望的那个样子吗？

拉维尼娅　好吧，爱德华，既然我没办法让你笑，

既然我没办法劝你去看医生，

眼下我也没别的什么办法可想了。

我该去厨房看一看。

我知道还有几个鸡蛋。不过我们得出去吃饭。

我的行李还在楼下厅里呢：

你叫门房帮我拿上来好吗？

幕　落

第二幕

伦敦亨利·哈考特-赖利爵士的诊察室。几周以后的一个早晨。亨利爵士正独自办公。他按了一下电铃。护士兼秘书上，手里拿着预约登记册。

赖　利　芭勒韦小姐，今天早上的那三个约会，
我想再听您复述一遍我是怎么交代的。
千万不能让他们互相见到，
这个你是明白的吧？
护士兼秘书　　　　　　您交代得很清楚，亨利爵士：
和第一位的约会在十一点。
把他让进小候诊室；
您立刻见他。
赖　利　我立刻见他。第二位呢？
护士兼秘书　第二位让进另一间候诊室，
和过去一样。她十一点一刻到；
不过您可能会让她等。
赖　利　　　　　　　　也可能她会让我等；
不过我想她会准时来的。
护士兼秘书　　　　　　　　她一到
我就打电话进来。要是没听到您打三次铃，

我就一直让她待在那儿。

赖　利　　　　　　　　　　第三位病人呢？

护士兼秘书　第三位让进小候诊室；

她来了不必通知您。

然后，等您按铃的时候，我把另两位送走；

等他们离开这幢房子以后我再……

赖　利　很好，芭勒韦小姐。暂时就这些。

护士兼秘书　亨利爵士，吉布斯先生来了。

赖　利　　　　　　　　　　　　　　　叫他直接进来。

〔护士兼秘书下。

〔亚历克斯旋即上。

亚历克斯　张伯伦约的几点？

赖　利　　　　　　　　　　十一点。

还是那个钟点。我们时间不多了。

跟我说说，你试图让他相信我是最适合给他看病的人选的时候，

有没有遇到什么困难？

亚历克斯　困难？没有！他就是有点不耐烦，

因为听说要等上四天才能看病。

赖　利　把他的预约时间往后挪挪是必要的，

这样可以减少他的抵触情绪。不过我的意思是，

他相不相信你的判断？

亚历克斯　　　　　　　　嗯，他绝对相信。

倒不是觉得我很有头脑，

而是觉得我消息灵通：像我这样的人

知道该去什么样的商店，也知道该找什么样的医生。

再说，只要不是他妻子推荐的，
别人随便跟他说个什么医生他都愿意去看。

赖　利　我已经叮嘱过拉维尼娅，
不可以对他提起我的名字。

亚历克斯　你一向有远见。现在他可得意了，
因为他觉得自己偷偷抢在他妻子前头了。
等你把他一送进疗养院，
他妻子就见不着他了——然后呢，他相信，
他妻子就会很后悔。他很高兴自己生了病。

赖　利　生病带给他双重优势：
一来可以避开他自己——二来，让他妻子处于劣势。

亚历克斯　不是为了避开他妻子？

赖　利　　　　　　　　　　　他不想避开。

亚历克斯　他正住在自己的俱乐部里呢。

赖　利　　　　　　　　　　对，他的信就是从那儿寄来的。

（内线电话铃响）

喂！对，带他上来。

亚历克斯　　　　　　　　今天早上够你忙活的了！
我从仆人楼梯出去，
等他们走了再回来。

赖　利　对，等他们走了。

〔亚历克斯从边门下。

〔护士兼秘书开门请爱德华进来。

爱德华　哈考特-赖利爵士——

（突然打住，盯着赖利）

赖　利　（继续埋头看文件）早上好，张伯伦先生。

请坐。您一时半刻还走不了。
——好吧，张伯伦先生？

爱德华　　　　　　　　　　　我还没进门的时候
就想，可能就是同一个人：
我还以为又是生病引起的，所以就没再去想它。
唉，早知如此我就不该听信
一个不认识您的人的话到这儿来了。
不过亚历克斯那么能说会道。他推荐的
商店又从没让人失望过。
请您原谅。他的确是个大傻瓜。
我想知道……知道了又有什么用！
我看我还是赶紧走吧。

赖　利　别。张伯伦先生，要是您愿意，请坐下来吧。
您没想走，所以还是坐下吧。
您刚才想问个问题。

爱德华　　　　　　　　　您那天来我公寓，
是作为我妻子邀请来的客人，
就像我认为的那样……还是是她派来的？

赖　利　我不能说自己是被邀请来的，
张伯伦太太也不知道我要来。
不过我知道您会在那儿，也知道您会和谁在一起。

爱德华　您之前见过我妻子的，对吗？

赖　利　　　　　　　　　　　　　　　啊，是的，我见过她了。

爱德华　原来这真是个圈套！

赖　利　　　　　　　　　　　　我们还是不要叫它圈套为好。
要真是圈套的话，您是逃不了的：

所以……您还是坐下吧。

我想您会觉得那把椅子坐上去很舒适的。

爱德华　　　　　　　　　　　　　　　　　　　　我还没开口

您就知道发生什么事了？

赖　利　是这样的，是这样的。不过别急。

咱们暂时先不谈这个问题。

请您先告诉我，您有哪些问题

需要我来提供专业的意见。

爱德华　我没资格责怪您把我妻子给带了回来，

我觉得。您好像是想说服我，

没有她我日子更好过。可您难道就没想到，

我当时根本没有做决定的能力吗？

赖　利　张伯伦先生，假如我没把您的妻子带回来，

您以为情况会比现在好吗？

爱德华　我当然不知道。情况不见得会比现在糟。

赖　利　情况有可能会糟得多。您有可能毁掉三个人，

就因为您犹豫不决。现在只有两个人——

您还有机会拯救他们，让他们免遭毁灭。

爱德华　您说得好像我有行动能力似的：

要是有，我就没必要来向您，

或是向任何人咨询了。我是以病人的身份来这儿的。

要是您对我的病情不感兴趣，我可以去别的地方。

赖　利　您觉得自己病得很重有什么根据吗？

爱德华　我还以为医生自己能看出来呢。

至少他会询问一下症状。

最近有两个人建议我

应该看一下医生，她们说的话几乎一模一样。
她们说——又是差不多一模一样的话——
我都快神经失常了。
当时我自己还不知道——我还以为，要是她们看得出来，
医生也一定看得出来呢。

赖　利　“神经失常”这个词儿我从来不用：
它的意思太多。

爱德华　　　　　　　打那时起，我就意识到
自己的病症很不一般。

赖　利　每一种病症都是独一无二的，同时跟其他病症又都很像。

爱德华　有没有这样一个疗养院，是专收我这种病人的，
并且是由您亲自监护的？

赖　利　您真是急性子，张伯伦先生。
对于不同的病人
有不同的疗养院。还有些病人，
疗养院对他们来说是最糟的地方。
我们得先查出您的病因，
然后再决定该怎么办。

爱德华　我在怀疑您之前有没有接触过我这样的病人：
我已经不再相信自己的人格了。

赖　利　啊，一点没错；这很严重。是种常见病。
的确非常流行。

爱德华　　　　　　　我记得我小时候……

赖　利　我照例是从眼下的情况入手，
然后往前推，一直到我觉得该停的地方为止。

要知道，您对童年的回忆——
我是说，从您目前的精神状况来看——
基本上是虚构的；至于梦，
您为了迎合我，会说出令人吃惊的梦来。
我可以做到让您做什么梦您就做什么梦，
这样做只能满足您的虚荣心，
让您暂时感到有趣罢了。

爱德华　可我满脑子想的都是自己多么微不足道。

赖　利　太对了。我可以让您觉得自己了不起，
您会觉得这样的疗法很神奇；
您会尽您所能
继续为害——直到您倒了霉为止。
这世上有一半的祸害
都是那些想把自己变得自以为了不起的人造成的。
他们倒不是故意为害——不过就算闯了祸他们也不会管。
要么是没看见，要么就找出理由来，
因为他们无时无刻不想着怎么让自己
自我感觉良好。

爱德华　　　　　　假如我是这样的话，
一定已经闯了很大的祸了。

赖　利　哦，没有您想象的那么大。
没超出您那点有限的能力范围，可以说。
请您解释一下，自从我离开您之后又发生了哪些事。

爱德华　我现在明白为什么希望我妻子回来了。
是因为过去她让我所处的那种境地。
我俩重新在一起还没到十五分钟

我就感到，而且比过去感受得更深——
真的，可能是头一回深刻地感受到
所有的压迫，感受到她一直以来
硬让我扮演的角色是多么不真实，
她用的是某些女人具有的顽固的、无意识的、
非人的力量。一离开她，什么都变成了空虚。
当我真的以为她离开我了的时候，我开始慢慢消失，
不复存在。这就是过去她对我所做的！
我没法和她过下去了——我受不了；
没有她我没法过下去，因为她已经让我
丧失了独立存在的能力。
这就是她在整整五年里对我做的！
她把世界变得让我待不下去，
除非听她的。我必须一个人待着，
不过不是在这个世界里。所以我希望您把我
送进您的疗养院。在那儿我总可以一个人待着吧？

（内线电话铃响）

赖　利　（对着电话）是的。
（对爱德华）是的，您可以一个人待在那儿。

爱德华　不知道
我刚才说的话您是不是根本没听懂。

赖　利　您在我这儿得有耐心才行，张伯伦先生：
通过观察您，让您畅所欲言，
留意您避而不谈的话题，就可以让我了解到很多东西。

爱德华　我曾经体验过肉体的极度疼痛，
现在才知道还有比那更大的痛苦。

这让人惊讶，假如那人还有时间惊讶的话：
肉体的死亡我不怕，
但是这种死亡太可怕了。精神的死亡——
您能理解我遭受的痛苦吗？

赖　利　　　　　　　　　　　我明白您的意思。

爱德华　我永远失去了自我行动的能力。
来见您——这是我能做的
最后一个决定了。我把自己交给了您。
我再也承受不起了。

赖　利　很多病人来的时候都这么想。

爱德华　那您现在能不能把我送进疗养院？

赖　利　您没别的要对我说了吗？

爱德华　　　　　　　　　　　还有什么可对您说的？
您不想听我的早年经历。

赖　利　没错，我不想听您的早年经历。

爱德华　那您能不能把我送进疗养院？
我不能再回家了。至于我的俱乐部，
他们不会让你住七天以上；
我没有勇气去住旅馆，
另外，我还要几件衬衫——您可以叫我妻子
把我的东西先托运过来：我需要的都运来。
不过您千万别告诉她我在哪儿。
路远吗？

赖　利　　　可以说是挺长的一段路。
不过在给像您这样的病人治疗之前，
光凭他自己能告诉我的还远远不够，

我还需要对他作进一步的了解。
真的，情况往往是这样：有待我探索的
是一个全貌，而我的病人
只不过是当中的一个个片断。单独一个人
生病的病人是例外。
最近我有一个病人，
她的情况和您的基本一样。

（按桌上电铃三次）

您得接受一个相当不同寻常的程序：
我打算把您介绍给那位病人认识。

爱德华　您这是什么意思？那位病人是谁？
我看这极不符合职业道德——
我是不会在别的病人面前探讨我自己的病情的。

赖　利　恰恰相反。要想探讨您的病
只有这个办法。您什么都没跟我说。
您有说话的机会，也说了很多。
您的话让我确信，可以说您是在一边说
一边编造您的病症。做出庭律师的
应该在出庭前就了解他的当事人。

爱德华　至少我还有离开的自由，我也打算这么做。
我打定主意了。我去找旅馆住。

赖　利　张伯伦先生，您来我这儿就是因为
您没有自由。我要做的就是给您自由——
您的自由。这是我的分内事。

〔护士兼秘书开门请拉维尼娅进来。

那位病人已经来了。

爱德华　　　　　　　　　　拉维尼娅！

拉维尼娅　　　　　　　　　　　　哎呀，亨利爵士！

我说了我要来谈谈我的丈夫：

我可没说打算见他。

爱德华　我也没想到会见到你，拉维尼娅。

我看这是极不名誉的骗局。

赖　利　诚实高于名誉，张伯伦先生。

二位请坐。张伯伦太太，

您的丈夫想进疗养院，

这自然和您有关。

爱德华　我什么疗养院都不去。

我要找旅馆住。还要麻烦你，拉维尼娅，

先给我寄几件衣服来。

拉维尼娅　哦，寄到哪家旅馆？

爱德华　　　　　　　　　　　我不知道——我是说，

这跟你没关系。

拉维尼娅　　　　　　你要这样说，爱德华，

那我看你的衣服跟我也没关系。

（对赖利）我想您这次要送他去的和您上次送我去的

是同一家疗养院吧？哼，他更该待在那儿。

赖　利　很高兴您终于能这样看问题了——

至少目前是这样。不过，张伯伦太太，

您可从没去过我的疗养院。

拉维尼娅　您这是什么意思？是我要求去的，

还是您亲自领我去的呢。

如果不是疗养院，那是什么啊？

赖　利　是一种旅馆。是为那些
自认为需要暂时摆脱日常生活的人
设立的休养场所。他们回去的时候都精神焕发；
要是他们认定那是疗养院，
不把他们送进真正的疗养院就对了。
需要进我这种疗养院的人
不太容易上当。

拉维尼娅　　　　　　你是恶魔
还是疯疯癫癫作弄人的家伙？

爱德华　我倾向于第二种意见，
不过要把"疯疯癫癫"这几个字去掉。
你怎么也要去疗养院？
我这辈子还没见过有哪个人
精神并发症比你更少；
你强壮得赛过……战列舰。我就是这么给逼疯的。
需要进疗养院的是我——
不过我不去。

赖　利　　　　　　您说得对，张伯伦先生。
您的病情不适合进我的疗养院：
您病得实在太厉害了。

爱德华　　　　　　　　　实在太厉害了？
那我干脆到郊区的家庭旅馆去生病好了。

拉维尼娅　那儿绝对不适合你，爱德华。我倒知道一个旅馆，
在新福里斯特……

爱德华　　　　　　　你就是这样子，拉维尼娅。
你总知道有更好的。

拉维尼娅　我只不过头脑比你

更实际而已，爱德华。你知道的。

爱德华　不就因为你三番五次跟我这么说嘛。

你来填张所得税单子试试。

拉维尼娅　别犯傻啦，爱德华。我说的实际，

是在事关重大的地方实际。

赖　利　我可以打断一下这番有趣的讨论吗？

我看二位都病得不轻。只有当几种症状

同时发作，而且发作得很厉害的时候，

该病人才有资格进我的疗养院：

症状之一就是为人诚实。

这是他们遭受痛苦的一个原因。

拉维尼娅　没人会说我丈夫为人诚实。

爱德华　老实说，你也不老实，拉维尼娅。

赖　利　你们二位如此聪颖，可喜可贺呀。

你们彼此间的这种惺惺相惜

让你们有了思想准备，能够听懂我对你们非说不可的话。

对于一般的骗子我从不多费唇舌，

对于无知到家的呆子也是一样：

我的病人，就像你们这样的，都是骗自己的骗子，

他们费尽心机、耗尽精力，

却从来没有成功过。二位假装

是来向我咨询的，其实都想把你们对自己的诊断结果

强加在我头上，然后自己给自己开药方。

不过你们把自己交到我手里的时候，

你们实际说出来的比原来打算说的要多得多。

这就是想对我撒谎的后果。

拉维尼娅　我来这儿可不是为了遭人羞辱的。

赖　利　“羞辱”这个词在这儿没有任何意义；

您还就得忍着。刚才告诉我的这一切——

你们二位说的这一切——都千真万确：你们描述了自己的感受——

或者是其中的一部分——省略了重要的事实。

先拿您丈夫来说。

（对爱德华）您对我撒了谎，

因为您隐瞒了您跟科普尔斯通的关系。

爱德华　太过分了！我妻子根本不知道这回事。

拉维尼娅　真是的，爱德华！就算我是瞎子，

也不知道有多少人把这件事讲给我听了。

我不晓得这件事还有什么人是不知道的。

赖　利　其实还有一个人不知道。不过您，张伯伦太太，

之前想要叫我相信，正是这个发现

一下子引起了您所谓的神经失常。

拉维尼娅　可这是事实啊！我一下子垮了；

即使我后来又有所恢复。

赖　利　您的确是一下子垮了，

您的确也有所恢复。

可是您没有说出您的苦恼来自

您情人的背叛——他突然之间

在一生当中头一回爱上了某个人，

而这个人又是会引起您醋意的。

爱德华　真是的，拉维尼娅！真是太有意思了。

你藏藏掖掖的本事好像比我
还要高明。我倒不晓得这人会是谁。

拉维尼娅 好吧，您想告诉他就告诉吧。

赖　利 一个叫彼得的年轻人。

爱德华 彼得？哪个彼得？

赖　利 彼得·奎尔普先生。
是你们家的常客。

爱德华 彼得·奎尔普！
彼得·奎尔普！好啊拉维尼娅！
恭喜你。你挑的人真好，
我再怎么怀疑也怀疑不到他头上。
他后来还偏偏跑来告诉我他跟西莉亚的隐私。
我还从没听说过这么滑稽的事呢：
真是天下第一大笑话。

拉维尼娅 我还不知道你这么富有幽默感。

赖　利 从这个症状看，这病还是有希望治好的。

拉维尼娅 这些您是怎么知道的？

赖　利 这个我无可奉告。
有关我病人的信息，我自有
收集的办法。您不可以要求我透露出去——
这有关职业道德。

拉维尼娅 从您今天的行为来看，
并没有多少职业道德。

赖　利 反驳得好。
不过请容我说明，我向二位
透露的对方的隐情，

没有一件是你们吐露给我听的。
刚才我告诉二位的信息
都是从外部来源获得的。
张伯伦太太，您两个月前来我这儿，
向我解释您是怎么会有情绪紧张的明显症状的。
我对您的解释不太满意，
所以就做了一番调查。

爱德华 两个月前
你就开始神经衰弱啦！我一点儿都没注意到。

拉维尼娅 你什么都注意不到。你从来都不注意我。

赖　利 好了，我想向二位指出
你们是多么相似。真的，我觉得
你们在一起般配极了。
张伯伦先生，当您以为您的妻子已经离开您的时候，
您既意外又惊恐地发现，
您并不爱科普尔斯通小姐……

拉维尼娅 我丈夫根本就没爱过任何人。

赖　利 也不打算为她作出哪怕
一丁点儿的牺牲。这伤害到了您的虚荣心。
您喜欢把自己看作一个感情热烈的爱人。
后来您意识到，就像您妻子刚才说的，
您根本就没爱过任何人；
这让您怀疑自己是否根本就没有
爱的能力。对某一种类型的人来说，
怀疑自己没有爱的能力
会让他们的自尊心感到不安，

就像粗俗的人担心自己性无能一样。

拉维尼娅　你的确冷酷无情，爱德华。

赖　利　　　　　　　　　　　　　　是您这么说的，张伯伦太太。

接着我们来看看您的问题。

当您发现您的年轻男友

(尽管您心里明白他并不爱您，

而且一想到他是被您强迫的，

您就觉得是种耻辱）——

您看，当您发现您的年轻男友

其实已经爱上科普尔斯通小姐的时候，

我敢断定，您是隔了一段时间

才肯承认的。尽管您可能比他

先意识到这一点。我猜您是在自己安慰自己，

想着能拖多久就拖多久，

就当他是因为不满足于做您的情人给他带来的荣誉，

而想要追求更高的社会地位。

当您得知他对科普尔斯通小姐的感情和您在他心里激起的感情不一样

而不得不面对这一事实的时候，

您震惊了。您本想得到爱；

您终于看清了，从来就没有人爱过您。

然后您就开始担心，生怕没有人可以爱您。

爱德华　我为你感到难过了，拉维尼娅。

你要知道，你实在叫人没法爱，

我一直搞不明白为什么。我还以为是我的错。

赖　利　我希望你们现在逐渐看清楚，

你们有多相似。一样地孤立。
男的发现自己爱不了别人，
女的发现没人可以爱她。
拉维尼娅　我觉得我们的共同点
可能正好叫我们互相讨厌对方。
赖　利　还是把它看作维系你们关系的纽带吧。
当你们还处于蒙昧无知的状态时，
您总可以说："他爱不了任何女人。"
您总可以说："任何男人都爱不了她。"
你们可以指责对方身上有你们自己的缺点，
这样就用不着理解对方了。
现在，你们只要把这些看法掉个过儿，
然后拼在一起就行了。
拉维尼娅　　　　　　　　这可能吗？
赖　利　要是我看到你们来时的那个样子
就把你们当中的一位送进疗养院——我跟你们说：
你们连做梦都想不到这会有多恐怖，
因为留给你们的还是你们之前带来的：
对欲望的欲望的影子。
你们在魔鬼们如日中天的时候被逮到，
成了他们的猎物。
拉维尼娅　　　　　　现在退也不是进也不是，
那我们该怎么办？爱德华！
我们该怎么办？
赖　利　　　　　　　您已经回答了自己提出的问题，
虽然您还不清楚您话里的含义。

爱德华　拉维尼娅，我们得把坏事尽量往好里想。

这就是他的意思。

赖　利　　　　　　　张伯伦先生，当您发现

我们每个人都只能把坏事尽量往好里想的时候——

当然不包括圣人——就是那些

进疗养院的人——您就会忘了这种想法；

忘了这种想法，处境就会扭转。

拉维尼娅　爱德华，新福里斯特真的有那家旅馆，

要是你想去的话。老板是亚历克斯的一个朋友，

他刚接管这家旅馆不久。

我可以陪你去，然后我自己回来，

要是你想一个人待着的话……

爱德华　　　　　　　　　　　可我不能走！

我下周一有个案子要处理。

拉维尼娅　那你还住你的俱乐部吗？

爱德华　　　　　　　　　　　　不，他们不会让我住了。

我明天就得搬出去——可你怎么知道

我住在俱乐部的？

拉维尼娅　　　　　　真是的，爱德华！

我到底还是有点儿责任心的。

我本想给你捎几件衬衫去呢。

爱德华　我看我还不如回家算了。

拉维尼娅　这样我们可以合坐一辆出租车，省点钱。

爱德华，我们走之前你还有别的什么

要问他吗？

爱德华　　　　嗯，有的。

不过不好开口。

拉维尼娅　　　　　你最好还是说出来。

至少有一件事我想让你问他一下。

爱德华　是关于将来……别人怎么办。

我不希望为了自己而让别人倒霉。

拉维尼娅　太对了。我也有个问题。

亨利爵士，那些电报是不是您发的？

赖　利　我看还是来解答您丈夫的问题吧。

（对爱德华）您要做的不是保持良心的清白，

而是学会如何承受良心上的负担。

别人的将来如何与您无关。

拉维尼娅　我觉得您也回答了我的问题。

他们得告诉我们，亲口告诉我们，他们已经做出了决定。

爱德华　您还有别的要对我们说吗，亨利爵士？

赖　利　没有了。以我目前这种身份没有什么可说的了。

（爱德华取出支票簿。赖利抬起手）

我的秘书会把账单给您寄去的。

心平气和地走吧。努力争取自我的拯救吧。

〔爱德华与拉维尼娅下。

（赖利走到长榻边躺下。内线电话铃响。他起身去接电话。）

赖　利　嗯，什么？……对。进来。

〔朱莉娅从边门上。

她在楼下等着呢。

朱莉娅　我知道的，亨利。是我带她来的。

赖　利　哦？你没告诉她你要先来见我吧？

朱莉娅　当然没有。我在门口让她下车，出租车继续开，在街角拐了个弯；
我等了一会儿，然后就从后门偷偷进来了。
我来只是想告诉你，我敢肯定她已经准备好
要做决定了。

赖　利　　　　她犹豫过？
你带她来就因为这个？

朱莉娅　　　　　　　　啊，不，没犹豫过：
就是缺乏自信。她不敢相信
你会认真对待她。

赖　利　　　　　　这倒不算不寻常。

朱莉娅　也不敢相信自己值得别人认真对待。

赖　利　这倒是非同寻常。

朱莉娅　亨利，快起来。
你不可能累成这样。我在隔壁房间等着，
她走了我再来。

赖　利　　　　　对，等她走了。

朱莉娅　亚历克斯会来吗？

赖　利　　　　　　　　他会来的。

〔朱莉娅从边门下。

〔赖利按电钮。护士兼秘书开门请西莉亚进来。

赖　利　西莉亚·科普尔斯通小姐吗？……请坐。
您准是沙特尔斯维特太太的朋友。

西莉亚　对，是朱莉娅……是沙特尔斯维特太太
建议我来您这儿的。——可我以前见过您，
不是吗，在什么地方来着？……啊，对了。
不过我还不知道……

赖　利　　　　　　　　　　　　　　　您什么都不需要知道。

我是在沙特尔斯维特太太的催促下去的那儿。

西莉亚　这反而更让人费解了。不管怎么样，

我不想浪费您的时间。不过我还是特别担心

您会觉得我这是在浪费您的时间。

我想大多数人来见您，

要么是明显有病，要么是给得出

很好的理由来。可我给不出。

我是绝望了才来的。哪怕您叫我

马上离开我也不会生气。

赖　利　科普尔斯通小姐，我的病人大都一上来

就准确地告诉我他们的病情，

然后告诉我我该怎么做。他们相当肯定

自己是患了神经失常——这是他们的说法——

而且他们通常觉得该怪的是别人。

西莉亚　我没什么人可责怪，要怪只能怪自己。

赖　利　然后呢，我进行治疗的前奏是

尽量让他们意识到，他们把病的性质

搞错了，还要让他们明白，

这病不如他们想象的那么有意思。

到了这一步，就要有所动作了。

西莉亚　嗯，我不能够装模作样说自己的病很有意思；

我不会照那个样子往下说。我觉得自己一点儿病都没有。

我可以过得劲头十足——只要有值得做的事；

我没有幻想自己正遭人虐待；

也听不到什么说话的声音，我没有幻觉——

要有幻觉，那就是我身处的世界整个儿是个幻觉！
我是不是应该先把情况由来告诉您？
我忘了，您对我还一无所知呢；
由于最近这几个星期来在我身上发生了一些事，
我想当然地认为自己用不着解释什么。

赖　利　目前我对您的了解已经够多了：
请您先试着描述一下您目前的精神状况。

西莉亚　嗯，有两样东西我不明白，
您大概可以把这看成是病症。不过首先我得告诉您，
其实我非常愿意认为自己有病——
因为要是我没病的话，这个世界就有病了，
至少也和它表面看起来的非常不一样——
这种情况要可怕得多！
这样就糟了。所以我宁愿相信
有病的是我，这样就有救了。
您说什么我都愿意照做，只要能恢复正常。

赖　利　我们得先对您进行诊察，然后才能决定
到底什么才是正常。您说有两样东西：
第一样是什么？

西莉亚　　　　　　孤独感。
不过听起来没什么特别的。我指的并不只是
关系破裂：虽然的确是有关系破裂。
不仅仅是幻想破灭，
就像一般人那样的，也不是被人给甩了。
当然，这种事天天都在发生，
不管什么人都碰到过，他们差不多

都克服了，至少也还在坚持着。
不。我是说发生的事情让我意识到
我一直是孤身一人。每个人都一直是孤身一人。
不仅仅是结束一段关系，
甚至也不仅仅是发现这段关系根本就没存在过——
而是发现一个关于我
和每个人的关系的真相。您知道吗——
和任何人讲话好像都是多余的！

赖　利　您的父母情况如何？

西莉亚　　　　　　　　　　哦，他们住在乡下，
因为现在没钱住城里。
他们唯一能做的就是维持乡下的房子，
不过这房子是老祖宗传下来的，所以他们不会丢下不管。

赖　利　您住在伦敦？

西莉亚　　　　　　　　我和我的一个表姐
住一套房间，不过她现在出国了，
家里人希望我回去和他们住。
可我无法面对。

赖　利　　　　　　　这么说您是一个人都不想见啰？

西莉亚　不是的……不是我想孤身一人，
而是每个人都孤身一人——或者是我觉得如此。
他们发出各种声响，以为这就是在互相交谈；
他们做各种怪相，以为这样就能互相理解。
我敢断定他们并不能互相理解。这是不是个幻觉？

赖　利　幻觉是我们必须要走出来的。
还有别的精神状况，我们也以为是幻觉，

但这些是我们不得不接受并且要继续往前走的。
第二种症状呢?

西莉亚 第二种症状更怪了。
听起来很荒唐——不过我能找到的
唯一字眼是,负罪感。

赖　利 科普尔斯通小姐,您在受负罪感的折磨?
太不寻常了。

西莉亚 在我看来是不正常。

赖　利 我们得先找出相对您来说的
正常是什么,然后才能用“不正常”这个词。
请告诉我,您说的负罪感是什么意思。

西莉亚 要我说它不是什么意思倒容易得多,
我说的不是一般意义上的罪恶。

赖　利 那您觉得什么是一般意义上的罪恶?

西莉亚 嗯……我想是指做不道德的事——
我好像没觉得自己不道德:
事实上,人们认为不道德的人
不就是我们所说的没有道德感的人吗?
我从没见过不道德
和负罪感可以同时存在,
至少我从没见过。
我觉得,要是知道了自己正在伤害别人
但还是要去伤害,那就是不道德。我没伤害到她。
我没从她那儿拿走任何东西——
任何她想要的东西。我可能当了回傻瓜,
不过我一点儿也不介意自己当了回傻瓜。

赖　利　您家里人怎么看？

西莉亚　嗯，我接受的家教比较传统——

父母一直教我别相信原罪。

噢，我不是说他们提起过这个词！

不过从我们的角度来看，不管出了什么问题，

要么是不像话，要么就是心理问题。

不像话总会带来灾难，

因为和你认识的人不赞成这样。

像话不像话我倒不是很担心——

可是当一切都不像话，或者都神经兮兮的时候，

你要么自己变得不像话，这样就不会在乎了；

不然的话，要是你在乎，肯定变得神经兮兮的。

赖　利　这么说您觉得自己已经变得像您说的“神经兮兮”了？

西莉亚　可在当时看起来一切都很正常！

我一直在思考，一遍遍地思考；

现在我明白了，这全是误会。

可我不明白误会怎么会让人有负罪感！

我又找不到别的字眼来形容它。

一定是某种幻觉；

可一想到它比我过去相信的

任何东西都要真实，我又很害怕。

赖　利　什么东西比您过去相信的任何东西都要真实？

西莉亚　不是做过什么的感觉，

因为做过的我可以不去管它；也不是我心里

摆脱得了的什么感觉——是空虚感，

是针对除我以外的人或东西的失败感；

我觉得我一定要……赎罪——这个词说对了吗？

这种精神状况的病人您能治吗？

赖　利　您觉得您和那个人是什么关系？

西莉亚　啊，您早就猜到了是不是？您真聪明。

不，大概是我表现得太明显了。您不需要了解

他的情况吧？

赖　利　　　　　　不需要。

西莉亚　　　　　　　　　　可能是我比较典型吧。

赖　利　类型有好多种。其中有一些比较罕见。

西莉亚　唉，我还以为一直以来我都给了他很多！

他也给了我很多——而且这一取一予

好像天经地义似的：考虑的不是

这样做对曾经的我们这两个人有什么好处，

而是对全新的“我们”这一个人有什么好处。假如我还有

当时那种感受的话，就算是现在，我仍然觉得那样做天经地义。

后来我发现我们只是陌生人，

根本就没有给予过，也没有接受过，

我们只不过是为了各自的目的

互相利用了一番罢了。这太可怕了。难道我们只能爱

我们的想象创造出来的东西吗？

难道我们真的不能爱别人，也不能被别人爱吗？

那么人真的是孑然一身了；要是人孑然一身，

那么爱的人和被爱的人就同样不真实，

做梦的人也不比他做的梦更真实。

赖　利　说说那个人。他现在看上去像什么，您觉得？

西莉亚　就像个小孩子，信步走进了一片森林，
和一个假想的伙伴在玩耍，
突然之间他发现自己只是个孩子，
在森林里迷了路，想要回家。
赖　利　怜悯可能是一条现成的线索，
可以让您自己找到走出森林的路。
西莉亚　可我就算找到走出森林的路，
还是会留下无法忘怀的记忆，
我会一直记得我走进森林想找
却没找到的宝藏，宝藏不在那儿，
也许也不在任何地方？可要是不在任何地方，
我为什么会因为没找到而感到内疚呢？
赖　利　我们要是沉溺在醒悟中，
醒悟也会变成错觉。
西莉亚　　　　　　　　　我无法争辩。
不是因为我害怕再受伤害：
无论什么东西，一旦重复，就失去了伤害或治愈的力量。
我有时候想，那种欣喜若狂的感觉是真实的，
虽然体验到这种感觉的人也许并不真实。
因为发生过的事回忆起来就像梦一样，
在这个梦里，你因为心灵里有激烈的爱
而感到喜悦，一种愉悦的震颤，
这种愉悦不搀杂欲望，因为爱的愉悦
实现了欲望。这种状态你清醒的时候
是不知道的。不过我爱的是什么，爱的是谁，
我身体里什么在爱，我统统不知道。

如果这些都毫无意义的话，我希望能把
对不可能找到的东西的渴望，
和永远找它不着的羞愧感治好。
您能治好我吗?

赖　利　　　　　　　　这种情况是治得好的。
不过用什么方法治疗得您自己挑：
我无法代劳。只要您愿意，
我可以让您安于凡人的境界，
有些和您走得一样远的人
都顺利回到了这个境界。他们可能还记得
曾经有过的幻觉，但是他们不再后悔，
今后该怎么过就怎么过，
他们懂得了不要抱过高的期望，
宽容地对待自己和别人。
在通常情况下，该给予的给予，
该接受的接受。他们不发牢骚；
对于早晨的分别
和傍晚的重聚感到很满足，
双双坐在火炉前闲聊，
虽然他们知道自己并不了解对方；
他们不了解他们抚养的孩子，
孩子以后也永远不会了解他们。

西莉亚　　　　　　　　　　　　　　这就是最好的生活?

赖　利　是种好生活。虽然不走到尽头
你就不知道到底有多好。不过你不会想要别的什么，
那另外一种生活充其量就像一本

你读过一遍的书，现在丢了。这个世界充满疯癫、
暴力、愚昧、贪婪……那样子的生活算好的了。

西莉亚 我知道我应该可以接受这种生活，
假如我还在这样过着的话。可这种生活让我寒心。
可能这只是我病症的一种表现，
但我觉得这是一种投降——
不对，不是投降——更像背叛。
您瞧，我觉得自己真的看到了某个东西的幻象，
虽然我不知道是什么。我不愿意忘记它。
我想永远把它放在心里。我什么都可以不要，
什么都可以忍受，只要能让我惦记着它。
其实我觉得，要是我现在想找个什么人一起过日子，
那就真的是不老实了！
我没法给任何人——但愿我可以给——
属于那种生活的爱。
唉，恐怕这听起来像疯话！
要么只是唱反调……尽管如此，
要是没有别的路可走……那我只好不抱什么希望了。

赖　利 倒是有别的路可走，只要您有勇气。
第一条路我可以用通俗的语言描述，
因为您和我们大家一样都看见过，
它在我们周围人的生活里多少有所表现。
第二条路是未知的，所以需要信念——
从绝望里生发出的那种信念。
目的地没有办法描述；
在您到那儿之前不会知道多少；

您将不知所终。不过走这条路可以让您拥有
您本来想找但找错地方的那个东西。

西莉亚 听上去好像正是我所希望的。那我的义务是什么？

赖 利 无论您选择哪条路，都会有相应的义务。

西莉亚 哪条路更好？

赖 利 没有一条是更好的。
两条路都是必要的。在两者之间作出选择
也是必要的。

西莉亚 那我选第二条路。

赖 利 这条路上非常可怕。

西莉亚 我不怕，
反而很高兴。想必走这条路很孤独吧？

赖 利 走另一条路也一样孤独。不过走那条路的人
会忘记他们的孤独。您却忘不了您的孤独。
每条路都意味着孤独——也意味着联系。
两条路都避免了一个人在这个充满想象、
不实的回忆和欲望的幻影般的世界上
终究要体验到的独处的孤寂感。

西莉亚 我就一直身处这个地狱当中。

赖 利 只有当你
别的什么都做不了的时候，它才是地狱。
好了——您十分肯定了吗？

西莉亚 我想走您说的第二条路。
那我该做什么？

赖 利 您要去疗养院。

西莉亚 唉，真让人扫兴！我认识

曾经进过您的疗养院后来又出来的人——
我不是说他们去过之后并没有好多少——
我来您这儿就是为了能好。可他们又回到了……
呃……我是说……又回到了平常生活当中。

赖　利　没错。不过您想到的那些朋友
不可能进过这个疗养院。
该送谁进去我很有分寸：
去过的人不像这些人一样回来。

西莉亚　听起来好像监狱一样。可他们不能都待在那儿吧！
我是说，这样会让那个地方拥挤不堪的。

赖　利　去的人不是很多。不过我说了，他们回来以后
和您的朋友回来以后不一样。
我没说他们待在那儿。

西莉亚　　　　　　　　他们怎么啦？

赖　利　他们自己选择，科普尔斯通小姐。没有什么是强加给他们的。
有些人回来了，实际意义的回来；
没有人消失。通常，他们在这个世界上
劲头十足地生活下去。

西莉亚　　　　　　　　您什么时候送我去那儿？

赖　利　您什么时候准备停当？

西莉亚　　　　　　　　　　今晚，不超过九点。

赖　利　那么回家准备准备吧。
您可以把这个地址给您的朋友们；
（在纸条上写着）
您最好马上通知您家人。

九点钟我派车来接您。

西莉亚 我需要带点什么?

赖 利 什么都不需要。

您需要的一切到时都会准备好的。

而且您在疗养院里的一切费用全免。

西莉亚 我压根儿不知道自己在做什么,

也不知道为什么要这么做。没别的可做:

只有这个理由了。

赖 利 这是最好的理由。

西莉亚 可我知道做这个决定的人是我:

我必须和您讲明。哎呀,我差点忘了——

请问,该付您多少钱?

赖 利 我已经和秘书说了,

不收费。

西莉亚 可……

赖 利 您这样的病例

不收费。

(按铃)

西莉亚 您真是太好了。

赖 利 心平气和地走吧,我的孩子。

努力争取自我的拯救吧。

〔护士兼秘书出现在门口。西莉亚下。赖利用内线电话拨号。

赖 利 (对着话筒)结束了。你现在可以进来了。

〔朱莉娅从边门上。

她会走得很远,这一个。

朱莉娅　　　　　　　　　　非常远，我觉得。

你用不着跟我说，我一开始就知道了。

赖　利　我担心的是另外两个。

朱莉娅　瞎说，亨利。我会留意他们的。

赖　利　把他们送回去：他们能回到哪儿去？

回到在食品柜里发霉变质的食物，

回到在他们的头脑里发霉变质的思想。

两个人都没法掩盖住自己的卑微

不让自己知道，因为对方已经知道了。

他们知道的不是互相的背叛，

而是对方对动机的了解——

镜子对着镜子，照出来的是虚幻。

我冒了一个大险。

朱莉娅　　　　　　　我们总得冒险。

这是我们的命。既然你怀疑你的决定，

还有别的什么法子可想吗？

赖　利　没了。

朱莉娅　　　　那太好了。我们必须冒这个险。

我们能做的就是给他们这个机会。

现在，他们被剥光了衣服赤裸裸地面对自己的灵魂，

他们可以选择穿上得体的衣服，

或者匆忙披上新的伪装，

这时候，他们头一回有了个起点可以从头做起。

啊，当然啦，他们也可能把对方给杀了！

不过我觉得他们不会那样做的。我们等着瞧好了。

倒是西莉亚的想法让我很担心。

赖　利　西莉亚？

朱莉娅　　　　　西莉亚。

赖　利　　　　　　　　　　　可我刚才说

她会走得很远的时候，你是同意的。

朱莉娅　啊，是的，她会走得很远。我们也知道她要往哪里走。

可一路上的艰险我们知道多少？

你我都不知道凡人是怎样

蜕变成非凡人的：在寻求启示的路上

他们要受什么样的苦，

我们知道吗？

赖　利　　　　　她第一次看见

脱离肉体的灵魂会不会害怕？

朱莉娅　亨利，你根本不明白什么叫天真。

她什么也不会怕的；她甚至都不会知道

那儿有什么东西好怕的。

她太谦卑了。她将从责骂山中间穿过，

走过嘲笑谷，像个被大人叫去跑腿的孩子，

既积极又有耐心。可她一定会受苦。

赖　利　无论我对什么事表示有信心，

你总要提出怀疑来；每当我担心的时候，

你倒又摆出一副信心满满的样子。

朱莉娅　我对你多有用，从这里就看出来了。

你应该感谢我才对。

赖　利　　　　　　　　　当我跟像她这样的人说

"努力争取自我的拯救吧"的时候，我都不知道

自己在说什么。

朱莉娅　你得承认自己能力有限。

——可亚历克斯还要让我们等多久啊？

赖　利　他这个时间该到了。我跟芭勒韦小姐说。

（拿起内线电话听筒）

芭勒韦小姐，等吉布斯先生来了……

哦，很好。

（对朱莉娅）他上来了。

（对着话筒）

芭勒韦小姐，现在可以把托盘端进来了。

〔亚历克斯上。

亚历克斯　好啦！好啦！我们的计划进展如何？

朱莉娅　一切顺利。

亚历克斯　张伯伦两口子做出选择了？

赖　利　他们接受了命运的安排。

亚历克斯　她也做出选择了？

赖　利　今天傍晚去接她。

〔护士兼秘书手持上置盛酒器和三个玻璃杯的托盘上，然后下。赖利倒酒。

现在我们即将进入祭酒环节。

亚历克斯　造壁炉炉床时说的祈祷辞。

（他们举起酒杯）

赖　利　让他们在星宿的庇护下

建造壁炉炉床吧。

亚历克斯　让他们在炉床两边各放一把椅子。

朱莉娅　愿神灵看护屋顶，

愿月亮亲自给床带来好运。

（他们喝酒）

亚历克斯　祝福踏上旅途的人的祈祷辞。

赖　利　旅人的庇护者

保佑道路。

亚历克斯　在沙漠里要保护她，

在山里要看护她，

在迷宫里要看护她，

在流沙旁要看护她。

朱莉娅　保护她远离说话声，

保护她远离幻想，

在喧闹里要保护她，

在寂静里要保护她。

（他们喝酒）

赖　利　有一个人，不能为他念祈祷辞。

亚历克斯　还不能念。

朱莉娅　　　　　　你是指彼得·奎尔普。

赖　利　他还没到那个地步，现在祈祷不管用。

朱莉娅　我们以后会不会为他祈祷？

亚历克斯　　　　　　　　　　可能别人会为他祈祷的。

你知道的，我有很多熟人——在加利福尼亚也有。

幕　落

第三幕

伦敦张伯伦公寓的客厅。两年后。七月的一个傍晚。一个酒会服务生正在为冷餐会布置桌子。拉维尼娅从边门上。

酒会服务生　夫人，您还有什么要吩咐我们的吗？

拉维尼娅　放玻璃杯的小车可以推进来了，

玻璃杯都要随时能用的。

酒会服务生　　　　　　　　　好的，夫人。

〔下。拉维尼娅用挑剔的目光把房间打量一番，然后搬动一盆花。

〔酒会服务生推着小车又上。

拉维尼娅　搁到那儿，那个角落。搁那儿最好；

进出都不碍事。有没有什么你需要

但厨房里找不到的东西？

酒会服务生　　　　　　　　　没有，夫人。

您待会儿还有别的什么要求吗？

拉维尼娅　我想六点半之前没别的什么了。

〔酒会服务生下。

〔爱德华用钥匙开了前门进来。

爱德华　我想我还是及时的。但愿你没在担心。

拉维尼娅　啊，没有。其实我的确往你的事务所打过电话，你的文书告诉我你已经走了。

不过我打电话就是为了让你放心……

爱德华 （微笑）让我放心你没离家出走？

拉维尼娅 好啊你，这不公平！

你知道的，这两年里我们开过

好几个酒会。每个酒会我都是在场的。

你不会是累过头了吧？

爱德华 哦，没有，今天没什么事。

和诉状律师开了两个咨询会，

讨论了几个很简单的案子。累的人应该是你。

拉维尼娅 我还没觉得累呢。不过我知道酒会结束

我会很高兴。

爱德华 我喜欢你这身连衣裙：

你把那套穿上了，我很高兴。

拉维尼娅 哟，爱德华！

你知道吗？这可是你头一回在开酒会之前

夸我。这时候夸才是人家需要的。

爱德华 嗨，应该夸的。我们人叫得太多了。

拉维尼娅 这倒是，很多我们以为不愿意来的

也接受了邀请。这下可怎么办？

通常有很多人，他们明明不想来，

可只要一听说我们开酒会没请他们，

他们还是会很生气。

爱德华 看来我们应该安排两个酒会，

而不是一个。

拉维尼娅 这样永远也不会让人满意的。

被邀请到其中一个酒会来的人
都会怀疑另一个酒会才是更重要的。

爱德华　没错。你的头脑非常实际。

拉维尼娅　可你知道吗，我觉得你没必要担心：
接受邀请的那些人不会全来的。
你知道的，我们说过，“我们可以再多请二十个人，
因为他们会改去参加冈宁家的酒会”。

爱德华　我知道，我们是这么说的；
不过当时我忘了冈宁家的酒会是什么样子的了。
他们的客人分到的酒刚好只够把酒瘾给勾上来；
他们过不了多久就会来我们这儿嚷着要酒喝。
好吧，但愿来得早的客人
过后接着去冈宁家，
好给从冈宁家来的客人腾地方。

拉维尼娅　要是太挤的话，客人就够不着鸡尾酒，
服务生也没法端着托盘走来走去，
这样他们就会又离开的。不管怎样，到了那个地步
再怎么着也没办法可想：
每个人都想在酒会上让所有人
看见，好证明自己受到了邀请。
酒会要成功就靠这一点。那幅画正吗？

爱德华　嗯，正的。

拉维尼娅　　　　　　不对，歪了。求求你，去把它摆正。

爱德华　现在正了吗？

拉维尼娅　　　　　　　左边太高了。

爱德华　现在呢？

拉维尼娅　　　　　　不对，我是说右边。

　　差不多了。累死我了，不管它了。

爱德华　等他们都走了，咱们喝点香槟，

　　就咱俩。你先躺一会儿，拉维尼娅。

　　至少要过半个小时才会有人来；

　　你尽管躺下来好了。

拉维尼娅　　　　　　　　　　你一定要坐在我旁边，

　　这样我才放心。

爱德华　　　　　　　　　现在是整个酒会的

　　最佳时刻。

拉维尼娅　　　　　噢，不对，爱德华。

　　最佳时刻是酒会结束；

　　到时候你想，社交季节结束了，

　　再也没有酒会了。

爱德华　　　　　　　　　　委员会也没有了。

拉维尼娅　我们可以早点离开吗？

爱德华　　　　　　　　　　　　　　　到下周末

　　我就彻底没事了。

拉维尼娅　　　　　　　　咱们就可以单独在一块儿了。

　　那座房子真远，我喜欢。

爱德华　所以咱们才订的那儿。谢天谢地，

　　有了这个借口就用不着见人了；

　　你现在真得休息一下。

（门铃响）

拉维尼娅　　　　　　　　　　真讨厌！

　　谁那么早来啊？我爬都爬不起来。

酒会服务生　沙特尔斯维特太太到！

拉维尼娅　　　　　　　　　　　　啊，是朱莉娅！

〔朱莉娅上。

朱莉娅　啊，亲爱的，我来啦！

不会吧，好像正赶上你打盹儿！

我知道来得实在太早；可实际情况是，亲爱的，

我接着还得去冈宁家的酒会——

你们也知道他们家会拿什么吃喝来招待！

所以我只好不吃下午茶，现在饿得都快不行了，

还渴得要命。帕金森公司对我来讲有什么用？

哦，对了。我知道这个酒会是帕金森公司承办的；

我在门口认出了他们的一个人——

其实是我的一个老朋友了。不过我都快忘了！

我有个惊喜：我把亚历克斯给带来了！

他今天早上才从什么地方回来——

又是一次神秘的出行，

我们要叫他从实招来。

可他人呢？

〔亚历克斯上。

爱德华　　　　　哎呀，亚历克斯！

你究竟是打哪儿来的呀？

亚历克斯　究竟是打哪儿来的？打东方来。金肯贾——

一座小岛，你肯定没听说过。

今天早上回来的。我听说你们要开酒会，

又一想，你们可能要去乡下了，

我说，决不能错过这次机会，

一定要去看看爱德华和拉维尼娅。

拉维尼娅 你怎么样啊，亚历克斯？

亚历克斯 吃过午饭给你打过电话的，

可我秘书联系不到你。

没关系，我说——我对自己说，不是对她说——

没关系：不速之客

才是他们最欢迎的客人。

肯定的，我太了解他们了。

朱莉娅 你和大伙儿说说，亚历克斯，

你在那个奇怪的地方做什么——

那地方叫什么来着？

亚历克斯 金肯贾。

朱莉娅 你在金肯贾

做什么？拜见某位苏丹？

你打老虎来着？

亚历克斯 金肯贾那边没有老虎，

朱莉娅。那边也没有苏丹。

我一直和总督在一起。

我们三个人在外面巡视，

查看当地的状况。

朱莉娅 查什么？猕猴桃吗？

亚历克斯 其实你猜得倒不算离谱。

不对，不是猕猴桃。不过跟猴子有关——

虽然我还不太确定，猴子到底是问题的关键，

还是只是问题的一个表现。

反正，猴子已经成了土著人

全体暴动的借口了。

爱德华　可猴子怎么会引起暴动呢？

亚历克斯　首先来说，猴子破坏力很强……

朱莉娅　你不说我也知道猴子破坏力很强。
我一辈子也忘不了玛丽·莫林坦的猴子，
那只该死的小畜生——把我去曼顿的票给偷了，
我只好改坐开得特慢的火车，
还是坐卧两用车厢。我跟她讲
应该弄死这畜生，她听了气得不得了。

拉维尼娅　那他们就不能捕杀这些猴子吗，
要是祸害的话？

亚历克斯　　　　　　很不幸，
这些原住民多半是异教徒：
他们格外敬奉这些猴子，
不希望看到它们被杀。所以他们把
猴子造成的损失怪到政府头上。

爱德华　没什么道理嘛。

亚历克斯　　　　　　　是没道理，
不过很典型。这还不是最糟的呢。
有一些部落是改信基督教的，
看法自然也就不一样。
他们用陷阱捉猴子。还吃猴子。
小猴子好吃极了：
我自己还烧过……

爱德华　　　　　　　你烧了
有人吃吗？

亚历克斯　　　嗬，当然有啦。

我自创了好几种新的烹饪法教给土著。

不过你看，由于吃掉了猴子，

由于保护了庄稼没让猴子破坏，

信基督教的原住民日子过得非常兴旺：

这样他们和其他原住民之间就产生了摩擦。

这才是问题所在。我没让你们觉得腻味吧？

爱德华　一点儿都没有：我们急着想知道最后是怎么解决的。

亚历克斯　我不清楚是不是真有办法解决。

可就算讲到这儿，我们也还没触及问题的实质。

还有外国人在煽风点火，

挑起事端……

拉维尼娅　　　　你们干吗不把他们赶跑呢？

亚历克斯　他们是一个友好邻邦的公民，

我们刚承认了。你瞧，拉维尼娅，

中间隔着很深的海水。

爱德华　　　　　　　　　还有煽动的人；

他们怎么个煽风点火法？

亚历克斯　　　　　　　　　他们让异教徒相信，

屠杀猴子让他们遭到了诅咒，

只有屠杀基督徒才能解除。

他们甚至还劝说一些改信基督教的原住民——

这些人毕竟不希望自己被杀死——

叫他们再信回异教。所以，他们不吃猴子，

吃的是基督徒。

朱莉娅　　　　　　吃过猴子的基督徒。

亚历克斯　原住民大概没什么逻辑。

朱莉娅　刚才我还在纳闷你的那些猴子会把我们往哪儿带呢。

我还想着要靠那些猴子的事叫别人请我吃饭呢。

吃基督徒的事就不好拿出来叫别人请客了——

就算在异教徒中间也不行!

亚历克斯　不把故事全说出来就行了。

爱德华　那有没有英国人被杀害?

亚历克斯　有的，不过通常他们不会被吃掉。

如果那些人干掉的是个欧洲人，

一般来说，这人已经不中吃了。

爱德华　那你们这次的任务有什么成果没有?

亚历克斯　我们刚草拟了一份临时协议书。

爱德华　会公开吗?

亚历克斯　目前还不会：

国际的纠纷太多了。

可能最终会由官方公布。

爱德华　那是什么时候呢?

亚历克斯　一两年之内。

爱德华　那这段时间里呢?

亚历克斯　这段时间里猴子继续繁衍。

拉维尼娅　那基督徒呢?

亚历克斯　唉，基督徒!好，我觉得应该告诉你们

一个人的情况，这人你们认识——或者说曾经认识……

朱莉娅　爱德华!

一定是有人从我坟墓上走过：

我浑身冷飕飕的。给我点杜松子酒。

不要鸡尾酒。我好冷——现在是七月！

酒会服务生　奎尔普先生到！

爱德华　　　　　　　　　　　　会是……

〔彼得上。

　　　　　　　　　　　　　　　　　　　　哟，是彼得！

拉维尼娅　彼得！

彼　得　　　　　　大家好啊！

拉维尼娅　　　　　　　　　　　你什么时候到的？

彼　得　昨天夜里从纽约坐飞机来的——

我三天前离开的洛杉矶。

今天吃午饭的时候碰到希拉·佩斯利，

她告诉我你们要开酒会——

她待会儿来，现在在冈宁家——

所以我说，我一定要闯进来：

要见爱德华和拉维尼娅的话就只有这个机会了。

我只待一个星期，你瞧，

而且今晚就要开车去乡下，

所以我知道你们不会介意我来得这么早。

从上次看见大家到现在，就好像过了几百年一样！

你好吗，亚历克斯？还有亲爱的老朱莉娅！

拉维尼娅　这么说你刚从纽约回来。

彼　得　　　　　　　　　　　　　　　　对，从纽约回来。

博洛戈朗斯基夫妇给我送的行。

你还记得从前的

博洛戈朗斯基公主吧？前几天的一个晚上

我们在金猴餐厅吃的饭。那地方值得一去。

亚历克斯　真邪门。我的猴子也是金色的。

彼　得　你的猴子，亚历克斯？我老说，
亚历克斯什么人都认识。可我不知道
他还认识猴子。

朱莉娅　　　　　　　还是给我们讲讲你的见闻吧；
给我们讲讲你在外边的见闻吧，彼得。
在伦敦这儿，我们的日子过得真是平静。

彼　得　朱莉娅，你过去就一直喜欢取笑人：
你们都知道我在为泛美鹰做事吧？

爱德华　不知道。和我们说说，泛美鹰是什么？

彼　得　你们的日子真的过得很平静！
你们不上电影院吗？

拉维尼娅　　　　　　　　偶尔去一次。

彼　得　　　　　　　　　　　　　　亚历克斯知道的。
我的上一部片子你看了吗，亚历克斯？

亚历克斯　我听说了，不过没看。
金肯贾那边没有电影院。

彼　得　金肯贾？是什么地方？那边没有电影院吗？
泛美鹰一定要调查一下。
也许在那儿盖一座倒不错。
——亚历克斯对泛美鹰的情况了如指掌：
就是他把我介绍给了不起的贝拉的。

朱莉娅　了不起的贝拉是谁？

彼　得　　　　　　　　　　　贝拉·佐格迪呗——
他是我老板。我还以为大家都知道他的名字呢。

朱莉娅　亚历克斯，他是不是你在加利福尼亚的熟人？

亚历克斯　没错，我们曾经互相关照过。

彼　得　这次就是贝拉派我来的，

只待一个礼拜。事情多得忙不过来。

今晚就要下乡，去博特韦尔。

朱莉娅　住在公爵那儿？

彼　得　　　　　　　　　　　再做件对他有好处的事。

我们在拍一部关于英国生活的电影，

想借用一下博特韦尔。

朱莉娅　　　　　　　　　　　可据我所知博特韦尔

已经破败不堪了。

彼　得　一点不错。是这样的。所以我们才感兴趣。

全英格兰最最破败的贵族府邸！

最起码在还有人住的府邸当中是最最破败的。

我们已经派了一个专家队过去

研究破败状况，好知道怎么来复制。

然后我们要在加利福尼亚再建一座博特韦尔。

朱莉娅　那你的工作是什么呢，彼得？

莫非你已经成了破败房屋的专家？

彼　得　天哪，不是的！我写了这部片子的剧本，

贝拉非常满意。

他觉得我应该去实地看一看博特韦尔；

另外呢，他觉得既然我是英国人，

应该知道怎样来应对一个公爵才最好。

还有，我们负责分配角色的导演，

他正在找几张典型的英国脸——

当然啦，都是小角色——

我要帮他决定什么样的脸才算典型。

朱莉娅 彼得，我想到一个特别好的主意！

我一直想去加利福尼亚。

你能不能说通你们负责角色的导演，

叫他把我们都带去？我们都非常典型。

彼 得 不，恐怕……

酒会服务生 亨利·哈考特-赖利爵士到！

朱莉娅 哎呀，我忘了！我还有个惊喜要给你们。

〔赖利上。

我希望你们认识一下亨利·哈考特-赖利爵士——

爱德华 我们见到他很高兴。不过我们之前已经见过面了。

朱莉娅 既然你们已经认识他了，那么就不会怕他了。

要知道，我一开始很怕他：

他看上去是那么令人生畏……

赖 利 亲爱的朱莉娅，

你给我做的介绍真糟糕——

假如确有必要来做一番介绍的话。

朱莉娅 亲爱的亨利，你打断我说话了。

拉维尼娅 要是您能打断朱莉娅说话，亨利爵士，

您就是我们一直在期待的理想客人了。

赖 利 我根本没想过要打断朱莉娅……

朱莉娅 可你们两个都在打断我！

赖 利 现在有谁在打断你？

朱莉娅 好了好了，我脑袋开始发晕了。我得喝杯鸡尾酒。

爱德华 （对赖利说）您要不要来杯鸡尾酒？

赖 利 我可不可以要杯水？

爱德华 要加什么吗?

赖 利 什么都不要加，谢谢。

拉维尼娅 请允许我介绍一下彼得·奎尔普先生。

这位是亨利·哈考特-赖利爵士。彼得是

我和我丈夫的老朋友了。哎呀，我忘了——

(转身对亚历克斯说)

我很怀疑你们是不是本来就认识——

我不知道为什么会这么想。这位是麦克科尔比吉·吉布斯先生。

亚历克斯 没错，我们的确见过面。

赖 利 有过几次委托。

朱莉娅 我们聊得正带劲呢。

彼得刚从加利福尼亚回来，

他在那边是电影圈里的重要人物。

他正在拍一部关于英国生活的片子，

还要给咱们每个人安排个角色。你想得到吗!

彼 得 不过，朱莉娅，我刚要解释来着——

恐怕我没法给大家在这部片子里

安排角色了——这不归我管;

我们的演员也不是这么个选法。

朱莉娅 可是，彼得，

既然你要把博特韦尔带到加利福尼亚去，

为什么就不能把我也带去呢?

彼 得 我们没要把博特韦尔带走。

我们要重建一座博特韦尔。

朱莉娅 好得很嘛:

干吗不重建一个我呢？这可省钱多了。
天哪，看得出你是铁了心不要我。
那我就不念着见到加利福尼亚了。

彼　得　你知道的，就算我们邀请你，你也不会来。
有个人我倒是想打听一下的，
这人是真的想演电影，
我一直觉得只要她有了机会，
就一定会走红。我说的是西莉亚·科普尔斯通。
她一直想演电影。现在我可以帮她了。
我已经把她的情况跟贝拉讲了，
我还想把她介绍给我们负责分配角色的导演。
我又有了一部新片子的构思。
你们可以告诉我她在哪儿吗？电话簿里
找不到她的名字。

朱莉娅　电话簿里没有，
什么簿里都没有。你现在可以说了，亚历克斯。

拉维尼娅　朱莉娅这话什么意思？

亚历克斯　我刚准备说她，
你就进来了，彼得。恐怕西莉亚没法跟你了。

彼　得　啊……她结婚了吗？

亚历克斯　不是结婚了，是死了。

拉维尼娅　西莉亚？

亚历克斯　死了。

彼　得　死了。这下全完了。

爱德华　西莉亚死了。

朱莉娅　亚历克斯，你最好

把你从金肯贾带回来的消息告诉他们。

拉维尼娅 金肯贾？西莉亚在金肯贾做什么？

我们听说她加入了某个护理修道会……

亚历克斯 她加入了一个修道会。是非常注重苦修的一派。

因为她有过护理经验……

拉维尼娅 没错，她曾经是志愿救护队的成员，我记得。

亚历克斯 所以被派往金肯贾，

那里有好多种地方病，

当然还有欧洲人带去的，

那边的环境很适合瘟疫传播。

爱德华 接着说。

亚历克斯 她们好像是一行三人——

三个女教友待在这个驻地，在一个信基督教的村子里；

有一半的原住民得了瘟疫奄奄一息。

她们准是好几个星期都在超负荷工作。

爱德华 后来呢？

亚历克斯 后来，异教徒当中

发生了叛乱，就是我刚才和你们说的。

她们得知了消息，但都不肯离开垂死的原住民。

最后，其中两个逃了：

一个死在丛林里，另一个

再也过不了正常人的生活了。

而西莉亚·科普尔斯通，她被抓走了。

我们的人赶到那儿以后，盘问了那边的村民——

那些躲过一劫的。后来他们找到了她的尸体，

或者说，他们找到了尸体的一点点残骸。

爱德华　那在这之前……

亚历克斯　　　　　　　　很难说。

　　不过凭我们对当地习俗的了解，

　　看来她一定是被带到离一座蚁丘很近的地方

　　给钉死在十字架上了。

拉维尼娅　　　　　　　　可西莉亚！……偏偏是她……

爱德华　就为了这么几个得瘟疫的原住民，

　　他们反正是要死的人了。

亚历克斯　　　　　　　　　没错，病人最后还是死了；

　　因为他们染上了瘟疫，所以没被吃掉。

拉维尼娅　啊，爱德华，我真难过——多么苍白无力的话啊！

　　可你明白我的意思。

爱德华　　　　　　　　你也明白我是怎么想的。

彼　得　我一点儿都不明白。不过我毕竟走了

　　有两年，也不知道这两年里

　　西莉亚发生了什么事。

　　两年了！一直在想西莉亚。

爱德华　我恨就恨她死得不值。

彼　得　　　　　　　　　　　你知道的比我多：

　　对我来说，别的一切才是不值的。

　　两年了！完全是个错误。

　　朱莉娅！你怎么一句话也不说？

朱莉娅　你给了她那两年时间，你已经尽力了。

彼　得　她是从什么时候开始……从事这份职业的？

朱莉娅　　　　　　　　　　　　　　　　　　　　两年前。

彼　得　两年前！我努力想忘掉她，

直到我开始觉得自己成功了，
多了一点点自信；
打那以后我又开始想她。越来越想。
一开始我不愿意听到西莉亚的消息，
所以一直没打听。等到想了解了，
又不敢打听。这次我是鼓足勇气
才向你们打听的；可我万万没想到
结果会是这样。也许过去我并不认识她，
也不了解她。我现在什么都不了解。

赖　利　您了解您的专长，奎尔普先生——
我们每个人能要求自己的也就这么多。

彼　得　这算什么专长！我尽量想对它抱有信心，
这样我就可以对自己抱有信心。
我本以为自己的想法可以叫电影业
掀起一场革命，叫谁都没法视而不见——
可我却在这里，拍一部二流片！
不过我觉得还是可以把它拍得更好些，
这本来是可以做到的，只要西莉亚还活着。
我希望电影成功，对此我有信心，这全是为了西莉亚。
当然，我想为西莉亚做点什么——
可前提是，西莉亚还活着。
现在什么都白费了。西莉亚死了。

拉维尼娅　不，没全白费，彼得。你才刚刚开始。
我是说，这件事只是把你带到了起点上，
你必须从这里开始。你刚才说，
你根本不认识西莉亚。我们也都不认识她。

你一直在靠西莉亚的影像过活，
你给自己打造了这个影像，来满足你自己的需求。
彼得，千万别以为我说话不客气……

彼　得　没有，我没觉得你说话不客气，拉维尼娅；
我知道你是对的。

拉维尼娅　　　　　　　　要是我能让你明白，
其实我一直都在说自己，那么刚才我的那番话
可能听起来就会稍微客气些。

爱德华　拉维尼娅说的没错。这是你的起点。
彼得，假如你现在发现有一些关于你自己的事
是你不愿意面对的，那你只要想一想，
有些人必须面对的关于他们自己的事
要糟糕得多，而且知道的时候
已经很难再回头重新开始了。
对你来说这还不算很难。你的本性好。

彼　得　对不起。你刚才的这番话
我好像没全听懂。不过我还是很感激。
知道吗，刚才你们说话的时候，
我脑子里一直转着这样一个念头——
一直以来我只考虑自己的利益：
这样对西莉亚不够好。

朱莉娅　彼得，当你用拍电影的眼光来看人：
也就是说，当你脱离了自身，
就只是一只眼睛的时候，就一定学会
怎样看人了。有一天，你会用这种眼光
来看西莉亚的。到那时你就会了解她，

就会变得心平气和，想起她的时候也会觉得幸福。

拉维尼娅　亨利爵士，我有话想对您说。

亚历克斯在跟我们讲西莉亚遭遇的时候，

我一直盯着您的脸看。从您的表情看，

她的死法，或者说她因为不愿意离开

几个垂死的原住民而丧命这件事，对您好像

没什么触动似的。

赖　利　　　　　　　　　张伯伦太太，谁知道

救不救那些垂死的原住民情况会有什么不同？

谁知道他们死的时候心里是怎么想的？

拉维尼娅　这个我承认。但让我印象深刻的是，

当您知道她是怎么死的以后，从您脸上

看不出一丁点儿吃惊或者恐惧的表情。我不知道您认不认识她。

我估计您认识。不管怎么样，您总听说过她；

可我觉得您看起来像是……很满意的样子！

赖　利　张伯伦太太，我一定很容易识破，

要不就是您眼光毒辣。

朱莉娅　　　　　　　　　　　　哎呀，亨利！

拉维尼娅的观察能力比你想象的要强得多。

我看她把你逼得只好摊牌了吧。

赖　利　朱莉娅，你的话一针见血。

张伯伦太太，您介不介意我引用诗歌？

拉维尼娅　怎么会呢，我很乐意听您朗诵诗歌……

朱莉娅　她在将你军呢，亨利。

拉维尼娅　　　　　　　　　　　……要是这样就能解答我疑问的话。

赖　利

巴比伦化为尘土之前，
琐罗亚斯德[①]法师，我那死去的孩子，
在园中散步之时遇见自己的影像。
那幻影，普天之下，只他一人看见。
要知道有生与死两个不同的世界：
一个是你现在眼中所见；而另一个
是在坟墓的下面，那里居住着所有
肉体的魂灵，肉体活着并且思想着，
直到死亡将灵肉合而为一，再不分离。[②]

我第一次见到科普尔斯通小姐的时候，就在这屋子里，
我看见一个西莉亚·科普尔斯通的影像
站在她椅子后面，脸上的表情是
凶死头五分钟里的那种惊诧。
要是您觉得这话太离谱，张伯伦太太，
我只请您想一想，是不是会发生这样的情况：
有些人头脑里会突然产生直觉，
这个直觉往往是以画面的形式立即呈现的。
我有时候就这样。所以很明显，
我眼前的这个女人是要遭受死刑的。
这是她的命。剩下的问题就是，

① Zoroaster（约前628—前551），又称Zarathustra，古代波斯宗教改革家，琐罗亚斯德教创始人。
② 引自雪莱诗剧《普罗米修斯的解放》第一幕。

会是怎样一种死法？这我不可能知道；
因为她要自己选择一条通向死亡的
生路，而且要在不知道终点的情况下
选择死亡的方式。我们知道她选择的死法。
之前我不知道她会这样死，
她也不知道。所以我能做的就是
指给她看，准备之路在哪里。
就是这条她接受了的路通向了这种死法。
假如这样死不幸福，那什么样的死才算幸福呢？

爱德华　您是不是说，她选择了这种死法
就不会受普通人的那种苦？

赖　利　我根本不是这个意思。恰恰相反。
可以这么说，我们该受的苦她都受了，
恐惧、疼痛、憎恶——统统加在一块儿——
还有身体不愿被物化时的挣扎。
可以说她受的苦更多，因为她比我们大家
更清醒。她用受苦这种方式支付了
最高昂的代价。这是一种天命。

拉维尼娅　也许她之前遭受到的痛苦更大。
我是说——她最后两年的情况我一无所知。

赖　利　这说明您有一定的洞察力，张伯伦太太；
不过这种体验只能通过神话和意象
来暗示。要描述这种体验
我们就要谈到黑暗、迷宫、恐怖的弥诺陶洛斯[①]。

---

① Minotaur，牛头人身怪物，被弥诺斯王之孙禁闭在克里特岛的迷宫里，每年要吃从雅典送来的童男童女各七个，后被雅典王忒修斯杀死。

不过那个世界不能取代这个世界。
您以为荒漠里的圣徒
因为肩头总担负着精神罪恶
就遭受不到普通人会遭受的那些痛苦吗?
他们不也一样受饥饿、沼气、日晒雨淋、肠胃毛病之苦?
不也害怕狮子，也会因为夜里的寒气和白天的高温而遭罪吗?

爱德华　可这要是对的——要是对西莉亚来说是对的——
那么准是别的什么大错特错了，
我们其余这些人不知怎么的和这错误都有关系。
我应该只说自己。我敢肯定，我脱不了干系。

赖　利　让我来消除您思想里的一个障碍吧:
您仍然觉得有些事情是您的责任，
这种想法您一定要抛弃。

爱德华　　　　　　　　我还是忍不住会想，
从某种意义上说，我比一群
处于半疯狂状态的野人要负更多的责任。

拉维尼娅　啊，爱德华，我知道的!我知道你在想什么!
我也感到了内疚，这样你是不是好受一些?

赖　利　假如评判我们每个人的标准是看
我们的所有言行造成的后果，而不是考虑意图，
考虑我们对自己和他人理解上的
局限性，那么我们每个人都应该受到谴责。
张伯伦太太，我经常要做一个
关系到病人是康复还是毁灭的决定——
有时候我的决定是错的。

至于科普尔斯通小姐，因为你们觉得她死得不值，
所以责备自己，又因为你们责备自己，
所以觉得她的命丢得不值。她的生命是了不起的成就。
不过这成就不再是我的功劳了——
对她的死我负的责任和你们负的一样多。

拉维尼娅 但我知道我会一直埋怨自己
曾经对她那么不客气……那么不怀好意。
我会一直记住她两年前
向我们告别那会儿的模样。

爱德华 拉维尼娅，你的责任和我的比起来算不了什么。

拉维尼娅 这个倒不见得。要是以前我理解你，
可能我就不会误解西莉亚了。

赖 利 你们只得带着这些记忆活下去，而且要把它们
变成新的东西。你们只有
接受过去才能改变它的意义。

朱莉娅 亨利，我想该我说两句了。
每个人都做出这样或那样的选择，
然后必须承担后果。西莉亚选择了
一条路，这条路的后果是金肯贾。
彼得选择了一条路，这条路通往博特韦尔：
他不得不去那儿。

彼 得 我明白你的意思了。
但愿我不是非去不可。不过再不走车子就要等急了，
还有那些专家——我差点把他们给忘了。
我明白自己是出不来了——
我还能做什么呢？

亚历克斯　　　　　这是你的片子。

我知道贝拉很看重这部片子。

彼　得　所以我现在得走了。

爱德华　　　　　　　彼得，在你离开英国之前

我们还能见到你吗？

拉维尼娅　　　　　一定要想办法来看看我们啊。

你要知道，我觉得……谈谈西莉亚的事

对我们大家——你，我，还有爱德华——都有好处。

彼　得　非常感谢。不过这会儿不行——

我简直说不下去。

爱德华　　　　　下次来再说怎么样？

彼　得　等我下次来英国，我向你们保证。

我真的很想见到你们俩，真的。

再见了，朱莉娅。再见，亚历克斯。再见，亨利爵士。

〔下。

朱莉娅　好了，张伯伦两口子的选择导致的是

鸡尾酒会。他们必须为此做好准备。

他们的客人可能随时会来。

赖　利　朱莉娅，你说得对。张伯伦两口子

现在应该开个酒会，这也是对的。

拉维尼娅　刚才的五分钟里我一直在想，

我怎么能够面对我的客人们。真希望酒会已经结束了。

我是说……我很高兴你们能来……我很高兴亚历克斯告诉我们……

还有彼得不得不面对……

爱德华　　　　　　　现在我觉得我明白了……

拉维尼娅　那你倒解释给我听听！

爱德华　　　　　　　　　　　　　　哎，我明白的

还不多呢！不过我觉得亨利爵士反复说的是，

每一刻都是新的开始；

而朱莉娅反复说的是，生活只不过是继续前行；

不知怎么，这两种思想好像接得上。

拉维尼娅　可我还是……不想见到这些人。

赖　利　这是交给您的负担。至于酒会嘛，

我想一定会成功的。

朱莉娅　　　　　　　　　　亨利，我看

我们应该在酒会开始之前走。

我们不在，他们相处得会更好。你也走，亚历克斯。

拉维尼娅　我们不希望你们走！

亚历克斯　　　　　　　　　　我们还有别的约会呢。

赖　利　这一次我不会再当不速之客了。

朱莉娅　好啦，亨利。好啦，亚历克斯。咱们去冈宁家。

〔朱莉娅、赖利和亚历克斯下。

拉维尼娅　爱德华，我现在看上去怎么样？

爱德华　　　　　　　　　　　　　　　　　　好极了。

我差点要说，比任何时候都要好。可你总是比任何时候都好看。

拉维尼娅　哎呀，爱德华，这样等于什么都没说。没一个女的会相信

自己总是比任何时候都好看。你知道吗，

每次我一眼就能看出来，你是想哄我开心。

说我总是比任何时候都好看只可能是最坏的意思。

爱德华　我永远也别想学会怎么说好话了。

拉维尼娅　你应该夸夸我的连衣裙。

爱德华　可我已经告诉过你我有多么喜欢了。

拉维尼娅　可后来发生了那么多事。还有，

人有时候喜欢别人把同样的好话说个两遍。

爱德华　好了，去准备酒会吧。

拉维尼娅　　　　　　　　　　去准备酒会吧。

爱德华　很快就会结束的。

拉维尼娅　　　　　　　　但愿它快点开始。

爱德华　门铃响了。

拉维尼娅　　　　　啊，我真高兴。开始了。

幕　落

赵　元　译

机要秘书

人　物

克劳德·穆海默先生

埃格森

巴·卡根

科尔比·辛普金斯

卢卡斯特·安琪儿

伊丽莎白·穆海默夫人

古匝德夫人

第一幕

克劳德·穆海默先生伦敦家里的一楼商务室。
午后。克劳德先生伏案书写。埃格森进场。

克劳德先生　你来了，埃格森！你总是那么准时。
把你从约书亚公园请到伦敦，
去办一件这样的差事，我感到抱歉。
可是你知道，谁去诺斯霍特接机，我的妻子都不愿意，
只有你除外。现在还不能让科尔比去。
她刚从瑞士回国，安排他们第一次相见，
这样的方式恐怕不太妥当。

埃格森　是的，克劳德先生！
她与科尔比·辛普金斯先生的初次见面，
将是一个非常微妙的情形。
可是我很高兴有机会来到伦敦。
整个上午我都在购物！置办园艺工具。
还有花园里必不可少的大量物品！
我想，现在采购新工具正逢其时，
整个冬天就不会浪费片刻时光。
我也给埃夫人配置了一些衣料，
她一直想要的衣料。她一定会感到满意。

我在商店里吃了午饭，那里有一家餐馆，
不仅味道纯正，而且价格实惠。
辛普金斯先生现在何处？他会来吗？

克劳德先生　今天上午，我派他去城里办事。
我希望在你离开前，他能回来。

埃格森　他现在怎么样？一定如鱼得水，我想。
上次走后，再也没有听到他的消息。

克劳德先生　当然，埃格森，你是不可替代的……

埃格森　克劳德先生，你不应该这么说！
担任你的机要秘书一职，
辛普金斯先生要远比我胜任。
我们同处一室共事期间，
他很快适应了新的环境。
他所需要的是信心。

克劳德先生　　　　　　还有经验。
年轻人做一些自我调整必不可少。
他工作起来渐渐得心应手，我很满意。
我想，他已经对工作产生浓厚兴趣。

埃格森　他仍然感到若有所失吗？
当然，我从来不提此事，
只是你曾经向我提起过。

克劳德先生　　　　　　　　因为他的音乐。
是的，我想是的。我理解他的感受。
他像我，埃格森。我有过同样的若有所失，
只是形式不同。他难以忘怀的
是他的伟大抱负：做一名风琴手，

就像我以前难以忘怀……已经无关紧要。
对他来说，最好能另谋差事，
尽己所长。我想他已经得偿所愿，
我当年也是如此。我会对他讲讲我的经历。
迄今为止，我一直让他放手工作。
我想，从纯粹的商务工作开始，
他会更快融入全新的生活中。

埃格森　无疑，这样的安排最好。他仍然与姨妈住在
特丁顿，每天赶过来上班，
和我以前一样。皇家马厩那儿的公寓呢?
他什么时候能搬进那套公寓?

克劳德先生　内壁需要粉刷，装修还没有完工。
我正在给他物色一架钢琴。

埃格森　钢琴?是的，有了钢琴，他一定
心情舒畅。你的考虑非常周到。
不过，我提个建议：建一个窗口花坛!
他对我的花园表现出很大兴趣，
所以我想他应该有一个窗口花坛。
将来他会拥有自己的花园。对了，
还有鸟澡盆。

克劳德先生　鸟澡盆?放在居住区?它派什么用场?

埃格森　他对我说过，他非常喜欢观鸟。

克劳德先生　可是那儿没有鸟——也没有什么值得观赏的东西。

埃格森　我不知道，克劳德先生。就在几天前，
我在《泰晤士报》上读到一封来信，
写的是在伦敦观赏野生鸟的事。

不管作者是谁，辛普金斯先生一定能找到他。

克劳德先生　这件事容后再谈。时间不多了，
你要去诺斯霍特，车子已经准备妥当，
我们商量一下：从机场回来后，
科尔比的事，你如何对伊丽莎白夫人提起。
我想，你应该不失时机地提醒她，
回家后有可能见到一位新人。

埃格森　你希望我如何谈起这个话题？

克劳德先生　当然，她知道你一直想要退休，
我们曾经讨论过你的接班人选。
不过，你知道，她从来没有把你看成
毫不相干的外人。

埃格森　　　　　　　　　这是对我最大的表扬。

克劳德先生　你当之无愧。但是要找一位继任者
谈何容易。无论谁来接替你的位置
都会感到异常的困难。
关于人选，她觉得她有发言权。
此外，在看人方面，她认为
她的判断力比我强。

埃格森　噢，我可不这么认为，克劳德先生！
她对你的经商才干非常尊重。
不过，她确实相信自己有“领导力”。

克劳德先生　领导力。它比判断力更加糟糕。
判断力可以讨论。领导力却难以争辩。
如果对于我在她外出时指定人选，
她感到疑惑，或者恼怒，

你只能以遵守医嘱为借口离开。
她对你的健康状况一直很关心，
所以她很同情你。至于科尔比——
就说辛普金斯先生受到大力推荐，
所以我不得不很快做出决定，
因为他还有另外一份非常诱人的工作。
诸如此类。但是话不能说过头。
我非常希望她能立刻喜欢他。
如果是这样，她一定会相信
这是她的选择。此外，别忘了
告诉她，他非常喜欢音乐。
她可以带他去听音乐会。但要适可而止！

埃格森 我会铭记在心。音乐。

克劳德先生 另外，
关于她的情况，你对科尔比讲了多少？
别忘了，我让你帮他做点准备。
有些事你说出来，比我说要更加合适，
你去安慰他，比我去要更加妥当。
他和你在一起，比和我在一起
要更加自在。

埃格森 噢，千万别这么说！
不过，为了赢得信任，我会竭尽全力。
我对他提过她对《东方之光》的兴趣。

克劳德先生 提过《启示录》《亚特兰蒂斯的智慧》吗？

埃格森 说实话，克劳德先生，我对这些事只懂皮毛。
对我来说，它们深不可测。我想，辛普金斯先生接受过高等教育。他会很快掌握它们。
关于伊丽莎白夫人，我向他介绍不多。
但是有一件事我想知道：如果你不介意，
在我去接她之前，你打算过多长时间……
对辛普金斯先生解释清楚？
将他在家庭中的位置正常化？
你告诉过我，这是你的最终目的。

克劳德先生　至于何时——或者是否——公开他的身份，
取决于她喜欢他的程度。今天下午，
只让她知道你终于可以退休，
有一个年轻人将接替你的工作：
他就是科尔比·辛普金斯先生。

埃格森　　　　　　　　　　只提辛普金斯先生。

克劳德先生　她出国期间我起用他，其中的原因
已经非常清楚。不过，除了这一点，
我还没有把我的计划告诉你。
我也从来没有对她提起过他，
仅叫他辛普金斯先生，这是因为
她有一颗强烈的母爱之心……

埃格森　这一点我知道。

克劳德先生　　　　　　她的母爱之心饱受挫折。

埃格森　我想你们俩一定感到悲伤，
因为你们没有自己的孩子。

克劳德先生　　　　　　　　跟你们差不多，埃格森。
你与你的妻子曾经也有一个儿子，
他在战争中失踪，后来杳无音信。

埃格森　你无疑在想，伊丽莎白夫人
　　有可能会想起自己失散的孩子。
克劳德先生　以完全不同的方式。希望能弄假成真。
　　孩子父亲去世后，她追查不到孩子下落。
　　是的，我也考虑过她的失散的孩子。
　　目前这种情况，有可能让她产生嫉妒。
　　我已经向科尔比……辛普金斯先生做过解释。
埃格森　我懂你的意思。
克劳德先生　　　　　　首先要让她喜欢他。
　　接下来，埃格森，我还心存希望，
　　如果她知道他是一个孤儿，
　　她会要求我们收养他。
埃格森　　　　　　　　收养他！是的，的确如此。
　　这将是最好的结局。是的，非常理想。
克劳德先生　很高兴你能赞同。你的支持非常有用。
埃格森　我想，我会很高兴称赞他。
克劳德先生　赞美要适可而止！不过，你的认同至关重要。
　　要知道，她对你的意见非常重视。
埃格森　我认为，一次，或两次，也许……
　　恐怕你高估了我的影响力。
　　我未能让她喜欢安琪儿小姐；
　　每次提到她，她都心不在焉。
克劳德先生　她早就认识卢卡斯特……安琪儿小姐。
　　这是一个原因。此外，还有别的原因。
　　例如，她们俩都是女人。
埃格森　　　　　　　　　是的。

克劳德先生　我想她对安琪儿小姐毫不在乎。
她不会见到她。而安琪儿小姐
很快就要结婚，我猜。
埃格森　　　　　　　　我希望如此。
这是一个非常合适的安排。
如果伊丽莎白夫人想要收养他——
这是一个令人羡慕的结局——
你能告诉我接下来该怎么办?
那么，你会让她知道，辛普金斯先生
其实就是你的儿子?
克劳德先生　　　　　　这一点还不清楚。
我仍然猜不出她会有何反应。
对我的妻子，有很多方面我不太了解。
无论你对一个人是多么熟悉，
总有某些方面你并不了解，
有可能还是某个最重要的方面。
当你确定你自己了解一个人时，
你有可能对他犯下最糟糕的错误。
事实上，埃格森，你的很多方面
我并不了解，尽管我们在一起工作了
近三十年。
埃格森　　　　是的，近三十一年。
不过，你的这番话让人心悦诚服。
我必须承认，我对我妻子的很多方面
也不了解。
克劳德先生　　同样，她对你

也未必完全了解。正如你对我
并不完全了解一样——对此我不能肯定。
我的原则就是：我对任何人都不完全了解，
但是另一方面，我永远也不会认定
别人不了解我——用这样的方式思考
也许会更好。

埃格森　　　　　　可以这么说吗，
你不知道自己是否了解辛普金斯先生？

克劳德先生　谢谢你的及时提醒。你可能要重复你的提醒。
不过，他现在应该回来了。下面我要离开。
我必须给阿姆斯特丹打电话，也许还有巴黎。
你和伊丽莎白夫人一道回来时，
我会准备好介绍辛普金斯先生。

〔科尔比·辛普金斯上，手提公文包。

啊，我刚刚对埃格森提到你，
说你应该回来了。今天上午顺利吗？

科尔比　我找到了您要的材料，克劳德先生。下午好，
埃格森先生。我还担心见不到你。

埃格森　半小时内我要离开，辛普金斯先生。

克劳德先生　我要和你们说再见。当埃格森
与伊丽莎白夫人一道回家时，我会再来。

〔克劳德先生下。

科尔比　我很高兴你还没有匆忙离开。
这次见面让我感到相当紧张。
关于伊丽莎白夫人，你的介绍太少，
克劳德先生的介绍也不是非常充分。

所以，我不知道自己该如何表现。
巴·卡根对我介绍过她的情况，
可是我仍然感到担心。

埃格森 卡根先生有偏见。
他与伊丽莎白夫人向来不和。
别听他的。可是他理解克劳德先生，
他对克劳德先生充满感激之情，
他也应该如此。由于克劳德先生一手提拔，
他的生活才有了崭新的开端。他受益匪浅。
这一点我不能不提。辛普金斯先生，对你来说
这是令人鼓舞的先例。他会成为伦敦城中的显贵！
他有一颗金子般的心。不过，实话实说，
他也是一块未经雕琢的钻石，向来我行我素。
伊丽莎白夫人从来没有喜欢过他。
不过，你，辛普金斯先生，却大不一样。

科尔比 我不知道我为什么会大不一样。
我喜欢巴·卡根。我发现他乐于助人，
他不仅精于经商，而且可以成为莫逆之交。

埃格森 噢，是的，卡根可以成为至交好友。
他经常让我开心大笑。我平素轻易不笑。
他很幽默。所以，埃夫人经常对我说：
埃格森，你为什么不能像卡根一样
让我开心一笑？她只见过他一次。
不过你知道吗，他开始称他为穆丽儿——
还不到十分钟的时间！我感到担心。
可是她喜欢这样。穆丽儿是她的昵称。

要知道，他对付女士很有自己的一套。
不过与伊丽莎白相处，他并不十分成功。
她曾经做过评价，认为他“很不出众”。
可是你的情况，正如我所说，将大不一样。
她会立刻发现，你是一个有文化的人。
此外，她也非常喜欢音乐。

科尔比　　　　　　　　　　谢谢你的提醒。

埃格森　如果你不介意，我会告诉她
你喜欢音乐。

科尔比　　　　　　我会小心谨慎。

埃格森　与伊丽莎白夫人相处，你的音乐才能
肯定是一笔重要资产。我羡慕你。
我虽然参加过业余合唱团的演出，
还有圣诞颂歌活动，但是我多么希望
自己也有音乐才华。

科尔比　与她见面，我感觉我的准备还不够充分。

〔很重的敲门声。巴·卡根上。

卡　根　巴·卡根不请自来。你好，科尔比！
你好，埃格斯[①]！很高兴在此见到你。
科尔比无比幸运。

埃格森　　　　　　　为什么，卡根先生？

卡　根　因为卢卡斯特和我在一起！这通常是灾难。
她今天来，是要从钱柜里撬出钱财。
她又破产了！所以我想，我最好直接

① Eggers，Eggerson（埃格森）的昵称。下文的埃格（Eggy）是另一昵称。

带她上楼，以免让科尔比感到震惊。

既然你在这里，埃格斯，我可以放心。

我将站在一边观看大戏的上演。

〔卢卡斯特·安琪儿上。

卢卡斯特　埃格，我的工作丢了！

埃格森　　　　　　　　　　　　又丢了，安琪儿小姐？

卢卡斯特　是的，又丢了！我真是倒霉透顶！

埃格森　我猜想，这是因为你经常迟到。

卢卡斯特　你错了，埃格。这简直太不公平。

两个月来，我一直在给文件归档，

此事无人想做，至少到昨天为止。

真是运气太糟，老板需要一封信，

我没能找到。老板对我产生怀疑，

然后要一些他并不需要的文件，

目的是找麻烦！其中一个文件没有找到。

但可以肯定，这些文件早已归档放好，

为什么要多此一举？这位是谁，埃格？

是科尔比·辛普金斯先生吗？介绍一下。

埃格森　这是辛普金斯先生，安琪儿小姐。要知道，

安琪儿小姐，他已经接替了我的工作。

卢卡斯特　他知道我的事也是由他负责吗？

你有没有让他准备好将我接管过去？

你知道这些情况吗，科尔比？我是卢卡斯特。

只有埃格一个人管叫我安琪儿小姐，

让我恼火。你觉得，管我叫卢卡斯特

是不是更加合适？

科尔比　　　　　　　　我想两个称呼都合适。

卢卡斯特　真没劲！我想我是自寻烦恼。

　　取个名字叫"安琪儿"自然要挨骂。

　　我正考虑把它改掉。不过，科尔比，

　　你知道我的事也由你负责吗？

科尔比　不知道。恐怕我不知道这些情况。

埃格森　你千万别对她让步，辛普金斯先生。

　　我从不让步。我总是说，

　　如果你对安琪儿小姐稍一放松，

　　她就要得寸进尺。

卢卡斯特　　　　　　　　我就喜欢得寸进尺。

　　得了吧，埃格。别理他，科尔比。

　　科尔比，你结婚了吗？

科尔比　　　　　　　　　　没有，还没有。

卢卡斯特　那么在公共场合，我不在意和你并肩而行。

　　你可以带我出去吃饭。像我这样的上班女孩，

　　靠着微薄的工资生活——经常要忍饥挨饿——

　　只能在煤气灶上烤烤香肠……

埃格森　她巧于辞令，你千万不要相信。

卢卡斯特　辛普金斯先生会相信我的真言，

　　埃格森先生。我知道他会对我好，

　　只要你不碍手碍脚。为什么不让他说话？

　　埃格是一个通情达理的人，科尔比。

　　只是他对埃格森夫人心存忌惮，

　　所以他从来没有请我出去吃饭。

埃格森　别把埃格森夫人牵扯进来，安琪儿小姐。

卢卡斯特　这是他经常挂在嘴边的口头禅，科尔比，

只要一提起埃格森夫人。而且每次都要动火。

巴！你对科尔比说了我什么坏话？

卡　根　你的事对谁说都没有作用。

如果你不出现，没人会知道

你的存在。科尔比还没有站稳脚跟。

作为你的未婚夫，保护科尔比，让他远离你

将是我无可逃避的重要责任。

首先让我们来解决目前的经济危机。

卢卡斯特　是的，埃格，你能将这个不幸的消息告诉克劳德吗？

同时，你要替我解决囊中羞涩问题。我在闹饥荒。

卡　根　我刚刚请她吃过午餐。卢卡斯特的问题

是如何保证她不能饱一顿饥一顿。

卢卡斯特　巴，你这个家伙。我的胃口很小。

可是现在，我最大的困难是：身无分文。

卡　根　她刚刚提取了一周的薪水。

卢卡斯特　巴，记住，你只是我的准未婚夫。

埃格，我能预支一点钱吗？

埃格森　　　　　　　　　　这不归我管。

这项工作辛普金斯先生还未接手。

现在克劳德先生亲自掌管公司财务。

你应该找他。我从诺斯霍特回来后，

我会告诉他。

卢卡斯特　你要去见利齐[①]？

---

① Lizzie，伊丽莎白（Elizabeth）的昵称。

埃格森 我去诺斯霍特接伊丽莎白夫人。

卢卡斯特 好了，我不希望她回来时看见我在场。

卡 根 我不打算把你当作包袱丢给科尔比。

这一整天他事务繁忙。听我的建议，科尔比。

千万别给卢卡斯特任何可乘之机，

否则她会无孔不入。对她不要妥协。

她像钉子一样难缠。现在我要把她带走。

看看我如何对付她。来吧，卢卡斯特，

我们痛快地玩一天，然后品茗喝茶。

卢卡斯特 我正渴望如此。这次危机带来的压力

让我不堪忍受。来日方长，科尔比。

我会给你打电话，让你带我出去用餐。

〔卢卡斯特下。

卡 根 不用着急，科尔比。你会习惯她的说话方式。

〔卡根下。

科尔比 埃格……埃格森先生!

埃格森 什么事，辛普金斯先生?

科尔比 我觉得你头脑清醒。我想我也一样。

埃格森 我对此毫不怀疑，一点也不怀疑。

科尔比 我觉得巴·卡根的头脑也很清醒。

埃格森 他堪称头脑清醒的楷模。

科尔比 但是对安琪儿小姐，你从未提醒过我。

她为人怎么样?

埃格森 噢，安琪儿小姐。

她相当轻浮，但心地非常善良。

科尔比 她直接管克劳德·穆海默先生

叫克劳德吗？当他的面也这样？

埃格森 她确实这样。

科尔比 她管伊丽莎白夫人叫利齐吗？

埃格森 当面不这样叫。如果我在场，她也不叫。

是的，我想她不会这样叫。但有时候，

她确实对克劳德先生管她叫利齐。你知道

——他感到有趣。

科尔比 也许，我也会感到有趣。

所有这些名字——总是让我头晕目眩。

这是我第一次见到她，我感到不习惯。

埃格森 你很快就会习惯。你会叫我埃格斯，

在不知不觉之间！

科尔比 我不应该这样想。

几分钟前，我差点儿管你叫埃格斯。

若是这样，我肯定是昏了头。

看来，她的影响力真是十分可怕。

向我介绍卢卡斯特……安琪儿小姐：

她与这个家庭是什么关系？

埃格森 她与这个家庭是一种信托关系。

不对，我想这个词不是非常贴切。

她手头拮据，你可能已经有印象。

她的父亲是克劳德先生的朋友，

他已经对她承担起长辈的责任。

不管怎样，他的行为就像一位父亲——

克劳德先生非常慷慨大方。

说实话，她现在是他的烦恼所在，

她总是丢掉工作，因为她缺少恒心。

他给她提供生活津贴——非常充裕，

可是她总是债务缠身。但是你不必担忧，

辛普金斯先生。她最终要和卡根先生

缔结连理。他这人很有一套。

我想他能够管好她。别人不行。

科尔比 她会成为让人讨厌的人吗？

埃格森 不会，除非你让她有机可乘。

我从来不给她任何机会。

科尔比 可是，你有埃格森太太。

埃格森 是的，她是一个大保护神。我还有花园，

让我免受埃夫人的干扰。开个玩笑。

科尔比 我从未见过安琪儿这样的人。

埃格森 你会对她感到习惯，辛普金斯先生。

人们常说，时间会创造人间奇迹。

不过，我不希望你经常与她见面。

这个重担不应该压在你的肩上。

至于伊丽莎白夫人，情况则有所不同。

科尔比 至少，伊丽莎白夫人不会像

安琪儿小姐那样如此不同寻常。

埃格森 不，辛普金斯先生，她更加不同寻常！

科尔比 哦！

埃格森 我告诉过你，她是一位贵夫人，

确切地说，是法国人所说的 grande dame①。

---

① 法文，贵妇。

这正是克劳德先生欣赏她的原因所在。
他有一次对我说，而且相当自信——
当时，他刚从一个公共午餐会回来——
“埃格森，”他说，“我想娶一位贵夫人，
我对对方的条件相当满意。”
当然，她的家庭关系起了重要作用，
可是他自己没有意识到这一点。
他从不斤斤计较！可凡事逃不过他的眼睛。
他有一副宽广的胸怀！他是个社会主义者。
而我则是坚定的保守党人。

科尔比　除了贵夫人外，伊丽莎白夫人
在别的方面也同样不同寻常吗？

埃格森　噢，是的，我必须承认，是这样。
她有很多怪癖，但没有任何危害。
你会很快感到习惯。正如克劳德先生所说：
“迁就她吧，埃格森。”他常说：“迁就她吧。”
她有一个特点，我们以前谈到过：
她非常健忘。

科尔比　　　　　　　我希望你不是在说
她失去了记忆力？

埃格森　　　　　　　　　　我不是这个意思。
不过，她没什么可忘记的，
尽管有时候她有超人的记忆力。
她确实非常健忘。她喜欢外出旅行，
主要是出于健康的缘故。她每次出国，
总喜欢买套房子。可是人一离开，

房子的事就忘得干干净净。过程复杂，
而且花费很大。这样的奇事我经手过几次！
记得很久以前，我们在约书亚花园买了房子，
（当然是分期付款），我对埃夫人说：
“现在我们终于安顿下来。我的愿望是
白天去城里，晚上回到约书亚花园，
一年一度，我们再去道利什度假。”
想不到，当时才是我满世界奔跑的开始！
三番五次光顾欧洲大陆各国，
帮助伊丽莎白夫人走出困境，
一直成了我不同寻常的工作特权。

科尔比　也许，她不会乘这个航班回国。

埃格森　完全有可能。她有时会迷路，
或丢了机票，甚至遗失护照。
我们不必着急，船到桥头
自然直。我总是这么认为。
你一定会喜欢她。她是那样一位淑女！
除此之外，她的心地非常善良。

科尔比　似乎每一个人的心地都很善良。
有一件事我确信无疑，埃格森先生：
你的心地也非常善良。我相信，
你总是从最好的一面去想每一个人。

埃格森　你会发现，我是正确的，我保证。

〔克劳德先生上。

克劳德先生　嗨！你还在这儿？你该出发了。

埃格森　我正要离开。时间还比较充足。

（看看手表）

我会提前几分钟到达机场，

此外，她还要过海关。根据以往经验，

过海关很慢。

伊丽莎白夫人（若隐若现的话外音）[1] 请把箱子打开，我想拿一点东西。

再打开那个包裹——里面有一瓶药。

好的，帕克曼，能把药交给司机吗？

他告诉我，他患有慢性黏膜炎。

克劳德先生 嗨，什么声音？

（打开阳台门，倾听着）

她回来了，埃格森！那是她的声音。

她在哪儿？啊，她又出去了。

（走到窗前，俯身朝街上看去）

她正在与出租车司机说话。

他们在说什么？她又进来了！

伊丽莎白夫人（若隐若现的话外音） 不，格特鲁德，我还没有吃午饭，

现在还不想吃。给我倒杯茶，

什么也不要加。噢，我差点忘了：

你还没有学会如何沏茶。

来杯黑咖啡。克劳德先生在家吗？

我要跟他打个招呼。

克劳德先生 天哪，埃格森，究竟是怎么回事？

---

① 伊丽莎白夫人的话外音若隐若现，并不打算让剧院里的观众清楚听到。——原注

埃格森　简直不可思议。让我下楼去接她。

克劳德先生　我们去哪儿？我们应该做什么？

埃格森　（站在门口）她在客厅跟侍女说话，她正要上楼。

克劳德先生　科尔比，坐到桌子旁，拿一些文件过来。

　　我们必须看起来像在谈论工作。

　　〔伊丽莎白上。

埃格森与克劳德先生　（同时）伊丽莎白夫人！

　　伊丽莎白！

克劳德先生　究竟发生了什么事？

埃格森　伊丽莎白夫人！这太令人吃惊了。

伊丽莎白夫人　什么事令人吃惊，埃格森？

　　我回来了，就这么回事。

埃格森　我正准备出发，去诺斯霍特接你。

伊丽莎白夫人　你考虑得非常周到，埃格森。

　　不过已经没有必要。此外，我不是

　　乘飞机回国，而是坐火车到维多利亚站。

克劳德先生　你是在说，你把飞机票退了？

埃格森　啊，你是如何把飞机票退掉的？

伊丽莎白夫人　我找到售票代理处，让他们退掉机票。

　　我不明白，你们俩为什么那么吃惊？

　　你们知道，我是一个经验丰富的旅行者。

克劳德先生　噢，是的，我们当然知道，伊丽莎白。

　　可是，你为什么要改变你的原定计划？

伊丽莎白夫人　　　　　　　　因为米尔德里德·德弗雷尔。

　　她和我一道在接受治疗。

　　她不能坐飞机——她说一坐飞机就晕机；

所以我们改乘夜班火车，穿过英吉利海峡。

这位年轻人是谁？他的面孔好熟。

克劳德先生　这位年轻人是埃格森的继任者。

你知道埃格森一直打算退休……

埃格森　也是因为身体原因，伊丽莎白夫人，

医生非让我退休不可……

克劳德先生　辛普金斯先生得到大力举荐……

埃格森　同时，他还有别的诱人机会，

所以我们不得不很快做出决定。

克劳德先生　我不想在你治疗期间打扰你……

埃格森　做克劳德先生的机要秘书，

辛普金斯先生要比我更加胜任。

此外，他酷爱音乐。

伊丽莎白夫人　　　　音乐？

我曾经面试过这位年轻人，后来

推荐给克劳德先生，不是吗？当然是的。

我还记得我说过："他的气质很好。"

我记不住人的面孔，但我能记住人的气质。

他叫什么名字？

克劳德先生　　　　科尔比·辛普金斯。

伊丽莎白夫人　（数着手指）正好十三个字母。非常不吉利啊——

与大多数人的想法截然不同，我觉得

你有艺术天分。不过你看起来相当虚弱。

我一定要给你上上健康课。

你姓什么，科尔比先生？

科尔比　　　　　　　　　　　辛普金斯。

埃格森　科尔比·辛普金斯先生。

伊丽莎白夫人　　　　　　　　我喜欢叫科尔比。

你住在哪儿?

克劳德先生　　　他的家不在伦敦。

但是我想让他住得离我近些——

你知道，这样要一直麻烦埃格森——

所以我正在皇家马厩物色一套公寓。

伊丽莎白夫人　可以肯定，那里的颜色非常混乱。

我的丈夫不理解合适的颜色

对精神生活的重要性，科尔比先生。

我敢说，埃格森对此也一窍不通。

你们俩究竟选择了什么颜色?

克劳德先生　我想淡黄色比较明亮。

伊丽莎白夫人　果然不出所料。淡黄色

对科尔比先生的健康绝对有害。

他需要淡紫色。我来负责此事。

不过不是今天。我现在要去休息。

卧铺车里，很难得到片刻的宁静。

瑞伯曼医生常说，每天静养一个小时，

这是必不可少的健康之道。

克劳德先生　瑞伯曼?我想应该是勒鲁医生。

伊丽莎白夫人　勒鲁医生住在瑞士的洛桑。

我一直在苏黎世，接受瑞伯曼医生的指导。

克劳德先生　你原来是去洛桑看勒鲁医生。

怎么又去了苏黎世?

伊丽莎白夫人　噢，我一到洛桑，就遇到了
　　米尔德里德·德弗雷尔。
　　她正要去苏黎世。她说："到苏黎世来！
　　有一个神奇的医生在教授意念控制。"
　　所以我跟随她去了苏黎世。
克劳德先生　　　　　　　　那么你去了苏黎世。
　　我想，是洛桑的医生在教授意念控制吧？
伊丽莎白夫人　不，克劳德，他只是教授思想控制。
　　意念控制是完全不同的事。
　　它更加先进。我在信中和你详谈过它。
克劳德先生　是的，你从苏黎世给我寄来明信片。
　　可是你知道，我读不懂你信中的内容。
　　我喜欢这些贺卡，查看上面的邮戳，
　　只是想知道你在哪里。
伊丽莎白夫人　　　　　　　　克劳德，我很高兴
　　你采纳了我的建议。
克劳德先生　　　　　　　　你的建议？什么建议？
伊丽莎白夫人　聘用科尔比先生的建议。你真让我头疼。
　　你的记忆力在衰退，这已经不是
　　第一次了。我必须说服你去看
　　瑞伯曼医生，接受一个疗程的治疗。
　　不，在你这个阶段，还是去看勒鲁医生。
　　难道你不记得，我临走时说过：
　　"相信我一次，聘用那位年轻人？"
　　他就是科尔比先生。
克劳德先生　　　　　　　　噢，我明白了。

是的，现在我开始回想起来。
我的决定一定是采纳了你的建议。

伊丽莎白夫人　我必须跟你解释，科尔比先生，
你被我和我的丈夫同时聘用。
明天希望你陪我去品茗喝茶，
我要把你引荐给我的委员会。
现在，我要去休息。

克劳德先生　　　　　　　　是的，你去休息。
我们正在谈工作，与……

伊丽莎白夫人　　　　　　　　与科尔比！

〔伊丽莎白下。

克劳德先生　她竟然自作主张退掉机票。
这样的事闻所未闻。

埃格森　　　　　　　　真是令人称奇！

克劳德先生　如果这是苏黎世医生的治疗结果，
我要给他打满分。好了，埃格森，
我把你从伦敦叫来，你算是白跑一趟。

埃格森　噢，没有白跑！这件事我不会不来。
另外，我说过，我可以顺便逛街购物。
不过，我现在最好离开。辛普金斯先生——
如果发生什么意想不到的事情，
而你却不知所措，一定要给我打电话。
如果我不在家中，我就在花园里。
只要你有不时之需，我会随叫随到。
其实，埃夫人常说："我多么希望他打电话！
他说话的声音一定非常文雅。"

科尔比　非常感谢，我会给你们打电话。
想到我遇见困难，有你在背后支持，
我会感到无比欣慰。但是我希望
我不要经常打电话麻烦你们。

埃格森　噢，我忘了……埃夫人一直在说：
“为什么不在周六请他吃饭？”
我说：“让他从城里来约书亚公园，
这是不可能的事情，特别在这个时候！
等到春暖花开，花园里五彩缤纷、
赏心悦目之际，我会再考虑考虑。”
好了，我要走了。

克劳德先生　再见，谢谢你，埃格森。

埃格森　再见，克劳德先生。再见，辛普金斯先生。

〔埃格森下。

克劳德先生　好了，科尔比！公开场合，我一直叫你
辛普金斯先生，这是出于谨慎。
它也是我们的计划。两个月后——
而且既然我的妻子坚持叫你科尔比先生——
我会和每个人一样叫你科尔比。

科尔比　这样安排让我们俩都觉得自然。

克劳德先生　她突然回来，让我们手足无措。
你看得出来，这样的事情从未发生过。
所以这次见面没有按照我的计划进行。
不过，我相信，事情正朝好的方向发展。
这次见面实际上很成功。很显然，
她立刻喜欢上你。

科尔比　　　　　　　她真的认为

　　她以前见过我？

克劳德先生　　　　很难断定。

　　现在的关键是：她对你喜爱有加。

　　所以她也要聘用你。结果令人满意。

　　她认为，你住进那套公寓理所当然——

　　明天她肯定以为这是她提出的建议。

　　所以我完全相信，不用很长时间，

　　我们可以为将来打下坚实的基础。

科尔比　我必须承认，直到现在为止，

　　我依然感到非常的惶恐不安。

　　你似乎对未来的事情胸有成竹，

　　而我感觉是戴着欺骗的面具生活。

　　你能确信，伊丽莎白夫人

　　真的能待我如她的亲生孩子？

克劳德先生　亲生孩子？如果你在她的心目中，

　　与她魂牵梦萦的儿子形象吻合——

　　我想她会这样。我完全可以肯定，

　　她的儿子与你绝不是相同的一类，

　　但是在她眼里，你会变成她的儿子。

　　她向来如此。如果她相信你是她的儿子，

　　而不是我的儿子，我丝毫不感到惊讶。

　　她总是生活在幻想的世界里，

　　最好的办法就是利用她的幻觉，

　　将它引向正确方向。

科尔比　　　　　　　　这好像不太诚实。

假如我们都生活在幻想的世界里，
它对我们有什么好处？对她是项善举吗？

克劳德先生　如果你无力让生活来适应你，
就只能让自己去适应生活。
你先告诉我——我有理由询问——
你喜欢你的工作吗？你工作称心吗？
我不是转移话题，前面的事容后再谈。
要知道，我特意把你单独留下，
就是想继续探讨眼前的问题。
要适应一个陌生的新环境，
必须从名正言顺的关系开始，
你会因此而感到更加轻松。

科尔比　正因为如此，我对你充满感激之情。
这确实是一个陌生的新环境，
对我而言，一切恍然如梦而不真实。

克劳德先生　现在我希望它与众不同。事情很怪，科尔比。
你我同室共事之时，我才猛然发现，
我们彼此之间并不十分了解。

科尔比　我想，未来的机会还很多。

克劳德先生　你年幼的时候，属于你的姨妈，
她让我感觉如此。我从未与你单独相处。
战争期间，我把你们俩送往加拿大——
也许，这是我犯下的一个错误，
尽管此举也有很多明显的好处。
当时，我毫不怀疑——你们一去五年；
回国后你入学读书，去部队服役，

接着你迷恋音乐……

科尔比　你刚才问我，我对工作的感觉？

克劳德先生　是的，你对工作的感觉如何？

科尔比　它让我兴奋不已。

没想到我还能胜任这样一份工作，

只是与我以前的兴趣大相径庭。

可以说，它带给我前所未有的自信。

与此同时，我也感到忐忑不安。

我不是说工作，而是说我自己。

我感觉自己仿佛脱胎换骨一般。

我想，好比学会一门流利的外语，

当你可以用外语进行思维——

用外语进行交谈，你会感觉自己判若两人。

我还不太清楚，自己是不是喜欢

变化了的我——尽管他对我充满诱惑。

当我心无杂念地走在大街上，

或是在夜半时分猛然醒来，

原来的我，曾经的我，

会出其不意地重新现身，

我又变成失意落魄的风琴手。

曾几何时，我做不成优秀风琴手，

我永远无法精通的风琴演奏术，

似乎是我唯一值得追求的事业，

唯一心甘情愿为之付出的事业。

我不得不与另一个自我作斗争。

克劳德先生　我理解你所表达的意思，

远远超过你的想象。我的个人经历
与你的经历如出一辙。

科尔比 你个人的经历？

克劳德先生 是的，我以前也不想做金融家。

科尔比 那么你想做什么？

克劳德先生 想做一个陶工。

科尔比 陶工！

克劳德先生 是的，陶工。我很小的时候，
喜欢动手制作。我喜欢形状与颜色。
我喜欢制陶工使用的工作原料。
很多人认为，雕刻家，还有画家
要比制陶工更加出类拔萃。
很多人认为，瓷器或是陶瓷
只有实用价值，或装饰价值——
而造瓷与制陶都是劣等艺术。
我觉得它们既非“实用”亦非“装饰”——
可以说，装饰是我们赖以生存的背景；
装饰本身就是生活。如果说身处其中，
等同于逃避，那么它是对生活的逃避，
是从污秽的世界逃入纯洁的世界。
雕刻与绘画——我有一些优秀藏品——
它们没有这种……我始终渴望的宁静。
我想要一个形式等于现实的世界，
而其中的实体仅仅是一个影子。
我的奇谈怪论。我以前从不谈论此事。
从未谈论过。与音乐单独相处，

你有类似的感受吗?

科尔比 完全一样。

在你描述时，我不断地把它们翻译成
音乐术语。不过，我可以问一个问题吗:
你对制陶工艺如此心醉神往，但却没有
选择它作为终身职业，其中的原因何在?

克劳德先生 首先是来自家庭的巨大压力。

我的父亲——你的祖父——白手起家，
创立了这个企业。这是他的激情所在。
他对事业的热爱，丝毫不亚于
我对黏土的热爱。经商能有什么成就?
我也不指望靠经商出人头地。年轻时，
我鄙视他，同时也敬畏他。
鄙视与敬畏皆不足取。我起初憎恶
这个职业，后来发现我有巨大潜力。
生活改变了我，生活也在改变你。
生活从人们的幻想开始，
而幻想让生活变得真实。
说来话长。我的父亲知道我的态度。
他感到悲伤。我长期心怀不满，
暗中怨恨。对此，他了如指掌。
他去世后，我才理解他的良苦用心，
但为时已晚。我的一生都在忏悔赎罪，
向一贯正确的先父忏悔赎罪。
想当年，我少不更事，懵懂无知。
当我饱经风霜、历尽人世沧桑后，

才知道其用心之深，但他已撒手人寰。
科尔比　你还未解释，为什么最后认为
你的父亲是正确的。
克劳德先生　　　　　　因为我最终认识到，
我永远成不了一流的陶工。
我没有这个天分。是不是很奇怪，
一个人做自己最不擅长的事情，
却充满义无返顾的激情？
难道说，一个人天生只能成为
二流陶工？或者说，最多只能做
称职的模仿者，虽然缺乏创造力，
却对创造充满着强烈的渴望？
我不这样认为。因为在某个隐秘时刻，
我终于认识到一个熟视无睹的事实：
我并无创造的天分。饱经世事历练，
我的兴趣已经发生巨大的转移，
对精美创造的憧憬让我完全改变。
我感受到了创造者的成功喜悦。
但是我的制作不能带来那种满足感——
那种竭尽全力与宁静的状态，
一种在濒死中唤醒生命的状态……
我打算给你找一架钢琴，最好的钢琴。
每当傍晚来临，你独自一人弹琴，
我相信，你会穿过私密的大门而进入
一个真实的世界。我就是如此，有时候。
科尔比　确实，听你一番描述，我发现

你所表达的感受正是我的感受，
尽管方式并不相同。我也知道，
我永远成不了伟大的风琴手，
来实现理想。我不是个演奏者。
我仅仅是伟大作曲家的影子。
当我自弹自乐时，我能听见
我的内心迸发出的美妙音乐，
宛如作曲家在灵感迸发时听见的一样。
而当众演奏时，我总会意识到听众所听到的
并不是我自弹自乐时听见的音乐。
我听到的是伟大音乐家的音乐，
而他们听到的却是低劣的演奏。
所以，我已经放弃为他人演奏。
自弹自乐则让我感到无比幸福。

克劳德先生　你应该自弹自乐。至于我自己，
则将涂鸦之作藏于密室之中。
我并非不想让别人看见它们！
独处时，我会长久观赏，爱不释手，
对自封的创造者产生某种认同——
这是一种沁人心脾的欣喜，
它让生活变得可以忍受。这是我的一切。
我想它取代了宗教，正如我的妻子，
她把对灵性生活的种种探究，
也看成对宗教的一种替代。
我敢说，真正的宗教人士——
我从未见过——可以找到某种统一。

而天才人物也莫不如此。
凡夫俗子们，在我看来，则不得不生活在
两个世界中——每个世界都是幻想。
那就是你我之辈。也许，将来某一天，
我会让你看看我的藏品。

科尔比 谢谢您。

克劳德先生 也许在将来，你会让我听你的演奏。
我不会再提起。我会等你发出邀请。
我刚才谈到了让自己去适应生活，
甚至准备去接受……幻想的时候，
你现在能理解我的意思吗？

科尔比 我想是的。至少，当我知道你
无可奈何地和生活妥协时，
我的理解更加深刻。可是……我的内心
对这样的生活充满着叛逆的冲动。
如果你不是我的父亲，事情就会简单得多！
你刚才的描述给我留下深刻印象。
你说你从来没有理解过你的父亲，
一直到后来他去世。你提到了赎罪。
甚至提到了你曾经无法理解他——
那是一种父与子的关系。
其实，这样的事情经常发生。
他去世后，你的妥协完善了父子关系。
你始终是他的儿子，
他仍然是你的父亲。
我只是希望我也能够赎罪！

在你我之间，缺少某种亲密的纽带。
过去，现在，将来，你和你父亲之间一直存在的纽带。
我开始明白，我为什么总是把你
看成保护人，慷慨的救助人，
确切地说，是恩主，而不是父亲——
童年时代所失去的父亲形象，
已经永远失去。那些没有父亲的岁月！
噢，我非常抱歉说了这些，
但它足以说明：我刚才说过的话，
就是我的内心对生活的叛逆。

克劳德先生 这是我的过错。
我总是急于规避我的父亲
对我犯下的错误。可是与他相比，
我却犯下了更大的错误。

科尔比 我知道我在伤害你。我知道
我对这样的伤害感到厌恶。

克劳德先生 你不要那样想。

科尔比 你为我所做的一切，我非常感激。
我会竭尽全力做好工作，
来证明你的善意。

克劳德先生 做好机要秘书工作。

科尔比 我真的对工作很感兴趣，并且渴望
得到更多的收获。不管怎么说，
我不想让自己生活在幻想之中。

克劳德先生 不会的。同时，我们应该耐心等待，

看看生活会出现什么样的困难。

当我们自以为偿还了生活的旧账，

可生活又会送来新账单，而且更加难以偿还。

现在我要走了，去把玩我的陶艺品。

科尔比 对不起，不过我必须提醒你：

明天上午你在城里有一个会议。

你让我为你准备一些数据，

我已经准备妥当。

克劳德先生 很多事都是由我妻子做主。对她要有耐心，科尔比。

噢，是的，明天的会议。我必须浏览一下数据。

幕 落

第二幕

几周后，皇家马厩的公寓里。科尔比坐在钢琴旁。卢卡斯特坐在扶手椅中。大幕升起，音乐声响。

卢卡斯特　你的钢琴弹得太好了，科尔比——
我对音乐并无独到之见。
不过，我很想了解音乐。
希望你能传授我欣赏之道。

科尔比　我认为你不需要别人传授。
至少在目前这个阶段。首先，你需要
听更多的音乐，然后发现自己的趣味。
当你心有所好、若有所悟之时，
你会主动去探究音乐的结构、
音乐的形式，以及各种演奏手法。

卢卡斯特　可是，我万一爱上粗劣之作?

科尔比　不，你一定会喜欢优秀作品。
我刚才对你进行过测试。
我弹了几个二流的音乐片段，
可是你不喜欢。你喜欢优秀作品。

卢卡斯特　科尔比，没想到你那么精通音律!
我喜欢的音乐都是优秀作品?

可是我仍然感到无知。你能相信，
我至今未听过一场音乐会？
我只去过展览会，也是由于别人的邀请，
从来没有人请我去听音乐会。
当然，我曾经看过几场歌剧，
但恐怕没有认真听剧中的音乐。
我喜欢这些活动，可以与别人交往，
让别人知道我的存在！一个人
不偶尔去看看歌剧，一定会落伍。
尽管我总感觉自己落伍了。你能理解
我从未一对一地听人弹过琴吗？

科尔比　这也是我生平第一次对人弹琴……

卢卡斯特　你不要这样骗我。你告诉过我，
钢琴是本周送到你的公寓的，
昨天你把它调试好。不过，我很荣幸
成为这套公寓的第一个来客，
成为你这架钢琴的第一个听众。

科尔比　我不是这个意思。我的意思是说，
我从未对别人弹琴，因为我认为
我永远成不了音乐家。

卢卡斯特　那么，对我弹琴你感到紧张吗？

科尔比　恰恰相反，我觉得我弹得更好。
我无法让自己对着听众弹琴。
当我独自一人时，我不会忘记
我只是自弹自乐。但是对你弹琴，
既不孤独，也不是把你当……听众。

卢卡斯特　很高兴我不是听众。你还会对我弹吗？
　　你会向我传授音乐之道吗？
科尔比　　　　　　　　　　　　　当然，我会的。
　　不过，可以肯定，当你领悟到音乐的真谛——
　　时间不会很长——听到优秀钢琴手弹奏时，
　　你会发现我的演奏是如此糟糕。
卢卡斯特　科尔比，你是在故意为难我？
　　不过，请我去听音乐会，怎么样？
科尔比　换个时间，我请你去……
卢卡斯特　请我去看美国音乐剧？
科尔比　好的，我听你说过，你想看美国音乐剧。
卢卡斯特　不过，我不跟你去。
科尔比　　　　　　　　　　　　　你说得很清楚。
　　为什么不和我去？
卢卡斯特　　　　　　　　因为你不喜欢
　　美国音乐剧。邀请一位女士
　　去看她十分喜欢的音乐剧，
　　可她知道你并不喜欢，你这样做，
　　是不是对她表示尊重？这不是尊重。
　　这只是……一种施舍。如果你邀请我
　　去看你喜欢的东西，这才是尊重。
　　它表明你愿意对我进行指导。
科尔比　　　　　　　　　　　　　　但是我不知道
　　你想要我指导你。
卢卡斯特　　　　　　　　我以前也不知道。
　　但是我希望你愿意对我进行指导。

现在，我也非常愿意接受你的指导。

科尔比　好的，下次我会邀请你去听音乐会……

卢卡斯特　下一次去听你自己想听的吧。

科尔比　也许，你希望我提前告诉你

节目内容——或者我喜欢听的音乐。

我给你弹主题曲，让你能辨认出来。

最好的办法就是给你播放唱片。

卢卡斯特　我宁愿你给我弹一些片段，边弹边讲。

我希望你马上能对我进行指导。

科尔比　我现在怀疑，是你在对我进行指导。

卢卡斯特　科尔比，你真是处处让我感到惊讶！

我从未见过像你这样懵懂的人，

但你又学识渊博，让人无可怀疑。

也许，这正是我喜欢你的原因。

科尔比　　　　　　　　　　　真正的原因并非如此。

卢卡斯特　噢，那么你相信我喜欢你？

想不到你曾经那么踌躇满志。

科尔比　不，不是踌躇满志。原因我想到了。

其实很简单。

卢卡斯特　　　　希望你能告诉我。

因为我不知道。

科尔比　　　　　　我们第一次见面时，

你尽力给人留下错误的印象。

现在你终于看到，你的努力并不成功。

卢卡斯特　噢，我尽力给人留下错误的印象？

那么我留下了什么样的错误印象？

科尔比　这并不重要。不过，因为某种原因，
你以为我得到了错误的印象。
你喜欢主动制造这样的假象，
而不愿逆来顺受地坐以等待。
我的话不太中听，希望你不会介意。
卢卡斯特　有一件事你还不知道。
你的话实际上是对我的赞美，
确实是赞美。非常聪明的赞美。
科尔比　我承认，我起初对你……还有巴，
感到非常困惑。
卢卡斯特　　　　　哦，对我……还有巴。
科尔比　　　　　　　　　　　　　　只是后来，
当我们多次交往后，我才断定
这只是你们的一种自我防卫。
卢卡斯特　是什么让你想到了"自我防卫"？
科尔比　因为你对发生的事迫不及待，急于了解。
如果不闻不问，你又担心它产生不利后果。
你一跃而起，因为你担心被别人往前推。
我想，你勇敢，但是也感到恐惧。
也许，你曾经遭遇过严重伤害；
或者说，至少在你的生活中，某件事
夺走了你的安全感。
卢卡斯特　你一定有所谓的——安全感。
科尔比　没有，我也没有。
卢卡斯特　　　　　　　　我不相信。
我刚才在想什么？噢，很奇怪，是不是？

当一个人更清楚地了解另一个人时，
他会发现，两个人出人意料地非常相似。
然后，你开始在相似之中寻找差异。
也许，你感到不安全，但是你的不安全感
与我的不安全感绝不相同。

科尔比 有什么不同?

卢卡斯特 很难解释清楚。
也许，差异就在你的音乐背后。
我知道一件事。当你第一次告诉我:
你发现自己成不了优秀音乐家时，
你觉得这是你生活中的一场灾难。
当然，我不知道你的看法是否正确。
我以为你的此番观点大谬不然。
也许，你可以成为非常优秀的音乐家，
但问题不在于此。你深信不疑，
而且切身感到，你的生活全然崩溃，
你必须学会从事完全不同的工作。
所以你申请了埃格森的职位，
决定进入商界，做克劳德
或巴这样的人。我感到难过，
为你感到难过。我钦佩你的勇气——
钦佩你直面事实的勇气。
一直以来，我发现我羡慕你，
我不知道为什么！现在我知道原因了。
对男人来说，最糟糕的事情
莫过于放弃他衷心热爱的事业。

可是你失去的只是外部世界。
你还拥有内心世界——更加真实的内心世界。
所以，你与我们其他人并不相同。
你拥有秘密花园。你可以躲进花园，
把园门紧紧关上。

科尔比 把园门紧紧关上？
你能肯定，你没有自己的秘密花园，
如果你能找到？

卢卡斯特 但愿我能找到！
不，我唯一的花园是……伦敦破烂街区
某个肮脏的公共广场——就像我以前的住所。
当时我和母亲相依为命。我没有花园。
我感觉自己浑浑噩噩活在人世。
生活一无所有，只剩下一丁点活物，
漂浮在摄政运河的表层。
漂浮着，仅此而已。

科尔比 你并非浑浑噩噩之辈。
这世界一定有一座花园，属于你——
属于与你一样充满渴望的人。

卢卡斯特 在你的花园里，你可以听到音乐，
而别人却无法听到。在你的花园里，
鲜花散发着芬芳，而别人却闻不到花香。

科尔比 就此看来，你刚才所言正中要害。
你知道，花园对我犹如虚幻世界——
尽管它非常真实，如这个世界一样真实。
但这正是麻烦所在。它们似乎毫不相干。

我转动钥匙，径自穿过园门，
我独自一人……置身于“花园”之中。
孑然一身，如此而已。因此花园并不真实。
在我看来，埃格森的花园比我的花园
要更加真实。

卢卡斯特　　　　埃格森的花园？
人海茫茫，你怎么会想到埃格森？

科尔比　埃格森退休后，可以躲进他的花园——
而我同样可以躲进我的花园。
他人在花园但并不孤独。走出花园时，
他可以将西葫芦、甜菜或豌豆……带给埃格森夫人。

卢卡斯特　你在嘲笑我？

科尔比　　　　　　　　我很严肃。
我的意思是，我的花园与外面的世界
一样不真实。如果你拥有两种生活，
而这两种生活实际上毫不相干，
那么，它们都不真实。但是对埃格森来说，
他的花园则是单一世界的组成部分。

卢卡斯特　那么你想要什么？

科尔比　　　　　　　　　　我不想要的是孤独。
如果我信仰宗教，上帝会走进我的花园，
那么，外面的世界就会变得真实
而且可以接受。

卢卡斯特　　　　　你看来是有信仰的。
没有别的办法让你感到真实吗？

科尔比　我的花园中只有我一人，所以它不真实。

卢卡斯特　　　　别人能走进你的花园吗？

科尔比　向别人发出邀请，是达不到目的的。

他们应主动光临，在不知不觉中光临。

我应该听不见园门打开的声音。

他们只是……突然走进花园，

出人意料地造访。行走在花园小径，

我应该能感受到有人与我同行。

这是我能想到的唯一表述方式。

卢卡斯特　人是多么害怕受到……伤害！

科尔比　人所在意的并不是伤害本身，

而是伤害过后难以摆脱的孤独。

卢卡斯特　我理解你的意思。到那时，

鲜花凋零，音乐停止，城墙崩塌。

你会发现自己置身于残垣断壁中——

身处弹坑——荆棘——肮脏的公共广场。

但是我很难想象，这样的事会发生在你身上。

你似乎非常安全，你不仅仅拥有音乐——

而且可以借音乐表达思想。在我看来，

你不需要任何人。

科尔比　　　　　　　　但事实并非如此。

卢卡斯特　不过，你还有别的东西，我却没有：

音乐只是事物的一个……象征。

我真希望能像你一样听懂音乐，

不是为了能谈论音乐，而是为了能

欣赏音乐……因为音乐已经是一个标志。

要知道，我对你的音乐产生嫉妒！
音乐是联系另一个世界的手段，
它比我生活的世界要更加真实。
我很想了解你！

科尔比　　　　　　　我相信你对我已经了解，
比其他人更加了解。我很想了解你。
人与人之间能相互了解吗？

卢卡斯特　我认为你真是让人感到扫兴。
你是不是故意如此？

科尔比　　　　　　　　　我不是这个意思。
我是说，了解一个人是永无止境的。
我们力所能及的就是更深地去了解，
跟上节奏；如果别人发生变化，
我们应当有能力了解他的变化，
尽管你无法预见到这种变化。

卢卡斯特　　　　　　　　　　　我想我正在发生变化。
过去两个小时，我发生了很大变化。

科尔比　我想我也在变化。也许我们称之为变化的……

卢卡斯特　就是更加深刻地理解人的本性。
这一切之所以发生，也许是因为……

科尔比　是因为我们开始了解另外一个人。

卢卡斯特　哦，科尔比，既然我们开始了解对方，
我希望你能对我有更多的了解。
你一定想知道为什么。

科尔比　　　　　　　　　　想知道为什么？
不，我不想知道。这是一个陌生的世界，

我要在陌生的世界中寻找自我。
如果你是说我想知道你的……背景，
不！我一直渴望了解的是你的本性，
而不是像别人那样，了解你的身份。
你是不是这个意思？我视你为知己。

卢卡斯特　太好了！你视我为知己！
以前从未有人视我为“知己”。
当然，事实并不重要。
不过，既然相谈甚欢——
我还是想让你知道。

科尔比　能与你无话不谈，我感到高兴，
关于我的情况，大多数你已经知道。
有些是我告诉你的，有些是巴告诉你的，
还有一些事，是你从克劳德先生口中知道的。

卢卡斯特　克劳德没有对我谈起过你。
他几乎什么也没说。至于巴——
我宁愿听你亲口说出。

科尔比　只有一件事我还不能透露。
至少是现在。条件还不成熟。
那就是我的父母。

卢卡斯特　　　　　　　　哦，我明白了。
我想这对我来说并不重要。
我可以告诉你我父母的事。
至少现在。

科尔比　　　　　　非常重要吗？

卢卡斯特　是的，非常重要。你刚才的分析

非常睿智：我们初次见面时，
你发现我尽力给人留下错误的印象。
现在我告诉你，我为什么那样做。
这个手法对别人屡试不爽。
我已经养成伪装的习惯。
关于此事，巴曾经对我鼎力襄助——
他加深了这种印象。他半信半疑。
不过，他对我非常了解，他知道，
有些人对我的误解无以复加。

科尔比 什么误解？

卢卡斯特 以为我是克劳德的情妇——
或者说，一直是他的情妇，巴就误解过。

科尔比 我从未朝这方面想过！

卢卡斯特 你从未朝这方面想过！
未朝这方面想过的人寥寥无几。
我对巴了解不深。他非常大度。
我想他从不介意。不过，他也很睿智。
从一开始，他就猜出了事情的真相。

科尔比 什么真相？

卢卡斯特 我告诉你，你不要见笑。
我是克劳德的女儿。

科尔比 他的女儿！

卢卡斯特 他的女儿。唉，这是一个可悲的故事。
我憎恨我的母亲。我永远难以理解，
克劳德怎么会喜欢她。唉，我的童年——
始终寄居在一所破旧不堪的房子里。

只要邻居抱怨，我们就被清理出门。
当然，克劳德给她接济，定期提供。
至于馈赠多少，已无关紧要：
她酗酒赌博，不要多久，
这些钱就几乎全部花光。
我被送走后，我知道她靠什么
来挣钱挥霍。我一直被蒙在鼓里！
她最后因酗酒而“意外死亡”，
当时我只有八岁。后来，
克劳德收留了我。我很幸运。
当时的年纪，我还能留下……不少记忆。

科尔比　你是克劳德的女儿！

卢卡斯特　　　　　　　　　　是的，对此不必怀疑。
他也多么希望，此事纯属乌有。
他一直对我很好。但是，我的存在
总让他难以忘却尴尬的过去。

（停顿）

你为什么不说话？你很惊讶？

科尔比　惊讶？不。是的。你不明白。
我想说明一下。但是我不能，还不能。
唉，我为什么要跨进这幢房子！
卢卡斯特……

卢卡斯特　　　　　我看得非常清楚，你很惊讶。
看看你的脸！我感到大失所望。
仅此而已。我相信，如果我说
我是克劳德的情妇，你也不会这么惊讶。

因为我的存在，克劳德总感到羞耻。
现在你也以我为耻。我原以为你会理解。
你根本不知道，没人要的私生女
是什么滋味。我知道你为什么会惊讶。
克劳德接受了我，因为我是他
欠下的旧债。我讨厌我自己。
我讨厌自己不得不进行伪装。
我喜欢你，因为你也不喜欢伪装。
我原以为你会了解我真实的一面。
我想要真实。我知道我有真实的一面。
对我来说，这很新奇。我受宠若惊。
我原以为，如果别人能了解我的
真实自我，我就能回归真实的自我。

科尔比　卢卡斯特，我很惊讶，并非因为你。
也不是你想象的那样。而是因为我自己。

卢卡斯特　因为你自己！你有高贵的自我！
你为什么不把自己幽闭在
你孤芳自赏的秘密花园？
也许，你认为这将影响你的前途，
现在，你已经是克劳德的宠儿。
也许，他会收养你，让你成为他的继承人。
你会与另一位伊丽莎白夫人结婚。
如果那样，科尔比，你将不得不承认
我就是你的妹妹！即使我流落街头……

科尔比　千万别这么说！殊不知，你此番言论何等伤人。

卢卡斯特　有些话说出来或许更加伤人。

若有可能，我照样直言不讳。噢，对不起。
可能是我母亲的遗传基因在作祟。
要知道，科尔比，我真是大失所望。
我原以为向你袒露真相后，
你根本不会介意。你会为我感到难过。
但是现在，我不希望你感到难过，谢谢你。
实际上，此前我就想告诉你，
但一直拖延至今，只是为了制造乐趣。
我以为一旦告诉你，场面一定妙不可言。
现在看来，它不值一提。
根本不值一提，甚至更加糟糕。
当你以为快要从孤独中释放出来时，
孤独又突然向你袭来。
当你以为走出困境时，其实陷得更深。
你最终发现自己无处可逃。
好了，我要走了。

科尔比 你不能走！
我还有别的事情向你解释。
现在就解释。我要违背承诺。不过……

卢卡斯特 我想有很多事情无需解释，
有些事更是无法解释清楚。
当我告诉你克劳德与我母亲的事时，
我永远、永远忘不了你脸上的表情。
我虽然是个私生女，但是我有自尊。
好在我还有巴。我想现在
我开始喜欢巴了。

科尔比　卢卡斯特，等等！

〔巴·卡根上。

卡　根　　　　　　　　　巴·卡根不请自到。

我来看看新房。卢卡斯特也在。

我早就知道她会捷足先登！

相信我卡根的直觉！我是你的护卫天使，

科尔比，使你免受卢卡斯特的伤害。

卢卡斯特　此时此刻，你是我的护卫天使，巴。

你要带我出去吃饭。我很想喝一杯。

卡　根　我跟科尔比说过，如果你不希望女人造访，

千万不要学会鸡尾酒的调配。

你与利齐是一对吃人的老虎。

夹在你们中间，他必须寻找保护。

卢卡斯特　说到我，科尔比不需要你的保护伞。

至于利齐，当她寻找猎物时，

你最好不要从中作梗。

不过，现在最紧要的是，我饥肠辘辘。

你必须好好地请我吃上一顿。

卡　根　我会让你酒足饭饱。马上兑现。

我来看看这个崭新的单身寓所，

我希望科尔比大吉大利。我这人吉星高照，

总希望将鸿运带给别人。

科尔比　来杯雪利酒？

卡　根　　　　　　　　好的，来杯雪利酒。

为新房的成功干杯！也为卢卡斯特干杯。

与鸡尾酒比，雪利酒对你更好，卢卡斯特。

卢卡斯特　你知道我不喜欢雪利酒。

卡　根　　　　　　　　　　　　你一定要喝，

为科尔比，祝他单身生活快乐！

当然，这要看如何阻止利齐的经常打扰。

对她，你的态度要坚决，科尔比，

维护你个人的一点隐私权。

千万不能迟疑。别让她迈过这个门槛。

卢卡斯特　你好像对她毫无忌惮！

卡　根　至少，我总能设法躲开她。

卢卡斯特　只是因为她从未想过追求你。

卡　根　是的，从一开始我就给她留下坏印象。

我清楚那样做必不可少。我担心科尔比

给她留下了好印象，因此他不得不设法弥补。

说实话，我喜欢你房间里的装修风格。

科尔比　装潢设计是伊丽莎白夫人的选择。

卡　根　我不知道我是否喜欢它们。你必须更换颜色。

房内的光线有点暗淡。你需要明亮一点的颜色。

但是话说回来，这颜色看起来非常温馨。

卢卡斯特，如果我像科尔比一样春风得意，

我可能永远不会考虑到改变生活。

卢卡斯特　你随时可以改变主意。

卡　根　婚姻是赌博。不过我天生是一个赌徒。

我已经把一切家当押在……不，这个说法不妥——

卢卡斯特是我考虑过的

最令人激动的投资对象。

科尔比比我谨慎。要知道，科尔比，

你和我应该紧密合作。
我是优秀的投资家。但有时判断失误。
我会因为冲动而做出决定。
但不做决定，就无法在黑暗中前进。
有你合作，我就不会偏离轨道。

科尔比　　　　　　　　　　　　　　这是废话。
赌徒只是你的表面托词。
你头脑冷静胜过常人。
你从不涉足任何风险。
你只是喜欢向别人假称
赌徒。我不相信你会
在不确定的事情上押注。

卡　根　言之有理。要知道，卢卡斯特，
科尔比对人有良好的判断力。

卢卡斯特　你必须有更好的判断力，
才能有资格评价科尔比。

卡　根　我的判断力很强。现在我来告诉你
我们与科尔比的不同，你和我——
我们都需要一样东西：安全，
还有尊重！现在，科尔比
不太在乎是否被人尊重——
他天生受人尊重。我不是，科尔比。
你知道吗，我是弃儿？你肯定不知道！
我从未有过父母。只是被人收养，
来路不明。我一直希望在伦敦
最顶尖的公司里出人头地，

因为我没有背景——一点也没有。

这是我喜欢卢卡斯特的原因。

她从不鄙视我。

卢卡斯特　　没人会鄙视你。

更重要的是，你也从不鄙视我。

卡　根　没人会鄙视你，卢卡斯特。

我们有共同的需要。至于科尔比，

他是那种可以放弃一切，

然后去荒岛生活的家伙。

不过我希望你不会如此。

我们需要你维持现状。

科尔比　我相信，你们对商务以外的事情

具有相当敏锐的洞察力。

卡　根　而你对商务有非常理性的头脑。

从事金融事业，你也许比我更加优秀！

所以我们俩应该紧密合作。

卢卡斯特　你们俩恭维起来真是棋逢敌手。

我刚才说过我很饿。

卡　根　　你不可能已经想吃晚饭了。

才六点钟。我们八点去吃饭。

不去你喜欢的餐馆。

我们换个地方。下面我们谈谈卢卡斯特……

卢卡斯特　（起身）如果你们想讨论我……

〔敲门声。伊丽莎白夫人上。

伊丽莎白夫人　　噢，晚上好。

晚上好，卡根先生。晚上好，卢卡斯特。

你们是刚到，还是要马上离开？

卢卡斯特 我们正要离开，伊丽莎白夫人。

伊丽莎白夫人 既然你已经住进这套新房，
我顺道过来看看。只有等房子住人，
你才能说得清装修是否合适。
室内装潢是专门为你设计的，
所以我一定要看看。你们马上要离开？

卡　根 我们正要外出吃饭。卢卡斯特很饿。

伊丽莎白夫人 很饿？六点钟？在哪儿？
你们可以尝试一下素食餐馆，
我郑重推荐。你们要早点去。
六点半时，顾客很多。
餐馆的色拉最有味道！
我跟你说过，卡根先生，
你这人最需要多吃色拉。
我曾让你记下餐馆的地址。
我相信你还没有去过。

卡　根 噢，没有，的确没有去过。
我一直想去。我们今天去吧，卢卡斯特？

卢卡斯特 我很饿，即使是素食色拉，我也能吃。

伊丽莎白夫人 这就对了。就说是我的推荐，卡根先生。
让他们安排左手拐角的桌子。
他们有最优秀的服务员。晚安。

卢卡斯特 晚安。

卡　根 谢谢你。你的建议非常好。

〔卡根与卢卡斯特下。

伊丽莎白夫人　这两位年轻人是应约而来的，

还是非请自来？

科尔比　我邀请过卢卡斯特。她让我弹琴。

伊丽莎白夫人　你直接叫她卢卡斯特？现在的年轻人，

似乎只叫名字不叫姓。

科尔比，希望你不介意善意的提醒。

你与卡根先生、安琪儿小姐交往，

我担心你们的关系过于亲密。

可以看出，你的生活有贵人荫庇。

我发现他们俩对你非常关注。

对他们来说，你是一件稀世珍宝。

因为你与他们并非一类，

不会出现在他们的社交圈内。

所以，他们自然对你产生兴趣。

作为长辈，我说话可能直截了当些。

科尔比　不过，伊丽莎白夫人……

伊丽莎白夫人　　　　　　　　　　我比你年长，

在处世经验方面要更加老到。

科尔比　不过，伊丽莎白夫人，何事让你反感？

他们俩既聪明伶俐……又心地善良。

伊丽莎白夫人　我并没有说他们不聪明不善良。

也没有提出什么恶意的建议。

只是他们相当世故，物质至上。

而且……相当粗俗。他们和你并非一类。

科尔比　我并不认为他们粗俗。也许，我也很粗俗。

那么你认为，我属于哪一类？

我自己也不清楚，所以很想知道。

伊丽莎白夫人 首先，你应该与有教养的人交往。
第一次看到你时，我心中暗想：
“他很有教养。”当时，我对你一无所知。
如果知道教养的内涵，就无需了解。
其次，你要与有文化的人交往。
这样你的交往圈子已经缩小。
令人惊讶的是，有教养的人
有时候却没有文化；
而有文化的人经常缺乏教养。
不过，这并不是问题的全部。
你需要结交有文化、有教养、
有境界的人——他们更加凤毛麟角。

科尔比 如此一来，我的交往圈子极为狭窄。
此等高雅人士我不知道何处寻觅。

伊丽莎白夫人 他们可以找到。
不过，我今天造访是看新房。
看看室内的颜色搭配情况。
我想它们非常合适。墙壁，窗帘，
还有大部分的家具。不过，那张写字台？
那张写字台你是从何处找来？

科尔比 我的办公桌。克劳德先生找来的。
我说过我的房间需要一张桌子。
我的很多工作要在这里完成。

伊丽莎白夫人 挡灰布盖住的是什么物品？
不要对我说它是打字机。

科尔比　　　　　　　　　　是打字机。

我已经开始工作。刚才，

我正在做一份公司报表。

伊丽莎白夫人　我设计这个房间时，从未考虑过

报表和打字机。

科尔比　　　　　　这样的房间正合我意。

伊丽莎白夫人　（起身）我看见一张照片，镶在银色相框里。

我恐怕要直言不讳，科尔比。

摄影肖像，尽管配上银色相框，

但仍然是私密物品，不宜放在会客厅。

我可以移走它吗？摄影纪念品

放在卧室里要更加合适。

（她坐下来，捧起照片）

我刚才想说什么？哦，我知道了。

你相信佛教的轮回转世吗？

科尔比　不，我不相信。我从未考虑过。

伊丽莎白夫人　我不能说我仍然信仰它。

我曾经信过，还研究过轮回教义。

我刚才想说的是，假如我相信

轮回转世，那么在前世，

我们曾经彼此认识——这是你母亲吗？

科尔比　不，是我姨妈。我对母亲一无所知。

她在我出生后就去世了。

伊丽莎白夫人　　　　　　她在你出生后去世了。

你有其他亲人吗？有兄弟姐妹吗？

科尔比　没有兄弟姐妹。没有。至于亲属，

我还很小的时候就没见过。
我对寻找……亲人从来不感兴趣。
伊丽莎白夫人　你不想了解你的亲属!
我完全理解你的感受。
我讨厌过我的父母! 我有一个保姆;
事实上，有好几个。我憎恨她们。
你是由保姆抚养长大的吗?
科尔比　　　　　　　　　　　　不是，由我姨妈。
伊丽莎白夫人　你恨你的姨妈吗? 不，当然不恨。
否则，你不会保存她的照片。
如果你对父母一无所知……
你的父亲还活着吗?
科尔比　　　　　　　　　　我对父亲一无所知。
伊丽莎白夫人　你从未有过保姆，
你对父母一无所知，
所以你不理解什么叫憎恨。
我们肯定有某些相似的家庭背景。
科尔比　可是你有父母。无疑还有很多亲属。
伊丽莎白夫人　是的，有一大堆亲属! 他们令人厌恶!
我感觉自己是鹰巢里的鸽子。
而他们是食肉动物，总是嗜杀贪吃。
我们的童年一定相似。
有些只是表面上的不同。
你的童年一定孤独——没有亲人，
没有兄弟姐妹——我也孤独，
因为亲属太多——而且那么讨厌。

他们使我感觉像个弃儿。他们那么平庸。
你知道吗，科尔比，我童年时
有三大苦恼，但从未告诉过别人。
我不知道你是否有同样的苦恼。

科尔比　什么苦恼？

伊丽莎白夫人　　　第一，我长得很丑，
却不知道。第二，我思维迟钝，
却不知道。最后，我是弃婴，
我也不知道。当然，我非常害怕
丑陋与迟钝，我的家人使我有此念头。
但是要知道，我当时喜欢相信
自己是弃儿——我是说“丑儿”吗？

科尔比　我不知道你指的是哪一个？

伊丽莎白夫人　　　　　　　　　　无论如何，
我很想逃离家庭。我不相信
我的父亲是一个普通的伯爵！
我不相信我的母亲是我的生母。
这些都是愚蠢的念头。我当时很傻，
比较天真烂漫。但这可以看出，
我当时认为自己是多么与众不同。
后来我细读《东方智慧》，
曾几何时，我相信轮回转世。
它似乎能解释一切。现在已经不信。
那只是一个阶段。它让一切变得如此简单！
我们能够想到，今生今世，
我们的父母只是我们用来

转世的手段。人的真正祖先
是人的前生前世。当然，我们的内心，
我们所有人的内心，不仅仅有遗传基因，
而且还有某种独一无二的事物。
某种永恒的事物。它……直接来自上帝。
这意味着我们要更加接近上帝。
你童年时住在什么地方？

科尔比 特丁顿。

伊丽莎白夫人 特丁顿？在哪个郡？

科尔比 离伦敦很近。

伊丽莎白夫人 和我一样，你是在乡村长大。
特丁顿。我似乎非常耳熟。
你住的房子大吗？

科尔比 不大。房子很小。

伊丽莎白夫人 但是你有姨妈。她非常爱你。
我毫不怀疑。你姨妈叫什么名字？
是叫辛普金斯吗？

科尔比 不，她结过婚。
丈夫故世了。她的名字是古匝德夫人。

伊丽莎白夫人 古匝德？你是说古匝德？很不寻常的姓。
古匝德，是吗？这个姓对我很重要。
是的。古匝德。我一直在寻找这个姓！

科尔比 尽管，也许你以前碰到过这个姓。
正如你所说，这个姓不太常见。
你不可能知道我的姨妈。

伊丽莎白夫人 是的。我与她素昧平生。

但这个姓我耳熟能详。你多大了，科尔比？

科尔比　二十五岁。

伊丽莎白夫人　二十五岁。你父亲是谁？

科尔比　嗯……我没有父亲。

你知道，我是私生子。

伊丽莎白夫人　哦，对了，私生子。

那么你唯一知道的亲属

是古匝德夫人。你总叫她“姨妈”？

科尔比　是啊？她是我的姨妈。

伊丽莎白夫人　那么你的母亲——

是古匝德夫人的姐姐？我想……

科尔比　是的——所以，古匝德夫人是我的姨妈。

伊丽莎白夫人　你说古匝德夫人的姐姐是你的母亲，

那么，你能肯定她真的是你母亲吗？

科尔比　啊，伊丽莎白夫人！我为什么要怀疑？

关于此事，我的姨妈不会编造故事。

伊丽莎白夫人　也许她不是你姨妈。古匝德夫人

与古匝德先生——有孩子吗？

科尔比　他们没有自己的孩子。

他们曾经生过一个男孩，

我很小的时候，他夭折了。

我记不清他。人们常提起他。

我不禁想问，你为什么对此很感兴趣。

关于我的出身，没有什么有趣的地方——

我向你保证，没有。

伊丽莎白夫人　也许比你所了解的

要更加有趣。科尔比……

（敲门声）

谁呀？

〔克劳德先生上。

克劳德先生　伊丽莎白！他们说你在科尔比这里。

我没有打电话就直接过来，

只是想交给他这些笔记。它们是

我在制陶公司晚宴上的讲话稿。

科尔比　时间是在明天晚上，我想。

克劳德先生　　　　　　　　　　是的。

但是你知道，我必须把内容写下来，

然后记住要点。我不能照本宣科。

发言一定要自然。我草拟了几点提纲，

你看能不能增加一些出彩的句子

帮我完成全文。讲话大约十分钟。

明天我们再润色。

科尔比　（看着发言稿）我试试看。

克劳德先生　现在的情况是这样，伊丽莎白。

与埃格森相比，科尔比的作用更大。

我从来没有让埃格森起草演讲稿。

科尔比，顺便问一句，钢琴怎么样？

科尔比　钢琴很棒。我从来没有弹过

这么好的乐器。我非常满意。

克劳德先生　有了一架好钢琴，你会越弹越好。

伊丽莎白夫人　克劳德！

克劳德先生　　　　　　　什么事，伊丽莎白？

伊丽莎白夫人　我刚才有一个惊人的发现！

全靠一个姓——还有直觉。

会有证据证明。现在就要真相大白。

就是科尔比。科尔比就是我失散的孩子！

克劳德先生　什么？你的孩子，伊丽莎白？你有何根据？

伊丽莎白夫人　我必须拜访这位古匝德夫人。当面拜访。

这不可能是一个纯粹的巧合。

真是难以置信，是吧，克劳德？

如果这是一个纯粹的巧合，

那么就更加令人难以置信。

也许，我根本不应该相信它。

也许，如此深信不疑也是错误的。

但是冥冥之中似乎有神意在相助。

你，克劳德，与埃格森功不可没。

我肯定正确。克劳德，我肯定正确。

克劳德先生　可是，伊丽莎白，你为什么要相信

科尔比是你的儿子？

伊丽莎白夫人　　　　　　噢，忘了告诉你。

我太高兴了。我发现真相时，

你正好进门。古匝德夫人！

克劳德，科尔比是古匝德夫人收养的。

克劳德先生　我知道。你为什么认定他是你的儿子？

伊丽莎白夫人　多年来，我一直在寻找这个姓——

此外，还有地名，特丁顿——

特丁顿的古匝德夫人。我掌握的线索。

你知道，托尼在非洲遇难时，

我忘记了这个名字。古匝德夫人。

克劳德先生 我现在知道是怎么回事。

你一直在询问他的身世……

伊丽莎白夫人 他提到特丁顿，隐隐勾起我的回忆——

后来他又说古匝德夫人！可以确信无疑。

克劳德先生 这真是一个奇异的巧合——

如果它是巧合。不过，伊丽莎白，

由于你对过去的一切念念不忘，

想到你的儿子应该是科尔比这样，

所以你认定科尔比是你的孩子。

听到任何名字，你都觉得似曾相识。

伊丽莎白夫人 克劳德，你怎么能这样怀疑我！

我们必须拜访这位古匝德夫人，让她证明。

克劳德先生 对不起，伊丽莎白。如果让古匝德夫人

出面证明，你的满心希望

可能要无情落空。科尔比，我觉得

我们必须让她知道事情的真相。

科尔比 对我来说……没有什么——

说出真相，对我绝对没有什么影响。

这事由你来决定。

克劳德先生 我本来想找机会告诉你。

我总是讨厌把这样的事情向你隐瞒。

现在看来，还是早一点告诉你为好，

我曾经希望——其实，那是我的愚蠢想法……

事情发展与事前计划非常相似，

其实是对计划的无情嘲弄：

我曾经希望，科尔比来了后能让你喜欢；
在你的心中，他能取代你的孩子的位置；
希望你先了解他，然后能收留他。

伊丽莎白夫人 我当然要收留他，克劳德！
收留自己的孩子天经地义。

克劳德先生 我并非这个意思。伊丽莎白，
科尔比是我的儿子。

伊丽莎白夫人 这不可能，克劳德！
你有一个女儿。现在你又想要儿子。

克劳德先生 我无论如何不会夺走你的孩子。
也许你有一个儿子。可是他不是科尔比。
很多年前，我本应该告诉你真相。
我跟你讲了卢卡斯特，你跟我讲了
你的……不幸遭遇。我几乎要把科尔比的事
告诉你。我没有。原因是那么愚蠢。
现在说起来仍然荒谬。一人一个孩子——
似乎更加公平——但是你的孩子已经失散，
我的孩子我不能遗弃。如果说我还有一个，
我担心你要质问："究竟还有多少个？"
你对孩子的存在会持怀疑态度！
现在看来很荒诞。但它对我产生影响。
所以我有更多的理由保持沉默。
你对孩子如此朝思暮想，我能理解。
所以我想等我们俩的孩子降临后
再告诉你。但是我们一直没有孩子。
现在，我非常懊悔我当初的决定。

我本应该早点告诉你，我还有一个儿子。

伊丽莎白夫人 你为什么认为科尔比是你的儿子？

克劳德先生 科尔比是古匝德夫人姐姐的儿子。
她在科尔比出生后去世。古匝德夫人
把他养大。我出资供他读书深造。
我看着他长大成人。古匝德夫人
知道他是我的儿子。

伊丽莎白夫人 克劳德，科尔比出生时，
你在哪里？

克劳德先生 我在哪里？我在加拿大。
我的父亲派我去加拿大出差，
让我了解他在海外的投资情况。

伊丽莎白夫人 你怎么知道她的姐姐有一个孩子？
也许是古匝德夫人编出来的故事……

克劳德先生 她为什么要编故事？
当时，她的姐姐有孕在身。

伊丽莎白夫人 也许是为了向你索要钱财。
当然，我不应该这么说。也许，
她正好有个孩子。父亲去世。
母亲是谁，从来没人告诉过她。
而母亲忘记了古匝德夫人的名字。
我就是孩子的母亲。孩子就是科尔比。
古匝德夫人想，你知道自己有个儿子，
一定感到高兴；而她可以从中得益——
因为你确实在乎那个姑娘，是不是？

克劳德先生 是的，我确实在乎。非常在乎。

我当时是初恋。

伊丽莎白夫人　　　这就对了。

事情的经过一定是这样。

克劳德，你知道我思维迟钝，

尽管我努力改变自己。你要帮助我。

克劳德先生　这件事很有可能发生，但实际上并未发生。

伊丽莎白夫人　噢，科尔比，你的本能没有预兆吗？

克劳德先生　对，把你的内心想法说出来。

我知道此事于你有椎心之痛，

你的苦楚要远远超过……我们。

科尔比　我只希望痛苦来得更猛烈一些。

在你们的对话过程中，我不知道

我是否感到痛苦。我只是感到……麻木。

如果有痛苦，它属于内心的长期剧痛，

我对此已没有感觉。我漠然置之。

在你们交谈时，我一直在想：

我究竟是谁的儿子，

真的那么重要？你们不理解，

没有父母的童年生活，

永远存在难以填补的沟壑。永远。

我喜欢你们，甚至可以爱你们，

作为朋友……老朋友，而不是父母。

我感到抱歉。不过，你们俩

谁是我的父母，对我并不重要。

伊丽莎白夫人　科尔比，难道母亲对你无足轻重吗？

母与子之间总应该有某种纽带，

无论他们已经失散了多久。
科尔比 不，伊丽莎白夫人。我的处境没有变，
甚至更加残酷。假如我是你的儿子，
这只是一个事实。不知道这个事实，
比知道这个毫无意义的事实要更好。
我出生的时候，你也许是我的母亲，
但是你没有选择做母亲。我并非责备你，
否则天理难容！但是我们必须接受现实。
在我出生的时候，你是我的母亲——
假如你是——则是一个活生生的事实。
现在，事实已经死了。从死的事实中
是蹦跶不出活的东西来的。现在为时已晚。
我以前从未考虑过寻找父母——
从未考虑过。现在，你们让我感慨：
我多么希望我曾经有过父亲、母亲。
伊丽莎白夫人 别说了，科尔比！我有一个新想法。
克劳德！我不想把你认定的儿子
从你身边带走。从你的说话中我知道，
你希望他成为我们的儿子，而不仅仅是你的。
我们为什么还要刨根问底？
我们俩把他当成我们的儿子。
虽然我们原来的愿望不能实现，
但从某种意义上说，这样更好！
我们不会对你提出无理要求，科尔比。
这个主意很好！我们为什么不感到
由衷的高兴？克劳德，我感觉

这件事将使我们俩走得更近。

克劳德先生 我对你的通情达理感到高兴。
这样做与我的初衷相距不远。
你能接受这样的安排吗，科尔比？

科尔比 我只能表达我此刻的感受。
我相信我的感受始终不变。

克劳德先生 什么感受？

科尔比 我在想，把你们视作
父母，事情要更加简单，
即使你们谁也不是。如果这只是虚构——
人需要虚构——但是不能将虚构
与事实如此混淆。我从不知道
身为人子的感受，而你们现在
因为我发生争执，让我左右为难。
可是，我如果接受了你们的建议，
那么，另一对父母的可悲幽灵
将使我的良心感到长久的不安！
我找到了两位父母已经很奇怪——
但我会有四位！另外两位怎么办？
我将不得不与这些幽灵为伴。
父母遗弃亲生孩子为人所不齿；
孩子不知道亲生父母是谁也为人所不齿。
这两种情况都要授人以笑柄。

克劳德先生 你想要什么，科尔比？你想要什么？
想一想将来。当你结婚之时，
你需要父母，哪怕只是为了孩子。

科尔比　今天晚上，我甚至感觉不想结婚。
也许你是对的。不过，我还不能考虑。
现在，我倒想知道我究竟是谁的儿子？

克劳德先生　那么当务之急，我们必须拜访古匝德夫人。

伊丽莎白夫人　唉，克劳德！我为你感到难过。
如果我对你的……虚妄有所了解，
我永远也不会告诉你事实真相。

克劳德先生　　　　　　　　　　同样，
如果我能预知今天，
我会很高兴把科尔比让给你。
不过，我们必须见见古匝德夫人。
我会安排好她的到访。

伊丽莎白夫人　我想，你也应该邀请埃格森。

克劳德先生　（起身）当然，还有埃格森！他知道全部真相。
今天晚上，我们不要再谈。好了，科尔比，
你能从钢琴中找到安慰吗？

科尔比　今晚，钢琴帮不上我的忙。
此刻，我根本不想碰它一碰。
当然还有别的原因。我必须提醒你，
明天晚上，你要在制陶公司讲话。
我必须准备好你的讲稿。

克劳德先生　明天晚上。明天晚上我必须
赴宴吗？

科尔比　　　　与你们谈话前——
我正在浏览你的讲话稿——
有一个地方我不太明白：

“怀旧情绪。”你不告诉我
怀旧的内容，我就无法展开。

克劳德先生　怀旧的内容？怀旧的内容？
“今晚，我充满怀旧情绪”——
是的。主要指我早年想做
陶工的志向。不是那种
对陶器……或其他工艺
无所不通的陶工。
我想我以后不会再有怀旧情绪。
将它删除。它只会使我浮想联翩。
如果我在制陶公司抚今追昔，
他们也一定会感到惊讶。
好了，伊丽莎白。

伊丽莎白夫人　我可怜的克劳德！

〔克劳德先生与伊丽莎白夫人下。

幕　落

第三幕

商务室，同第一场。几天后。
克劳德先生在调整座位。伊丽莎白上。

伊丽莎白夫人　克劳德，你在忙什么？
克劳德先生　调整座位。
召开一次艰难的会议，
排好座次席位尤为重要。
我想我们俩不应该相邻而坐。
你坐在那边，会议桌旁，行吗？
伊丽莎白夫人　我坐在另一侧，背对着灯光。
你不坐在当中吗？
克劳德先生　不，那样过于正式。让埃格森
坐在当中，也许会更加合适。
我想让他来主持这次见面。
伊丽莎白夫人　这个主意很好。
克劳德先生　另外，千万别让我们
看起来仿佛是一对庭审律师，
准备对证人进行严厉的盘问。
那样场面会非常尴尬。我们不要
轻易冒犯古匝德夫人。所以

我想让埃格森首先提问。
他非常擅长委婉地接近话题。
那么，她的位子应该摆在哪里？

伊丽莎白夫人　那里的光线非常充足。
我希望能看到她的表情。

克劳德先生　但不能用这把椅子！必须安排一把扶手椅……

伊丽莎白夫人　这把矮椅子也不行！把它放在角落，
让科尔比坐。他不想抛头露面。
可怜的孩子！

克劳德先生　毕竟，他坚持要安排……
这次调查。不过，也许你是正确的。

伊丽莎白夫人　克劳德，我对事情反复思考——
整个晚上，几乎一夜无眠。
我希望最终能证明科尔比是你的儿子，
而不是我的儿子。真的，我衷心希望！
这样就非常公平。如果他是我的儿子——
我肯定他是——那么你将永远没有儿子。
如果他是你的儿子……他仍然可以取代
我的儿子，因此他也就是我们的儿子。
啊，我究竟想要什么？我希望他是我的儿子，
但是为你着想却相信他是你的儿子！
所以我希望古匝德夫人说他是你的儿子，
可是我也没有必要相信她。我不相信事实。
你正好相反。这正是我们之间的差别所在。

克劳德先生　我对此不太肯定。我确实相信事实。
我的一切行为表明我比较相信事实。

我的父亲所相信的也是事实。
我原以为他只关心权力与财富。
这是按我的理解得出的结论，
对他来说则是另外一种东西——
一种理念，一种意愿，而他想传递给我的
就是这种理念与意愿。
它们对他而言即是生命，
对我而言则变成了负担。
感应是无法用意志的力量
来进行交流的。他是伟大的金融家——
而我只是成功的金融家。
如果我遵从了内心的真实愿望，
则是对父亲意愿更加忠实的继承。

伊丽莎白夫人　你以前从未跟我谈过这些！
为什么？我想我对这些并不理解。
我知道你也认为我不能理解。
也许是的。但是我希望我们能交流。
如果你认为我有能力理解，
也许我就能理解得更好。
你当年的志向是什么？

克劳德先生　　　　　　　陶工。
别笑话我。

伊丽莎白夫人　我没有笑话你。我只是在思考，
多么奇怪，多年来我们生活在一起，
而你现在才告诉我，你曾经想做陶工！
你的意思是制作一些坛坛罐罐，

像你的收藏品一样？

克劳德先生　　　　　　　　　我就是这个意思。

伊丽莎白夫人　不过，我倒更喜欢你是陶工！

你以前为什么不告诉我？

克劳德先生　　　　　　　　　　　我以为

你对此不感兴趣。此外还有，

我想当然地认为，你殷切期盼的只是

丈夫出人头地。我以为你会鄙视我，

如果你知道我早年的志向。

伊丽莎白夫人　我想当然认为，除了金融，

你对什么都不感兴趣。

你只希望我做个家庭主妇。

看来，夫妻之间的想当然，

是一个巨大的错误。

克劳德先生　你的这句话充满智慧。

也许，我对你的很多事太想当然，

伊丽莎白。你曾经的志向是什么？

伊丽莎白夫人　培养一位艺术家。不要笑话我。

克劳德先生　　　　　　　　　　　　　　　　　　我没有笑话你。

你的志向是培养一位艺术家！

伊丽莎白夫人　或是培养一位诗人。我认为托尼是诗人，

因为他为我写过诗。他相貌英俊。

我现在才知道，诗人不像诗人，

而金融家似乎看起来不像陶工。

这样说对吗？我的大脑像一团乱麻。

我原以为从厌恶的环境中逃出来，

可以在托尼身上找到寄托。但后来发现，
他也属于我想要逃离的世界，
但为时已晚。他是那么平庸无能！
我曾经想忘掉他。同样，我也想忘掉
科尔比。但科尔比是艺术家。

克劳德先生 他是音乐家。
我是心灰意懒的工艺师。
科尔比是心灰意懒的作曲家。
我本来可以做二流陶工；
他本来可以做二流风琴手。
我们俩都选择了……对事实唯命是从。

伊丽莎白夫人 我相信我过去也是如此。
非常奇怪。克劳德，与你交谈
而不觉得愚蠢，这还是第一次。
你以前总让我感觉，与我交谈没有意义。

克劳德先生 你总让我感觉，你的种种兴趣——
极其深奥，难以与我进行探讨：
健康疗法。还有现代艺术——只要是现代的——
以及托钵僧狂舞。

伊丽莎白夫人 托钵僧狂舞！
克劳德，你真是不可理喻！
托钵僧狂舞仪式，内涵丰富，
值得了解，我深信不疑。
古匝德夫人说什么并不重要，
希望科尔比能如愿以偿。无论发生什么，
他都是我们的儿子。

〔敲门声。埃格森上。

克劳德先生　　　　　早上好，埃格森。

埃格森　早上好，克劳德先生。伊丽莎白夫人！

克劳德先生　抱歉，埃格森，又让你在仓促之间
赶来伦敦。

埃格森　别这么说，克劳德先生。
时间确实仓促，今天我带的东西不多。
但是埃夫人希望我能经常来！
真是一位淑女！以前我一周五天
或六天赶来伦敦，她总是抱怨。
现在她说："你成了典型的乡下人！
你与公共事务日渐疏远。"
其实，倒是她失去了与伦敦的联系，
尽管她并不承认。她怀念，
我每晚回家时带回的新闻，
还有我在利物浦大街买回的晚报。
除了园艺，我在约书亚花园
忙得不可开交，没有片刻闲暇。
现在，一到伦敦我就迷失方向。
我注意到伦敦的道路交通
每况愈下。

克劳德先生　　是的，每况愈下。

伊丽莎白夫人　我希望埃格森夫人身体无恙？

埃格森　　　　　　　　　　　她身体硬朗。
每年此时，忌日来临之际，
她的情绪总是非常低落。

克劳德先生　忌日？你儿子的忌日？

埃格森　我们获悉噩耗的日子。我们不常提起。

忌日来临前数日，我知道她心烦意乱。

啊，我来这里，竟然唠叨自己的事情！

我们有更重要的事情要做，我想。

克劳德先生　埃格森，我们在等古匝德夫人。

埃格森　是吗？古匝德夫人。我们为什么要等她？

克劳德先生　是我发出的邀请。伊丽莎白深信，

她熟悉古匝德夫人这个名字。

伊丽莎白夫人　特丁顿的古匝德夫人。

埃格森　　　　　　　　　　　　的确如此！

没有想到你会知道她的名字。

克劳德先生　她一直在探询科尔比的身份。

科尔比提到他的姨妈的名字，

古匝德夫人。所以她坚信，

特丁顿的古匝德夫人

正是她的孩子寄养人的名字。

埃格森　多么奇异的巧合！

克劳德先生　　　　　　的确是奇异的巧合，

除非她的记忆有误……

伊丽莎白夫人　　　　　　好了，克劳德！

克劳德先生　她最后得出结论：科尔比就是她的儿子。

所以我告诉她真相。但是她根本不信。

伊丽莎白夫人　克劳德，情况并非如此。我来解释。

我坚信是克劳德先生出了差错，

或者被人蒙骗；科尔比是我的儿子。

我可以肯定。不过，我不想知道真相。
我非常满足于目前的现状，
把科尔比看成是我们的儿子。

克劳德先生 完全正确。但科尔比对这个结局
并不满意。他坚持要查明真相。
所以我请古匝德夫人前来。
不过，她还不知道详情。

埃格森 我认为，辛普金斯先生有此要求，
合乎常理。当然，我们也许会发现
另一个古匝德夫人……

伊丽莎白夫人 两个古匝德夫人？

埃格森 的确如此，这个名字非同寻常。
但是已经发生的事更加离奇。

伊丽莎白夫人 她们都住在特丁顿？

埃格森 是的。非常令人惊讶。
住在同一个地址？

伊丽莎白夫人 我不知道地址。
特丁顿的古匝德夫人，我的全部线索。
我可以发誓。

埃格森 同一个特丁顿小镇，
有两个古匝德夫人，似乎不太可能。
不过，假如只有一个古匝德夫人，
那么当时会不会出现两个婴儿？

伊丽莎白夫人 两个婴儿？

埃格森 我只是在假设，
也许古匝德夫人当时的职业

正好是……替别人照看孩子？

就此而言，这个工作值得尊敬。

克劳德先生　你是说，她在经营一家婴儿农庄？

这在当今极不可能。

此外，若是如此，我当有所耳闻。

我经常拜访她，从未见过第二个婴儿。

埃格森　也许她收养过第二个孩子，

确切地说，是出于维持生计的

暂时需要。但如果她确实如此，

我们必须查清另一个孩子的去向。

克劳德先生　但这个婴儿就是科尔比。

伊丽莎白夫人　当然是科尔比。

克劳德先生　埃格森，可是你无法让我相信，

她收养了两个孩子，然后彼此不分。

伊丽莎白夫人　这似乎就是事实真相。我们必须查明

你的孩子的去向，克劳德。

克劳德先生　我的孩子的去向？

我孩子的母亲是古匝德夫人的姐姐。

她不会遗弃我的孩子。我们必须追查

你的孩子，伊丽莎白。

埃格森　如果有第二个孩子，

我们必须查个水落石出。当然，克劳德先生，

第一步，我们必须询问古匝德夫人。

克劳德先生　这是我们今天的目的。她即将到来。

等她来到之后，我会唤来科尔比。

我希望你出面把情况解释清楚，

我想你一定愿意主持今天的见面。

你坐在当中，行吗？

埃格森 听你安排，克劳德先生。

我坐在当中会感到更加自在。

这成习惯了。

克劳德先生 你把情况向她说明。

别让她误以为我对她有所怀疑。

你代表我的妻子向她提出询问。

埃格森 我明白，克劳德先生。我完全明白。

（敲门声）

克劳德先生 啊，她来了！好了……请进！

〔卢卡斯特上。

卢卡斯特 你们在开会？我有话对科尔比说。

对不起。

克劳德先生 科尔比还没有来。

不过，会议与你无关，卢卡斯特。

下次来行吗？

卢卡斯特 我是来向科尔比

道歉的。没有关系。我下次再来。

很高兴你来了，埃格！你是顶梁柱。

无论如何，我要告诉你一个好消息，

现在就告诉你，如果你愿意听。

克劳德先生 当然愿意听。但是我们时间不多。

卢卡斯特 不用多长时间。我要与巴结婚。

克劳德先生 与巴结婚！你们这是喜结良缘。

卢卡斯特 是的，克劳德。你认为是喜结良缘。

这正是问题的根源所在。你曾明确
表示过，这将是一个皆大欢喜的结局。
这样可以让我远离你的身边。
我知道，你一直对我不胜其烦。
一直如此。而我从未试图改变过。
我知道你希望我与巴结缡成双。
这反而让我下决心拒绝。也许，只是为了激怒你。
正因为如此，我曾对科尔比情有独钟。
你认为对于我来说，科尔比是高不可攀的。

克劳德先生　对科尔比情有独钟！

卢卡斯特　为什么不？极其自然。
不过，我对科尔比充满感激。若非科尔比
我永远也不可能与巴两心相悦。

克劳德先生　但是科尔比不行！卢卡斯特，如果我早知此事，
我一定会向你解释。科尔比是你的哥哥。

埃格森　同父异母的哥哥，安琪儿小姐。

克劳德先生　是的，同父异母的哥哥。

卢卡斯特　怎么回事？

克劳德先生　科尔比是我的儿子。

伊丽莎白夫人　这是克劳德先生的看法。克劳德，我来解释。

克劳德先生　不，我来解释。此事一直存在误解。
我的妻子认为，科尔比是她的儿子。
今天我们开会，正是因为这个缘故。
我们在等古匝德夫人——科尔比的姨妈。

卢卡斯特　科尔比的姨妈？我还是一头雾水。

克劳德先生　科尔比来的时候，我应该把一切

向你解释清楚。但是我怕你
守不住秘密。现在，保密已经
没有必要。我本应该早点告诉你。

卢卡斯特　我还是不明白。我所能明白的是
科尔比的行为。但愿他知道。

克劳德先生　　　　　　　　　他知道。

卢卡斯特　他为什么不说？也许他几乎脱口而出。
我早知道此事有点儿阴差阳错。
你们根本不知道我在说什么！
不过，如果他知道他是你的儿子，
当我说我是你女儿时，他一定会目瞪口呆。
他让我感到震撼，我应该感谢他。
他使我看清了我的真实愿望。
巴带给我安全感。我需要的正是安全感。
无论怎样，我要送他一份礼物，
他所需要的礼物。科尔比不需要我，
他不需要任何人。他很有魅力，
也有独立的个性。他有自己的世界，
任何时候都可以隐遁其中，
特别在你们最需要他的时刻！
他从不仰人鼻息。巴需要我。
生活伤害了他，正如我一样。
我们可以相互扶持。噢，我知道在你眼里
他只是一个商人。就像我在你眼里
只是个让人心烦的人。可是我们俩非常般配。
你也这么认为，克劳德，但原因不同，

我曾感到伤心。所以我对科尔比充满感激。

克劳德先生　我不知道发生了什么，但是
可以肯定，你做出了正确的选择。

卢卡斯特　不过你这样说的依据是错误的。

伊丽莎白夫人　卢卡斯特，我也相信你做出了聪明的选择。

卢卡斯特　我非常清楚你们为什么会这么想。
你们认为我们般配，因为我们都很平庸。
巴知道，你认为他很平庸。所以他假装
自己非常平庸。因为他知道你们的观点。
你们规定好了角色。我们能证明演好它们。

伊丽莎白夫人　我想你不应该这么说，卢卡斯特。
我这个人始终信奉自由思想——
所以我与家人的关系一向不好。

卢卡斯特　我不是一个信奉自由思想的人。
我非常传统。我并不以此为耻。

克劳德先生　也许你是对的。我对一切难以确定。
也许，正如你所说，我误解了巴。
我从未认为，我对你有深刻的了解；
我肯定对科尔比也不是非常了解。

伊丽莎白夫人　但是，克劳德，我们可以相互了解，
不管时间多晚。也许，这有助于我们
了解他人。我希望如此。
卢卡斯特，我把你当作继女，
我也很高兴卡根能做我的女婿。

卢卡斯特　谢谢你。他一定对此充满感激。
你的话提醒了我。他还等在楼下。

我想，你们的会议不希望我们在场。

埃格森　若允许，我可以提个建议吗？

首先，我应该借此良机

恭祝安琪儿小姐幸福美满。

我想她一定会幸福。卡根先生

是伦敦最有前途的年轻人之一。

他心地善良。你也一样，安琪儿小姐。

我们今天的会议非常重要。

但我肯定我们想祝福这幸福的一对。

这是一件大喜事。为什么不让他们

在楼下等待，古匝德夫人走后再来？

克劳德先生　这主意不坏。只要科尔比同意。

卢卡斯特　我信任你，埃格。我要和他重归于好。

克劳德先生　现在可以让他进来。

（伸手拿电话）

〔敲门声。科尔比上。

科尔比　我是不是来得太早？

我恐怕有点迫不及待。

卢卡斯特　科尔比！我今天来不是为了干扰会议。

他们对我说明了情况。不过，

我今天是来找你的。我要为那天下午的行为

表示道歉。

科尔比　道歉？

克劳德先生　我已经告诉她。

科尔比　可是，你为什么要道歉？

卢卡斯特　噢，因为

我知道我一定误解了你的反应。
那不是你的风格——但我认为你是。
你完全……置身事外，你那么惊讶，
使我产生误解。我把秘密告诉你，
并为此感到羞耻。我先入为主，
自以为是。其实，我当时也将信将疑！
鄙视他人，这不是你的禀性。
你并不过分在意。

科尔比　　　　　　　　我并不过分在意？

卢卡斯特　是的。你要么对此事完全超脱，
要么比较冷漠——我不是说你迟钝！
你显得相当淡泊。也许，你有一团火，
可以温暖自己，但这团火并不能
温暖别人。你不是一个自高自大者，
就是一个特立独行、与众不同的人，
我们很难进行判断。这就是你，科尔比。

科尔比　这就是我，是吗？我自己也不知道。
也许，你对我的了解，胜过我自己。
不过，你现在知道我的情况……

卢卡斯特　　　　　　　　　　　　　　你的身份，
他们告诉我，你是我的哥哥。
我对你的了解反而更加困难。
也许，最困难的事情莫过于了解
自己的哥哥……

科尔比　　　　　　　还有自己的妹妹……

卢卡斯特　　　　　　　　　　　　　　　　认识到

人的理解力相对有限，是如此困难。
也许，兄妹之间的相互理解
会不期而至。也许将来某一天，
我们能相互理解。我们俩之间，
并非像以前那样，显得毫不相干。
接受这个事实。但是，我们的依存
会完全不同。也许——谁知道？——
作为兄妹关系，我们也许会变得
更加需要对方，而且有可能超过
其他任何形式的关系。

科尔比　我希望你一生幸福。

卢卡斯特　　　　　　　　　　我会幸福的。
只要你接受我这个妹妹。
未来二十年，三十年，或四十年，
兄妹之间的情谊一定会带来幸福。
我一定会感到幸福。我要与巴结婚。
我知道你喜欢巴。

科尔比　　　　　　　　　我非常喜欢他。
我很高兴他将成为我的妹夫。
我需要你，需要你们俩，卢卡斯特！

卢卡斯特　我们将是你的重要亲人。不过你不需要任何人。

埃格森　我能打断你们吗，安琪儿小姐？
你和卡根先生能不能待在楼下，
等见面结束后再一道庆贺？
我想辛普金斯先生一定会同意。

科尔比　当然，我想他们……巴现在不能上楼吗？

埃格森　最好等见面结束之后。

克劳德先生　　　　　　　　　　不错，埃格森。

卢卡斯特　再见，科尔比。

科尔比　　　　　　　　　　你为什么说再见？

卢卡斯特　与卢卡斯特曾经认识的科尔比说再见，

与科尔比曾经认识的卢卡斯特说再见。

我们已经变了。正如你所说，我们始终在变。

等我回来时，我们就成了兄妹——

我希望如此。是的，不管怎么说，

再见，科尔比。

〔卢卡斯特下。

科尔比　　　　　　　　再见，卢卡斯特。

埃格森　好了，古匝德夫人什么时候到？

克劳德先生　（看表）她现在应该到了！太奇怪了，

卢卡斯特今天突然出现，

时间在不知不觉中流逝。

她应该到了。她赴约一般

不会迟到。我每次去看她，

她总是要问我是否准时到达。

〔卢卡斯特上。

卢卡斯特　对不起，我又回来了。让你们扫兴。

但似乎一直没有人开门应答，

我让来客进屋。是古匝德夫人。

你们等待的客人。她看起来相当威严。

克劳德先生　帕克曼今天放假。女仆在哪儿？

卢卡斯特　我听见有人在配餐房唱歌。

伊丽莎白夫人　噢，我忘了。今天格特鲁德休息。

我一直告诫她要学会安静。

她不应该唱歌。

卢卡斯特　　　　　那么，我怎么办？

埃格森　我下楼向古匝德夫人解释一下，

然后带她上楼。

克劳德先生　　　　不，你待在这儿，埃格森。

卢卡斯特，你能领她上楼吗？

卢卡斯特　　　　　　　　　我让巴领她上楼。

〔卢卡斯特下。

克劳德先生　我希望你把仆人们的作息安排妥当。

这是一个不好的开头。

伊丽莎白夫人　在我的指导下，他们在不断进步。

不过，她不应该唱歌。

克劳德先生　　　　　　我们是否准备就绪？

〔轻轻敲门声。卡根陪着古匝德夫人上。

早上好，古匝德夫人。我必须道歉：

由于仆人不在，让您久等了。

你来了应该有人通报。

古匝德夫人　　　　　　我想我很准时。

不过，我对等候一点也不介意，

克劳德先生。我知道你们工作繁忙。

克劳德先生　首先，让我来介绍，这是我的妻子

伊丽莎白·穆海默夫人。

伊丽莎白夫人　　　　　　早上好，古匝德夫人。

你不认识我，但是我知道你。

你可能不清楚，我们有很多共同点。

古匝德夫人　我想你是指科尔比？

伊丽莎白夫人　　　　　　　　　　是的。与科尔比有关。

克劳德先生　伊丽莎白，此事让埃格森来处理。

这是埃格森先生，古匝德夫人。

他是我的机要秘书，也就是说，

他是科尔比的前任，他刚刚退休。

现在他住在……乡下。他知道事情的原委。

我对他充分信任——可以说，多年来——

他是我的左膀右臂。所以我请他到场。

希望你不要介意。

古匝德夫人　　　　　　　我为什么要介意？

科尔比经常跟我谈到埃格森先生。

能与他认识，我感到非常高兴。

克劳德先生　我想，今天的事由他来……主持。

他对事情的处理谨慎而且比较灵活。

古匝德夫人　当然，克劳德先生，只要你愿意。

今天我们见面的主要内容——

我想与科尔比有关——非常机密吗？

埃格森　是的，应该这么说，古匝德夫人。

我来解释。克劳德先生，可以开始吗？

克劳德先生　请吧，埃格森。

埃格森　　　　　　　　　　　那么现在开始。

我的问题与辛普金斯先生有关。

主要涉及他的生父。

伊丽莎白夫人　或者生母。

克劳德先生 别打断，伊丽莎白。

古匝德夫人 我听不明白。

埃格森 是这样，古匝德夫人。

最近，伊丽莎白夫人听到

辛普金斯先生提起你的名字。

她对你的名字与特丁顿印象深刻。

现在，我们必须回到很多年前：

也不是很长——到了我现在的年纪，

过去与将来似乎都非常短暂——

但也不算短，所以有些问题成为可能。

伊丽莎白夫人在结婚之前

曾有一个孩子……

伊丽莎白夫人 一个男孩。

埃格森 有一个男孩，

可是在当时，她不敢认领。现在

这种事情并不罕见，古匝德夫人。

古匝德夫人 我理解。我早知道会发生的。

埃格森 ——孩子由父亲承担责任。

也就是说，一直由父亲照看，

直到后来找了一位养母。

不幸的是，父亲突然过世……

伊丽莎白夫人 他意外身亡。在坦干伊克，

他被犀牛撞倒。

克劳德先生 这与此事无关。

让埃格森解释。

埃格森 孩子的父亲死在国外。

一位女士领养了孩子，但伊丽莎白夫人
不知道她的名字。确切地说，她遗忘了
她的名字。可是在当时的处境下，
她没有办法对孩子进行追查。
很多年来，她始终毫无线索，
一直到几天前。古匝德夫人，她的儿子，
如果还活着，一定长大成人。
我知道，你自己没有孩子。
但可以肯定，你一定深表同情。

古匝德夫人　　我深表同情。
我也有一个孩子，后来失散。
但是与伊丽莎白夫人的情况不同。
我希望她的儿子能回到她的身边。

埃格森　这正是我们今天见面的目的。
我们掌握一条线索——看起来像是。
这就是克劳德先生请你出面的原因。

古匝德夫人　你们认为我也许能帮上你们?

埃格森　很有这种可能。我刚才说过，
几天前，伊丽莎白夫人听到
你的名字，觉得非常熟悉。

古匝德夫人　是吗?这个名字不太常见。

埃格森　正因为如此，她才印象深刻。特丁顿的
古匝德夫人！伊丽莎白夫人深信，
正是特丁顿的古匝德夫人，
收养了她出生不久的孩子。
当然，她有可能记错了特丁顿……

伊丽莎白夫人　我没有记错特丁顿。

埃格森　我只是假设，伊丽莎白夫人。

　　有许多地名听起来像特丁顿。

　　但听起来像古匝德的名字并不多——

　　如果有，这些名字同样不寻常。

　　不过，古匝德夫人，此处你可以帮忙——

　　你知道还有别的古匝德夫人吗？

古匝德夫人　　　　　　　　　　　没有。

埃格森　我是说，在特丁顿或别的地方？

　　现在，我要提的问题更加具体：

　　你曾经收养过一个小孩——

　　而且收养时并不知道孩子的

　　父母？

古匝德夫人　是的，我确实收养过。

　　我丈夫与我当时没有孩子……而且

　　很穷。收养孩子有两大好处。

埃格森　你知道孩子父亲或母亲的

　　姓名吗？

古匝德夫人　不知道。

　　我知道孩子出身殷实家庭。

　　否则，我就不会收养下来。

　　不过，他是由第三方送来，

　　每月抚养费也由第三方转交。

埃格森　你对抚养费感到满意吗？

古匝德夫人　　　　　　　　　非常满意——

　　很长时间，抚养费总是按时送来。

埃格森 抚养费中止过吗？

古匝德夫人 是的，非常突然。

伊丽莎白夫人 当时肯定是托尼遇到了意外。

古匝德夫人 我们得悉他的父亲去世，但他没有
留下遗嘱。

伊丽莎白夫人 他非常粗心。

古匝德夫人 因此继承人没有责任能力。
如果母亲能确认孩子的父亲，
她就有可能得到法院的判决。
可我不知道母亲是谁！我能做什么？

伊丽莎白夫人 噢，克劳德，你看？科尔比，你懂了吗？

克劳德 不要那么肯定，伊丽莎白。

伊丽莎白夫人 我深信不疑。
科尔比是我的儿子。

古匝德夫人 你的儿子，伊丽莎白夫人？
你是说我抚养了你的孩子，
却假称是克劳德先生的来欺骗他？

克劳德先生 这正是问题的关键所在。我的妻子深信
科尔比是她的儿子。我知道他是我的儿子。
我请你来，就是想让你告诉她真相。

埃格森 这样做并非出于个人考虑，
古匝德夫人。远远不是。
你一定要替永不放弃的母亲
着想。设身处地想一想。
如果你与自己的儿子失散，
你会不会抓住每一根希望的稻草

来进行寻找？

古匝德夫人 也许会的。

伊丽莎白夫人 关于此事，我已经确信无疑。

我很吃惊，埃格森，你受过法律训练，

竟然谈到希望的稻草！科尔比是我的儿子。

古匝德夫人 在这种情况下，我不在意这个说法。

埃格森 我可以在这团乱麻中再添上一根吗？

我们从另外一个角度来谈这个问题，

我们想问古匝德夫人这个孩子的去向。

他可能就是伊丽莎白夫人的儿子。

克劳德先生 这是一个很合理的推断，埃格森。

你的眼光非常理性。我要感谢你。

古匝德夫人 我们与他无奈分离。可爱的小男孩。

抚养费未断的时候，我很高兴抚养他。

但抚养费中断后，我们没有能力

养活他，也无力继续收留他。

埃格森 你后来怎么处理了？

古匝德夫人 我们有个邻居，

也一直未育，他们渴望领个孩子。

他们非常喜欢他，所以收养了他。

后来他们离开特丁顿，去向不明。

埃格森 你知道他们的名字吗？

古匝德夫人 是的，我知道。

同我的名字一样，有点不太常见。

也许，可以找到他们。

他们的名字是卡根。

克劳德先生　卡根！

古匝德夫人　卡——根。奇怪的名字。

他们为人极好。不信奉国教。

埃格森　我想那个孩子应该有个教名？

古匝德夫人　孩子送来时，看不出是否受过洗礼，

我们没有相关信息，所以不太确定。

我丈夫对此事极为关注，

所以我们又专门让他接受洗礼。

埃格森　你们给他取了什么教名？

古匝德夫人　巴纳巴斯。

伊丽莎白夫人　巴纳巴斯？我的家人从未取过

这样的名字。这肯定是父亲家的。

可是后来，他又怎么改名科尔比？

克劳德先生　伊丽莎白，那不是科尔比！

你难道看不出他是谁吗？

古匝德夫人　是我丈夫选择了这个名字。

我们是在圣巴纳巴斯教堂结婚的。

科尔比　巴纳巴斯·卡根。是不是去世的

小表弟？萨拉姨妈，你还记得吗？

我曾发现过一只拨浪鼓与一个铃铛，

你曾告诉我，我有过一个小表弟，

后来去世了。

古匝德夫人　是的，科尔比，我是这么对你说的。

伊丽莎白夫人　所以我的孩子还活着。我非常肯定。

我相信科尔比就是巴纳巴斯。

科尔比　不，伊丽莎白，巴纳巴斯就是巴纳巴斯。

我必须说明一下，古匝德夫人。
我有一个很有前途的年轻同事——
其实，就是刚才带你上楼的年轻人——
他的名字叫巴纳巴斯·卡根。

伊丽莎白夫人 巴纳巴斯？

克劳德先生 是的，伊丽莎白。他签字时有时用全名。
但是出于某种原因，他不喜欢他的名字，
所以我们都叫他巴。

古匝德夫人 非常好的名字。
他应该为此感到自豪。

伊丽莎白夫人 这位巴纳巴斯多大了？

克劳德先生 大约二十八岁，我想。

古匝德夫人 他应该是二十八岁。

伊丽莎白夫人 那么一定与我的计算有出入。

克劳德先生 这丝毫不让我感到吃惊。

伊丽莎白夫人 是的，多大了？
我搞糊涂了。科尔比是巴纳巴斯——
我是说，不是巴纳巴斯。卡根先生
是巴纳巴斯。我想我会习惯的。

科尔比 他正在楼下等候！现在不正是
让他上楼的时候吗？还有卢卡斯特？

埃格森 你的建议太好了，辛普金斯先生。

〔科尔比下。

埃格森 好了，伊丽莎白夫人，如果你同意，
我们可以问问卡根先生的父母。
如果卡根先生与太太还活着，

古匝德夫人应该能认出他们。

伊丽莎白夫人　如果这样，能否证明卡根先生——

这位卡根先生——是我的儿子？

埃格森　存在一种内在的可能性——

可以这么说。

克劳德先生　　　我想，伊丽莎白，

你已经找到了你的儿子。

埃格森　　　　　　　　还有待确认。

伊丽莎白夫人　还要看我能不能适应事实。

〔科尔比重新上场，与卡根、卢卡斯特一道。

科尔比　我告诉他们对意外要有所准备。

伊丽莎白夫人　巴纳巴斯！你的名字叫巴纳巴斯吗？

卡　根　是的。是你告诉她的，克劳德先生？

克劳德先生　不，巴。是古匝德夫人透露出来的。

这是巴纳巴斯·卡根先生，

古匝德夫人……我的女儿卢卡斯特。

卡　根　可是古匝德夫人怎么知道我的名字？

古匝德夫人　阿尔弗莱德·卡根先生与太太是你的父母吗？

卡　根　是的。他们是我的养父母。

古匝德夫人　他们在特丁顿住过吗？

卡　根　我想是的。不过，你为什么感兴趣？

古匝德夫人　伊丽莎白夫人，我想这就是你的儿子。

如果是，我就打消了你的不公正怀疑。

埃格森　卡根先生，你的养父母还健在吗？

卡　根　他们住在肯特。他们想隐退到乡村。

我在塞芬诺克为他们找了个地方，

他们在那里养蜂。你为什么要问这些？

伊丽莎白夫人 因为，巴纳巴斯，你似乎就是我的儿子。

埃格森 卡根先生，你一定希望

对这个有趣的发现进行确认。

让你的养父母与古匝德夫人联系，

他们可以证明：在你很小的时候，

他们从古匝德夫人那里收养了你。

古匝德夫人是你的第一收养人。

卡 根 我真不知道该如何表达内心的感受……

卢卡斯特 你说话没有必要拐弯抹角：

直接说你很尴尬。

卡 根 是的，我很尴尬。

如果伊丽莎白夫人是我的母亲……

伊丽莎白夫人 对此不必有任何怀疑，巴纳巴斯。

我是你的母亲。

卡 根 那么我的父亲是谁？

伊丽莎白夫人 他突然去世，死于一次致命事故。

当时你很小。你被收养原因即在于此。

卡 根 他是做什么的？他是金融家吗？

伊丽莎白夫人 他对数字不擅长。你的经商能力，

我想，是来自我的家族遗传。

不过，他曾是非常出色的军人——

至少有一段时期是。

卡 根 嗯，我必须适应这一切。

不过，我想知道，我应该如何称呼你，

伊丽莎白夫人。我一直习惯

把卡根夫人当作我的母亲。
伊丽莎白夫人 为了避免混乱和麻烦，
你可以叫我伊丽莎白姨妈。
卡 根 这肯定要容易一些。
伊丽莎白夫人 我很希望见见他们。
克劳德，我们一定要请卡根一家吃饭。
克劳德先生 完全可以，伊丽莎白。
卡 根 不过，伊丽莎白夫人——
不，伊丽莎白姨妈，如果我叫您
伊丽莎白姨妈，你介意只叫我巴吗？
伊丽莎白夫人 当然，如果你喜欢，巴纳巴斯。
卢卡斯特 你为什么不喜欢巴纳巴斯这个名字？
卡 根 我不喜欢别人叫我“巴尼”——
巴尼·卡根！卡根就可以了。
而巴尼·卡根——听起来相当俗气。
在伦敦，这个名字给人的印象不佳。
卢卡斯特 当你当上市政官，你就是巴尼·卡根爵士。
伊丽莎白夫人 我很高兴，你们公开了结婚喜讯。
卢卡斯特，我会负责操办你们的婚礼。
卢卡斯特 我们打算在婚姻登记处
悄悄结婚。
伊丽莎白夫人 你们一定要在教堂举行婚礼。
古匝德夫人 我很高兴你能这么说，伊丽莎白夫人。
不过，你满意吗？
伊丽莎白夫人 满意？对什么事满意？
古匝德夫人 你对我的怀疑完全没有根据。

伊丽莎白夫人　噢，古匝德夫人，我没有任何怀疑！

我原以为事情出现混乱，仅此而已。

古匝德夫人　恐怕在你的大脑中，你混淆了

混乱与欺骗的含义。

克劳德先生　我想，现在没有什么混乱可言。

可以肯定，我的妻子完全相信。

卡根先生的……母亲将会证实。

古匝德夫人　这将同样了结了我的一桩心愿。

如果从卡根夫妇处得到证明，

确认巴纳巴斯·卡根的真实身份，

你的妻子会感到心满意足吗？

（对伊丽莎白夫人）让他成为你的儿子，你心满意足吗？

伊丽莎白夫人　这似乎是一个奇怪的问题，古匝德夫人。

古匝德夫人　你们把我请过来，问了很多奇怪的问题。

现在轮到我问奇怪的问题了。

我想让每一个人的愿望得到实现。

伊丽莎白夫人　哦，当然……是的，可以肯定……我会很幸福的。

古匝德夫人　你希望找到儿子，现在你已经找到。

我们所有的人将不得不适应

愿望实现后的现实。这是一个痛苦的过程。

你，巴纳巴斯·卡根，发现自己是

伊丽莎白·穆海默夫人的儿子，

你感到满意吗？

卡　根　这比做一个弃儿要好得多——

但愿我能称心如意。另外……是的，当然，

我要与我的养父母协调好关系。

我喜欢他们。

伊丽莎白夫人　　此事我会处理的，巴纳巴斯。

卡　根　叫我巴，如果你不介意，伊丽莎白姨妈。

伊丽莎白夫人　巴，我们一定会成为好朋友。

埃格森　可以肯定，这是一个皆大欢喜的结局。

古匝德夫人　愿望得以实现，但有时

会对许愿的人带来不利。

（对伊丽莎白和卡根）不，我想，不会对你们不利。

（面向卢卡斯特）就我的判断而言，也不会对你不利。

也许，你是最聪明的许愿人。

做巴纳巴斯·卡根的妻子、

伊丽莎白夫人的儿媳

以及克劳德先生的女儿，我

不会问你是否感到满意。

克劳德先生　这是我的关切所在——做我的女儿

她会感到满意的。

古匝德夫人　　　　　　好，科尔比，

我现在必须问你，你有你的愿望吗？

克劳德先生　科尔比只是希望知道事情的真相。

科尔比　这是一个非常奇怪的问题，萨拉姨妈。

这个问题我只能给出奇怪的答案。

克劳德先生说得对：我的愿望是了解真相。

而真相是什么并不重要。如果存在真相，

但不了解真相是什么，会让人寝食难安。

我的愿望就是真相揭晓后的释然。

一旦了解真相，真相本身不再重要。

古匝德夫人　在父亲与母亲之间，你有过偏爱吗？

科尔比　我从未有过父亲或母亲——

我与巴不太一样。他一直有养父母，

所以找到亲生父母，他可以欣然接受。

让我的母亲安息吧。至于父亲——

我的脑子里有过父亲的概念。

它是自然而然出现的。我应该喜欢

一位从不了解、也无法了解的父亲，

因为在我出世或记事之前，

他就可能去世了。我只能

通过报道、通过文献来了解他；

了解他的生活，了解他的成功或失败……

也许，是更多的失败，而不是成功……

通过他的遗物，褪色的照片，

我试图从中找到相似之处。

我在脑海中构建他的形象，

与这个形象共处。在某种程度上，

我可以实现他未曾实现的志向，

完成他未曾完成的事业，

让一个普通的生命绵绵不息。

古匝德夫人　你愿意做谁的儿子，科尔比？

克劳德先生的，还是一个

默默无闻的人的？一个亡灵，科尔比。

考虑好了再回答。

科尔比　　　　　　　　默默无闻的亡灵。

古匝德夫人　你的愿望就要实现。当你实现愿望，

你将不得不接受事实真相。你的父亲

已经过世，你对他一无所知。

克劳德先生 你是什么意思？

古匝德夫人 科尔比不是你的儿子，克劳德先生。

科尔比 那么，我的父亲是谁？

古匝德夫人 赫伯特·古匝德。

他是一个生活失意的音乐人。

科尔比 我的母亲是谁？

古匝德夫人 让你的母亲安息吧。

我曾是你的母亲，但我选择做了你的姨妈。

所以你可以实现你的愿望，但却没有母亲。

克劳德先生 古匝德夫人，这简直难以置信！

这么多年，你不能布下这样一个

骗局。你为什么要欺骗我？

埃格森 古匝德夫人，你说的话有证据吗？

古匝德夫人 出生证明。发给赫伯特和萨拉·古匝德夫人。

一个儿子。

埃格森 那么，你的姐姐与她的孩子？

古匝德夫人 死亡证明。这孩子从未出世。

克劳德先生 我不相信。我简直无法相信。

古匝德夫人，你在编造故事，

目的是让科尔比实现他的愿望。

埃格森 我会查看相关证明，克劳德先生。

我们并非怀疑您的话，古匝德夫人。

但是在如此至关重要的事情上，

有必要进行准确验证。希望你能理解。

古匝德夫人　我理解，埃格森先生。非常理解。

克劳德先生　我不相信。我不相信这些记录。

你怎么能将这样一个骗局维持

二十五年之久？这几乎是不可能的。

古匝德夫人　我本来无意蒙骗你，克劳德先生。

而是你自己骗了自己。你去加拿大时，

我的姐姐发现她有孕在身。

这些都是真的。我当时也怀有身孕，

而你却浑然不知。你也不会关心。

我刚才说过，我的姐姐去世时，

孩子尚未出世。而你却远在海外。

我给你发了电报，但你却从未收到。

你出差回国后，马不停蹄地来见我。

我不得不将惊天噩耗告诉你。

你看到了孩子，并认定孩子是你的。

你是那么开心，我当时犹豫过要不要告诉你实情。

后来我转念一想——为什么不？

我丈夫已不在人世。我一贫如洗。

如果让你相信这孩子是你的骨肉，

我的儿子将肯定能获得崭新的生活——

我知道这一点。这样也能让你感到幸福！

如果我说孩子是我的，他能有什么前途？

后来，我对自己的所作所为感到惊慌，

尽管我从未说过“这孩子是你的”；

我担心你提出要求查看出生证明。

但你从未提过要求。所以此事延续至今。

克劳德先生　非常合情合理的解释。但它不是真的。

古匝德夫人　仔细想想，克劳德先生。如果这不是真的，
　　我为什么要告诉你？把真相告诉你，
　　我则牺牲了寄托在科尔比身上的希望。
　　我也将我以前付出的心血牺牲掉。
　　这个代价比我以前付出的代价更大。
　　看到自己的人生愿望化为泡影，
　　你以为这是一件微不足道的小事？
　　当我放弃了科尔比母亲的身份，
　　我的放弃实际上永远难以挽回。
　　你难道不明白，这样袒露真相，
　　等于将刀子扎深，然后再拧上一把？
　　我也多么希望这不是事实。

科尔比　我相信您。我必须相信您。
　　真相给了我自由。

克劳德先生　　　　　　可是，科尔比——
　　如果这是真的——当然，这不可能是真的！——
　　不过，我看得出你相信它。你愿意相信。
　　好吧，那么就相信吧。不过，别让它影响
　　我们的关系。也许，会让我们关系更好？
　　也许，如果你想到我不是你的父亲，
　　我们的相处会更加幸福。我会接受现实。
　　只要你愿意跟着我，它不会对你的前程
　　产生任何影响。

科尔比　　　　　　谢谢你，克劳德先生。
　　你为人非常慷慨。不过，我知道谁是我的父亲。

我必须追寻他的足迹——这样我就可以了解他。

克劳德先生 你有什么打算?

科尔比 我想做风琴手。

能不能获得成功，并不重要——
我以前的目标太高——超出了我的能力。
我原以为我已经不想做风琴手，
尤其当我发现毫无希望走上职业巅峰——
也就是说，成为大教堂的风琴手。
可是，我的父亲就是一个不成功的风琴手……

古匝德夫人 科尔比，应该这样说，不是非常成功。

科尔比 我希望追寻他的足迹。

克劳德先生 可是，科尔比，

你不记得我们曾经有过的交谈吗——
很久以前！——当时我们拥有相同的抱负，
分担相同的失望。你向我讲述
你初入商界求学问业时的感觉;
当你发现你可以处理你原以为
非常棘手的事务，当你感觉自己身上
正在发生变化时，你感到无比兴奋。
那次谈话使我确凿无误地相信，
你就是我的儿子，因为你所描述的
也是我切身的体验，而且极其准确。
难道共同的体验对你无足轻重吗?
上天为证——在你实现音乐抱负的道路上，
我将不设置任何人为的障碍——
只要你有能力实现你的抱负。

如果你愿意，请相信，我不是你父亲，
我会接受现实。我没有任何非分之想，
只希望我们的共同之处得以维护。
我们遭遇过相同的愿望破灭，
只希望我们能因此大有收获。

科尔比　不，克劳德先生。我绝不愿意伤害你，
尽管我已经在伤害。但情况已经不同。
以前我相信你是我的父亲，因此
只满足于我们拥有的共同抱负，
并且以同样的方式来接受失败。
你有你的父亲作为行动的榜样；
你知道家传，我现在也知道家传。

克劳德先生　我永远不会对你提出父亲的要求。
我的要求是——把我当成朋友对待。

科尔比　但是，你依然会认为我是你的儿子。
你与我不可能再有父与子的关系，
除非双方都有共同的意愿。你把我看成
你的儿子——你可能愿意——可是我无法
认为你是我的父亲。如果我接受事实，
我将对你感到愧疚。我非常喜欢你。
你成为了一个对自己没有任何幻想，也没有
远大抱负的人。既然我放弃了我的
幻想和抱负，那么剩下的一切就是爱。
不过，爱不是建立在错误的伪装上。
因此我必须离开你。

克劳德先生　　　　　　埃格森！

你不能劝劝他吗？

伊丽莎白夫人 是的。可怜的克劳德！

尽量帮帮他，埃格森。

埃格森 我不会冒险。

辛普金斯先生是一个有主见的人。

辛普金斯先生，你的愿望是不是

想做地区教堂里的风琴手？

科尔比 这正是我的愿望。任何人剥夺不了。

埃格森 如果是这样，我正好知道我的教区

有一个空缺，在约书亚公园，

但愿对你有吸引力。原来的风琴手

两个月前去世了。我们一直在寻找新人。

科尔比 你认为他们会给我试用的机会吗？

埃格森 给你试用的机会？肯定会的。

优秀风琴手似乎不愿意来约书亚公园。

科尔比 但是我告诉过你，我不是非常优秀的风琴手！

埃格森 先别这么说，辛普金斯先生，试一试我们的风琴！

科尔比 好的，如果你能说服他们试用我……

埃格森 地区教堂委员会只会感到满意。

我在委员会有点影响。我是教堂俗人委员。

科尔比 我要申请。

埃格森 不过待遇微薄——

恐怕非常微薄。不足以维持生计。

我们必须想想其他的办法，

增加收入。上上钢琴课？

作为临时措施。辛普金斯先生——

希望你不要把这个建议看成傲慢无礼。
我不希望看到你一生只做一个风琴手。
我想你最终会发现你有另一个职业。
你知道，我们曾经每天一起工作，
而且有一段时间。我对你有近距离观察。
辛普金斯先生！你一定会想到教堂仪式，
你仍然会拥有你的音乐。辛普金斯先生，
约书亚公园只是你成为领唱者，
甚至成为教堂牧师的垫脚石！

科尔比　我们只能顺其自然，顺势而为，埃格森。
哦，对不起……

埃格森　　　　　　别说对不起。我很高兴。
顺便再谈一个实际问题：
如果你接受这个职位，那么在安居前，
你可以先到约书亚公园暂时落脚。
我们有个房间空着。如果你稳定前
能与我们同住，我们将非常高兴。

科尔比　我也非常高兴——如果埃格森夫人同意。

埃格森　没有人比埃夫人更高兴。
这一点我敢保证。

古匝德夫人　　　　　埃格森先生，
作为风琴手的妻子，我与你观点不同。
不过，我想，你也实现了自己的愿望。
我相信，这次见面可以圆满结束了。
请原谅我，克劳德先生……

克劳德先生　　　　　　　　原谅你？噢。

古匝德夫人 我要返回特丁顿。科尔比，
能帮我叫一辆出租车吗？
科尔比 叫辆出租车？好的，萨拉姨妈。
不过我应该送你回家。
古匝德夫人 送我回家？还是叫辆出租车。
我现在离开，你介意吗，克劳德先生？
这里不需要我了。
〔科尔比下。
克劳德先生 介意？我介意什么？
古匝德夫人 那么我要说再见了。你们都实现了
各自的愿望。你和我，克劳德先生，
在二十五年前，实现了我们的愿望。
不过，在实现愿望时，我们未能恪守
协议中规定的时间条款。
克劳德先生 是吗？噢。再见，古匝德夫人。
〔古匝德夫人下。
怎么回事？都走了吗？科尔比会回来吗？
伊丽莎白夫人 我可怜的克劳德！
（卢卡斯特走过来，跪在克劳德先生的身旁）
卡　根 要知道，克劳德，我们都犯了同样的错误——
只有埃格斯除外……
埃格森 我除外，卡根先生？
卡　根 我们都希望科尔比做他不想做的事情。
伊丽莎白夫人 我想，就你我而言，克劳德，这话是对的。
一个人不了解他人的意愿，
或者不了解自己的愿望，

那么肯定会犯错误！我打算改过自新。

克劳德，我必须对子女持理解态度。

卡　根　我们也应该理解你们……

我是说，理解你们俩，

克劳德……和伊丽莎白姨妈。

克劳德，希望卢卡斯特和我

能让你尽享天伦之乐……如果你允许。

我们会承担做子女的责任。

（卢卡斯特用手搂住克劳德先生）

克劳德先生　别离开我，卢卡斯特。

埃格森！你真的相信她？

（埃格森点头）

幕　落

张和龙　译

老政治家

致爱妻

因为她，才有那跳动的快乐
——在我们醒着时把我的感觉激励；
才有那韵律——调节我们睡眠时的静谧，
　　相爱之人的

同呼吸……
无需言语，彼此思想同样的事
无需意义，彼此唠叨同样的话语：

我把这书献给你，用字用词
报答你给我的于万一。
词语所说话中意，唯有些，意更深
　　只对我和你。

人　物

莫妮卡·克拉夫顿-费里

查尔斯·黑明顿

兰贝特

克拉夫顿勋爵

弗雷德里克·戈麦斯

皮戈特夫人

卡格希尔夫人

迈克尔·克拉夫顿-费里

第一幕

伦敦。克拉夫顿勋爵宅邸客厅。下午四时

第二幕

巴基利会所露台。早晨

第三幕

背景同第二幕。翌日傍晚

第一幕

伦敦。克拉夫顿勋爵宅邸客厅。下午四时。

（厅堂里传来说话声）

查尔斯 今天你爸在家？

莫妮卡 喝茶的时候，你能见到他。

查尔斯 可要是不能和你独处，

留下喝茶实在无趣。

[莫妮卡和查尔斯抱着大包小包上

莫妮卡 可你必须留下喝茶。你说能把整个下午

都给我，意思不言而喻了。

查尔斯 可午饭桌上，我有话没法说啊……

莫妮卡 那是你的问题。

你应该带我去别的馆子，而不是那一家。

那里老板和跑堂好像都是你哥儿们。

查尔斯 也就这么一个地方，我还有些名头，

人家给我面子。你和我一块儿，

吃饭必须圆满。

莫妮卡 饭是吃圆满了。

可我也知道男人的德行——喜欢显摆。

想叫跑堂的都围着你打转，这就是

男人的虚荣。是要提醒姑娘家，
还有别人和他一块儿过，她可不是唯一。

查尔斯　你就拿我打趣吧。可一个男人
要是把你带到谁也不认识他的地方，
跑堂全像在回避他的目光，那他才叫一个傻。

莫妮卡　跑题了……

查尔斯　　　　　　　你让我跑题了……
我是想解释……

莫妮卡　　　　　　　也就是留下来喝茶的事。
你实际也答应了。

查尔斯　你不知道我多郁闷。
星期一你要离开伦敦，和你爸一起：
我想法把整个下午都空出来，
明摆着以为……

莫妮卡　　　　　　　你应该留下喝茶。

查尔斯　我说整个下午都有空，
意思是你要把整个下午都给我。
餐馆里我有话没法说，
结果你就拉我去逛街……

莫妮卡　要是你不喜欢和我逛街……

查尔斯　　　　　　　　　　　　我当然喜欢。
可逛着街，怎么说事呢？
唯一可做的就一样：猜猜你想买啥，
再建议你买下。

莫妮卡　　　　　　可留下喝茶又何妨？

查尔斯　好吧，我留下喝茶。

但你心里明白，我和你说不上话。
这一点你清楚。你爸退休了，
　天天都在家。而你们就要离开伦敦。
再有呢，就你爸那样，
别的男人谁想和你独处一会儿——门都没有。
我还没说上两句，他就踢踏踢踏进来了……

莫妮卡　你说的可远远超出了两句。
还有，我爸走路可不踢踏。
　你一点儿也不尊重人。

查尔斯　　　　　　　　我想尊重来着。
可你也知道，我和你单独待不了一分钟。

莫妮卡　你和我已经单独待了好几分钟。
你全用来瞎抬杠了。不过，说真的，查尔斯，
我爸肯定会一直埋头在书房，
要等别人叫他喝茶才会想到离开。
所以，有话不妨现在说。不过你想说什么，
我清楚得很。先前都听过了。

查尔斯　你要再听一遍。你以为我要再对你说
我爱你。也没错。不过呢，
我还有别的话要说，以前没说过的。
会吓你一跳。我相信你爱我。

莫妮卡　呵，你这人可真霸道！
说真的，你一定以为自己是个催眠师吧。

查尔斯　这是要折磨我吗？不过说这话，
我也挺自私，因为我认为——
我认为你也在折磨你自己。

莫妮卡　没错。是这样。因为我爱你。

查尔斯　这么说我说对了！刚才说出来那一刻，
　　我吓坏了。因为我并不知道你爱我——
　　我只想姑且当个真，没成想竟让你说了出来！
　　不过，既然说出来了，你就得再说一遍。
　　因为我要肯定肯定再肯定！你肯定没弄错吧？

莫妮卡　怎么回事啊，查尔斯？这话悄没声息
　　就挨上来，贴我身后，
　　一声不吭，许久许久，
　　过了许久，我才察觉出它来。

查尔斯　　　　　　　　　　　　你的话好像
　　来自远方，可又很近。你改变着我，
　　我也改变着你。

莫妮卡　　　　　　我的身上
　　已然有了多少你？

查尔斯　　　　　　　我的身上又有多少你？
　　我不是一刻前的我了。
　　我与你——这两字，现在什么意思？

莫妮卡　在咱们二人世界里——咱俩现在有个二人世界了
　　——那意思不同了。看！咱们又回到
　　几分钟前才来的屋子里。
　　靠椅、桌子、门……
　　我听见有人过来：兰贝特送茶来了……

　　　　[兰贝特推着小车上

　　　　　　　　　　　　　　　　而我会说："兰贝特，
　　请告诉勋爵茶点备好了。"

兰贝特　好的，莫妮卡小姐。

莫妮卡　　　　　　　　　　　　　查尔斯，我真高兴

你能留下来喝茶。

[兰贝特下

——现在我们到公共天地了。

查尔斯　你爸就要来了。迎客一脸慈祥，

沉稳中透着霸气——这一直就在提醒我

不能待太久，因为你属于他。

他好像恬然自得就以为，

除了他，你身边其实谁也不要！

莫妮卡　不要以为我对你说了啥，

你就可以来说我爸的不是。

首先，你不了解他。

其次，咱俩没订婚呢。

查尔斯　没订吗？咱俩彼此相爱，这一点没异议吧。

而且法律上毫无障碍。

这样还不算订婚？

难道你不能肯定想嫁我？

莫妮卡　不，查尔斯，我肯定想嫁你——

等我自由吧。不过到那时，

没准你又变心了。这种事不是没有过。

查尔斯　我不会。

[敲门声。兰贝特上

兰贝特　打扰一下，莫妮卡小姐。老爷吩咐您

不用等他喝茶了。

莫妮卡　　　　　　　　谢谢，兰贝特。

兰贝特　他这会儿正忙呢。不过耽搁不了多久。

［下

查尔斯　难道你不明白这是在折磨我吗？

你要把你爸带去那个奢侈的康复会所。

你要单独和他在那儿禁闭多久？

然后呢？

莫妮卡　我应该陪他去。我有几大充分理由。

查尔斯　比嫁我还充分的理由？

说说看。

莫妮卡　　　　首先，他害怕独自一人。

他这辈子，从未独自一人过。

晚上在家，哪怕读书、看报，

屋里也要有人陪他。

别人也可读书，或干坐着，手里没啥

不能打断的事。他可以偶尔对人说上一句。

多半都是我陪他。

查尔斯　　　　　　　　我知道一直是你。

可惜没有兄弟姐妹来分担。应该说姐妹吧。

因为你的弟弟对你压根儿没用。

莫妮卡　怕是对谁都没用。

可怜的迈克尔！妈妈把他惯坏了，

爸爸又太严厉——他俩在一起总吵架。

查尔斯　你说你陪你爸有几大理由。

他害怕孤独——还有比这更充分的吗？

莫妮卡　第二个理由正相反：

他害怕周围都是陌生人。

查尔斯　可他在人中间可精神了：

摆弄人、操纵人、哄骗人、吓唬人——

他哪样不是大师？还怕陌生人！

莫妮卡　这你就不懂了。你有权有势的时候见人，

那是一副官场派头，人眼里的你不是什么个人，

而是公众人物。搞政治的时候，

爸爸贴的是公众标签。

后来，做了上市公司主席，

他一直都保留着个人的一面。

查尔斯　他这个人的一面保留得可真好，

有时我都怀疑到底有没有什么……

个人的一面要保留。

莫妮卡　　　　　　　　当然有个人的一面，查尔斯。

肯定有。

查尔斯　　　　你给了两条理由，

相互矛盾。

还有第三条吗？

莫妮卡　　　　　　　这第三条理由就是：

希尔比医生才告诉我的——

爸爸的病比他自己以为的严重得多：

没准这回去了巴基利会所，再也回不来了。

不过，希尔比想让他处在一个积极的环境里——

如果他心存希望，没准能多活些日子呢。

所以，希尔比挑了那么个地方：一家康复会所，

感觉像住酒店——

横竖不带丁点儿诊所的气息——

一切都是康复的氛围。

查尔斯　这一条最充分，也最令人沮丧。

因为这局面可能要持续很久。

而你会把我们的婚期一推再推。

莫妮卡　恐怕……不会太久，查尔斯。

几乎可以肯定，去牙买加过冬不可能了。

希尔比说："先预订吧，有个要去的样子。"

不过，巴基利会所离你选区很近呀!

就算议会进入会期，周末你也可以过来。

要是爸爸不要我陪，你就可以带我出去。

不过，和你说话，他绝对喜欢!

查尔斯　他习惯了我在他眼前晃悠。我知道。

莫妮卡　我见过他看你的样子。他是在想自己

像你这么大时——像你一样刚刚起步，

抱着同样的希望、同样的雄心壮志——

他也在想自己的种种失意。

查尔斯　　　　　　　　　　　　那是惆怅、同情，

还是……嫉妒?

莫妮卡　　　　　　嫉妒无处不在。

谁还没有嫉妒心?人多半不是嫉妒而不自知，

就是嫉妒而不觉难堪。查尔斯啊，假如嫉妒是

和同情和惆怅……和柔情掺杂在一块儿，

那可谢天谢地了。

他喜欢你，我肯定。

所以，你得常来。哦，查尔斯，亲爱的——

［克拉夫顿勋爵上

莫妮卡　爸爸，你来得可真慢。忙什么呢？

克拉夫顿勋爵　下午好，查尔斯。莫妮卡，我忙什么，
　　你可能也猜到了。这本子，不认识了吗？

莫妮卡　你的记事本。

克拉夫顿勋爵　　　　　　没错。我一边翻看，一边郁闷。

莫妮卡　可现在哪能看记事本呢？
　　你知道医嘱的：彻底休息，
　　啥也别想。不过我也知道，做到不易。

克拉夫顿勋爵　我正是这样呀。

莫妮卡　　　　　　　　　　　　　啥也没想？

克拉夫顿勋爵　啥也没想。就是回忆，
　　年复一年，每天一边吃早饭，
　　一边看这本子——或者跟这一样的本子——
　　你知道，我把过去的本子都放在一个架子上。
　　我能在相应的本子里，找到二十年前的今天，
　　在下午这一刻，我在干什么。
　　今天——不在早饭桌上，而是下午茶前，
　　与其说我在看这记事本，不如说
　　我在摩挲着几张空白页——
　　自打进入议会后，我最先留下的几张空白页。
　　过去，我会把要对人说的话记上几笔。
　　现在我无话可说，也没人可说了。
　　我在想……还得多少空白页呢？

莫妮卡　要是由着你，还不很快就给填满了呀！
　　我要做的就是拦着你。你精力旺盛，
　　一刻也不消停——就像机器通上耗不完的电，

终于给废掉。你知道，
我得护着你，别这样。

克拉夫顿勋爵　都耗尽了，莫妮卡，你知道的。
查尔斯啊，他们说要休息，这些个医生。
他们叫我小心点儿，生活悠着点儿。
还生活悠着点儿！有人压根就没想坐火车
上哪儿去，你还在一旁劝他别去赶火车！
对于过去的生活，我可一点儿也不留恋。
我只是害怕眼前的空虚。如果有精力
工作到死，那么面对死亡，我会何等开怀！
可是，等待，只是等待，一动不想动，
却又厌恶不动。害怕空虚，
却又一点儿不想去填满。
就像身在一条支线上的火车站，
坐在空荡荡的候车室里，末班车开走了，
其他旅客都去了，售票处也关了门，
搬运工也走了。在清冷空荡的屋子里，
面对空荡荡的隔栅，我在等什么呢？
谁也不等。啥也不等。

莫妮卡　　　　　　　　可你一直都在盼望这一刻呀！
你知道，告别宴上你可是好一通嘟囔。
员工们的各种奉承、给你送的礼、
你不得不说的话，
还有你不得不听的话！

克拉夫顿勋爵　［指向仍躺在盒子里的一只银托盘
也不知道我忘不了的是哪个呢——

是他们言不由衷说我的那些话，还是我
言不由衷的回答——就为这，
横竖我都感激不尽啊。
　　　　　　　　　　呵，抠巴巴地凑份子，买了
这么个银盘！份钱还不够，这就是
主席的价码！我的那帮董事们嚷嚷：
“咱们得出点血，让份子翻番啊——
一定要买个光鲜的东西。”
这东西盛访客的名片倒正好——
搞得好像现在人来拜访，
谁还先递名片预约似的，
又好像我这儿还会有人上门来呢。

莫妮卡　爸爸呀，你这是抑郁得上瘾了！
你知道你是风风光光地退下的——
报上说你的每个字，你都读了。

查尔斯　头版文章说：“我们确信，他依然
会用自己的慎思明断，长久为政府效力。”
还说期待在上院的辩论中
听到您的声音……

克拉夫顿勋爵　　　　　　　只要地位显赫的人退下，
报界就会来上这一套。要是死在位上，
我的讣告能占一栏半的篇幅，
还会配个插图——一张二十年前的肖像。
退休五年后死去，篇幅减半。
十年后走，一个段落。

查尔斯　　　　　　　　　那是对公众人物的褒奖。

克拉夫顿勋爵　不如说是，

失败的成功人士的殡葬，

成功的失败者的葬礼。

他们占了别人眼红的位置。

我们走的时候，

许多人略感悲伤，而我们亲密的诸位同事，

那一小撮真正了解我们所占位子的人，

可就窃喜啦。他们可不愿我在金融街阴魂不散，

或是坐在上院里。而我呢，鬼魂一个，

也不想在那儿露面。人竟然会怕鬼，

想起来就好笑。他们哪里知道

鬼是怕人啊！

［敲门声。兰贝特上

兰贝特　打扰一下，老爷。楼下来了位先生，

非要见您不可。我告诉他，

不经预约，老爷您不见任何人。

他说他知道，所以带了这便笺来。

还说如果他没见着您就走了，

您知道后会很生气的。

克拉夫顿勋爵　什么样的人？

兰贝特　　　　　　　　　　看面孔像外国人。

不过说一口地道的英语。

声音好听极了。

克拉夫顿勋爵　（看过便笺后）我在书房见他。

不，等一下。那里扔得到处都是报纸。

我还是在这儿见他吧。

兰贝特　　　　　　　　　好的，老爷。
莫妮卡小姐，我把车推走？
莫妮卡　好的，兰贝特，谢谢。
　　　　　　　　　　　　　　　　［兰贝特下
查尔斯　　　　　　　　　　　我该走了。
莫妮卡　咱们去书房吧。我从那儿送你。
克拉夫顿勋爵　把你们从这间屋里撵走，真是不好意思。
不过，莫妮卡，这人我得单独见见。
以前可没听说有这号戈麦斯先生。
可他带了熟人的介绍信来。我没法不见。
不过，凭我对介绍人的印象，
估计他是要钱来的。
要么就是来推销一钱不值的东西。
莫妮卡　爸爸，你现在不该再和这种人纠缠了。
要是二十分钟内打发不了他，
我就让兰贝特叫你去接长途电话。
走吧，查尔斯。拿上我的外套。
查尔斯　再见了，先生。
希望一两个星期后，
在巴基利会所见到你们俩。
　［兰贝特上
兰贝特　　　　　　　　　　　老爷，戈麦斯先生来了。
克拉夫顿勋爵　　　　再见，查尔斯。请记住，
无论何时，只要你在附近，
我们俩都想见到你。对吧，莫妮卡？
莫妮卡　没错，爸爸。（对查尔斯）我们俩都想见到你。

［莫妮卡和查尔斯下

［兰贝特带戈麦斯上

克拉夫顿勋爵　晚上好，戈……戈麦斯先生。您是

卡尔弗韦尔先生的朋友？

戈麦斯　不妨说，我们俩铁磁。

不认识我了吗，狄克？

克拉夫顿勋爵　　　　　　　弗雷德·卡尔弗韦尔！

你怎么回来换了个名？

戈麦斯　自打认识你，你不也改了名吗？

在牛津的时候，你是不起眼的狄克·费里。

然后，你结了婚，拿过你老婆的名，

成了理查德·克拉夫顿-费里先生；

最后呢——克拉夫顿勋爵。

我也学了你的样儿，当然不成气候。

你知道，在咱待的那地方，

改名更姓是常有的事。

再者说了，在咱那个国家，我老婆的名

可比卡尔弗韦尔听上去正常得多，

念起来也顺口些。

克拉夫顿勋爵　你……离开英国后，一直待在那儿？

戈麦斯　自打刑满释放后。

克拉夫顿勋爵　怎么又回英国了呢？

戈麦斯　　　　　　　　　　　　　思乡啊、

好奇、躁动不安，随你怎么说都行。

不过这些年，我可累得够呛，

我琢磨，现在该放个长假了，

算是疗养吧。这就是我回来的目的。
你看，我和你一样，狄克，鳏夫一个。
所以，想去哪儿，就去哪儿。你瞧，
在圣马可——中美洲的一个共和国，
戈麦斯而今可是有头有脸的一方公民。
在那儿混个名望可不易，和这儿一样难。
不过有一点要说明：那儿的人要是敬重你，
原因可是大不一样哟。

克拉夫顿勋爵 你是说，你的行为让你在英国这边
身败名裂，可同样的行为
却让你在那边有头有脸？

戈麦斯 没有的事，没有的事。
我觉得你这话未免刻薄了些。
我可一直守着法来着，
也一直让法守护着咱。
有时候，我得砸下重金。
不过，咱凭经验知道该砸给谁。
一点儿小钱，在妥帖的地点
以妥帖的方式派出去，
那回报可是好几倍哟。
真是这样，我向你保证。

克拉夫顿勋爵 换句话说，
你搞的是系统的腐蚀。

戈麦斯 错，狄克，你的逻辑有问题啊。
你怎么能腐蚀已经腐败了的人呢？
我可以发誓，咱从未腐蚀过谁。

其实吧，为官清白到可以被腐蚀的主儿，
咱还一个没见呢。

克拉夫顿勋爵　这么看来，你的生意，
要是多半在英国做了，
没准会让你再蹲大狱？

戈麦斯　　　　　　　　　　正是。
不过，推论不成立。
如果在英国，这生意咱想都不想。
我的道德标准与我身处的社会保持一致。
凡你不赞成的事，我在英国都不会做。

克拉夫顿勋爵　这一点嘛，至少还令人欣慰。
我相信，你无需伪造文书吧？

戈麦斯　伪造文书，狄克？亏你想得出！
我告诉你吧，伪造文书可是危险的活儿。
这一点——我坚信不疑。
不行的，伪造文书，或者伪造支票，诸如此类的事，
迟早肯定要败露。
然后咋样？你得走人了。
这对我可不行。我这人太恋家。
对了，我还有好几个孩子，
都长大成人了，日子滋润着呢。
我可不会让两个儿子去搞政治。狄克，
在咱那个国，政客不能犯错。谨小慎微的人
总会安排一架飞机随时待命，
同时在一家瑞士银行开户。
来不及逃脱的人，

要么身陷囹圄，不太好过，
要么就得面对行刑队了。
你不明白政治是一件多么严肃的事！
我对儿子们说：“千万别碰政治。
要远离政治，脚踩两只船：
失之东隅，收之桑榆。”
狄克，家里不会一点儿威士忌没有吧？

克拉夫顿勋爵　威士忌有。［按铃

可你为什么回来了呢？

戈麦斯　这你已经问过了呀！
来见你呀，狄克。很自然的愿望嘛！
因为你是我唯一可以信任的老朋友。

克拉夫顿勋爵　你真的信任我？承蒙赏识。

戈麦斯　你当之无愧啊，你心里明白得很。不过我说“信任”……

［敲门声。兰贝特上

克拉夫顿勋爵　兰贝特，请把威士忌拿来。还有苏打水。

兰贝特　好的，老爷。

戈麦斯　　　　　　再来点儿冰。

兰贝特　冰？好的，老爷。

［下

戈麦斯　接刚才的话：我说的“信任”，可是经验之谈。
泛泛地说信任人，那是扯淡。什么意思呢？
你在这一方面信任一个男人；
在那一方面，信任一个女人。
有了这层关系，甲不会让我失望；

因为别有牵扯，乙不会令我扫兴。
不过，我一直对儿子们说：
“到了需要信任某人的关头，
你一定要让他值得信赖这点值点啥。”

［说话的当儿，兰贝特悄无声息上场，放下托盘，下

克拉夫顿勋爵　请便。

［戈麦斯也不客气，满上一杯

戈麦斯　你呢？

克拉夫顿勋爵　我不喝，谢谢。

戈麦斯　变好了哈！

克拉夫顿勋爵　我想知道你为什么非要信任我。

戈麦斯　非常简单。三十五年后，
我回英国来了。你能想象背井离乡
三十五年的滋味吗？走的时候，
我二十五，和你一样大。
去几千英里外，到另一种气候下，
听另一种语言，看别样的行为标准，
我要替自己弄出另一副德性，
另取一个名。想想这意味着啥吧——
另取一个名。

［起身去喝威士忌

不过，你当然知道点儿！
就那么点儿，正好让你自以为是了。
你改过两次名——水到渠成，
每一步不过是又上一个台阶，
所以，变成另外一人，你也浑然不觉。

但我改名的那地方，可没啥社会台阶要上。
那是临堑一跃——有去无回。
我一个纵身，就和自己分离了。
而你呢，慢悠悠、顺当当，
压根儿就没意识到狄克·费里早死了。
我娶了个英语一字不识的姑娘；
她也不想学英语，对四千英里外发生了啥
全无兴趣。她只信教区牧师对她说的话。
我让我的孩子们学英语——有用啊。
我一直用英语跟他们说话。
可他们用英语思维吗？没有的事。
他们用西班牙语思维，却满脑印第安人的想法。
老天啊，狄克，你可不知道隔绝那滋味！想家啊！
思乡这个词苍白无力。
我那种孤绝感，你不懂，
你以为你懂……

克拉夫顿勋爵　　　　我肯定懂。
我一直孤身一人。

戈麦斯　　　　哈，孤独——
那滋味谁都知道。
你的孤独嘛——舒坦坦、软绵绵、暖洋洋；
你可没被隔绝过——只是被护了起来。
人只有意识到丧失了自我——只有这时，
你才会倍感孤绝。

克拉夫顿勋爵　　　　我在等你说
为什么非要信任我呢。

戈麦斯　　　　　　　　　　非常简单。

我父亲死得早——这倒是件好事。

我母亲——我敢说她还活着，

不过一定很老了。她想必以为我死了。

至于我那几个嫁了人的姐妹——我可不以为

她们会跟自己的男人说家里的事。

她们不会想见我的。不会。

而我需要个故交旧友，一个我能信赖的朋友：

卡尔弗韦尔和戈麦斯——他都能接受；

在他眼里，卡尔弗韦尔就是戈麦斯，

戈麦斯就是卡尔弗韦尔。

狄克，我需要你给我一种现实感！

克拉夫顿勋爵　可按你那套信任人的说法，你准备如何让

我值得信赖这点值点啥呢？

戈麦斯　这一点早妥了，狄克，好些年前就妥了呀：

那时你要罩着我，我的灵魂都像被钢丝箍住了。

那些事，一桩桩，

咱们一会儿再说。

咱俩之间一直有这个纽带在，

奇不奇怪？

克拉夫顿勋爵　我倒从没想过。说下去。

戈麦斯　那好，回想一下上牛津时咱们什么样。

再想想在你的影响下，我变成了啥样。

克拉夫顿勋爵　你不能把你的……不幸

算到我的头上吧。

戈麦斯　你在学校里的那帮哥儿们，

我同他们太不一样了——
我和你们就不是一类人。这我也知道。
你在牛津开始罩着我的时候，我敢肯定
你那帮哥儿们一个个都疑惑：你到底
在我身上看中了啥——我，一个来自
无名文法学校、靠奖学金吃饭的学生。
我自己也不明白。不过，我可受宠若惊啊。
后来，我慢慢明白了：你跟我热乎，那是因为
这样你很受用——看见我受宠若惊，看见我崇拜你，
这就撩起了你对权力的向往。
所有人都以为我会成为优等生。
我想你的老师当时以为你会被开除吧。
结果却是两样。至少，你混了下来。
后来，我琢磨了许久。

克拉夫顿勋爵　你的结论是?

戈麦斯　是这样的，狄克。你性喜放荡，
却从不过度。你呀，狄克，心里住了个
精明鬼。我就缺这么一个外援。

克拉夫顿勋爵　对你后来的遭遇，我肯定负不了责，
横竖没有的事。

戈麦斯　你在牛津领着我，又撒手不管了。
于是我被开除，那后果你还记得吧：
混了个惨兮兮的小职员——那是你爸替我找的差；
养成了奢侈的品味——那是你调教的。
同样不幸的是，还练就了一手书法绝活。
于是，一如你刚才的提醒，

开始挪用公款、伪造文书。然后呢，
蹲了大牢，这倒给我时间
把一切想明白了。

克拉夫顿勋爵 这是你第二次提到反省。
不过，有件事你好像忘了：
你出来的时候，我帮过你。

戈麦斯 没错。替我付了车船费。我知道为啥：
你想甩了我。原因我一会儿再说。
眼下咱们看一眼你的发迹史吧。
你很有钱，婚姻美满——或者说看着美满。
靠着你老爸的钱，靠着你老婆家庭的影响，
你在政界混得风生水起。
咱们就说你自己干得挺好吧？
不过，我猜想，不如你希望的好。

克拉夫顿勋爵 从来没人说我犯过错。

戈麦斯 没错。在英国，错误都是无名氏，
因为担责之人不犯错。
这也是你们的惯例。或者呢，假如你的错误曝光，
给你挪个位子即可，至少在那个位子上，
你不可能再犯一模一样的错。
最糟的结局，也就是变成反对党，让别人去犯错，
直到人把你的错或多或少给忘了。
我敢说，狄克，你肯定犯过错……
所以你离开政界，去金融圈
占了个显赫的位子。政府有事
总能找你咨询，不过，当然了，

也不必就采纳你的建议……

你看，我一直劳神留意你的职业生涯来着。

克拉夫顿勋爵　承蒙关注。感动。

戈麦斯　　　　　　　　　　我天生善交朋友。

你的飞黄腾达令我好生欢喜。不过有件事

我想不明白。你不到五十，就官拜大臣，

照此下去，应该问鼎啊！

可你却退出政界，进了金融圈，

做了银行总裁、上市公司主席。

你这样子还真像那么回事——

生就是个高大傀儡的料。

可到了六十，你又退了。

六十——这是为何？

克拉夫顿勋爵　你这么了解我，想必也知道，

我是在医生的一再要求下退休的。

戈麦斯　可不是嘛。委婉的套话。

不过我还是奇怪：

你健健康康又过了五年，至少吧。

这就透着蹊跷。

他们怎么会让你退休呢？

克拉夫顿勋爵　真想知道，我告诉你：我中风了。

没准还会再来一次。

戈麦斯　　　　　　是啊。没准还会再来一次。

不过，我想知道这……中风的起因；

我还想知道你是否真是人说的那什么

伟大的经济学家、金融奇才。

我倒是知道点儿别的事。
据说啊你的婚姻并不美满，
这可叫我难过极了，狄克。
还有贵公子——我听说
他在大学里走了你的道，
不过没你身上那个精明鬼来保佑，
告诉他适可而止。
瞧，我又口渴了。

[给自己倒上威士忌

克拉夫顿勋爵　饶有趣味的生平概述。
只是尚欠准确。我唯一感到惊讶的是，
圣马可这位受人敬重的公民，
一边忙着他诡秘暗示的那种生意，
一边却在百忙中
对我的职业生涯了解得这般仔细。

戈麦斯　我自个儿的职业生涯，
就不向你一一交代了。咱也混得挺好。
我就好奇，要是没遇见过你，
我会是个啥样呢？应该得了优等生吧，
兴许还做了教书先生，在一所中学——
我上牛津前就读的那类中学——教历史。
再看眼下呢？咱是个人物了——
圣马可的一个大人物，比我待在英国可牛逼多了。

克拉夫顿勋爵　这么说，你还自以为是个成功人士……

戈麦斯　世俗的成功，狄克。在另一种意义上，
咱俩都是失败者。可即便如此，

我也宁要我的这种失败，不要你那种。

克拉夫顿勋爵 你所谓的失败是什么呢？

戈麦斯 我所谓的失败？

一个人得不断跟自己装模作样，

作成功状——早晨起来先得化个妆，

然后再揽镜自照——这种人，在我看来，

就是彻彻底底的失败。

克拉夫顿勋爵 你这样要我相信你……世俗的成功

——你这般装模作样岂不正是如此？

戈麦斯 不然，因为我知道

我砸下的银子价值几何。

克拉夫顿勋爵 可不！真有意思啊！

我还是不明白你为何要来见我。

换言之，你说可以信任我

——这话又是什么意思？

戈麦斯 狄克，还记得有个月夜

咱们赶回牛津吗？你开的车？

克拉夫顿勋爵 好多次呢。

戈麦斯 有一次比较特别。

你很清楚我指的是啥——

一个夏天的晚上，月影斑驳——

你在路上撞倒老人的那一晚。

克拉夫顿勋爵 你说我在路上撞了一个老人。

戈麦斯 你自己也明白。我说“狄克，你撞人了”，

当时你若吓一跳，

怎能片刻不见表露？

你的脚根本就没离开过油门。

克拉夫顿勋爵　咱们不是急嘛。

戈麦斯　　　　　　　　　　不只是急吧。

你是不想让人知道咱们去过哪儿。

和咱们一块儿厮混的姑娘——她们叫什么来着?

我全忘了——你可不想让人把她们叫来作证。

你实在无法面对啊。狄克,

我说能够信任你,现在明白为啥了吗?

克拉夫顿勋爵　如果你觉得公众会对说的这事感兴趣,

何不把你的故事卖给一家星期日报呢?

戈麦斯　亲爱的狄克啊,

你怎么能有这么荒唐的想法!

事情过了这些年,忽然从

圣马可来了位费雷德里克·戈麦斯,

爆出一面之词——谁信呢?

那还不把你给毁了呀!

这种东西,报社看都不看。

再者说了,

谁是弗雷德·卡尔弗韦尔呀?

你别以为我还想以这个身份

在公众面前露脸吧?

不会的,狄克,你的秘密在我这儿安全着呢。

当然啦,没准我会给几个朋友私下透透。

也没准就能传到你认识的谁的耳朵里。

不过,你绝不会知道我告诉过谁,

或谁知谁不知。我向你保证。

放心吧，我这人守口如瓶。

克拉夫顿勋爵　那么你要什么呢？要钱吗？

戈麦斯　我的老伙计呀，你可太迟钝了！

我说“你的秘密在我这儿安全着呢”，
于是你就……唉，说什么我也不信，
你会指责一个老友上门来……敲诈！
恰恰相反，我敢说，我能把你赎出好几回。
圣马可是赚钱的好地方，不过存钱在那儿
可不保险。我的投资——也不全是以我的名义
——分布极广。另外呢，在斯德哥尔摩或苏黎世，
我还开有账户，足以让我下半辈子躺着过。
说真的，狄克，你该向我道歉。
敲诈！正相反啊，一旦你有了难处，
我的全部财产任你支配。
一分钟前你直截了当提醒我，
你曾是我朋友，慷慨仗义的朋友。
也许，现在轮到我对你慷慨了。

［兰贝特上

兰贝特　打扰一下，老爷。莫妮卡小姐要我提醒您，

五分钟后有长途电话找您。

克拉夫顿勋爵　　　　　　　　我会去接的。

［兰贝特下

戈麦斯　呵，预先布下的干预，

正对一个缺钱犯难的不速之客，
断了他令人讨厌的造次。
好吧，我不会缠你很久。不过，我敢说，

给你打电话的那位
再等上一刻钟也无妨。

克拉夫顿勋爵　走之前——你要什么呢？

戈麦斯　我一直想表明的是，我只要你的友情！
就像过去那样——你调教我奢侈品味时的那个样。
现在轮到我了。要是你的医生
允许你偶尔抽上一口，我可以让人
直接从古巴给你寄来雪茄。
我是个孤独的人，狄克，渴望温情啊。
我只要在这里时，尽可能和你多走动。
多处一刻，没准我就多待一刻。

克拉夫顿勋爵　　　　　　　　荒唐透顶！
胁迫别人和你在一起——你管这叫友情？
装什么装啊？

戈麦斯　胁迫，狄克！你怎么能说胁迫呢？
你可太刻薄了。我唯一的目的
就是再续交情。难道你不明白？

克拉夫顿勋爵　我明白的是：许多年前，我给了你友情，
你给我的却是嫉妒、怨毒和仇恨。
所以，你这就把自己的堕落
归咎于我。可我怎么替你负责？
我们一样的年纪。你是有是非观的自由人。
你妄称我教你学会了奢侈：
可要是自己本没那些个嗜好，
你哪里会喜欢跟我一块儿呢。

戈麦斯　说得好，我都快要信你了：

难道你不希望这话你也能信？

克拉夫顿勋爵 要是我谢绝陪你呢？

戈麦斯 我可以等呀，狄克。你终究会把心软下来。

你会逐渐感到，比起不见我的身影，

有我在身边，你更自在些。

你会怕人窃窃私语，

怕在镜子里看见身后那张脸，

怕见暧昧的笑容、远远的招呼，

怕走进吸烟室，突然一片死寂。

别忘了，狄克：

你没停车呀！好了，咱还是走吧。

我没待得讨人厌吧？

给你打电话的老兄没准都不耐烦了。

回见，很快见。

克拉夫顿勋爵 我想，不会很快。

我要离开这儿了。

戈麦斯 听说了。

咱贵族圈里无人，可报界有朋友啊。

就此别过吧。再次重逢，

确信咱俩可以重拾旧谊，

真令人神清气爽。

［戈麦斯下

［克拉夫顿勋爵坐着沉思片刻。敲门声。莫妮卡上

莫妮卡 是谁呀，爸爸？

克拉夫顿勋爵 以前认识的一位。

莫妮卡 哦，这么说你认识他？

克拉夫顿勋爵　　　　　　　　　　认识。他改了名。

莫妮卡　来要钱的?

克拉夫顿勋爵　　　　不，他不要钱。

莫妮卡　爸爸呀，这次见人可把你累着了。

现在你得去休息，晚饭前再起来。

克拉夫顿勋爵　好的，我这就去休息。

真希望查尔斯和我们一块儿吃饭。

聚个餐多好。

莫妮卡　爸爸，就咱俩不行吗?

要是今晚我们两人吃饭你都受不了，

到了巴基利会所该怎么办?

幕　落

第二幕

巴基利会所露台。数天后一个阳光明媚的早晨。克拉夫顿勋爵与莫妮卡上

莫妮卡　目前为止，情况比你预期的好，
对吧，爸爸？他们随咱们便。
餐厅里的人一点儿好奇没有。
舒服的床、热乎的水，
早餐也很过得去。客房服务员
可真是客房的服务员哟：
我问她上午咖啡的事，她回说
“十一点钟茶点不归我管，
那是护士的事”。

克拉夫顿勋爵　　　　目前为止，还算不错。
再过两周——十四天里无人盯着你，
也没人递画报要你看，或者三缺一，
要你凑上一桌牌——我的信心会更足。
不过，我要承认已经心满意足了。
但愿能长久吧——舒坦好幸福！
年轻时，幸福感常有，
不过那时没留意；

等有意识时，
感觉少又少了。
希望这和煦的阳光多照几日。
不过，今年初夏，光景好反常，
这往往就是果树打霜的预兆了。

莫妮卡　别管那么多，趁着天好多享受。
在我的记忆里，你没别的，
总是烦恼缠身，摆脱不掉。
眼下，我就想见你快活起来！

克拉夫顿勋爵　也许，我从未像大多数人，
真正享受过生活。至少，没像他们那样，
浑然不觉地快活过。可我倒是常知道，
自己过得不快活。我内心深处对自己
不太满意。我想这种不满把我逼了一辈子，
要去寻个理由——不是世界存在的理由，
而首先是我自己存在的理由。
我们内心的这个自我，这默不作声的旁观者、
无言而苛刻的批评家——
他是怎么回事呢？他恐吓我们，
怂恿我们去干徒劳无益的事。
在他的数落下，我们一错再错，可到头来，
他却指责我们，还变本加厉。

莫妮卡　你自己说了，此时此刻，你觉着快活呢，
觉得这里真的好像清静又宜人。
甚至护士长太太也随咱们自便，
虽然她那样颐指气使得很。

克拉夫顿勋爵　没错。不过想想她的话。
她说："随你们自便！你们要的是绝对清静：
巴基利会所正为此而设。"
我觉得这话的兆头很是不妙。人这样说话，
就表明潜在一种欲望，要干扰
别人的私生活。肯定要爆发的。
莫妮卡　嘘——，爸爸，我看见她从房子那边过来了。
拿起报纸，给我读报吧。
[皮戈特夫人上
皮戈特夫人　早安，克拉夫顿勋爵！早安，克拉夫顿小姐！
今天早晨，天可真好！
我怕你们以为受了怠慢，
所以特来致歉、解释一下。
最近这些天，我忙得不可开交。
我就想，"早餐后我没紧跟过来，
克拉夫顿勋爵会理解的：
他也是忙人一个嘛"。不过，
我希望你们过得还愉快吧？
可有什么照顾不周之处？
但有要求，知会一声即可。
直接给我办公室打电话。如果我不在，
我的秘书——蒂明斯小姐会应答。
能有幸为你们服务，她不要太开心哟！
莫妮卡　您太客气了……呀，抱歉，
还不知该怎么称呼您呢。
叫您"护士长太太"吗？

皮戈特夫人　　　　　　　　噢，不，可别叫“护士长太太”！

当然啦，某种意义上，我的确是个太太——
不，这意思不单是说我嫁了人——
其实，我是寡妇。不过，我曾经可是
训练有素的护士哟。当然啦，我的生活
一直是在你们可能会说的医疗圈子里。
我父亲曾是药理学家。而我丈夫
则是出色的外科医生。你们知道吗，
我是在一次阑尾手术中爱上他的！
当时我是手术室里的护士。不过，在巴基利会所，
你们可别叫我“护士长太太”。你们也知道，
但凡类似疗养院氛围的东西，
我们都刻意回避。我们不想让客人觉得
自己是病人，不过，我们倒也从未有过
健康无恙的客人，除非
像您这样的，克拉夫顿小姐。

莫妮卡　克拉夫顿-费里。或者简短些：费里。

皮戈特夫人　非常抱歉，克拉夫顿-费里小姐。我是皮戈特夫人。

就叫我皮戈特夫人吧。这名字简短，
也好记。不过，我才说呢，
客人里罕有健康无恙的，但我们也从不接收
无药可救的。你们知道，有些人想来这儿等死呢，
发来的申请竟让我们应接不暇！
我们一概不接。看上去无药可救的，
我们也不收——这个要求，我们向

所有送人来这里的医生都明确过。
去吃午饭时，你们可以环顾一下餐厅：
病恹恹的，一个也没有！都是康复中人，
或者像您这样，来休息的。所以，你们要记住，
始终叫我皮戈特夫人，好吗？

莫妮卡　好的，皮戈特夫人。不过有件事还请明示。
客房服务员提到一位护士，我们还没见着。
等见到她时，就称她“护士”吗？

皮戈特夫人　　　　　　　　　　啊，没错。这不一样。
她可是正儿八经的护士，
你们知道的，合格又称职。
我们这个制度有一种平衡非常微妙：
我简称“皮戈特夫人”，客人们听了
会有一份安心在；
而管我们的护士叫“护士”，
他们听了又另有一份安心在。

克拉夫顿勋爵　　　　　　　　　您的意思，我完全明白。

皮戈特夫人　好，现在我得闪了。手头的事多得不得了啊！
不过，走之前，让我给您掖掖毯子吧……
这时节，您可得非常小心才是。
初夏的暖和天变幻无常。
好了，这下您看着就舒服多啦。
克拉夫顿-费里小姐，下午别让他
在屋外待得太晚。记住，
你们想非常清静，就去静谧室。
那儿有一台电视。

晚上比较热闹。不过不算太挤。

［下

克拉夫顿勋爵　我的担心应验了。不过，还不能说
糟糕透顶。哪儿有皮戈特夫人这种人，
哪儿的客人里，没准就有
比皮戈特夫人更狠的角。

莫妮卡　希望这只是她的调味酒，
来了客人就端上。
她觉得是应尽的客套吧。也许这之后，
她就随咱们去了。

［皮戈特夫人再上

皮戈特夫人　　　　我可真是怠慢了呀！
克拉夫顿-费里小姐，我该跟您多说两句才是，
巴基利会所也为年轻一族备有各种娱乐。
如果咱们中间年轻人比较多，晚上就能办舞会了。
眼下还不成。游泳也还太早。
不过，咱们有几位客人酷爱网球。
当然了，槌球总还可以玩。不过，
我不建议您马上就玩槌球。还是等您对其他客人
多些了解，知道不能和谁玩再说吧。
是谁我就不指名道姓了。不过，
有那么一两位输不起，
这样玩就没意思了，我的看法。

莫妮卡　谢谢您，皮戈特夫人。不过，我很喜欢散步。
听说这附近有很好的林荫道。

皮戈特夫人　的确如此。我可以借您一张地图。

沿岸或者山间，都有漂亮的林荫道，
远离公路的车水马龙。您一定得体验一下
什么叫大美林荫道。这里当然不热闹，
但我不觉得有错：毕竟，宁静安详
才是我们存在的理由。好了，不打扰啦，
您自己欣赏吧。

［下

莫妮卡　但愿她别又想起别的什么来。

克拉夫顿勋爵　她会折返回来，跟咱们再说两句宁静安详的问题。

莫妮卡　我觉得她不会再来骚扰了：
从她离开时脸上的表情看，
她觉得今天在咱们这儿尽责了。
我要去周围转转。别害怕啊！
要是你发现有客人像是朝你这边摸过来，
你就把报纸盖脸上，装睡给他看。
人家要是觉得你真睡着了，还会想法弄醒你。
可要是看出你在装睡，只好心领神会了。

［下

一分钟后，克拉夫顿勋爵拿报纸罩上脸。卡格希尔夫人上。她坐进旁边的一把折叠躺椅里，定定神，拿出自己的编织活。

卡格希尔夫人　（迟疑过后）希望没有打搅您。我一直好来这儿坐坐。
这个角落阳光明媚又很隐蔽。
其他客人谁也没发现。

您这么快就找着了，真是机灵。
怎么挑的这地方呢？

克拉夫顿勋爵 （扯下报纸）我女儿挑的。
您刚才说的那些个好处，她也注意到了。
现在得了您的认可，真是不错。

卡格希尔夫人 哦，这么说她就是您的女儿——那个挺迷人的姑娘？
看得出，挺孝顺。
昨晚在餐厅，我就望着你们俩来着。
您是克拉夫顿勋爵大人吧？
有人说您要来这儿——都成话题了。
可我还不信真有这么一天呢！
而现在我就坐这儿，同您说上话了。
天哪，过了这些年，真是不可思议。
您甚至都没认出我来！
可甭管在哪儿，我都认得出您。
当然啦，您的照片隔三差五就上报纸。
大家都认识您。不过，
我还是希望您也认出了我，理查德。

克拉夫顿勋爵 什么！

卡格希尔夫人 您还没认出我吗？

克拉夫顿勋爵 怕是没有。

卡格希尔夫人 我们一共三人——埃菲、莫迪和我。
河上过的那一天——永生难忘——
那是我一生的转折点啊！
您那些朋友叫什么来着？

是谁邀我们吃的午饭？说真的，
他们的名字我忘得一干二净。
你们请我们吃饭——饭店叫什么来着，我忘了——
不过，饭挺好吃。我们一起都上了平底船，
我们几个还带了个装茶点的篮子，
里面有几块漂亮的小蛋糕——我忘了
你们怎么叫来着。你们让我拿篙撑船试试，
结果我把自己弄成了落汤鸡，还差点儿把篙扔掉，
惹得你们笑话一场。
难道您不记得了？

克拉夫顿勋爵 请说下去。
您说得越多，我越容易想起来。

卡格希尔夫人 事后我们三人——埃菲、莫迪和我——
谈起您。现在想来，简直恍如隔世！
可一点一滴，竟然历历在目，吓人吧？
您知道吗，我对您，可是一见钟情——
我想不出是怎么了，可事情往往就这样。
我说："这个人——我能跟他浪迹天涯海角去！"
可埃菲——您知道，埃菲精得很——
埃菲说："那你可把自己给毁了。
我把话放这儿。"埃菲说："你要是铁了心
跟那个男人，别怪他到时甩了你：
他这人靠不住。没真情。"这是她的原话。
也可能说的是"没胆色"？我拿不太准。
现在您想起来了吧，理查德？

克拉夫顿勋爵 您刚才复述的谈话，我还是头一次听说。

不过，我确实想起了您。

卡格希尔夫人 岁月催人老啊，理查德。

我曾经可是风情万种哟。那时您就这么觉得，

别人也这么看来着。不过，照您的记忆，

理查德，说出我的名字吧，求您了——

就一下：您认识我时叫我的那个名。

您再喊我一声，我能激动得不行。

克拉夫顿勋爵 您叫梅西·巴特森。

卡格希尔夫人 嗨，理查德，您这是存心逗我呀。

您明白我指的是艺名。您认识我时叫我的那个名。

克拉夫顿勋爵 那就是，梅西·蒙特娇。

卡格希尔夫人 没错。梅西·蒙特娇。

曾经的梅西·蒙特娇。您都没能认出我来。

克拉夫顿勋爵 您肯定改了名吧。我也改了名。

您当下的名字是……

卡格希尔夫人 约翰·卡格希尔夫人。

克拉夫顿勋爵 我想，您结婚……有年头了吧？

卡格希尔夫人 很多年前，头婚。没维持多久。

人有时怎么说来着："爱情一步错，步步错。"

真是千真万确！阿尔吉性格懦弱，

倒是个朴实人——不奸不滑。

之后我又嫁了卡格希尔先生。

比我大二十。正合我意。

克拉夫顿勋爵 他还健在吗？

卡格希尔夫人 他心脏不好，

工作又辛苦。卡格希尔设备公司

您没听说过吗？做办公家具的。

克拉夫顿勋爵　以前我从不问设备的事。

我相信他的生意很红火……

我的意思是，他让您衣食无忧了吧？

卡格希尔夫人　理查德，要是没钱，医生也不能

把我送这儿来呀。没错，现在的我衣食无忧。

不过，您和我最终竟然在这儿

遇上了——不觉得奇怪吗？

这儿，竟然在这儿！

克拉夫顿勋爵　在这儿怎么了？我就不明白，

为什么在这儿一见到我，你就要

翻出过去的事。那些事，

我还以为咱俩谁也不想提了呢。

卡格希尔夫人　这你就错了，理查德。埃菲总说——

这姑娘可真灵！——“女人他不懂。

凡是信了他的女人，很快就会发现这一点。”

男人可能愿把爱过的女人都忘掉。

可女人对于爱慕自己的，一个也不想忘。

真的，哪怕他是渣男，可在女人的记忆里，

仍然是一种见证。

男人靠遗忘活着；女人靠的是回忆。

再有呢，女人没什么感觉羞耻的地方；

男人却总想把自己的卑劣给忘掉。

克拉夫顿勋爵　　　　　　　　　可你我之间已经两清了呀。

谁又伤害了谁？我有我的教训，

你有你的教训，要是你也需要教训。

卡格希尔夫人　你就是不信我真的爱过你!
当然了，你不愿信，也很自然。
可你竟以为，或你要以为，即便我真的疼过、痛过，
也不愿让你知道我是谁，
不愿过来谈谈过去的事。
你错了，知道吗？说说过去——说说你和我，
那是痛并快乐的事。
往事不堪回首——但我珍惜。

克拉夫顿勋爵　真要伤了心，你还能那样行事？

卡格希尔夫人　心头的伤口一旦抚平，谁又能说
它受伤没有？不过，我知你话里的意思。
你是说，我若真的在乎你，就不会告你悔婚。
真是痴人说梦！人要打官司，
只是因为必须做点啥。真是的，
也许就不该走庭外和解的路。
我的律师说："我劝你接受吧，
因为费里先生要竞选议员：
他父亲对他的仕途期许极高。
如果他输了悔婚的官司，
有些人就不愿出来支持他了。"
他说："我估算了你应得的补偿，
但他的律师开出的价码，
可要高出一倍呢。"
埃菲持反对意见——她想让你出丑。
但我放弃了。我可不想毁了你。
要是我把官司打下去，你的前程也许就到头了。

再往后，你也成不了克拉夫顿勋爵。
所以呢，你日后能飞黄腾达，那底子
也许还是我给打下的呢！

克拉夫顿勋爵 兴许也为你自己吧，一并？
我好像记得，仅仅过了一年左右，
沙夫茨伯里大街上
就出现了大大的你的名字。

卡格希尔夫人 没错，我还有艺术在。
我那首《爱我还不晚》轰动一时，
你不记得了？要不是先前经历过一遭，
我也不能那样声情并茂。你听过我唱没有？

克拉夫顿勋爵 听过。

卡格希尔夫人 什么感觉？

克拉夫顿勋爵 没什么感觉。记得发现自己
没什么感觉，我还吃了一惊。
我就想，兴许，对咱俩，
是个解脱吧，万幸。

卡格希尔夫人 那个“咱俩”
是后来加上的吧，理查德。你想的是，
万幸——你解脱了。你一点不觉难为情？

克拉夫顿勋爵 我为什么要难为情？我问心无愧。
短暂的热恋，无疾而终，
彼此称心，再好没有。

卡格希尔夫人 你问心无愧。
我很少听人提到自己的良心，除非要说问心无愧。
你付出一大笔钱，摆脱了麻烦，还没曝光。

于是你就问心无愧了。其实呢，
我觉得，你还是那个傻傻的理查德，
还是以前那个样。过去你想装世故。
现在又装什么来着？
我冒昧一猜，老政治家吧。
这老政治家本尊和惟妙惟肖地作老政治家状——
两者之间的差别，几乎可以忽略不计呢。
别说，你还真像那么回事。
甭管扮什么角色，我得说你一直都像那么回事。

克拉夫顿勋爵　再没有角色要我扮了，梅西。

卡格希尔夫人　角色总会有的，一直到最后。
到了讣告里，你还要演，不管谁来写。

克拉夫顿勋爵　你是很久以前认识的我，
我们熟悉的时间也不长，
而你就自信很了解我这个人，
我得说，你的自信出人意表啊。

卡格希尔夫人　理查德，我可是年年留意你的发展来着。
尽管我们相识的时间确实不长，
但我们的关系却密切得很，
我觉得足以让我对你了解一二了。
理查德啊，你可别以为我还爱着你；
也别以为你的形象在我这儿完美得不行。
只不过我觉得咱俩有缘……
别怕啊。不过，你那会儿可是撩了我的心——
也许是挠了一把，那触动依然还在。
我也撩了你的。想到咱俩仍然在一起，

怪吓人的；更吓人的是
想到咱俩也许永远要在一起。
我好像记得在哪儿读过一句话：
火焰未熄不灭之处。
你知道我都做些什么吗？
我每晚都读你的信呢。

克拉夫顿勋爵　　　　　　我的信！

卡格希尔夫人　你忘了给我写过信？
唉，也不是很多。值得保留的寥寥几封。
寥寥几封而已。不过真的令人好陶醉！
咱们分手的时候，埃菲说：
“对你价值连城呀，梅西。”
我想，要是上了法庭，
那分量可不轻。难道你都忘了？

克拉夫顿勋爵　有点儿模糊。很煽情吗？

卡格希尔夫人　爱如潮水。想看看吗？
恐怕没法给你看原件，
存在我律师的保险柜里呢。
不过我有影印件，人家跟我说，一模一样。
我喜欢读你的手迹。

克拉夫顿勋爵　　　　　这些信你给许多人看过？

卡格希尔夫人　就几个朋友看过。
埃菲说：“要是他日后成了名人，
而你穷困潦倒，你就把这些信拿去拍卖吧。”
对啊，明天上午我把影印件带来，
念给你听。

——哎呀，皮戈特夫人来了！

冲咱们来了。她这人太可怕！

说起来没完没了。你受得了吗？

如果我马上走开，也许她能心领神会，

明天就不来骚扰咱们了。

早安，皮戈特夫人！

早晨的天可真棒！

［皮戈特夫人上

皮戈特夫人 早安，卡格希尔夫人！

卡格希尔夫人 亲爱的皮戈特夫人！

我怎么觉着您从来就没坐下过呢？

您简直把自己献给咱们了呀。

皮戈特夫人 服侍贵客，卡格希尔夫人，

那是我的立身之本。我就喜欢他们需要我的感觉！

卡格希尔夫人 您确实照顾得好极了，皮戈特夫人。

您可真是体贴入微——还善解人意哟。

皮戈特夫人 不过，我该给你们介绍一下。您这是

在和克拉夫顿勋爵，

著名的克拉夫顿勋爵说话。这位是卡格希尔夫人。

两位是我们的贵客！

我过来是要确保克拉夫顿勋爵身心舒泰。

我们不能让他说话累着自己。

他要的是休息！

您这就走吗，卡格希尔夫人？

卡格希尔夫人 啊，我知道克拉夫顿勋爵是疗养来的。

我突然想到，要他同时应付咱们俩，

没准够呛呢。再说，
我也该去呼吸训练了。

［下

皮戈特夫人 其实，看见卡格希尔夫人缠上您，
我就赶紧过来救个场。
所以您上午要喝的酒，
也没按惯例交给护士，我亲自给您带来了。
她那个名字您不会知道，
不过时事讽刺剧里的梅西·蒙特娇，
您也许还有印象吧。
她曾经名气可大了。
今天的年轻人，对她这个名字，
恐怕一无所知。
不过，您和我应该还记得，克拉夫顿勋爵。
她唱的那首歌——《爱我还不晚》，
一度可是人人传唱呢。
妩媚俏佳人啊，我觉得。不过，
不太对您的脾气，也不对我的脾气。
我就猜她想见您来着，
所以我想一有机会，就要提醒她——
当然比较委婉——不要打扰您。
好了，现在人走了。
要是她再来骚扰，尽管通知我。恐怕
这就是名人要遭的罪吧。

［莫妮卡上

啊，克拉夫顿-费里小姐！

刚才没看见您。现在我得闪了。

[下

莫妮卡 看见皮戈特夫人又来烦你，
我就赶紧回来救急。爸爸，
你的样子好累哟。她应该懂些事的呀。
不过，让我更郁闷的是
有个……不太好的消息。

克拉夫顿勋爵 哦，是吗？怎么回事？

莫妮卡 没走几步，
我就在边道上遇见了迈克尔。
他说一定要见你。怕是出了不好的事。

克拉夫顿勋爵 他开车过来？

莫妮卡 没有，走来的。

克拉夫顿勋爵 但愿他没再出事。你知道，
自打他上回闯了祸，我就整天提心吊胆，
生怕他撞倒个什么人。

莫妮卡 爸爸呀，你就担心这个？
可见你的神经紧张成啥样了。
他不过就撞了棵树呀。

克拉夫顿勋爵 没错，是棵树。
也没准是个人呢。不过，不可能。
否则，他能逍遥法外？兴许是
惹了哪个女人吧。他肯定有一些朋友，
不想让你我知道的。

莫妮卡 八成是钱的问题吧。

克拉夫顿勋爵 如果只是又欠了债，

我觉得还能容忍。

可他人呢?

莫妮卡 我叫他在花园里等着呢,

等我先让你有个思想准备。

我已经向他说明

医生要你安心静养。他不会大吵大闹。

不过,我看得出,他怕了。

你也知道他怕起来是个什么样。

好生闷气,一点就着。

所以,耐心点儿,好吗?

克拉夫顿勋爵 好吧,叫他来。

把事了了。

莫妮卡(喊) 迈克尔!

[迈克尔上

克拉夫顿勋爵 早上好,迈克尔。

迈克尔 早上好,爸爸。

[停顿一下

今天天真好!

你在这儿,赶上这天气,我真高兴。

克拉夫顿勋爵 我在这儿,你高兴?你从伦敦开车过来?

迈克尔 昨晚开过来的。在一家客栈住下了,

离这儿大概两英里。地方不大,还不错。

克拉夫顿勋爵 怎么住那儿了?我还以为

你们度假一般不挑那种地方呢。

迈克尔 其实吧,也不是度假。

不过,这家客栈口碑挺好。

虽说是乡村客栈，但饭菜不错。
而且一点也不贵。

克拉夫顿勋爵　你一般不觉得这有什么不错呀。
打算在那儿长住？整个一假期？

迈克尔　其实吧，也不是度假。
唉，这话我刚说过了吧？

莫妮卡　你俩之间能别这么客套吗？
迈克尔，你来找爸要什么你知道；
爸爸也知道你有事求他。让你俩单独待会儿，
也许就能说正事了。

［下

迈克尔　你知道，想跟你说点儿事太难。
不等了解实情，你就断定该骂的是我，总这样。
上回无辜挨了你的骂，现在我一想就这事。
一直耿耿于怀。如果你总骂一个人，
这人最后闯了祸，也是顺理成章的事。

克拉夫顿勋爵　你可早就开始闯祸了：
上小学时偷东西，不是被开除过吗？
还是回到正题吧。
你现在又闯祸了。
如果你乐意，我们姑且不问该骂谁，
这样呢，你也不必去指责别人。
你就说出了什么事吧。

迈克尔　　　　　　　呃，我工作没了。

克拉夫顿勋爵　阿尔弗雷德·沃尔特爵士给你弄的那份差？

迈克尔　我都忍两年了。乏味透顶。

克拉夫顿勋爵　工作没有不乏味的，十之八九……

迈克尔　我要干更刺激的事儿。

克拉夫顿勋爵　　　　　　　　　　　哦？

迈克尔　我想找个风险更大的事来做。

克拉夫顿勋爵　我敢说你个人搞了点小投机吧。

迈克尔　有几个哥儿们给支招，很灵的。

一直灵验——不过我没采纳。

克拉夫顿勋爵　你采纳的呢？

迈克尔　　　　　　　　　　　不太灵，有原因的。

其实就是，要想获利，我得有大把的资金。

要是能多借点儿，没准我就发了。

克拉夫顿勋爵　　　　　　　　　　　借？找谁借？

不是……从公司吧？

迈克尔　　　　　　　　　　　找了放高利贷的。

一个哥儿们介绍的。凭我的名字，给了优惠：

这也是我这名给我带来的唯一好处。

克拉夫顿勋爵　凭你的名字。怎么个优惠法？

迈克尔　两年之内，不用付一分钱。

利息加在本金上。

克拉夫顿勋爵　这是什么时候的事？

迈克尔　　　　　　　　　　　快两年了。

背了债，时间过得可真快。

克拉夫顿勋爵　还有别的债吗？

迈克尔　　　　　　　　　　　噢，一般性债务：

比如，欠裁缝的钱。

克拉夫顿勋爵　　　　　　　　　　　不出意外。

牛津还那样。

迈克尔　　　　　那是他们的问题。

他们不寄账单，过后我就忘了。

就因为是你儿子，我才背了债。

就因为你的名字，他们非给我赊账不可。

克拉夫顿勋爵　欠了债，所以你被开除了？

迈克尔　部分原因吧。阿尔弗雷德爵士还来听了汇报。

又作出一副惊骇状。

说他不能留下任何好赌之人。

居然叫我赌棍！他说要跟你通气。

克拉夫顿勋爵　所以你就慌忙赶来这里，

好让我先听你的说法。我敢说

阿尔弗雷德爵士的说法大不一样。

他还说了什么？

迈克尔　　　　　老一套呗。

活像个小学校长。还像我在牛津的导师。

“辱没家风，不肖子。”无非这种。

他说，他不想声张这事，全是看你的面子。

我告诉你吧，

做名人的儿子可不是闹着玩的。

你不知道我在办公室里遭了多大的罪。

首先，人人都知道，那工作是为我而设，

就因为我是你的儿子。都觉得我是个多余人。

都知道我不可能靠工资吃饭。

一个个尽拿我开心——有时我明明无事可做，

却都装模作样，说我辛苦坏了。

就连勤杂工也跟我皮笑肉不笑呢。
我都不知道，这么久我是怎么熬过来的。
克拉夫顿勋爵　你的缺点就这些了？
阿尔弗雷德爵士还有别的难听话吗？
迈克尔　喔，还有一条：他说
我跟一个姑娘太过亲密。他以为
我和她不知怎么着了呢，
其实没到那一步。
克拉夫顿勋爵　也许已经不知怎么着了，只是你不愿承认。
迈克尔　唉，毕竟，她是唯一对我好点儿的人。
人嘛倒也不是很带劲儿，消磨时间罢了。
要是早给我安排点儿有意思的活，
这事压根儿不存在！
克拉夫顿勋爵　现在你打算怎么办？
迈克尔　我想出国。
克拉夫顿勋爵　　　你想出国？
嗯，想法倒是不错。离开英国，
找个自治领待上几年，没准你就起来了。
我有些关系，至少是业务往来，
差不多到处都有。
澳大利亚——不行。
那儿我认识的人都在城市。
荒天野地更对你的性子。
去西加拿大如何？
或者到新西兰放羊去？
迈克尔　放羊？天哪，不要。

那可不是我想干的事。我要赚钱。
我要靠自个儿混出名堂来。

克拉夫顿勋爵　可你想做什么呢？想去哪儿？
你觉得自己想要个什么活法？

迈克尔　我就想自己的生活自己过，
按我自己的好坏标准，
照我自己的是非观。我想走得远远的，
到个谁也没听说过
克拉夫顿名字的国家去。
或者，如果我在哪儿改了名——
没准我就会这么干——
那儿也没人知道或在意我以前叫啥名。

克拉夫顿勋爵　这么说，你是准备和家庭断绝关系，
一点儿继承也不要？

迈克尔　我有啥可继承的？你那个爵位，
我知道你为啥要它。妈妈也知道。
首先，有了它，你就可以体面地退出政坛，
因为别人不再需要你了。其次，
你希望成了克拉夫顿勋爵，
就可以和妈妈的家庭一较高下，
其实，是压他们一头。我毫不怀疑，
想到能把你的名和爵位传给儿子，
你那个心满意足啊。可这不是为了我！
我只是你的儿子——也就是说，
是你生命的一种延续，在你不在的时候，
代表你继续行事。你是把这强加于我，

我为啥还要谢你？我不知道，
等你进了坟墓，这会给你多大的满足？
如果人死后还有知觉，我敢说，
你会倍感诧异。可怜的鬼啊！
算完了得失，不禁疑惑：
那些个琐屑，当初何必较真？

克拉夫顿勋爵　这么说，你要我帮你逃离你的父亲！

迈克尔　也帮我的父亲甩掉我。
你根本就不知道，一旦我出了国，
你的生活能美成啥样。
我想要的就是乘机出国去，
找人合伙干点儿有意思的事。
只是，人家可能以为我该有点儿本钱吧。

克拉夫顿勋爵　你想做什么生意？

迈克尔　呃，我也说不好。进出口吧。
一进一出，都有的赚。

克拉夫顿勋爵　迈克尔啊，我会帮你的。
不管你要做什么，只要经过调查，
生意的性质过得去，
我都会帮你起步。

迈克尔　反正我铁了心要离开英国。

克拉夫顿勋爵　迈克尔！你想走——除了你说过的原因外，
还有别的什么吗？不是因为……出了人命吧？

迈克尔　出人命？为什么会出人命？哦，你是说在路上。
当然没有啦。我车技好着呢。

克拉夫顿勋爵　还有呢？那个姑娘呢？

迈克尔　　　　　　　　　　　　　　　我又不傻，

不会惹上悔婚的官司，

也不会搞得谁要离婚。那个姑娘——

还是别的谁，你大可不必瞎操心。

我就是想出去。英国我腻了。

克拉夫顿勋爵　这肯定不是你的心里话。不过呢，

想去国外待几年，也很自然。

没准你就立起来了。不过，

如果动机不是出自雄心抱负，

只是想逃避，那我可不喜欢。

迈克尔　　　　　　　　　　　　我不是逃避。

克拉夫顿勋爵　当然，不是逃避司法——

而是逃避现实。迈克尔啊，

你要是有个远大志向、出人头地的梦想，

我会非常乐意助你一臂之力。

哪怕你因而永远不在我身边，

去饱受热带阳光的常年晒烤，

或在北极的寒夜里瑟瑟发抖。

迈克尔，相信我：

逃避过去的人永远是输家。

这是我的经验之谈。等你实现了目标，

以为自己功成名就、风光无限时，

你会发现自己过往的失误

在那儿等着你呢。

迈克尔啊，我活着可全是为了你们——

你和莫妮卡。要是我再活二十年，

知道我的儿原来是个懦夫，
那我这二十年岂不成了行尸走肉？
迈克尔 很好：想叫就叫，叫我懦夫吧。
但不知，如果你换作我，
会不会还充英雄好汉。我觉得你不会。
你可不像我，没有那种压力。
你爸有钱，可算不上人物。所以，
你没啥榜样立在那儿。
那些个行为规范，你一直极力推崇，
说是对我有好处呢。但不知
你自己是否一直照着做来着。
［没人注意，莫妮卡已经上来了
莫妮卡 迈克尔！怎么跟爸说话呢？
爸爸呀！这是怎么了？你怎么气成这样？
我知道迈克尔一定惹了大麻烦。
你就不能帮他一把？
克拉夫顿勋爵 我想帮他来着，
想看他有什么打算，再拉他一把。
我已经给他提了建议，要他好好想想。
他若出国，我希望他是另一副精神面貌，
而不是老样子。
莫妮卡 迈克尔！说话呀。
迈克尔 有什么可说的？
我想离开英国，自谋职业。
可爸爸就说我是懦夫。
莫妮卡 爸爸呀！你知道，为了你，我死都行。

唉，这话听上去好傻！可家人之间，
爱是无法言语的。你活在其中，
却不加留意，但这爱却影响其他一切，
表达一切其他的爱。
大爱无声。
对你们，我能说什么呢？
爸爸，不管迈克尔干了什么；
迈克尔，不管爸爸说了啥，
你们都要互谅互爱。

迈克尔 假如老爸需要过爱，我也会给他。
可是，莫妮卡，他从没要过我的爱。
你知道，对你我一直很喜欢——
其实，我是很重感情的人。
可……

［卡格希尔夫人拿着公文包上

卡格希尔夫人 哎哟，理查德！没想到你还在这儿。
我回来是想找个僻静地儿，读读你给我写的信。
不过，碰上家庭小聚会，太好了！
我知道你们都是谁！你，当然是莫妮卡。
这位呢，一定是你弟弟——迈克尔。
我没说错吧？

迈克尔 没错。
不过……

卡格希尔夫人 我怎么知道的？那是因为你爸
在你这个年纪，就是你这样。理查德，
他简直就是你的翻版。你是不会给我们介绍的，我还是自己来吧。我就是梅西·蒙特娇!
这对你们当然没什么，孩子们。
时事讽刺剧——梅西·蒙特娇领衔主演，
那是八百年前的事了。而今我是约翰·卡格希尔夫人!
理查德，你这两个孩子可真绝：
莫妮卡一点不像你，可迈克尔——
我认识你爸还是许许多年前，
现在他可是模样大变。不过，
他那会儿就你现在这样。
你爸和我曾经可是老相好呦。

迈克尔　他真的像我?

卡格希尔夫人　你声音像他!动作像他!真不可思议。
还有那身魅力!理查德，你一身魅力全落他身上了。
不承认不行啊。哎，这来的是谁?
是这儿的新客。冲咱们招手呢。
认识他吗，理查德?

克拉夫顿勋爵　　　　过去的一个熟人。

卡格希尔夫人　太有意思了!他身材很棒，
长得有些异国情调。外国人吗?

克拉夫顿勋爵　中美洲什么地方来的。

卡格希尔夫人　好浪漫哟!我想会会他。
他过来跟咱们有话说。你得介绍一下。

[戈麦斯上

戈麦斯　早安，狄克。

克拉夫顿勋爵　　　　早安，弗雷德。

戈麦斯　没想到我会到这儿跟你汇合吧?

你在这儿疗养。我就说服医生，
我也需要疗养。听说你选了巴基利会所，
我就对医生说：“那儿怎么样？还有更好的吗？”
于是，他就把我送这儿来了。

卡格希尔夫人 哦，最近你们见过？
理查德，我觉得你可以给我们介绍一下。

克拉夫顿勋爵 嗯。这位是……

戈麦斯 圣马可国杰出公民，
你的老友费雷德里克·戈麦斯。
这就是我的名。

克拉夫顿勋爵 那么，就让我用这个名——
把你介绍给——约翰……约翰……

卡格希尔夫人 约翰·卡格希尔夫人。

戈麦斯 狄克，咱们的姓好像有点儿弱哦！

卡格希尔夫人 您瞧，戈麦斯先生，
克拉夫顿勋爵和我——我们
刚成朋友那会儿，大家知道的是我的艺名。
曾几何时，伦敦谁人不知
演时事讽刺剧的梅西·蒙特娇啊。

戈麦斯 如果梅西·蒙特娇一如卡格希尔夫人
这般美丽动人，她在舞台上
大放光彩也是理所当然。

卡格希尔夫人 哦，您从未见过我？
遗憾啊，戈麦斯先生。

戈麦斯 我和英国的事断了联系。
要是我在伦敦，处在狄克的位置，

我早成您的铁粉了。

卡格希尔夫人 《爱我还不晚》——

这是我的成名曲，戈麦斯先生。

戈麦斯 永远不会太晚。对吧，狄克？

——这位小姐，我想是你女儿吧？

而这位就是贵公子了？

克拉夫顿勋爵 我儿子迈克尔，

我女儿莫妮卡。

莫妮卡 您好。

迈克尔！

迈克尔 您好。

卡格希尔夫人 您认识克拉夫顿勋爵不会比我早吧，

戈麦斯先生？

戈麦斯 亲爱的夫人，我跟狄克·费里

可是老交情，非您可比。

我们在牛津就是朋友。

卡格希尔夫人 啊，您上过牛津呀！

难怪您英语说得这么地道。

当然了，从长相看，您应该是西班牙人。

我喜欢西班牙人。他们很有贵族气。

不过，我们以前怎么从没见过呢？

您跟理查德在牛津是朋友，

而之后不久，理查德和我就成了相好，

对吧，理查德？

戈麦斯 我想那是我离开英国以后的事吧。

卡格希尔夫人 当然啦，这就对了。牛津毕业后，

我想您是回……您家在哪儿呢?

戈麦斯 圣马可共和国。

卡格希尔夫人 回到了圣马可。

戈麦斯先生，如果您真是待在巴基利会所，

我可提醒您——那我可要好好盘问您了，

您得把理查德在牛津时的一切

都说与我听。

戈麦斯 有个条件：

您也把认识狄克时他的一切都说与我听。

卡格希尔夫人 （拍拍公文包）交换秘密，一件对一件，

戈麦斯先生！您先出牌！

莫妮卡 爸爸，我想你该休息了。

——我得说明一下，医生强烈要求

我父亲每餐前

必须休息静养。

克拉夫顿勋爵 可迈克尔和我还得接着谈呢。

今天下午吧，迈克尔。

莫妮卡 不行，我觉得今天你话说得够多了。

迈克尔，你住得这么近，明天上午再来吧?

早饭以后好吗?

克拉夫顿勋爵 对，明天上午过来。

迈克尔 好吧，我明天上午来。

卡格希尔夫人 你就住附近吗，迈克尔?

你爸跟我可是老交情啊，

叫你迈克尔好像挺自然。

你不介意吧?

迈克尔　　　　　　　　没关系。

我住在乔治饭店——离这儿不远。

卡格希尔夫人　那我陪你走一段吧。

迈克尔　太好了，真是。

戈麦斯　　　　　　　　　　度假呢？

在伦敦工作吧？

迈克尔　不是度假，不是。一直在伦敦上班，

不过我想放纵一把，到国外去。

卡格希尔夫人　这事你得跟我一五一十说说。没准我能给你些建议呢。

理查德，咱们这就走了。再见，莫妮卡。

戈麦斯先生，您说话可要算数哟！

［卡格希尔夫人与迈克尔下

戈麦斯　好了，狄克。咱们得听医生的话。

不过呢，住在这儿，咱们可得好好聊聊

过去的事。回见。

［下

莫妮卡　爸爸，这些人太讨厌了。这儿不能待了。

我要你躲他们远点儿。

克拉夫顿勋爵　　　　　　　　　我想躲的

是我自己，是过去。真是懦夫一个，

也说要躲了！好个伪君子！

几分钟前，我还跟迈克尔理论呢，

叫他不要逃避自己过去的错：

我说我有教训。可要教人的东西，

我自己明白吗？好吧，再从头学过。

迈克尔和我一起去上学。
我们并肩坐在小课桌前，面对同一个先生，
接受同样的羞辱。可我还有时间吗？
迈克尔还来得及。对我会不会太晚了呢，莫妮卡？

幕　落

第三幕

背景同第二幕。翌日傍晚。莫妮卡独自一人坐着。查尔斯上。

查尔斯 喂，莫妮卡，我来了。希望我的口信你收到了。
莫妮卡 啊，查尔斯，查尔斯，查尔斯。你可来了，太好了！
我都急死了，还有点儿怕。
你早晨打来电话，他们居然找不到我，
真是气死人。我一直渴望能听到恋人的声音，
感受爱抚，却偏偏不能，反倒便宜了
皮戈特夫人！噢，查尔斯，
我想死你了！我正需要你呢。
查尔斯 亲爱的，我就想知道你需要我。
在伦敦的最后一天，你承认爱我。
可我疑惑……对不起，我不禁有些疑惑
你的话有几分当真。那时你好像并不需要我。
你说咱们没订婚呢……
莫妮卡 现在订婚了。
至少我订了。我要永远和你在一起。
查尔斯 必须再逛一次街，血拼一场！
不过，亲爱的，早晨接到你的信，

说你父亲和迈克尔，还有过去跟他有关系的那些人，
我就一直在想怎么才能帮他一把。
如果是敲诈——看起来很像，
你觉得我能让你父亲跟我实话实说吗？

莫妮卡　说什么呢，查尔斯！怎么会有人来敲诈我爸？
我爸可是天底下最耿介刚正的人；
最是克己奉公。这怎么可能啊。
说我爸的过去有阴私！
我简直无法想象。

［克拉夫顿勋爵悄无声息上

莫妮卡　爸爸呀，真没想到你会从那边过来！
我还以为你在屋里呢。去哪儿了？

克拉夫顿勋爵　没走远。在那棵山毛榉大树下站了会儿。

莫妮卡　干吗要在山毛榉树下呢？

克拉夫顿勋爵　我感觉像被拽了过去。
没关系。我听到你们说起阴私来。
这世上有许多事啊，莫妮卡，
也够不上犯罪，全在法律管辖外，比如：
一时的失误、无心的偏差、鲁莽的放弃、
难以解释的冲动、前一分钟做下
后一分钟马上后悔的事、极力想对
世人隐瞒的事。查尔斯·黑明顿，
你这一生就没有想忘却的事吗？
没有你想一直隐瞒的事？

查尔斯　当然有我乐意忘掉的事，先生，
确切地说，我希望从未发生过呢。

我的有些事你还不知道，莫妮卡；
不过，想对你隐瞒的事一件没有。

克拉夫顿勋爵　要是你没有，确实没有不能对
莫妮卡说的事，你就什么问题也没有。
你们彼此相爱——这我看在眼里，不劳旁人相告！
如果有事你觉得千万不能让世人知道，
对她却无所隐瞒——你的灵魂就是安全的。
谁如果能有一人，一生能有这么一位，
他愿意对其袒露一切——注意了，不仅有作奸犯科，
不仅有卑鄙堕落、猥琐怯懦，
还包括他装痴卖傻——谁没有过呢？——
装痴卖傻时的种种荒唐——谁有这么一位，
那么他对那人就是爱了；他也因爱而得救。
我只怕谁也没爱过呢，真的。
不，我的莫妮卡，我爱——只是有个障碍在：
如果你和比你孩子大的人从未平等坦诚相见过，
那么，你和自己的孩子也不可能坦诚相见。
孩子小的时候，你无法跟她袒露自己。
等她长大成人了，你早编出子虚乌有这张网，
把自己裹了起来！我这辈子都在想法
忘掉自己，想把自己变成我扮的角色。
装得越久，越难扔下行头，走下舞台，
换上自己的衣服，说自己的话。
于是，我就成了莫妮卡的偶像。
她崇拜我扮的角色。要是她见演员走下舞台，
脱了戏服，卸了妆，也不说台词了，

我怎能肯定她还会爱他？莫妮卡！
我是装模作样骗了你的爱。现在我也装腻了。
不过，等你知道了爸爸是个什么人——
其实是个失败的演员，
我希望在你心里对他还能存有一丝的爱。

莫妮卡　越了解你，爸爸，我只会更爱你。
我应该更能理解你。
查尔斯那儿没什么我害怕知道的事。
你这儿也没什么我不敢知道的事。

查尔斯　莫妮卡跟我说您这儿还住了两位，
嚷嚷着早就认识您。我就在想，
先生——恕我冒昧——我在想，
如果是来敲诈，我在法庭打官司时
倒是见过一些。我肯定能帮上忙。

莫妮卡　　　　　　　　　　　　爸爸呀，让他帮忙吧。

查尔斯　至少，我想我知道找谁咨询最合适。

克拉夫顿勋爵　敲诈？是啊，这个词，我先前听人说过，
也没几天。我问他要什么，他说，
嗐，这叫什么话？我啥也不要，
只要你的友情和陪伴。
男的是阔佬，女的是富婆。
要是人家讹你，就为要你陪伴，
只怕法律也管不着吧。

查尔斯　　　　　　　　　那您又何必顺从呢？
干吗不离开巴基利，躲开他们？

克拉夫顿勋爵　因为在这儿的并非他们真人，查尔斯。不过

鬼魂罢了：
我的过去留下的鬼魅，一直跟着我，
直到最近，我才发现折磨我的鬼
现出形来是个什么样：人而已——
恶毒、猥琐。我还发现自己摆脱了
幽灵般的缥缈，好像到了现实里。
莫妮卡 可这些鬼意味着什么呢？你这些年
憋在心里，不言语。妈妈知道吗？
克拉夫顿勋爵 你母亲一无所知。我不了解你母亲，
这我知道；她同样也不了解我。
当时我就觉得她理解不了，或者说，
一旦知道了萦绕在我心头的鬼，她会吃醋。
我现在还这么看。明明知道话不投机，
如何敞开心扉？既然宽恕无望，
又怎么去忏悔？问题也不在她。
我们彼此谁也不懂谁。就这么过着，
默默无语相向。她就默默无语地走了。
她对我无话可说。
我想起你母亲临走时的样子：
生无可恋；身后如何，漠不关心。
莫妮卡 现在就打破沉默吧！把你的心魔告诉我们！
查尔斯 可他们也就是人而已，可以对付。
莫妮卡 或者说几个鬼而已，可以赶走！
他们是谁呀？在你的生活里都代表了啥？
克拉夫顿勋爵 ……不过，他俩却都因祸得福。
他说的就是这意思，

弗雷德·卡尔弗韦尔……

莫妮卡　　弗雷德·卡尔弗韦尔？

谁是弗雷德·卡尔弗韦尔？

克拉夫顿勋爵　　没这个人了。

他现在叫费雷德里克·戈麦斯，中美洲人。

发家致富，手段别具一格，

在他移居的那个国家里，

地位显赫，举足轻重。

他甚至让两个儿子继承父业，也发了。

假如没有认识我， 他会怎么样呢？

英国中部内陆，一所偏远的文法学校——

校长而已。

至于梅西·巴特森……

莫妮卡　　梅西·巴特森？

谁是梅西·巴特森啊？

克拉夫顿勋爵　　没这个人了。

音乐喜剧明星——梅西·蒙特娇也不存在了。

只有约翰·卡格希尔夫人，有钱的寡妇。

但是，弗雷德·卡尔弗韦尔和梅西·巴特森，

还有狄克·费里，还有理查德·费里——

这些就是我的魔。都是良善之辈，

与戈麦斯、卡格希尔夫人和克拉夫顿勋爵——

与这三位本来或许大相径庭呢。

在牛津时，弗雷德崇拜我。

我拿他的崇拜干了什么呢？

我一手把他养出了品味——他撑不起的品味。

于是他伪造文书。于是他下狱服刑。
这人不经诱惑——责任在我吗?
是的，责任在我。
我们每每忽视的一点是，
那些崇拜我们的人，不仅学我们的好——
或者说，崇拜什么就学什么——
同时也学我们的坏！由此
或许又助长了他们天生的毛病。
梅西爱我，不遗余力地爱——
只顾自己的情，昏天黑地。
可遇上了爱，我们就该郑重以待，
即便那是虚荣、自私的爱，也不该伤害。
我就在这儿栽了跟头。
想起来就懊恼不安。

莫妮卡 即便如此，这俩人也不能整你呀。
我们不能不管。他们能把你怎样?

克拉夫顿勋爵 也就是知道点儿丑事、丢脸的事……

莫妮卡 那好，爸爸，你应该把他们知道的事也告诉我们。
恨你的人都一清二楚的事，
你干吗要对爱你的人隐瞒呢?

克拉夫顿勋爵 我就简要说说吧。
先说弗雷德·卡尔弗韦尔。
他再度闯入我的生活，是要提醒我一件事。
他很清楚，这件事一直压在我心头，挥之不去。
有天夜里，我开车回牛津，带着两个姑娘。
走的是一条辅路。有个老人躺在路上，

我从他身上压过去，没停车。
后来，又一个人开车压过去。是个卡车司机。
他停了下来，然后被抓。不过后来又给放了。
有确凿证据表明，老人是自然死亡，
然后才被车压了。
我们车轮碾过的只是一具尸体，
所以谁也没有撞死他。只是，我没停车。
结果，后来一辈子，在半睡半醒时分，
有时冷不丁就会听到一个声音低语：“你没停车呀！”
我知道是谁的声音：弗雷德·卡尔弗韦尔的。

莫妮卡 可怜的老爸呀！憋了一辈子！无人可以诉说。
我以前真不知道你有多孤独，
或者说，你哪儿来的孤独。

查尔斯 再说卡格希尔夫人：
她抓了您什么把柄呢？

克拉夫顿勋爵 我是她的初恋。
本来要娶她的——可我父亲不让：
让她嫁我不成也不亏——他这么说的——
当然了，让我娶她不成也不亏。
其实呢，我们彼此完全不合适，
但她身上有一股特别的娇媚，
别的女人谁也比不了。她知道这一点。
也知道过去那个男人的魂
依然缠在那个叫梅西的女人的魂上。
要是我们结合了，应该过的是穷日子，
肯定要吵架，都不开心，没准都离了呢。

可她就是忘不了我，或者说没有原谅我。

查尔斯 这男人，还有这女人，报复心可真强：
您没看出来吗——他们和您一样，都错了，
而且还心知肚明？他们满心急着报复，
原因就在这儿——这是开脱自己的法子。
人有伤心事，要说就说吧，
让他们窃窃私语去。伤不着您。

克拉夫顿勋爵 你的话没错。不过在这儿不相干。
他们俩各自记得我跑过一次。好吧。
现在我不跑了——不躲他们了。
我就借着这次会面，把他们一举甩掉。
我已经在你面前悔过了，莫妮卡：
这是我走向自由的第一步，
兴许还是至关重要的一步。我知道你怎么想的。
你觉得我的良心不安有些病态，
老在那儿琢磨自己兴许完全可以忘掉的错。
你以为我有病，其实，我正康复呢！
很难让人意识到，他们眼里琐屑的事
其实相当重要；更难的是你要忏悔的
不是人人都能理解的刑事犯罪，
而是谁也不以为意的道德罪过。
刑事犯罪是法律的事，
道德罪过则是罪人的事。
过去的五分钟前后可大不一样，
关键并非在我的罪孽何等深重，
而是在于我的忏悔。在你面前，

莫妮卡，只在你的面前。

查尔斯 您说的这些都对。

可您打算怎么办呢？您要在这儿待多久，

克拉夫顿勋爵？这种迫害您要忍到几时？

克拉夫顿勋爵 到最后吧。解脱的时间和地点，

我想已经定了。咱们就不再说了。

这时间，我肯定他们正密谋怎么对付我呢。

瞧，卡格希尔夫人过来了。

莫妮卡 咱们走吧。

克拉夫顿勋爵 就待这儿。让她过来吧。

［卡格希尔夫人上

卡格希尔夫人 我到处找你呢，理查德！

有个非常劲爆的消息要告诉你！

不过，我猜……不会错吧？

没错，肯定没错，莫妮卡！

看你今天这副表情，我就知道

这位一定是你的未婚夫了。介绍一下吧。

莫妮卡 查尔斯·黑明顿先生。卡格希尔夫人。

查尔斯 您好。

卡格希尔夫人 多好听的名字啊！

查尔斯 我的名字得到您的赞赏，真是开心，卡格希尔夫人。

卡格希尔夫人 向您道喜了，黑明顿先生。

您能得到莫妮卡这样的姑娘，有福啊。

我对她的前程有浓厚的兴趣。

吃惊不是？认识她不过两天，

可我觉得已经拿她当女儿看了！

不妨说我差点儿就成了她母亲呢！
她父亲和我可是老相识了，
我还差点儿就嫁了他。
唉，陈年往事啦。所以呢，黑明顿先生，
我就把她当成了养女。这样一来，
再叫您黑明顿先生好像怪怪的。
我就叫你查尔斯吧！

查尔斯 您随便，卡格希尔夫人。

克拉夫顿勋爵 你说有劲爆的消息要告诉大家。
说来听听吧。

卡格希尔夫人 是小亲亲迈克尔的事。

克拉夫顿勋爵 哦？迈克尔怎么了？

卡格希尔夫人 他把他的事全跟我说了。
你误解了他，他很难过，理查德。
他一定痛苦死了！于是呢，我就动了脑子。
我知道，你一直认为我这人没脑子，
不过，偶尔我也能冒出一两个主意来。
迈克尔要重新起步，他真正需要的是什么——
我到底给琢磨出来了。他想出国！
想自己闯一条路。这很自然呀。
于是，我就想，干吗不找戈麦斯先生呢？
他有钱，在他的国家是个人物。
还是迈克尔父亲的朋友呢！
结果我发现他可乐意帮忙了。

克拉夫顿勋爵 那么，戈麦斯先生有何高见？

卡格希尔夫人 哈！我来就是让你有个准备，到时可别吓着了。

小亲亲迈克尔可高兴啦——他的问题全解决了。

可怜的小羊羔，人都蒙了。咱们一起庆祝一下吧。

［戈麦斯与迈克尔上

克拉夫顿勋爵　我说，迈克尔，你知道今天上午我在等你，

可你影子也不见。

迈克尔　　　　　　不是的，爸爸。我跟你解释。

克拉夫顿勋爵　我听说，你先跟卡格希尔夫人，

后来又跟戈麦斯先生谈了你的问题。

迈克尔　爸爸，先前跟你说我想出国，

你就是不明白我的想法。你在伦敦这儿

给我找了事做，我干吗还要绕过大半个地球，

去干一模一样的事？是想换个阿尔弗雷德爵士，

让他以我的道德监护人自居，给你打小报告？

是要找个什么地方，让人人都耻笑

从伦敦来的家伙——一个因人设岗、

靠家里汇款混日子的英国佬？

没有的事！我想去个能自己闯荡的地儿，

而不仅仅做你的儿子。戈麦斯先生就明白这一点。

你要懂不起，他懂。

他给了我一份工作，正是我想干的事。

克拉夫顿勋爵　没错，戈麦斯先生替你专设一事，

我明白这其中的利益……

迈克尔　　　　　　　　　　　不是为我设的。

戈麦斯先生来伦敦想找个做事的人。

他觉得我正合适。

戈麦斯　　　　　　　　是啊，巧了。

克拉夫顿勋爵　你可不就是戈麦斯先生想要的人嘛，

不过，可不是你以为的那种合适，

背后的原因也不是你想的那样。

还是我来给你说说戈麦斯吧。

他倒不大可能要做你的道德监护人。

他真名叫卡尔弗韦尔……

戈麦斯　　　　　　　　　　　　亲爱的狄克，

你这是老调重弹，浪费时间啊。

迈克尔早知道了。我亲口告诉他的。

我觉得在他听到你的片面之词前，

还是先从我这儿了解实情为妙。

不过，狄克，你含沙射影，

说我做不了迈克尔的道德监护人，

这话我听着不爽。非我莫属嘛！

简直就是量身定做。狄克，想想看，

你曾经还是我的道德监护人呢——

即便你分明比我还要孟浪点儿。

克拉夫顿勋爵　要说这事，弗雷德，你可在浪费你的时间了：

我女儿和我未来的女婿，

他们明白你话里的意思。

先前，他们对我们的……近乎疑惑不解，

我就跟他们解释，把事都说了。

卡格希尔夫人　　　　　　　　　　啊，理查德！

你也跟他们说了咱俩近乎的事吗？

克拉夫顿勋爵　说了。

卡格希尔夫人　　　　　我的浪漫史哟。

　　那时候，你爸这人简直无法抗拒。

　　他第一眼看我，我就化了！

　　改天，莫妮卡，我全告诉你。

莫妮卡　您的事，卡格希尔夫人，我知道的，已经让我

　　心满意足了。

卡格希尔夫人　我那时可是风情万种啊。

戈麦斯　这一点，我们确信无疑！

　　您现在都还万种风情呢，

　　我们完全可以想见您在……那时您多大来着？

卡格希尔夫人　才十八呀。

克拉夫顿勋爵　　　　　　我说，迈克尔，

　　戈麦斯先生说他跟你说了他的事。

　　他提到蹲监狱这档子事吗？

迈克尔　他什么都跟我说了。他跟你打过交道，

　　所以特能理解我的难处。

克拉夫顿勋爵　　　　　　　所以就编了个差，

　　说他到伦敦找人来了。

迈克尔　这我无所谓。反正他给了我份工作，

　　挣的不老少，还有回扣可拿。

　　他在那儿发了财。我就去圣马可了！

克拉夫顿勋爵　你的职责是什么？你知道吗？

迈克尔　还没细谈。以后再说。

戈麦斯　最好等咱们到那儿再说。

　　圣马可的事在圣马可说，

　　要比在英国说得明白。

克拉夫顿勋爵 也许你打算把名字改成戈麦斯？

戈麦斯 哎哟，大可不必，狄克，好名字多着呢。

莫妮卡 迈克尔呀，迈克尔，你可不能不要家，

连自己也不要了——那可形同自杀。

查尔斯 迈克尔，你觉得戈麦斯先生是一番好意——

迈克尔 我跟你们说过了呀，他是来伦敦物色人的，

他手下空个要职……

查尔斯 这工作的性质还模糊得很。

迈克尔 告诉你吧，机密。

查尔斯 可以想象：

高度机密……

戈麦斯 当心了，律师先生。

您应该对诽谤罪略知一二吧？

卡格希尔夫人在此。可靠的证人。

查尔斯 造谣诽谤罪的条文我很清楚，

我知道您不大可能拿来一用。

迈克尔，还有一点要考虑：

戈麦斯先生给你在圣马可找了一份工作；

戈麦斯先生替你支付车船费……

迈克尔 还预支工资。

查尔斯 戈麦斯先生替你支付车船费……

戈麦斯 一如许多年前，

他爸爸替我付费。

查尔斯 这样偿还旧情

无疑让您心满意足？

戈麦斯 没错，还清旧账

总是一件开心的事。晚还总比不还好。

查尔斯　我明白您的想法了。迈克尔，

这个人打算通过你，来发泄他一辈子

对你父亲的怨。你真能信他吗？

记住了，他这人，你并不了解；

他干的什么事，你也一无所知，

而你就把自己完全交给了他。

你唯一可以肯定的是，

他伪造文书坐过牢。

戈麦斯　好了，迈克尔，你怎么回答？

迈克尔　我要说黑明顿的脸皮可真厚。戈麦斯先生和我

把事情都谈透了，黑明顿……

戈麦斯　我们俩都是老于世故之人，我们谈起事来

开诚布公。可以告诉您，迈克尔的脑袋没进水。

他有脑子，有本事。等他回来时，

能把您赎买不知多少回呢。

卡格希尔夫人　理查德，我觉得现在该我说两句了。

我的先夫，卡格希尔先生，是个商人——

真希望您能认识他，戈麦斯先生。

你们在某些方面非常相像——

所以啊，生意上的事我懂。

卡格希尔先生就这么对我说过。

这么说吧，迈克尔做生意是把好手。

我看出来了。戈麦斯先生也看出来了。

可怜的孩子，他一直不顺，灰心丧气了。

其实他一直在等个机会，施展才能。

而现在，机会呀，机会上门来了。
理查德，你可不能挡他的道。丢人。

克拉夫顿勋爵　我挡不了他的道，这你很清楚。
迈克尔是个自由人。他要是下定决心，
把自己交给你，弗雷德·卡尔弗韦尔，
是自觉自愿卖身为奴，我挡也挡不住。
你走之前，迈克尔，我还有几句话要说。
尽管你不接受我，但我永远不会不认你。
我现在清楚地意识到，我这一生犯了许许多多的错，
而且一错再错，以错纠错，用的手段也是同样的错。
我明白，你母亲和我——我们谁也不理解谁——
又都误解了你，她是那样，我是这样。
想起你小时候，想起那个叫迈克尔的快乐小男孩，
想起你的童年和少年时代，再看到为你健康成长
所做的一切努力反而相抵互消，
我除了哀伤、内疚还能怎样？

莫妮卡　迈克尔啊，记住了，我只有你这一个弟弟，
你也只有我这一个姐姐。你过去一直不怎么在乎我。
一起长大期间，我们很少共同的朋友。
我还以为就这样呢。现在才知道，
有个弟弟对我多么重要。

迈克尔　当然啦，莫妮卡。你知道对你我好喜欢，
尽管我们好像真的没有多少共同点。
还记得常在放假回到家，看见你总坐那儿
埋头啃书，我就气不打一处来。
有一次，妈妈夺了你的书，扔到火里。

我都笑死了！你好像连打情骂俏都不愿。
我那帮朋友就常拿我这个书呆子姐姐来涮我。
不过，尽管这样，我对你还是好喜欢，永远好喜欢。
我们不常见面，不过，如果彼此喜欢，
那对你我的生活未必有影响。

莫妮卡　嗨，迈克尔，我说的话，你一点没明白。
你当然要过自己的日子，就像我要过我的。
问题不在你要出国，而在于你执意如此
是缘于什么心态：要是你想跟爸爸和家庭断绝关系，
那么，你我之间还剩什么呢？

迈克尔　　　　　　　　　　　　这没关系呀。
你还会见到我的。

莫妮卡　　　　　　　可再见你的时候，
你是谁呢？不管那时你是谁，
我就只当还是同一个迈克尔。

查尔斯　你什么时候离开英国？

迈克尔　　　　　　　　　　　有船就走。
还得买身行头去。我们正要去伦敦呢。
那边的气候要备些啥，戈麦斯先生会关照。
你瞧，轮船公司他有朋友。他觉得他们
可以帮忙订到票。

卡格希尔夫人　太好了，戈麦斯先生，您一出手，　全妥了！
——我刚提个建议，他就全给筹划好了！
真是灵光一现——我是说，我的主意。
你在听我说吗，理查德？
你这样子心不在焉得很。你该激动才是啊！

克拉夫顿勋爵　这就道别了吗，迈克尔？

迈克尔　　　　　　　　　　　　　　　噢，也说不定。

可能会再来看一眼，要是这样还有意义。

就我个人来说，我觉得一旦下定决心，

不妨立马道别完事。

克拉夫顿勋爵　是啊，你要走，我又没法拦你，

那么我和你意见一致，越早越好。

我们也许再不见面了，迈克尔。

迈克尔　　　　　　　　　　　　为什么呀？

戈麦斯　满五年后，他可以第一次休假。

迈克尔　嗯……没什么要说了吧？

克拉夫顿勋爵　　　　　　　　　没了。

迈克尔　那咱们就走吧。

戈麦斯　对，咱们就走吧。

狄克，最终你会感激我的。

卡格希尔夫人　理查德，要解决儿子的问题，

做父母的未必合适。有时候，一个外人，

一家人的朋友，倒是看得清楚些呢。

戈麦斯　倒不是我有啥功劳。

也就是回到英国，赶巧能助一臂之力。

咱们只能说这是运气。

卡格希尔夫人　真是天意啊！

莫妮卡　再见，迈克尔。你会让我给你写信吗？

戈麦斯　哦，亏了你提醒。这是我的名片，

上面有地址全称。信写到那儿，他就能收到。

不过，得要个几天，你知道的，哪怕走航空。

莫妮卡　接下名片，查尔斯。要是我写信给你，迈克尔，

你会回信吗？

迈克尔　　　　　当然啦，莫妮卡。

你知道，我这人不太会写信；

不过，偶尔会给你寄张明信片来，

好让你知道我得意着呢。

克拉夫顿勋爵　　　　　　　对，给莫妮卡写信。

戈麦斯　好了，再见吧，狄克。再见，莫妮卡。

再见，黑……黑明顿先生。

莫妮卡　　　　　　　　　　　再见，迈克尔。

［迈克尔与戈麦斯下

卡格希尔夫人　是不是觉得太突然了呀，理查德。

也不算太突然。咱们里里外外都说到了。

不过我还有个自己的小消息。

明年秋天，我要按医生的建议，

去一趟澳大利亚。回来的时候，

戈麦斯先生邀我去圣马可看看。

我都激动死了！不过，我最开心的还是，

到时候能给你们带来迈克尔的消息。

既然咱们再度相逢了，可得一直保持联系哟。

不过，你现在还是休息一下吧。

你这样子有点儿乏了。我去送送他们。

［卡格希尔夫人下

莫妮卡　噢，爸爸，爸爸，我好难过！

不过，也许，也许呀，迈克尔能长些记性。

我相信他会回来的。要是彻底失败了，

他就会想家，肯定会回到咱们身边来。
要是发达了呢，他会自信起来——
迈克尔缺的就是自信。爸爸呀，
他厌弃的不是你和我，而是他自己，
那个让他难为情的倒霉蛋。
他肯定还是爱咱们的。

克拉夫顿勋爵 莫妮卡，我的好孩子，
你这话说到了我的心坎上。我替迈克尔担心啊。
不过，你往好处想也没错。
等他回来时，要是他真的回来了，
我知道你和查尔斯会尽心尽力，
不会让他感觉生分。

查尔斯 我们一定。他回家来，我们时刻欢迎，
会尽我们所能帮助他。不过，你们俩一起
才是吸引他回来的动力：您和莫妮卡加一块儿。

克拉夫顿勋爵 我不会在这儿了。我对他说
这次可能就是生离死别，你也听到了。
现在我肯定就是这样。也许没什么不好。

莫妮卡 什么意思啊，爸爸？你要在这儿迎候他。
不过，有一件事我确信不疑：你得离开巴基利会所。

查尔斯 莫妮卡说得没错。您是该离开了。

克拉夫顿勋爵 说来你们也许讶异：我现在平和了。
了解真相带来痛悔，痛悔之后就是平和。
我干吗总想把持自己的孩子呢？
干吗要给迈克尔划一条狭路窄道呢？
因为我想在他身上延续我自己。

又干吗要把你留在身边呢，莫妮卡？
因为我装的那个人，我自以为是的那个人，
我想要你膜拜一辈子，这样
我好对自己的装模作样信以为真。
就在刚才，我才豁然明白什么才叫爱。
我们都以为自己知道，可真正明白的人寥寥无几！
我这会儿感觉挺幸福——虽然这样那样，
我还是有悖常理，得了幸福的眷顾。
我高兴啊，莫妮卡，
你找到了一个以本色让你去爱的人。

莫妮卡　爸爸啊，我一直都爱你，
不过，自打在这儿，在巴基利会所
了解你以后，我对你的爱更深了。
也因为爱上查尔斯，更加地爱你。

克拉夫顿勋爵　是啊，亲爱的，
你爱的是真实的查尔斯，不是冒牌货，
不像你过去对我的爱。

莫妮卡　可现在不是了，爸爸！
我爱的是真实的你——现在的你，
不是过去以为的你。

克拉夫顿勋爵　还有迈克尔！——
我爱他，哪怕他不认我，
因为他不认的那个我，我也不认。
那个装模作样的我——我戒了；
我谁也不做，我活了。
生命是什么——找到了，死都值啊。

女儿呀，知道这世上还有一人——
你对他的爱超过你对爸爸的爱，
知道你爱也得到了爱——
我对你的爱也越发真切了。
既然我也爱迈克尔，我想，还是头一回呢——
记住，孩子，在爱的行动上，我不过刚刚入门——
那么，倒也不赖。
我要离开一会儿。
查尔斯，你第一次来巴基利会所看我们，
情况和你想的完全不同吧。
不好意思，让你跟着见识了这么多
不太愉快的人和事。你们俩应该有点儿
在一起的时间。我把莫妮卡交给你了。
照顾好她，查尔斯，
现在到永远。我去散步了。

莫妮卡　这个时间？别走远，好吗？
你知道，这个季节，医生不让你在外边
待得太晚。黄昏的时候有凉意了。

克拉夫顿勋爵　是啊，黄昏的时候有凉意了。不过，
我会暖和起来。不走远。

［克拉夫顿下

查尔斯　他和以前大不一样了。
好像穿过一扇我们看不见的门，
再转过身来，望着我们，
目光在告别。

莫妮卡　我不明白他干吗要散步去。

查尔斯　想让咱们单独在一起呀！
莫妮卡　没错，他想让咱们单独在一起。
　　不过，查尔斯，今天我们单独在一起
　　不过几分钟，可我一直觉得……
查尔斯　我知道你要说什么！先前，
　　即便有迈克尔在，还有那些人，
　　咱们却玄而又玄，就觉得单独在一起呢。
　　因为不知怎么，咱俩就相依为命了，
　　而这种感觉……
莫妮卡　就是护佑咱俩的盾牌……
查尔斯　到了现在，就觉得冒出个新人来——
　　是你我连成的一体。
　　　　　　　　　亲爱的，
　　我对你是言有尽，爱无边。
　　真奇怪啊：语言竟然这般贫乏。
　　可是，就像哮喘病人要拼命呼吸，
　　人有了爱也得拼命把词来找。
莫妮卡　自打开天辟地起，我就爱着你。
　　你我还未出世，这让咱俩牵手的爱
　　一直都在。
　　　　　　爸爸呀，爸爸！
　　现在我能对你说了。
查尔斯　　　　　　　　　我去找他。
莫妮卡　咱俩一块儿。他就在附近，
　　不过人走得太远，回不来了。
　　他在山毛榉树下呢。那里凉静静。

他谁也不做，成他自己了。

现在他只是我爸，迈克尔的爸。

我真高兴啊。奇怪吧，查尔斯，

人在这时还会高兴？

查尔斯　　　　　　　　一点也不怪。

逝者把祝福全给了活着的人。

莫妮卡　我既坚信这爱亘古不变，

老迈衰朽又何所惧？

困厄坎坷我不怕，

哪怕死亡

也不能让我惊恐、绝望。

　　　　　　　　　　　　你让我感到安全无比。

我是你的一部分。带我去找爸爸吧。

幕　落

袁伟　译

T. S. Eliot
The Complete Plays of T. S. Eliot

图书在版编目（CIP）数据

大教堂凶杀案 /（英）托・斯・艾略特（T. S. Eliot）著；李文俊，袁伟译. -- 上海：上海译文出版社，2025. 8. --（艾略特文集）. -- ISBN 978-7-5327-6622-2

Ⅰ. I561.35

中国国家版本馆 CIP 数据核字第 20255GA415 号

大教堂凶杀案	T. S. Eliot	出版统筹 赵武平
The Complete Plays of T. S. Eliot	[英]托・斯・艾略特 著	责任编辑 王 源
	李文俊 袁伟 等译	装帧设计 汐 和

上海译文出版社有限公司出版、发行
网址：www. yiwen. com. cn
201101 上海市闵行区号景路 159 弄 B 座
江阴市机关印刷服务有限公司印刷

开本 787×1092 1/32 印张 16. 25 插页 5 字数 189,000
2025 年 8 月第 1 版 2025 年 8 月第 1 次印刷

ISBN 978-7-5327-6622-2
定价：75. 00 元